*Minagawa Hiroko*
COLLECTION

# 皆川博子コレクション

## 1

## ライダーは闇に消えた

日下三蔵 編

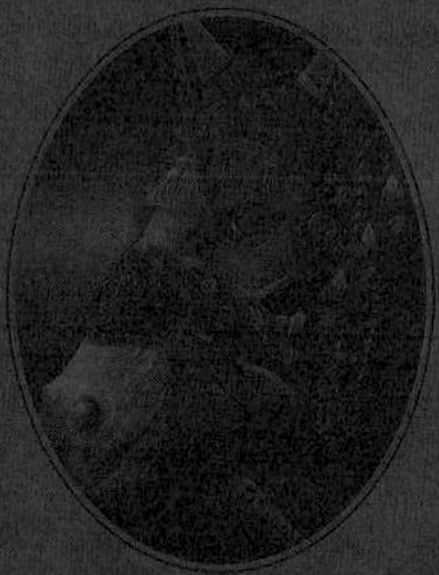

出版芸術社

# 皆川博子コレクション

*Minagawa Hiroko* COLLECTION

1

## ライダーは闇に消えた

目次

PART 3

装画　木原未沙紀
装幀　柳川貴代

# ライダーは闇に消えた

## PART 1

# I

## 1

深夜。雨に濡れた舗道に、単車の爆音がひびく。四気筒《よんきとう》の巨大なマシンが疾走《しっそう》する。八〇以上のスピードで、危げなくとばしてくる。轟音があたりを圧する。

マフラーが鋭く光る。

暗い空に、オリンピック記念塔と木立が黒く浮き出し、水銀燈《すいぎんとう》の光が、アスファルトの路面ににじむ。

ライダーは、黒い皮のレーサー服。シフト・ダウンして左折すると、『車輛進入禁止』の立札と鉄柵の間を、たくみにすり抜け、公園の中に走りこんだ。

やや間をおいて、もう一台。タンクの色が血のように紅い。リア・シートに、ミニのワンピースの少女を乗せている。めくれ上がったスカート。むき出しの太腿《ふともも》を、雨の雫《しずく》がつたい流れる。長い髪が、頬にはりついている。

「登、あんまりとばさないで。怖いよ！」

「がたがた騒ぐと、かえってスリップするぞ。ぎっちり、しがみついてろ」

マシンが左に傾斜《バンク》する。少女が悲鳴をあげる。

マシンは、公園の入口の柵の前で、いったん、とまった。

「車は入っちゃいけないって書いてあるよ」

「ばか。だから、最高なんだ」

マシンから下りて、押しながら、柵の間をくぐり抜け、ふたたび、またがる。

「さあ、とばすぞ」

「ロクさん、置いてきぼりにしちゃった」

「じき、追いつくだろ。つかまってろ、フー子」

発進。公園の内周に沿ったサイクリング・コースを、二人乗《タンデム》りのマシンは疾駆する。

不規則な間隔をおいて、人気《ひとけ》の絶えた公園に、次々に、マシンが走りこむ。全部で七台。

最後に、入口の前に駐《と》まったのは、単車ではなかった。超小型だが精悍《せいかん》なメッサー・シュミット。スリー・ホイール、シルバー・グレイの細いボディ。横にはり出したフロントのフェンダー。リアは一輪。トップのルーフが開いた。若い男が下り立った。リア・シートに、十七、八の少女が腰かけている。男は、操縦席のシートを前に手で押した。シートが、がくんと低くなりながら前にすべり、後部の空間がひろくなった。狭い車内から少女が下り立つのに、青年は手を貸した。

「マック、濡れるぞ。傘は？」

「いらないわ。レースみるのに、傘さしてちゃ、かっこ悪いもの。みんな、ずぶ濡れで走るのに」

「いそごう。少し遅れた」

青年も長身だが、少女も、すらりと背が高い。ベルボトムのジーンズにくるまれた脚が、きもちよくのびている。中高《なかだか》のととのった顔立ちは、二人よく似ている。まつ毛の長い、くっきりした眼、薄いが形のいい唇も、二人に共通のものだ。

ルーフを閉めると、青年は、振り注ぐ雨から守るように、少女の肩に手をかけ、公園の中に入っていった。

メッサー・シュミットから下りた槇史郎《まきしろう》と妹の真琴《まこと》が約束の場所についたとき、仲間はすでに、全員揃《そろ》って二人を待っていた。

この春高校を卒業して浪人中の、松崎誠司《まつざきせいじ》。

その弟で高校三年の松崎浩介《こうすけ》。

住所不定、職業不定の遠藤哲《えんどうてつ》。

オートバイ修理工、大野木静夫《おおのぎしずお》。

酒屋の店員、井出基弘《いでもとひろ》。

美容院実習生《インターン》の、日高登《ひだかのぼる》と山本六也《やまもとろくや》。

それに、洋菓子店の店員、及川《おいかわ》フミ子。

松崎誠司はライト・ブラウン、浩介は黒の、皮の〈つなぎ〉で雨を防いでいるが、ほかの少年たちは、ジーンズのジャンパーやTシャツ。肌までとおるほど濡れている。

史郎と真琴が近づくのを見て、いっせいに声をあげた。

「マックの前じゃ、負けられねえな」

「フー子」と、真琴は、手を上げて、フミ子の傍《そば》に寄った。フミ子は、ちょっと、まぶしいような顔をして、にこっと笑った。真琴より背が低くて、肉づきがいい。マシュマロのように、ふわふわしている。笑うと、唇のはしがきゅっとへこんで、小さいえくぼができた。

「今日は、敵味方ね。あたしはダーク・エンジェルズの応援だし、フー子はワイルド・キャッツだし」

「あれ、それはないよ、マック」日高登が声をあげた。小柄だが、ばねのきいた躰《からだ》つきをしている。

「マックは、中立だろ」

「そう、審判は公平でなくちゃ」大野木静夫が、少し、うわずった声で、「マックがエンジェルの味方じゃ、お、おれ、やる気なくなるよ」

「審判は兄貴の役よ。あたし、関係ない。いいじゃないの、ワイルドはフー子がついてるんだから」

「フー子は、登とロクの専属だ」大野木は、日高登より、さらに小柄で、貧弱だ。少し猫背で、色が蒼黒い。カメと呼ばれている。

「そんなこと、ないよ。あたし、ワイルド・キャッツのこと、みんな、一生懸命応援するよ」フミ子は、舌足らずな喋り方をする。

「フー子、寒くないか」ひょろっと背の高い山本六也が、ジーンズのジャンパーをぬいで、フミ子の頭からかぶせた。

「寒くなんかないよ。わくわくしちゃう」

「ちきしょ、みせつけるなって」と、大野木。

「こっちも、いいところをみせるか」

髯面《ひげづら》の遠藤哲が、Ｔシャツを脱いで、真琴の頭にかけた。哲は、上半身裸になった。雨足が、筋肉質の肩を叩いた。松崎誠司の頰が、ちょっと、ひきつれた。

「哲、イモだぞ」誠司の弟の浩介が嘲笑うように、

「ロクのやりざまをコピーするとは」

「哲ちゃんのシャツ、汗くさい」真琴は、たのしそうに笑った。「おまけに、びしょびしょ。かえって濡れちゃうわ」

「史郎さん、メッサーは？」大野木が訊いた。上目使いに、媚《こ》びるような表情になった。

「門の外だ」

「大丈夫かな。盗られねえかな」

「カメが気にすることはねえだろ」と、登。

「カメは、メッサーに片想いなの」六也が言った。

「さあ、はじめようぜ」

いらいらした様子で、松崎誠司がうながした。神経質そうに、こめかみに青筋が浮き出している。

「何も、フル・メンバーでやることはねえな」松崎浩介が、傲然《ごうぜん》と、皆を見渡した。黒いレーサー服に包まれた体軀は、兄の誠司を一まわりも二まわりもしのいで、たくましい。

「どういう意味だ？」史郎が訊き返す。

「エンジェルは、おれ一人出場すれば十分てことさ」

浩介と誠司、遠藤哲の三人が、〈ダーク・エンジェルズ〉のメンバーである。他の四人、日高登、山本六也、大野木静夫、井出基弘は、〈ワイルド・キャッツ〉というグループを作っている。

「どうだ、ワイルド。そっちも一人選んで、サシでやらねえか」

「受けてもいいぜ」大野木が乗り出した。

「ばかやろ、誰がおまえにまかせるって言った」日高登がどなる。

「エンジェルの浩ちゃんをこませるのは、ワイルドでは、おれぐらいなもんだ」

「ほざきやがって」

「ワイルド・キャッツは、内ゲバ中であります」遠藤哲が、にやにやしながら、「エンジェルといたしましても、浩介一人の出場は認めねえぜ。なあ、誠司」

「さあ、スタート・ラインにつけ」史郎が、口論を打ち切った。

「登、クロスは?」浩介がうながした。スタート合図のチェッカー・フラッグの代用品に、商売物のクロスを、彼が、つとめている美容院から掠《かす》めてくる約束になっていた。

「それがよ……、店長がにらんでたもんだから……」

「かっぱらいそこねたのか」

「ああ」

「ばっかやろ」浩介は、どなりつけた。

「少しは、責任てこと、考えろよな」尻馬にのって、大野木までが、ねちねち絡《から》んできた。

同じ〈ワイルド〉のメンバーなのだ。〈エンジェル〉の肩を持つことはねえじゃねえかと、登はむっとする。

「何とか、ならあ」

「それじゃ、何とかならせてみろ」

「ハンカチだって……」

「小さすぎる」

登が責められているので、フミ子は心配そうな顔になった。急に、顔が輝いた。衿ぐりから服の下に手を入れて、力まかせに肩紐《ストラップ》をひきちぎり、

「ねえ、これ……?」

スリップは、白い大きい葩《はな》になって、フミ子の足のまわりにひろがった。フミ子は、かるく横にとんで、スリップの輪からぬけ出した。白い布に、たちまち、雨が小さいしみを作り、しっとりと濡らしていった。

「いかすじゃん」と、大野木が拾い上げようとするのを、浩介が横からひったくり、鼻を押しあてた。

「あったけえや」

登は、頭に血がのぼった。フー子の下着のにおいを、ほかの野郎にかがれるなんて……。フー子は、おれとロクの、大事なかみさんなんだぞ。

登がとびかかって奪い返そうとしたとき、先を越した者がいる。山本六也だった。ふだん、喧嘩はいたって苦手なのに、よりによって、浩介のような喧嘩なれした奴にかかっていくとは、よほど頭にきたらしい。

浩介は、軽くウィービングして、六也の不意の襲撃をよけた。ボクシングの心得がある。六也は、たたらをふんで、細長い躰が、前にのめった。牛を挑発する闘牛士のように、浩介は、余裕たっぷりで、スリップをひらひらさせる。六也が突っかかっていくのを、よけると同時に、まわし蹴りに蹴り上げた。びしっと、腰にきまって、六也は、ぶざまに水たまりに横倒しになった。

「浩介、よせ」誠司が仲裁に入った。

「お、兄貴、イモの味方するのか」浩介は、小きざみなフット・ワークで、からかうように、小さいジャブをくり出す。うっとうしそうに、誠司は顔をしかめて、よけた。

「喧嘩より、レースの方が先だ」史郎も止《と》めた。

浩介と六也がもめている間に、遠藤哲は、木の枝を折りとっていた。

「浩介、よこせ」

ホイ、と、浩介は、スリップを哲に放り投げた。受け止めて、哲は、スリップを枝の先にくくりつける。フラッグができあがった。

「はじめるぜ」

「あの……ハンデは?」

井出基弘が、遠慮がちに、史郎を見た。「ハンデつけてくれるっていったでしょ」

史郎が口を開く前に、浩介がてきぱきと、

「二五〇《ツーハン》ｃｃ、まず、スタート・ラインにつけ。誰と誰だ。モッちゃんとロク。それに、テツか。七五〇《ナナハン》ｃｃのおれと兄貴、登、カメは、二五〇《ツーハン》ｃｃの先頭が第一コーナーに達したところで、スタートする。いいな」

「おれは、も一つハンデつけたっていいぜ」大野木がうそぶいた。「最後にスタートしたって……」

「なめるなよ、カメ。おまえ、今日は、ちょっと、のぼせあがってんじゃねえのか」浩介に鋭い視線をむけられ、大野木は、ひやっとしたように、口をつぐんだ。

バリバリと、エンジンがひびきはじめた。

「みんな、がんばって」と、真琴。

フミ子は、スタート・ラインの脇に立ち、チェッカー・フラッグがわりのスリップの旗を振り上げた。

## 2

その日の昼ごろ、S署の交通課にかかってきた電話は、怒りを押さえきれないような、昂奮《こうふん》した若い男の声であった。

「S署の警官は、つんぼなのですか」

「え？」応対に出た警官は聞き返した。「何の話ですか」

「単車のサーキットですよ。駒沢《こまざわ》公園のサイクリング・コースで、夜になると、はじめるのです。毎晩毎晩、うるさくてかなわん。いつになったら、追い払ってくれるのですか」

単車族の暴走については、係官も十分承知していたが、それが膝《ひざ》もとの駒沢公園で行なわれているというのは、初耳であった。

考えてみれば、駒沢公園のサイクリング・コースは、単車のサーキット族にとっては、レースにもってこいの場所だった。公園内は車輛進入禁止で柵も設けてあるが、単車なら簡単にもぐりこめる。深夜であれば、監視の目はとどかない。邪魔になる他の車や通行人もいない。

「毎晩、真夜中、十二時ごろから集まって、バリバリ、ガアガアと、やっているのですよ。近くには国立第二病院もあることだし、第一、われわれ近所の住人は、不眠症になりそうだ。なんとかしてほしいものですな」

「わかりました。さっそく、手配しましょう」

「あまり早くから網をはっていると、奴ら、気がついて集まりませんよ。レースに夢中になってとばしている、十二時ちょっと過ぎぐらいに来てもらうのが、一番いいと思いますね」

「あんたの名前は？」

相手は、沈黙した。

「もし、もし、あんたの名前は？」

電話は、切れた。


小雨が銀色にきらめく。エンジンの咆哮《ほうこう》が、公園に充満する。

三周め。最終ラップ。

ハンディキャップはつけてあったが、マシンの馬力の差はどうしようもない。勝負は、ナナハン同士のせりあいとなっていた。ツーハンの三台は、はるか後方にとり残された。

日高登のすぐ前を、松崎浩介と大野木静夫のマシンが、ほぼ一線に並んで疾駆《しっく》する。

――くそっ、あいつら。

スロットルは全開。ゴーグルを、雨が叩きつける。視界がにじむ。風は耳もとで唸りをあげ、むき出しの躰に、もろに吹きつける。マシンは、賢い馬だ。ライダーの命令を、機敏に察知する。ほんのわずかな腰のひねり、腕の動きに、従順に反応する。

濡れた路面に、タイヤがすべる。思わぬ方にハンドルをとられそうになる。

ゴールが近い。史郎と真琴、フミ子が、ゴール・ラインで待ち受けている。真琴とフミ子は、手を振りまわして声援を送る。

登のあとに続く松崎誠司のマシンがスピードを上げた。登と並ぶ。わずかに前に出る。

浩介と大野木、二台のナナハンが、ゴールにとびこんだ。

誠司のマシンがゴールイン。一瞬遅れて、登。一周近く遅れて、ツーハンの遠藤哲。井出基弘。山本六也は、しんがりを、ゆっくり走って来た。


S署交通機動隊員、中野正幸《なかのまさゆき》巡査は、人影の絶えた駒沢通りを、単車を駆りながら、ちらりと腕時計に目をやった。夜光時計の針は、ちょうど、午前零時を示していた。

交通機動隊員。いわゆる白バイである。S署には、六人配属されている。中野巡査のうしろには、上田《うえだ》交通機動隊員が続く。


「同時だったな」

史郎は、浩介と大野木を等分に見て言った。

「同時ってのはないだろ、槇さん」と、大野木が、「ちゃんと見ていてくれたのか。おれの方が……」

「トップは、おれだ」浩介が、きっぱり言った。

「それはないぜ、浩ちゃん」

「てめえ、おれをこました気でいるのか」

浩介は、ずかっとつめ寄った。

「おまえたち、何のために、おれに審判を頼んだんだ」と、史郎が、「おれの目が狂ってたっていうのか」

「そうじゃないけど、史郎さん、同時だったじゃ、すまないんだぜ」と、浩介。

「エンジェルか、ワイルドか。トップはどっちか。二つに一つだ」

「サシでやり直せ」

「おっ」浩介は、待っていたと言うように、「やるか、カメ」きおった声を出した。その気合をはずして、

「やりまっせ」

大野木はのんびり答えたが、にやっと笑った目に、闘志があふれた。

「やり直しか」うんざりしたように言ったのは、誠司だ。「ジャンケンか何かで、さっさと決めろ」

「ばっかやろ、誠司」殺気立って、浩介は、兄を呼び捨てにした。「おめえ、それでも、ライダーか。マシンの決着を、幼稚園のガキじゃあるまいし、ジャンケンで」と言いかけて、浩介は、吹き出した。

「ヤキがまわったのと違うか、兄貴」

そのとき、エンジンの音が、かすかに聞こえた。

皆、はっと、聞き耳をたてる。

「白バイかもしれないぞ」

「白バイ？」

「散れッ！」

史郎と真琴はいっしょに木立のかげにひそみ、登はフミ子をうながして体育館のかげと、一瞬のうちに、八方に散らばりかくれる。

「浩介、こっちだ」

誠司と浩介は、単車にまたがるや、細い小路に走りこんだ。

中野巡査と上田巡査は、公園の中に単車を乗り入れた。深夜の公園は、ひっそりとしずまりかえっていた。

――ガセネタだったのだろうか。

中野巡査は、耳をすませた。エンジンのひびきは聞こえない。

とにかく、サイクリング・コースを一周し、様子を見てみようと、二台の白バイは、陸上競技場から第二競技場の方に車首をむけた。

ガーッ、と、エンジンの音が聞こえたような気がした。しかし、ほんの一瞬だった。あたりは、

すぐ、もとの静寂にもどった。

——そら耳だったかな。

サイクリング・コースは、平坦な道がなだらかなカーヴを描いて、どこまでも続いている。

通行人も車もとび出してくる心配はない。その安心感が、気のゆるみとなった。知らず知らず、スピードがあがる。中野巡査は、スロットルを開く。第一競技場のわきに出るころ、スピードメーターの針は、八〇を越えていた。

マシンごと宙を飛翔《ひしょう》するような感覚が彼をとらえる。

突然、耳を聾《ろう》する爆音。同時に、前方右手の木立のかげから、巨大なマシンがとび出してきた。

あたりの空気が震えた。

ライダーは、心にくいまでに、たくみだった。ななめ前方にむかったマシンの後輪を、かるくスリップさせ、直進体勢をとるや、全力疾走。みるみる小さくなる。

はっとして、中野巡査もスピードを上げる。その鼻先に、続けざまに、もう一台。
ガ、ガ、ガーッ、と、すさまじい音がした。
彼の進路を斜めに切るようにとびこんで来た二台めのマシンが、スリップして転倒したのである。

ライダーは、道路にたたきつけられた。乗り手を失なったマシンは、横転して、地を掻きながら右にすべった。

中野巡査は、とっさにブレーキをかけた。

間にあう距離ではなかった。マシンは、彼の制馭《せいぎょ》から解き放たれていた。狂ったように尻を振り、横すべりしながら、あおのいて倒れたライダーの腹にのり上げた。

——しまった！

バランスがくずれた。中野巡査は、前に投げ出された。手綱を振り切った彼のマシンは、獲物におどりかかる野獣さながら、咆哮とともに、倒れているマシンにぶちあたった。

二つのマシンが、ガッ、と嚙みあった。

チロチロと赤い火が走る。次の瞬間、轟音を上げて、マシンは炎に包まれた。黒煙が噴き上がる。

中野巡査は、よろめきながら起き上がった。躰に痛みは感じなかった。知覚が麻痺していた。炎をみつめて、茫然と立ちすくんだ。

「何をぼやぼやしている。早く火を消せ！」

上田巡査の声が耳に入ったが、躰が動かない。

地上に、血はほとんど流れていなかった。炎に照らし出されたヘルメットの下の顔は、十六、七の少年だった。黒い皮のレーサー服の腹部に、べったりと轍《わだち》の跡があった。がくっと、中野は膝を折った。薄く開かれた少年の眸《ひとみ》は、雨に打たれても、まばたきもせず、雨の雫が、涙のように、舗道と同じ灰色になった頰をつたい流れた。おそらく、内臓をねじ切られたためであろう、少し開いた口の中に血塊があふれ、雨は血塊を溶かし流して、下顎を赤黒く染めた。中野巡査は、そのまま、くず折れるように、地面に両手をついた。おそるおそる手をのばし、少年の手に触れた。暖かかった。まだ、生命あるもののように。抱きかかえると頭がのけぞり、口から溢れ出した血が、網目になって顔面をおおった。

上田巡査は、自分のマシンの後部に備えつけてある消火器をはずし、筒先を炎にむけた。粉末消化器の薬剤がほとばしり、泡になって炎を包んだ。火はあっけなく消えた。

絡みあった二台のマシンが、無惨に灼《や》けただれた姿をあらわした。被害者のマシンのタンクの下に、中野巡査のマシンのハンドルが、がっきり喰いこんでいた。

バリ、バリ、と、エンジンの音がひびきはじめた。木立のあちらこちらで、ライトが光る。黒い単車のかげが、茂みのそこここからあらわれる。ライトは、じわじわと近づいて来る。死んだ若者の仲間たちであった。先にとび出した方の単車も、スピン・ターンすると、ゆっくり走り戻って来た。

3

松崎誠司の膝の上で、ライト・ブルーのヘルメットが、躰といっしょに、小きざみにふるえていた。

「名前は?」

つい荒くなる語気を押さえ、柏木《かしわぎ》警部補は訊いた。調書をとるため隣席に坐った若い益田《ますだ》巡査の目には、スピード狂の少年に対するあからさまな憎悪がこもっていた。

「ま……松崎……誠司」

藍色《あいいろ》の唇が、わななないた。

「なぜ、あんな、ばかなとび出しをやった」

誠司の唇が、きつくひきしまった。嗚咽《おえつ》が洩《も》れるのをこらえているようにみえた。一言口を切れば、それがきっかけで号泣がはじまりそうだった。

しかし、彼は、押さえた声で、

「白バイが……とばしてきたから……つい……。弟が、やるか! と……。それで、ぼくも……」

ふらっと、誠司の躰が前に倒れた。テーブルに突伏した。脳貧血を起こしていた。

取調べを続けられる状態ではなかった。誠司は別室に連れて行かれ、かわって仲間の八人が呼びこまれた。

槇史郎、槇真琴、大野木静夫、日高登、山本六也、井出基弘、遠藤哲、及川フミ子。真琴とフミ子は、瞼《まぶた》を泣き腫らしている。フミ子は、まだ、スリップの旗を後生大事に抱えていた。

この取調べも、一筋縄ではいくまいと、柏木警部補は、観念していた。

疾走中のマシンのまん前に、いきなり、けつを振りこまれ、しかも、スリップ・ダウンされたのでは、どんなに腕におぼえのある白バイでも、よけることはできない。轢殺《れきさつ》したのは不可抗力と思える。しかし、日ごろから白バイに敵愾心《てきがいしん》をもやしているスピード狂の連中である。さぞ反抗的な態度をとるだろうが、腹はたてまいと、警部補は心を決めていた。警官が人を轢《ひ》き殺した責めは負わなくてはならなかった。

一番右はしに坐った年かさらしい青年から、警部補は、名前と年齢を聴きとりはじめた。

「まるで、被疑者の取調べのようですね」

槇史郎の口調は、いささか皮肉っぽくなる。加害者はそっちじゃないかといわんばかりだった。

「槇史郎。二十二歳」

「大学生だね」

「そうです。Q大の四年。白バイに轢き殺された松崎浩介くんは、同じ大学の付属高校三年でした」

史郎は、白バイに轢き殺されたというところに、力をこめた。

いちいち神経をとがらすまいと思いながら、警部補の声は、つい、感情的になった。

「二十二歳といえば、もう、いっぱしの大人じゃないか。まだ、ハイティーンの子供たちといっしょになって、あんな無茶なスピード遊びをやっているのか」

「無茶なスピード遊びって、何ですか」

「しらばっくれても、だめだ。こちらには、ちゃんと情報が入っている。きみたちは、毎晩あそこに集まって。サーキット・レースをやっていた。今夜も、そのために集合した。今日、昼ごろ、近所の人から、取り締まってくれと苦情の電話がとどいたのだぞ」

「ああ、それは、ぼくらじゃないです」

史郎は、そっけなく、

「ぼくらがあそこに行ったのは、今夜がはじめてです。しかも、まだ何もしないうちに白バイさんが来て、ああいうことになったんですから、何も、おまわりさんにいびられるすじあいはないわけです」

「おまわりさん、おれたち、まだ、あんたの口からー言も、すまなかったという言葉はきいてないんだけどね」

口をはさんだのは、大野木静夫である。

柏木警部補は、手もとに集めてある免許証の顔写真と少年の顔をひきあわせた。

貧相な奴だ、と、警部補は思った。肌の色が蒼黒くしずんで、ざらついている。何となく不快感をおぼえるのは、つきでた眉の下の、おちくぼんだ、白眼のにごった三白眼のせいかもしれない。

印象だけで先入観を持つのは、警官としては、いましめなくてはならないことだった。しかし、こなまいきな口調は、老練な柏木警部補をもむかっとさせた。益田巡査は、若いだけに、腹立たしさを押さえきれなかった。警部補をさしおいて、荒い声を出した。

「何が詫び言だ。おまえたちのでたらめな暴走のおかげで、あたら優秀な警官が一人、将来の出世を棒に振ることになったんだぞ」

「それじゃ、轢き殺したおまわりには、責任がないっていうの？」

「あたりまえだ。突然、目の前で転倒されたら、誰だって、よけきれるものじゃない。不可抗力だ」

あの二人、白バイをからかうつもりで、とび出しやがったのだ、と、益田巡査は、できることなら、ここにいる奴らを、かたはしからなぐり倒したいくらいだ。

益田巡査も、交通課勤務、白バイの一人である。無鉄砲な奴らの挑戦に、何度、胆《きも》の冷える思いをさせられたかしれない。

ゆだんしている鼻先に、さっととび出してきて、ひらりと逃げる。ひどい奴は、そうやって追わせておいて、カーヴするとき、うしろ手に砂を撒《ま》く。百キロ以上でとばしている路面に砂を撒かれたら、たまったものではない。白バイは、あえなくスリップ・ダウンする。

「不可抗力とはいえないね」

突き放すように言ったのがいる。長髪が肩をおおい、口ひげと顎ひげをのばし、警部補の目には、まことに不潔にみえる若者。

「きみが、遠藤哲か？」

免許証の写真とてらしあわせて、警部補は、意外そうな声を出した。免許証に貼りつけられたのが、さわやかな、きりっとした顔立ちの少年の写真だったからだ。眉が濃く、鼻すじのとおったりりしいおもざしは、海軍兵学校の生徒のような印象を警部補に与える。写真は、三年前のものだった。

「不可抗力とはいえないというのは、どういう意味なのだ」

益田巡査が声を荒げた。

「単車は、四つ輪とちがって、小まわりがきく。急カーヴをきれば、よけられる」

哲は、言いきった。

「きさま、えらそうなことを言って、きさまにそんなことができるのか。ハイ・スピードで疾走中の単車が急カーヴをきるなどというのは、自殺的行為だぞ」

「もちろん、自分は立木に衝突するか、てひどいスリップ・ダウンで大怪我。まかりまちがえば、死ぬ覚悟でやるのさ」

「なにを！　きさま、一人の馬鹿な若僧のかわりに、優秀な警官が死んだ方がよかったというのか」

益田巡査は、腰を浮かせた。

「哲ちゃんは、それをやったんだわ」

叫ぶように、真琴が言った。頰が紅潮していた。

「哲ちゃんには、あの白バイを責める資格があるんだわ」

仲間の目が、真琴に注がれた。

哲は、ちょっと苦笑した。てれていた。真琴は、激しい声で続けた。誇らしげだった。

「住宅街を走っているとき、いきなり、右手の細い路地から、小さい女の子がとび出してきて……。ブレーキかけたんじゃ、まにあわない。哲ちゃんは、思いきって、左に急カーヴを切ったんです。もちろん、マシンは石垣に激突したわ。哲ちゃんは、荒れ狂ってバウンドするマシンにまきこまれて、大けがしたわ。でも、女の子は、すりむき傷ぐらいですんだんです」

挑戦するように、顎をあげて、真琴は警部補をみつめた。

「やるゥ」手を叩かんばかりに言ったのは日高登である。ヘルメットをぬいだ登の長髪は、ウェーヴがかかって、しかも、ほとんどブロンドに近い色にブリーチして染めてある。隣りに並んだ山本六也の髪も同様で、これは美容院づとめの営業用なのだが、柏木警部補や益田巡査は、男のくせに、何といういかれた奴らだと、いっそう不愉快になる。

「哲は、女の子を助けるために、自分が石垣に激突する方を選んだんだな」ひとりごとのように、山本六也が、ゆっくり言う。ひとりごとにしては、声が大きすぎる。

「それを、あの白バイ、むざむざ、はらわたがちぎれるほどに浩介を轢き殺したっていうのは、おれたちサーキット族とか街道レーサーとか呼ばれている者に対する憎悪が、潜在意識にひそんでいたからなんだな、きっと」

六也の声が隣室までとどかないかと、益田巡査は、はらはらした。薄い壁一つでへだてられた隣室では、中野巡査と上田巡査が、上司の取調べを受けている。

「だが、そのとき、ブレーキではよけきれなかったというのは、遠藤くんがスピードを出しすぎていたためだろう。少しも自慢になる話ではない」益田巡査は、六也の言葉を押さえるように言った。

それでなくても、思いがけず重大な人身事故を起こしたということで、中野巡査は、ひどく取り乱しているのだ。署に帰って来たときは、自殺もしかねない顔色だった。きまじめなだけに、事があると思いつめるたちなのだ。

「あの白バイさんだって、九〇か一〇〇は出してたぜ」

大野木静夫が、三白眼を益田巡査にむけ、嘲るように言った。

「ああ、みせつけるようにとばされては、おれたちだって、頭にきますよ。日頃、おれたちにはスピード違反、スピード違反とやかましいくせに、てめえは、好き勝手にぶっとばして楽しんでやがるんだから」

一対一なら、警官にたてつく勇気はない奴にちがいない、と、益田巡査はにらんだ。仲間が大勢いて、しかも、自分の方に歩があるとみて、図にのっているのだ。どなりつけようとする益田を、警部補が、目顔《めがお》でとめた。

険悪になった空気をやわらげるように、柏木警部補は、フミ子に話しかけた。

「名前は？」

「及川フミ子」フミ子は、かたくなって答えた。

「何を持っているのだ」

「これのこと？」

白い布のさがった棒を、フミ子は突き出した。

「女の下着じゃないか」

「なんか、そうみたいですね」

「まじめに答えろッ」

益田巡査は、どなってしまった。こわい声に、フミ子のえくぼが凍りついた。

——一生懸命まじめに答えてるのに、何怒ってるの？

「あの……」

それまで黙っていた井出基弘が、おずおず口をひらいた。

「免許証、取り上げられちゃうんでしょうか」

どもりながら、必死なおももちだった。取り上げられては困るのである。店の商売にさしつかえるということよりも、もっと、切実な理由があった。

「モトクロスのレースが、もうじき……」

黙っていろ、というように、槙史郎が首を振り、大野木が井出の尻をつねった。へたに免許証のことなど言いだしては、藪蛇《やぶへび》になるおそれがある。

松崎誠司の事情聴取が再開された。誠司は、虚脱したような様子だったが、訊問《じんもん》にはすなおに答えた。

松崎誠司、浩介は、東栄建設ＫＫの専務取締役松崎秀人《ひでと》を父に持ち、世田谷の高級住宅街に住んでいる。二人の上に秀一《しゅういち》という兄がいて、男ばかりの三人兄弟だった。

東栄建設ＫＫは、株式二部に上場されている業績のいい会社で、松崎兄弟は、経済的には恵まれている。

二人に単車の醍醐味《だいごみ》を教えたのは、槙史郎であった。史郎の父は、兄が経営するセメント資材取次販売の会社、槙商会の専務取締役をつとめている。同じ専務でも、東栄建設と槙商会では、まるで内容が違う。槙商会は、個人経営の商店と大差ない規模である。東栄建設は、槙商会の最大の顧客先であった。家が近いので、史郎と松崎家の息子たちとは、子供のころから親しくしてきた。

史郎は、最近ではメッサー・シュミットに乗りかえたが、その単車歴は長い。

史郎がオートバイを乗りまわすのを見て、誠司も浩介も、中学のころから羨ましがっていた。十六になるのを待ちかねて、ライセンスをとった。腕が上がるにつれて、ただ、街道をとばしているだけでは物足りなくなってくる。本物のレースに出て、腕を試してみたくなる。オートバイ・レースのドキュメント映画が、いっそう、二人を煽《あお》り立てた。ことに、浩介は熱心になった。

オール・ジャパン・モーターサイクル連盟（略称ＡＪＭＣ）という団体に入会すると、連盟主催のレースに参加できる。ライディング・テクニックとキャリアにより、ノービス、ジュニア、エキスパート、セニアの四部門にわかれ、ノービス部門のレースには、まったくの素人、初心者でも、参加を許されている。しかし、五名以上のグループ単位での入会が条件で、個人加入は認められない。
浩介は、兄の誠司のほかに、一匹狼で本牧《ほんもく》のサーキットに加わっている遠藤哲を誘い、ダーク・エンジェルズと名づけたグループを結成していたが、ＡＪＭＣに加入するには、まだ、メンバーの数が不足だった。

「俺のグループに入らないか」

浩介は、ワイルド・キャッツに誘いをかけた。ワイルドの方は、四人で前からグループを作っている。ワイルド・キャッツの大野木静夫が働く森口《もりぐち》モータースは、松村兄弟の家に近い。誠司も浩介も、マシンの修理や点検に森口モータースを利用するので、大野木とは以前から親しい。ＡＪＭＣには、ワイルドのメンバーも、加入したいところを、人数不足のためできないでいたので、浩介の誘いは、好都合だった。

二子大橋の近く、二四六号線に面して、〈シュガー・ダディ〉という小さな喫茶店がある。マスターの岡村《おかむら》は、かつて、マシン狂で、はじめ、スピード・ショップを経営していた。スピード・ショップというのは、小規模な個人営業のチューン・アップ工場のことだ。しかし、マシンの腕ほどには経理的な手腕は冴えていなかったとみえ、スピード・ショップはつぶれてしまった。あまり自分の好みにぴったりしすぎた仕事というのは、かえって、うまくいかないのかもしれない。好みにまかせて、採算を度外視してしまう傾向があるからだろう。併営していた喫茶店の方だけが、今でもつづいている。マスターとママと、通いのユキちゃんという女の子と、三人でやっている。アマチュアの、若いマシン・ライダーや、コピーライターの卵、売れないイラストレーターなど、固定した客がついている。店の雰囲気が家庭的で温かいし、この物価高に、値上げもせず質も落とさずがんばっている。

スポンサーのことを、レーシング・スラングで、甘い父ちゃん《シュガー・ダディ》という。四十をすぎて、そろそろ頭髪の薄くなりはじめたマスターの岡村は、若いアマチュア・ライダーたちの、精神的シュガー・ダディをもって任じている。いささかおせっかいのきみもある。槇史郎がメッサー・シュミットを手に入れたのは、岡村を通じてであった。岡村は、喫茶店経営のかたわら、中古車の売買の仲介もやっている。顔がひろい。メッサー・シュミットは、ドイツ製だが、今ではドイツ本国でも生産を中止され、現在日本にもごく少数しかない。その持主のほとんどの名前を、岡村は知っているくらいだ。史郎のほかにもう一人、都内にメッサーの持主がいて、それも、岡村が世話してやったものだった。

ダーク・エンジェルズとワイルド・キャッツの合併の相談は、この〈シュガー・ダディ〉で行なわれた。

登たちワイルド・キャッツのメンバーは、当然、対等の合併のつもりでいたのだが、

「いや、おれのグループに、そっちが入るんだ」

浩介が言った。

「なに！」気の短い登が、かっとなった。「何ぬかしやがる。そっちは三人、こっちは四人だ。そっちから頭をさげて、おれたちのグループに入りにこい」

「数の問題じゃない。腕だ」

「腕なら、こうだ」なぐりかかろうとしたとたんに、鼻の頭がキーンとなり、登は、椅子からころがり落ちた。さりげなく顎のあたりをなでていた浩介の右手がひるがえって、バシッ、と、濡れ雑巾でもはたきつけるように、目と鼻のつけ根を襲ったのだ。

「ばか、マシンの腕だ」

「マシンの腕なら」大野木がにやっとした。

「やるか」

「決戦場には、もってこいの場所があるよ」と、カウンターのむこうから、岡村が割りこんだ。

「おやめなさいよ、けしかけるのは」ママが苦笑してとめた。「いい年して、まだ、マシンのことになると……」

「どこだい、マスター」

「駒沢公園」と、岡村は、親指で公園の方角をさした。


二グループの主導権をかけたサーキット・レース。路面は雨で濡れていた。思いがけない白バイの出現。不幸な転倒。松崎浩介にとっても、中野巡査にとっても、この上なく不幸なスリップ・ダウン……。

帰宅を許されて、署を出る少年たちの足は重かった。一事の昂奮がさめると、仲間の一人が死んだという思いが、強く、のしかかってきた。

入口の石段を下りようとしたとき、署の前に、クラウンが止まった。運転席から、初老の紳士が下り立ち、ほとんど同時に、後部座席のドアが開いて、和服を着た中年の女が、ころげ出るように下りた。血相が変わっていた。

ヘルメットを手にした少年たちを見ると、

「あんたたちね！」女は、ヒステリックな声をあげた。誠司と浩介の母、松崎美根子《みねこ》であった。

「浩介を、あんな危ないことにひっぱりこんだのは、あんたたちね！」

「美根子」と、松崎秀人が、妻の肩に、なだめるように手をおいた。秀人の顔も、蒼白だった。

「この不良たちが、よってたかって、浩介にあんな危いことを教えこんで……」

人殺し！　と、美根子は、歯の間から押し出すような声で、ののしった。

「あんたたちは、人殺しよ。あんたたちのおかげで、浩介は……、浩介は……」

美根子の見幕《けんまく》のはげしさに、少年たちは、息をのんだ。

「誠司は？　誠司はどこにいます」

「まだ、中にいます」

秀人が、美根子の肩を押して、階段に足をかけた。少年たちとすれちがいざま、秀人は、「ばかものども！」こらえかねたように吐き出し、美根子の肩を抱いて、署の中に入っていった。

「小母《おば》さまったら、ひどいわ……」真琴がつぶやいた。目尻が濡れてきた。

「気にするなって」ささやいて、哲が真琴の手を握った。

「あたしたちばっかり悪いんじゃないよね」訴えるように、フミ子は、六也と登の顔を等分に見る。

「とび出して白バイをからかうのは、浩介のとくいの技《わざ》だったよな。浩介がおれたちに教えてくれたようなもんだ。それなのに……」大野木の声も、いささか、恨みがましい。それでも、浩介の死は、みんな心にこたえているから、人殺し！　という美根子ののしりに、八つ当たりだ、見当はずれだと思っても強くは言い返せなかった。

「誠司も、たまらねえだろうな」六也が、ぼそっと言った。「あの調子じゃ、おふくろさん、誠司のことも責めたてるだろうな。まさか、自分の息子を人殺しとは呼ばないだろうけれど……」

4

ドアがノックされた。誠司は、ベッドに寝ころがったまま、応えなかった。返事を待たずに、ドアは開いた。兄の秀一だった。この春Q大を卒業し、父の会社につとめている。

「階下に下りてこい」秀一は命じた。「もうじき浩介の遺体が返ってくる。おまえも出迎えろ」

誠司は、無言で顔をそむけた。「おい」と、秀一は、少し声を荒らげた。「何をふてくされているんだ。早く下りて来い」言い捨てて、秀一は階段を下りて行った。

誠司は、ゆっくり起き上がった。

父と母と兄の三人が、居間に顔を揃えていた。放心したようにソファに躰を投げ出していた母の美根子は、誠司が入ってくると、表情をこわばらせた。

ドアの脇に突っ立っている誠司に、「まあ、そこに坐れ」父が、重い声でうながし、顎をしゃくって、椅子の一つを示した。誠司は腰を下ろした。美根子の唇が、いまにも何か叫び出しそうにふるえた。美根子は、押し殺した声で、「誠司、髪でもとかしなさい。何、そのだらしない恰好は。浩介が帰って来るのよ。もっと、きちんとした恰好で迎えて……」言いかけて言葉をのみ、ひーっと悲鳴のような声をあげて、泣き伏した。誠司は立ち上がって、出て行こうとした。

「誠司。どこへ行く」父がとがめた。

「髪をとかせって言うから」

「いいから、ここに坐っていなさい」

「いれば、目障りだって言うじゃないか」

自分でも思いがけない言葉がとび出し、誠司は、唇を噛んだ。

「誰がそんなことを言った」父の声は、大きくはないが、不愉快さをはっきりみせていた。

黙っていようと思いながら、言葉が口をついた。「あんたも……」と父を見、「あんたも……」と、泣きくずれている母に目をやった。

父は、あっけにとられた顔をした。

「あんたとは、親にむかって、何という言い方だ。いつから、そんな口をきくようになった」

「あんな……オートバイなんか乗りまわしてばかりいるからです」と、美根子が譫言《うわごと》のように、「不良仲間とばかりつきあって。浩介までひきずりこんで……」昨日の浩介の死以来、何度くり返された言葉かしれなかった。

「誠司、浩介の遺体が帰って来たら、土下座してあやまりなさい。あなたが殺したも同然ですよ。あんな危険なことを……」

誠司の頰から、血の気がひいた。よろめいた。

——おふくろは、あれに、気がついていたのか……。まさか……。

「美根子」と、さすがに、父が、たしなめた。

「そう誠司を責めてもしかたがない。浩介だって、子供じゃない。あの子にも責任が」

「いいえ。浩介は、まだ子供です。年上の者が、ちゃんと教えてやらなくてはいけなかったんです。それを……白バイの前にとび出すなんて……」

「あれは、浩介が〝やろう〟って……」誠司は、力なくつぶやいた。蒼ざめた額に、脂汗がにじんだ。

「たとえ……たとえ、浩介がやろうと言ったって、それをとめるのが兄さんの役目じゃありませんか」

堰《せき》を切ったように、美根子の愚痴《ぐち》は、溢れだした。同じ嘆きのくり返しだった。長男の秀一は、いささかうんざりした顔で、腕ぐみし、目を閉じている。なまじ、なだめたりすれば、かえって激昂する。放っておいた方がいいと思っている。

「あの子は、浩介は、解剖されたんですよ。かわいそうに。どうして、解剖なんかしなくてはいけないの。悪いのは、むこうじゃありませんか。なにも、メスを入れなくたって……あのきれいな躰に……」

「それはね、お母さん」秀一が、何度めかの同じ説明を口にした。「警察としても、轢殺が不可抗力だったかどうか、徹底的に調べる必要があったからですよ。たとえば、浩介が酒を飲んでいたとか、そういうことがあれば、むこうの責任は減殺《げんさい》されますからね」

「高校生ですよ、浩介は。酔っぱらい運転なんてするわけ、ないじゃないの」

――あいつが酒豪だったのを、おふくろは知らないのか。誠司は、口には出さなかった。

「さあ、お母さん、少し落ちつきましょう。浩介の方に飲酒などの落度がないことは、解剖の結果明らかになったんだから、いいじゃないですか」秀一がなだめる。

「よくありませんよ」美根子は、叫んだ。「解剖なんて……むごい……むごすぎますよ……」

「誠司」父が、誠司を見すえた。「おまえのオートバイは、すぐ、処分しろ」

誠司は答えなかった。

二グループが合併して、モトクロス・レースに出場する約束になっている。でも、おれは……。

「おまえも、これを機会に心をいれかえて、受験準備に専念しろ」と、父はつづけた。「浪人は一年でたくさんだ。みっともない」

「時代が違いますよ、お父さん」誠司は言いかえした。

「一浪や二浪は、今じゃあたりまえだ」

「頭の悪さを自慢するのか。ばかばかしい」

軽く受け流した父の言葉に、誠司の頬がひきつれた。

玄関のブザーが鳴った。美根子は、さっと蒼ざめ、腰を浮かした。

「帰って来たわ……」

白木の棺に仰向けになった浩介の遺体は、見苦しくはなかった。メスの痕《あと》はきれいに縫合《ほうごう》され、処理してあった。棺は座敷に置かれた。蓋を開けると、美根子は、躰をのめらせ、上から抱きかかえた。顔を浩介の冷たい頬に押しつけ、いつまでも動かなかった。

誠司は、縁側のガラス戸を開け、庭にとび出した。裸足だった。うぉーっと、吠えるような声が、誠司ののどから噴き出した。

「私が……私のせいだったんでしょうか……」美

根子は、わずかに顔を上げ、夫にむかって、「私が……天罰でしょうか……あなた……」

「美根子」松崎秀人は、厳しい目で美根子を見据え、首を振った。

「いいえ……私のせいです、きっと。私のかわりに、この子が罰を背負ってくれたんです。こんなことになるくらいなら、私がちゃんと……」

「美根子、何を馬鹿げたことを言っているのだ。黙りなさい」

秀人の怒声が、美根子の熱にうかされたような繰り言を断ち切った。美根子は泣きくずれた。浩介の亡骸《なきがら》を抱きしめ、泣き声の合間に、「……私のせいなんだわ……」美根子は、つぶやくように言いつづけた。

「お母さん」秀一も、声をかけた。「今さら、ノイローゼみたいなことは言わないでください。ぼくたちみんなが迷惑しますからね」

# II

## 1

「哲ちゃん、怖くならない?」

生い茂った夏草が、仰向けに寝ころがった真琴の頬をなぶる。なだらかな斜面の、眼下に横浜港がのぞめる。

「なにが?」

陽《ひ》は西にまわり、逆光を受けた雲が、オレンジ色にふちどられはじめた。

「マシン。目の前でね……目の前で、人が死ぬの、あたし、はじめて見た。思い出すと、今でも怖い」

真琴の頭は、隣に躰をのばした哲の、陽灼けした腕にのっている。

「ときどき、夢に見るわ。浩ちゃんが、舗道に倒れて……そして、夢の中で、それが、お母さんに変わっているの。あたし、お母さんがはねられたところは……死に顔さえ……見ていないのに……」

哲は、少し躰を起こし、真琴の瞼に唇をつけた。


真琴の母は、去年の二月、自動車にはねられて死んだ。

そのとき、真琴は、日本にいなかった。当時高校三年だった真琴は、高校生交換留学のテストにパスし、東京の高校を一年休学して、オーストラリアに滞在中だった、哲と知りあったのは、日本に帰ってきてからのことである。

母の死は、国際電話で、兄から告げられた。日本から電話がかかってきたと、滞在している家の夫人から呼ばれたとき、何の不吉な予感もなかった。あと一月《ひとつき》足らずで帰国するのに、電話をかけてくるなんて、もったいないなと思った。日本、オーストラリア間の国際電話は、三分間で、三千九百四十五円もする。

兄の声が、電話口からきこえた。なつかしかった。去年のクリスマスに、プレゼントだといって、日本の家族から電話があった。父、母、兄と、あわただしい会話をかわした。そのとき以来である。

「お母さんが、自動車にはねられた。すぐ、帰って来てくれ」

兄の言葉に、頭から血がひいた。

「お母さんが？　怪我、ひどいの？」

返事がなかった。真琴は、もし、もし、とせきこんだ。

電話が切れたとき、真琴は、床に坐りこんだ。轢き逃げされて死んだという兄の言葉が、思考力を失った頭の中で、渦を巻いていた。

飛行機が満席で、帰国は数日おくれた。

通関手続きをすませ、羽田国際空港の到着ロビーに出てきたとき、真琴は、無意識に、出迎え人の中に母の顔を探していた。もう葬儀も終わり、母の遺体は火葬にされたことは承知していたにもかかわらず。

兄の手が、真琴のトランクを取った。

「史郎ちゃん――」

史郎は、大病でもしたあとのように、頬がこけ、目がくぼんでぎらぎらしていた。

父が近寄ってきた。そのとき、真琴は、何か奇妙な感じがした。それが何なのか、真琴には、はっきりわからなかった。父は、真琴と史郎に、ひどく気をつかっていた。

「疲れたろう。何か食べて帰るか」きげんをとるように言い、「史郎、おまえはどうだ?」

史郎は、返事をしなかった。喧嘩でもしたのだろうかと、真琴は、いぶかしんだ。真琴の知っている兄は、父や母に、露骨に不きげんな顔をみせることは少なかった。

「久しぶりに日本に帰ってきたんだから、すしがいいかな」

「いらないわ。おなかすいてないの。飛行機の中で食べたから」

史郎は、真琴のトランクを下げたまま、タクシー乗り場の方にさっさと歩き出す。

真琴は、小走りにあとを追い、史郎の腕につかまった。

「怒ってるの? あたしがお葬式にまにあわなかったから?」泣き顔になった。「飛行機の切符、どうしてもとれなかったのよ」

史郎は、真琴を振り返った。

「おれが……マックを怒ってるって?」驚いたように言い、トランクを地面に下ろすと、抱き寄せるように、真琴の肩に手をかけた。

「どうして、そんなことを……」

「だって、史郎ちゃん、怖い顔して……」

「ばか」兄の口調がそれはやさしかったので、真琴は、思わず、人目があるのも忘れて、史郎の胸に顔を埋めた。オーストラリアにいるときも、飛行機の中でも、他人の前だと思ってこらえていた涙が、急に、噴き出した。

父が寄ってきた。なだめるように、真琴の肩をかるくたたいた。その手を、史郎が、ぴしっと、振り払ったのだ。真琴は、顔を上げた。涙が止まるくらい、驚いた。父は、何も言わなかった。地面におかれたトランクを持ち上げると、肩を落として、タクシー乗り場の方にむかう。

「史郎ちゃん！」

兄は、どちらかといえば、温厚なたちだった。オートバイを乗りまわしたり、ミニ・スポーツ・カーのメッサー・シュミットを操縦したり、スピード狂の一面はあるが、それにしても、乱暴な暴走族とはちがう。たまに父の言葉に反対することはあっても、手をあげるようなことは、一度もなかった。よほどひどい喧嘩を、飛行機が到着する前にやったのだろうか。それとも、思いがけない母の急死で、気がたっているのだろうか。

母が死んで辛い思いをしているときなのだ。末っ子の女一人で甘やかされてきた真琴は、父からも兄からも、やさしくなぐさめてもらうことしか考えていなかった。こんなに、とげとげしい雰囲気で出迎えられるとは、予想もしなかった。

史郎は、真琴の顔を見て、こわばった表情を、むりにやわらげた。気にするなというように、ちょっとうなずいてみせ、真琴の肩を抱いたまま、タクシー乗り場に行った。

母のいない家の中は、寒むざむとしていた。父は、会社に出かけて行く。兄は、学年末の試験期だった。真琴は、四月から、休学していた高校の三年に復学することになっているが、それまで、暇だった。友だちと会って喋ったりしたが、むこうも、真琴の母の不幸を知っているから、何となく会話が浮きたたない。

三月にはいって、前から話の進んでいた父の大阪赴任が本決まりになった。

槙商会は、以前から大阪に小さい事務所を持っていたが、業務を拡張し、支店を設置することになった。専務である父が支店長を兼任して大阪におもむく方針は決まっていたのだが、母の事故死のため、延期されていたのである。

史郎と真琴は、学校があるので東京に残ることにした。

父は単身大阪に移り、史郎と真琴は、母屋を他人に貸し、別棟になっている車庫の二階に住むことにした。ここには一時、槇商会の独身社員を住ませていたことがある。六畳、三畳の二部屋に、ガス、水道の設備もついていて、日常生活には困らない。

そのころ、浩介が遊びに来た。オーストラリアから帰ってから、まだ、会っていなかった。

窓の下から浩介は声をかけ、真琴は、下りて行った。浩介は、オートバイに乗ってきていた。

「すごいナナハンね」

「マックが留学している内に腕を上げて、買いかえたんだ」

「誠ちゃんは？」

「兄貴も、このごろはナナハンだ。でも、おれの方が、腕は上だぜ」

しばらく、話がはずんだ。くったくのない浩介の話は、真琴をたのしませた。

乗せてやろうか、と、浩介は誘った。

2

「気をつけてね、哲ちゃん、あしたのモトクロス」

哲の唇は、真琴の瞼から唇にうつった。哲の唇がはなれたとき、

「けがしないでね」真琴は言った。

「まるで、ばあさんみたいに取り越し苦労するんだな」

真琴は、手を夕日にかざした。血の色が紅く透

けた。

「応援に来るだろ、あした。すげえジャンプを見せてやるぜ」

「ジャンプなんか、できるの、哲ちゃん？」

「あ、さげすんじゃって、こいつ」

哲は、真琴をかるく小突き、真琴は笑顔になった。

哲を知ったのは、大野木静夫が働く森口モータースに、史郎といっしょに行ったときだった。

整備に出してあるメッサーをとりに行くというので、真琴も同行したのである。真琴は、時間をもてあましていた。

森口モータースに行くのは、真琴は、はじめてだった。

ノートンやBSA、ホンダ、カワサキ、新品のマシンが並んだ土間の隅で、二十五、六の若い行員が、油まみれになって、プラグの点検をしていた。メッサーは、みえなかった。

「槇だけど、できてますか」

あ、と、工員は、ばつの悪そうな顔になった。

「いま、カメが……大野木が、ぐあいをみると言って、試乗してるんですが」

史郎は、不愉快そうに、眉をしかめた。

「もう、整備、すんでいるんですよ。完璧です。ちょっと待っていてください。じき戻ってくると思うから。それとも、あとで、お宅の方にとどけさせましょうか」

「いや、待ちます」

工員は、奥から、薄汚れたスツールを持ってきて、真琴にすすめた。それから、あわてたように、ぼろ布で、スツールの上をぬぐった。かえって、油汚れがついた。工員は、着ている作業服の袖で、椅子をぬぐいなおし、どうぞ、とすすめた。ジーンズのスカートを履いていたので、少しぐらい汚れてもかまわないと思い、真琴は、腰を下ろした。

「妹さんかな。似てますね」工員は、おあいそを言った。

メッサーに乗って出たという大野木は、なかなか帰ってこない。史郎は、いらいらした表情をみせ、真琴は、工員がマシンの整備をするのを、興味をもって眺めていた。

「もうすぐ、戻ると思うんですがね」工員は、気にして、ときどき、そんなことを言った。

「かってに乗りまわされちゃ、困るんだがな」史郎は、腕時計を見た。

一時間近く待たされて、やっと、メッサーが帰ってきた。

ルーフを開けて車を下りた大野木は、史郎と真琴を見て、しまった！　という顔をした。

「ばかやろ！　おまえ、どこをうろうろしていたんだ」先輩らしい工員は、史郎が怒る前に、大野木をどなりつけた。「槇さんが、一時間も前から、みえてるんだぞ」

大野木は、にやにやと、ごまかし笑いを浮かべ、頭をかいた。

「槇さん、もう二、三日、おいといてください。ぐあいを調べてみたんだけど、どうもまだ、エンジンの調子がよくないみたいなんで」

史郎は、メッサーに近づいて、ボディを注意深く眺めた。

「カメ」と、低い声で呼びつけ、大野木が、いやいや近づくと、フェンダーを指さした。ほんの少しだが、こすったような傷がついていた。

「やったな」

「あれ？」大野木は、とぼけた。「おかしいですね、どうしたんだろ。気がつかなかったな。きっと、店の前に駐めておいたとき、誰か、いたずらしやがったんだ。すぐ、なおしますよ。どうせ、まだ、二、三日、あずかっとかなくちゃならないんだから、この傷も、ついでになおしときます。これは、ただでやりますよ。うちの方の責任だから」

先輩の工員が寄ってきて、もう一度、「ばかやろう！」と、大野木をどなりつけた。

「すみません、槇さん」工員は、史郎に頭をさげ、

「とんでもない野郎だ、大切なお客さんの車を」

工員も、史郎も、大野木の弁解にごまかされはしなかった。大野木は、ふてくされた顔になった。

そのとき、「できてるか」と声をかけて、若い男が入ってきた。

「やあ、哲」大野木は、ほっとしたように、声をかけた。先輩と史郎から吊し上げられるところを、うまく逃げられると思ったらしい。

「できてるぜ。ライニングをとりかえたから、もう、大丈夫だ。べろべろに、すりへってたぜ」

それから、大野木は、真琴に話しかけた。

「あの、もしかして、槇さんの妹さんですか」

真琴がうなずくと、

「そうだろうと思った。よく似てるもの」大野木は、何とかして、話をメッサーの傷からそらせたがっていた。哲をさし、「こいつ、遠藤哲といってね、松崎さんとこの誠ちゃんや浩ちゃんと、仲間組んで、とばしてるんですよ。おれも、サーキットで、よく、いっしょになるの。おれは、ちがうグループなんだけど」

「サーキットの話、きいたわ、浩ちゃんから」真琴は言った。浩介のことは、真琴が、あまり話題にしたくなかった。

「金は、バイト代入ったら、払うよ」哲は言った。

「あ、そんなの、困るんだな。金とマシンは、ひきかえだぜ」

大野木は、先輩の工員の方を、ちらっと横目で見て、主張した。

「どうして、今日はそう冷たいんだ？　いつだって、待ってくれるじゃないか」哲は、けげんそうだ。

大野木が、すぐに金を払わなくてはだめだと哲を責めたてているのは、史郎にメッサーの話を持ち出され、怒られないですむようにするためらしい。史郎は、うんざりして、工員の方に、とにか

く、早くなおしてくれと言った。

「エンジンが、まだぐあいが悪いなんてことはないんだろう」

「ええ。すみませんね。おい、カメ！」

「もういいよ。今度は、かってに乗りまわさせないでくれ」

「なおったら、電話で知らせますから。わたしが、とどけます」

工員は恐縮して、何度も頭をさげ、史郎は真琴をうながして、店を出た。家まで歩いても、たいした距離ではない。

「コーヒーでも飲んで帰ろうか」

ぶらぶら歩いて行くうしろから、オートバイの爆音が近づいた。史郎は、真琴をかばって、道のはしによける。その脇を、マシンが走りぬけた。哲だった。史郎たちが店を出たので、大野木は、哲にむかってわめきたてる必要がなくなり、あっさりマシンをひきわたしたらしい。

右手の路地から、小さい女の子がとび出したのは、そのときだった。真琴は、躰が凍りついた。声も出なかった。轢いた！　と思った。哲のマシンは、左に急カーヴを切った。石垣に激突。マシンは、はね上がった。哲の躰が、道路に叩きつけられた。

史郎が走り寄り、真琴もつづいた。女の子は、うつ伏せにころがっていたが、史郎が助け起こすと、大声で泣き出した。ひざ小僧をすりむいただけで、ほかに傷はなかった。マシンは、女の子の躰に触れていなかった。

哲は、仰向けに倒れていた。顔は血の気がなかった。失神しているようにみえたが、真琴が立ちすくんでいると、

「見えるぜ」ちょっと、笑った。

「ばかね」真琴は、薄紅くなって、両腿をぴったりつけたのだった。

## 3

「マシンのパーツ、はずさなくちゃいけないわね」

かたわらに駐めてある哲のマシンに、真琴は、目をやった。

雲のふちが、かっと、きらめいた。滝のような光茫が、西の空になだれ落ち、東の方は、藍色が濃さを増していた。

「あとで、カメの店に持って行く」

「カメちゃん、大変ね。みんなのマシンのパーツはずすんじゃ」

浩介の死も、哲や大野木、登たちのマシン熱をさます力はなかった。最初の予定どおり、揃ってAJMCのモトクロス・レースに出場するつもりである。

「ほんとに、気をつけてね。一度、あんな怪我をしてるのに、よく、こりないわね」

女の子を轢くまいとして石垣に激突した哲を、史郎はメッサーで病院にはこんだ。そのとき、哲が、家出人であることを知った。土方や風太郎のバイトで稼いでいるという哲は、健康保険にも、もちろん入っていない。家に連絡することを、哲は、強く拒んだ。どうしても実家の住所を教えようとはせず、入院料は払えないから、すぐ退院させてくれと主張した。甘ったれるなと、史郎は怒りつけた。うちの人に連絡しなければ、誰か他人が、きみの面倒を見なくてはならないんだぞ。哲は黙りこみ、それから、オートバイを売って、入院費にあててくれと言った。そのとき、とても辛そうな顔をした。

真琴は、ほとんど毎日、見舞いに通った。ほかにすることがなかったし、哲といっしょにいるのは楽しかった。

ある日、病室に、若いサラリーマン風の男が来ていた。「兄だ」と、哲は言った。

哲の兄は、費用だけ払って、また、哲の身辺から消えた。

「あいつは」と、哲は、兄のことを真琴に言った。

「一時は、学生運動の闘士だったんだぜ」

真琴は、それ以上、哲の家庭の事情や家出の理由についてたずねようとはしなかった。何も知らなくてもよかった。いま、このとき、愛しあっているという実感だけで満足だった。言いたくないことは、むりに聞かなくてもいい。誰だって、人に触れられたくないことは持っている。

真琴自身にもそれは、あった。

浩介に、はじめてタンデムを誘われたとき……。風は冷たく、躰を刃物で切り裂かれるようだった。

気持ちいいわ。もっと、とばして。真琴は叫んでいた。

浩介は、マシンを止めた。

おれと、セックスしない？

あっさり、浩介は言った。

え？

恋愛とか、好きとか、そんなんじゃなくてね、と、浩介は言った。ちっとも、いやみに聞こえなかった。

いいわよ。真琴も、あっさり答えた。あとになって考えてみると、なぜ、何の抵抗感もなく浩介の言葉を受け入れてしまったのか、自分でもわからなかった。マシンの魔力のせいかもしれない。淋しくて、気持が荒れていたし……。マシンの震動につき上げられて、真琴の躰も、何かを求めているようだった。

一度だけ、と、真琴は言い、そうだよ、と、浩介も言った。ピルまで、浩介は持っていた。おれね、記録を作っているんだ。そう、浩介は言った。それを聞いたとき、真琴は、浩介の頬を打った。なぜ打たれたのか、浩介は、納得がいかないようだった。遊びだぜ、と、浩介は言った。怒ること、ないじゃん。

退院した哲に、サーキットに行かないかと誘われたとき、真琴がためらったのは、そこに行けば、また、浩介と顔をあわせるということだった。

それでもいいと、真琴は思った。こっちがひけめに思うことはない。

埋め立て地には、数十台のオートバイが集まっていた。エンジンのうなりが、すさまじかった。浩介も誠司も、そうして、大野木や彼の仲間たち――日高登と山本六也、井出基弘、フミ子――も来ていた。浩介は、こだわりのない顔をしていた。本当に、彼にとっては、そのときだけの遊びなのだった。真琴も、こだわりを捨てた。一人で気にしたって、つまらない。でも、哲には知られたくないと思った。

哲に求められたとき、真琴は、すなおに応じた。遊びではなかった。

真琴がサーキットに加わっているのを知ったとき、史郎は、激怒した。あんな不良仲間とはつきあうな、と、日頃はやさしい兄が、真琴をなぐりつけんばかりだった。

だって……。真琴は抗議した。史郎ちゃんだって、前、オートバイを乗りまわしていたころは、街道レースやったこと、あるじゃないの。みんな、いい人ばっかりよ。

その後、史郎は、ふいに気を変えた。土曜の夜は、真琴をメッサーに乗せて、自分もサーキットに行くようになった。ライダーたちは、マシンでは先輩の史郎を歓迎した。史郎も、かげで不良仲間とののしったことなど忘れたように、旧交をあたためなおした。サーキットの審判を買ってでたりした。あたしを監視するつもりかしらと、真琴は思った。

哲と特別な関係にあることを、真琴は、兄にも、ほかの仲間にも、気づかれないように気をくばった。秘密を持つのは、たのしかった。それに、兄に知れたら、哲との交際を断てといわれるかもしれないという気がした。

しかし、哲は、平気で、皆の前で、真琴の肩を抱いた。キスだって、しかねないくらいだ。真琴は、嬉しいけれど、少し、はらはらした。

サーキットに加わるようになって、真琴は、ときどき、誠司の視線が、まといつくように彼女に注がれているような気がした。

誠司は、陰性で、真琴は子供のころから、つきあいにくかった。

秀才と評判の高い長男の秀一と、野放図な浩介の間にはさまれて、誠司は、いつも影が薄かったと、真琴は思う。その誠司が、サーキットでは、別人のような暴走をみせるので、真琴は、目をみはった。がむしゃらな追い越し。乱暴なターン。しかし、テクニックは正確だった。

誠司が、一度、オートバイ仲間の一人と、大喧嘩をしたことがある。相手は、真琴は顔見知りだが、名前は知らない少年で、グループもちがっていた。

喧嘩のきっかけは、真琴にはわからなかった。気がついたとき、すでに、とっくみあっていたのだ。倉庫のかげの、人目に立たない場所だった。誠司には柔道の心得がある。あまり大柄ではない誠司だが、足がらみをかけて、たくみに、相手を押さえこんだ。

薄暗がりの中なので、二人の動きは、柔道を知らない真琴には、よく見てとれなかった。地面に倒れた相手の上に誠司がのしかかり、相手の足が、もがき動いていることしかわからない。

そのうち、けりがつくだろうと、最初は無責任に眺めていたのだが、二人は、いっこうに起き上がらない。真琴は、少し心配になった。誰か仲裁《ちゅうさい》を呼ぼうかと思った。隣に、いつのまにか、浩介が立っていた。

「ひでえことしやがるな」浩介は、つぶやいた。

「え?」

ひどいことをしているというのが、どっちをさしているのか、真琴にはわからなかった。

「兄貴だよ。誠司のやつ。地獄責めで責めてやがる。あれじゃ、たまらねえ」

やがて、誠司は立ち上がった。相手は、ぐったりのびて、仰向いたまま、はげしく、あえいでいた。

「ずいぶん、痛めつけたもんだな」

浩介が、冷たい声をかける。誠司は、薄ら笑った。

「誠司、おれにも、あの手が通用するか」

挑戦するような浩介の言葉に、誠司の目が光った。真琴は、ぞくっとした。ひどく残忍な表情を、誠司の眸に見たような気がした。

「おれは、あんな痛め方は、きらいだぜ」

浩介が言い、誠司は、ちょっと肩をそびやかした。

浩介の傍をすりぬけようとした誠司の躰が、すばやくむき直り、組みつこうとする。浩介は、とびのいた。左の小きざみなジャブ。誠司は、浩介の躰に手をかけようと隙《すき》をうかがうが、浩介は、よせつけず、右のストレートを腹に叩きこんだ。誠司は、かがみこんだ。浩介は、立ち去ろうとする。誠司の躰を前に投げ出すように、誠司の両手が、浩介の脚にからみついた。引き倒す。不意討ちだった。倒れた浩介の躰の上に、誠司がおおいかぶさった。

浩介の表情がゆがむ。今度は、真琴にも、はっきり見てとれた。誠司の右腕が、浩介ののどを絞木のように絞めつけ、それと同時に、全身で、たくみに、浩介の手足の反撃を封じている。

「止めて、誠ちゃん! 死んじゃうわ」

真琴の悲鳴は、エンジンのひびきにまぎれて、ほかの者の耳にはとどかない。

容赦なく、誠司の腕に力がこもる。真琴は立ちすくんでいる。誰か呼んできてとめなくてはと思いながら、足が動かない。

誠司の腕から、ふっと力がぬける。ああ、と、声をあげて、浩介が大きく息をつく。下からはね返そうとしたとたん、誠司は、腕に力をいれる。

誠司は、浩介をもてあそんでいた。失神直前まで絞め上げて、力をゆるめ、息をつかせる。再び、絞め上げる。

——これが、地獄責めか。

柔道の絞め技には、ルールがある。絞められた相手が手で床を叩けば、それが、〝まいった〟の合図で、一本、勝負がついたことになる。しかし、これは、相手が、〝まいった〟と合図することのできない、残酷な攻撃法だった。しかも、誠司は、一気に絞め落とそうとはせず、絞めたりゆるめたりを繰り返し、苦痛を長びかせることを楽しんでいるようだ。

憎悪をむき出しにした誠司の表情が、真琴をおびえさせた。

さっき誠司にいためつけられ地面にのびていた少年が、やっと立ち上がった。近寄ってくる。その気配に、誠司は、浩介の上から、とびのいて立った。背後から襲われたらかなわないと思ったのだろう。

浩介が、荒い息をしながら起き直る。誠司に近づく。誠司が、組む身がまえをみせる。浩介は、内懐にとびこむと、力まかせに、誠司の躰をひねり倒し、地面に叩きつけた。相手はボクシングでくると、そっちの方を警戒していた誠司は、浩介の奇襲に、うまくひっかかった。

「勝負あった」と、浩介は自分で言い、のどに手をあてて、「なかなか、みごとな攻めでした」と、おどけた身ぶりで一礼した。

男同士の喧嘩をはじめて目撃した真琴は、ただ、息をのんでいたのだった。

## 4

オートバイ・レースには、大きくわけて、ロード・レース、モトクロス、トライアルの三種類がある。

ロード・レースが、舗装されたコースで、ひたすら、スピードを競う競技であるのに対し、モトクロスは、スピードの優劣を争うのにはちがいないが、そのコースは、急坂あり、泥濘《ぬかるみ》地あり、凸凹道ありといった、悪路の連続である。

トライアルは、スピードよりも、ライディング・テクニックを競うレースである。難所を、足をおろさずに突破するといったことが、ポイントの決め手になる。

モトクロス・レースの花は、豪快華麗なジャンプである。急坂を一気に駆け登り、頂上に達したマシンは、その勢いで、ペガサスとなって空に舞い上がる。そして、ふしぎなバランスをたもち、ゆるやかに翼をおさめ、地上に舞い下りてくる。

何十台というマシンが入り乱れ、土煙をあげて土《ダート》を爆走するモトクロスは、野性的な荒ら荒らしいスポーツで、体力の消耗もはげしいが、ロード・レースにくらべて、危険度は少ない。悪路を走るので、ロード・レースのような殺人的なスピードを出すことができないからだ。転倒事故はかぞえきれないほど起きるが、命にかかわるような大事故になることは、そう多くはない。だから、素人がわりあい気軽に参加できる。ほとんど日曜ごとに、日本のどこかしらで、いくつかのモトクロス・レースが開催されている。そのなかでも、AJMC主催のレースは、権威があった。

モトクロス・レースには、プロは、モトクロス専用に造られた軽快なマシン、モトクロッサーを使用する。車体は軽く、泥濘地走破にぐあいがいいように、エンジンやサスペンションなどを積むクレードル・フレームの位置が高くなっている。レースに不必要、かつ、転倒したとき危険を生じるようなパーツは最初からついていない。もちろん、このマシンで公道は走れない。

しかし、ノービス（素人）クラスは、市販車の使用しかみとめられていない。レースに使用する市販車の、不必要なパーツは、出場者が、各自前もって取りはずしておくことが義務づけられている。

大野木が、みんなのマシンのパーツを取りはずしてやることになっていた。

「ぼつぼつ、行くか」と言いながら、哲は、まだ、起き上がろうとはせず、

「子供のころ、夕暮れが怖かったたな」

仰向いたまま、思い出すように言って、煙草に火をつけ、深々と喫った。銀色の小さいライターは、真琴がプレゼントしたものだった。

「哲ちゃんらしくないわ」真琴は微笑した。

「兄貴たちと野っ原で遊んでいて、日が暮れてくるだろう」哲は、自分に語りかけるような口調になった。「兄貴たちは、わーっと先に帰っちゃう。おれは、一人で、おいてきぼりにされまいと、一生懸命走るんだ」

空が東の方からどんどん黒くなって、まるで、夕闇がおれを追いかけてくるようだ。おれは、夢中で西にむかって走る。西の空は、夕焼けで紅く燃えている。紅い光が滝になってなだれ落ちる。

あの夕焼けの中に逃げこもうというように、おれは短い足で地を蹴った。

そんなとき、おかしなじいさんに会ったんだ。夕焼けを背に、黒いつばのついた大きな帽子をかぶり、黒いマントを着たおじいさん。そいつが、道のはしに立っていて、こう言ったんだ。

『坊や、おそすぎたね。車は、もう、行ってしまったよ。坊やは、まにあわなかったんだよ』

じいさんは、夕焼けのむこうを指さした。

小さな黒いものが、地平のむこうに浮かんでみえた。みるみる遠ざかって、夕焼けの紅い光の中に溶けこんでしまった。

なんだかわからなかったけれど、とにかく、おれは間にあわなかったんだと、とても悲しく淋しくなって、掛け蒲団の衿カバーがぐしょぐしょになるくらい泣いたんだ」

「夢の話なの？」

「ああ、たぶん、子供のとき見た夢だと思う。でも、すごく鮮やかに印象に残っていて、ひょっとしたら、本当にあったことじゃないかなんて気もするくらいだ」

「哲ちゃんて、意外とロマンチストなのね」

と真琴が言いかけると、色つきの夢を見る奴は、きちがいだってさ、と哲はふざけた口調で、おれ、色きちがい。

「いやだ、ばか。幻滅。せっかく、ロマンチックな気分になっていたのに」

「それじゃ、ロマンチック・ムードを恢複《かいふく》しよう。日本脱出の夢を語るなんての、どうだ」

「外国に行くの？」

「ああ」

「本気？」

「本気さ」

「お金かかるわ」

「稼げるんだなァ、それが」

「風太郎って、そんなにもうかるの？」

「別口。手に入るのは、まだちょっと先の話だし、絶対確実とは言えないんだが、まず、大丈夫だな」

羨ましいだろう、と、哲は言った。

「あたし、オーストラリアに行ってきたもの」

「あんな、甘ったれた過保護なの、だめだ。自分で、放浪するんでなくちゃ」

「いっしょに連れて行ってくれないの？」

「冴えないな、女の監視つきの放浪じゃ」と言って、哲は、嘘だよ、連れていってやるよ、と笑った。

「そのかわり、お嬢さん旅行とは違うんだぜ。砂漠のどまん中で野宿するようなことになるかも」

「いいわ。いつ、行くの？　どこに？」

「ばか。そんなに、がっちり予定たてて行くんじゃねえよ」

「哲ちゃんの言うこと、気まぐれだから、あてにならないな」

「もっとも、どこへ行ったって、どうってこと、ないかもしれねえけどな。何をしたって、先が見えてるって感じだ。家出したって放浪したって、そこで何が起きるか、どんな気分になるか、やらない先から、わかっちゃってる。情報過多な時代に生まれた不倖せだ」

今さら頽廃《たいはい》するのもかったるい、まじめにやるのは、なお、かったるい、と、哲は、節をつけて言った。

「何をやっても、先駆者にはなれない。ドラッグも長髪も、いまや、プロテストの意味を失なって、ファッションになってしまった。残るは、アラブか、赤軍か」

行こうか。起き直って、哲は言った。

「アラブ?」

「ばか。カメの店だよ。あまりおそくなると、しまっちゃう。途中まで送っていってやるよ」

陽が落ちつくし、夕焼けの色は薄れ、わずかに薄明《はくめい》が西の空に残っていた。

5

日高登と山本六也が働くビューティ・サロン〝ジュンヌ〟は、渋谷のモリツネ・ビル六階ワンフロアをしめるマンモス美容室で、従業員は、美容師《オペレーター》、実習生《インターン》、あわせて八十人ほどいる。その半数近くが男性である。女性はピンク、男性は水色の仕事着。それが、壁一面に貼りめぐらされた鏡にうつり、何百人もの人間が入り乱れて動きまわっているようにみえる。
開店十時、閉店九時。十一時間労働である。閉店後、登たちインターンは、店内をすっかり清掃しなくてはならないのだが、今日は、
おい、
登がめまぜした。
OK、

六也もウィンクを返した。

他の者がピンケースを整理したりシャンプー台を磨いたりしている間に、二人は店を抜け出した。もう、エレベーターは止まっている。階段を駆け下りる。一階の従業員出入口の前で、フミ子が待っていた。鈴屋のバーゲンで六也が買ってやったつばの広い帽子をかぶっていた。コットンのロングのワンピース。人形みたいにかわいいと、六也は思う。

「今日もいそがしかった？」

「いそがしかったのなんのって。シャンプー二十人。コールドのロッド巻き十八人」コールドの薬液に侵され火ぶくれのようになった指を、登は突き出してみせた。

三人で、地下の駐車場に下りる。がらんとした駐車場のすみに、真紅のタンクの登のナナハンと、六也のグリーンに白のストライプを入れたツーハンが置いてある。

マシンを押して、三人で地上に出る。

登はナナハンにまたがり、フミ子をリア・シートに乗せた。

「じゃあな、ロク、頼んだぜ」

「ツーハン、おまえが明日使うんだから、おまえがカメの店にころがして行くべきだと思うんだがな」

「それじゃ、フー子さんがかわいそう」

「おれがお相手する」

「おまえは昨日、今日はおれ」

「何の話？」フミ子が首をかしげてたずねた。

「デートの順番。昨日はロクで、今日はおれ」

「それなら知ってる。そうじゃなくて、ツーハン、明日、登が使うの？」

「そう。明日、いよいよ、モトクロスのレースだろう」

「うん」

「モトクロスは、ナナハンではむりだ。せめてツーハンぐらいでなくちゃ。軽いほど、やりいいんだ」

「それで、登がロクさんのツーハン使うの？」

「そう」

「それじゃ、ロクさんは？」

「見物」

「フー子、おれといっしょに、登がこけるところ見ような」六也はフミ子の肩に手をかけた。

「あれ、ロクさん、モトクロ、でないの？」

「ロクは、ジャンプ、むりなの。新米だから。タンデムだって、よたよたしてるだろ」

登は、キックしてふかしながら、「はずすパーツは、カメが心得てるからな。頼んだぜ」とどなった。

「ああ」少し不機嫌な顔でうなずき、六也は、ツーハンを発進させた。

登は道玄坂から丸山町の方へ、六也はそのまま玉川通りを、別々に道をとる。登とフミ子は、レンタ・ルーム。六也は、カメが働く森口モータース。

六也がふりかえると、ぐんぐん小さくなるマシンの、リア・シートにまたがったフミ子の帽子のつばが揺れていた。

——ちきしょ！


日高登と山本六也は、高校以来の友人である。

もっとも、高校時代は、それほど親しくはなかった。

高校三年、そろそろ、卒業後の進路を決めなくてはならなくなって、登は、迷っていた。

大学進学は、成績からいって、国立はとんでもない話、といって、私立では金がかかりすぎて、おれの親じゃ、学資払いきれそうもない。苦労してバイトして通うほどの魅力もねえな。そうかって、やっぱり日本では学歴がものを言う。高卒じゃ、一生、うだつがあがらねえかもな……。

そんなことをぼんやり考えながら、パチンコをはじいていた。隣りの台で、ぼさっと突っ立って、玉だけはやけに景気よく、ジャラジャラ出しているのがいた。横目で見たら、六也だった。

おまえ、決めたか？

何を?

大学。

行かねえよ、おれ。六也は答えた。うちの母ちゃん、そんな金、出してくれねえもんな。六也は、父親を高一のころなくしている。母親が生命保険の外交で働いていた。

行きたくもないしな、と、六也は、ぼそぼそ言った。頭よくないからね。美容学校に入って、美容師になろうと思うんだ。技術身につけた方が、サラリーマンになって帳面つけなんかしてるよりいい。

へえ、おまえが美容師!

登は吹き出した。上背こそあれ、もっさり垢《あか》ぬけない六也と、男性美容師という時代の先端をゆくような職業とは、およそ、そぐわないと思ったのだ。しかし、
そういえば、おまえ、女装して学校に来たことがあったっけな。


六也は、だいたいが、はにかみ屋で、あまり人目に立つことはしない方なのだが、ときたま、まれに、突如として突拍子もないことをやらかすことがある。

女装事件は、高校二年のときだった。

登たちの高校は、校則で、長髪を禁止されていた。女生徒でさえ、肩にかかるほどになると、短く切るか、きちっと結べと勧告される。いまどき、お下げにするイモがいるか!

それが、いたのだ。

英語の新任教師、吉川《よしかわ》という大学出たてが、校長室に呼ばれ、教頭から吊し上げられた。そんな髪では、生徒にしめしがつかない。校則にのっとり、何とかしたまえ。はい、何とかします。翌日から、吉川は、肩をおおう長い髪を、二つに割ってゴム輪で結んだお下げ髪であらわれた。

吉川は、男なのだ。

生徒は、喜んだ。感動したなあ、もう。感動し

たからには、態度で示そうよ。誰か、女装して学校に来る勇気のある男、いない？　女生徒が言いだした。

勇者には、クラス全員カンパして、賞金一万円、と、男生徒の一人が悪のりし、皆、賛成した。どうして、女にビキニで来いという方に話を持っていかないいんだ、ドジ、と、登は思ったが、発言しないうちに、話は決まってしまった。

一万円か、と、登もちょっと心を惹かれた。ミスＮ高にノミネートされたこともある三ノ宮真知子あたりの制服を借りられるなら、やってみてもいいな——などと思ってもみたが、ばかばかしくて、しらけた。

しらけなかったのが、六也だ。

翌日、本当に、借り物のセーラー服を着て、スカートをはいて、毛臑《けずね》は白いハイソックスでかくし、借りもののかつらをかぶって、登校してきた。

目をむいた教師が、ものすごい勢いで校長室にひきずりこんだ。一目見て、校長も吹き出してしまい、早く着かえろと言われただけですんだ。

自宅で女装したら、昭和一桁頑迷固陋《がんめいころう》のおふくろが泡を吹く。駅の便所で着かえたのだと、教室に戻ってから、苦心の一端を洩らした。

♀に入ったのか。♂か。

♀だ。

そうだな。スカート姿で、♂でうろうろしていたら、痴漢に襲われる。

そんな物好きな痴漢がいるものか。ロクの方が、痴女にまちがえられるだけだ。

千円札、百円玉、十円玉、とりまぜて一万円分入った封筒が、六也にうやうやしく渡された。六也は封筒にキスし、ああ、死ぬほど辛かったなあ、とつぶやいたのだった。

美容師ときいて、嗤《わら》ったものの、登は、それも悪くないなと思った。

美容学校に入り美容師になると登が宣言する

と、母親は、安心したような情けないような顔をした。登の父は、市役所につとめている。旧制の中学を出ただけだから、出世はできない。停年退職の時期が目の前にせまっている。息子を私大に通わせるのは、容易ではない。美容学校なら、一年で卒業で、そのあとは曲りなりにも金を稼ぐようになるから、家計は助かる。しかし、男の美容師なんて……と、昔気質の母は割り切れない様子だった。父親は怒った。大学を出ておかないと、後悔するぞ。何といっても、日本では、まだ、学歴が物を言うのだから。

だからさ、学歴なんて関係ない世界で、おれはやっていくんだよ。

就職後、店で地方出身の従業員のために設けている寮に入った。ビューティ・サロン〝ジュンヌ〟は、都内だけでも数ヵ所にチェーン・ショップを持つ、この世界では大企業の一つなのである。しかし、寮では窮屈なので、六也といっしょに、アパートの四畳半一間を借りることにした。

オートバイ歴は、登の方がずっと長い。登は、高校に入るとすぐ免許をとった。

それまで単車に縁がなかった六也を、登は特訓でしごき、免許をとらせた。仲間がいる方がおもしろい。六也は、なけなしの給料から、月賦《げっぷ》でツーハンを買いこんだ。一度味をおぼえてしまうと、やはり、しじゅう乗りまわさずにはいられない。もっとも、登がやいやい責めたてて買わせた気味もある。

フミ子と知りあったのは、店からアパートに帰る電車の中だった。

登は少年マガジンを読みふけり、六也は眠っていた。ふと気がつくと、電車は、ドアがしまり、ホームを動き出すところだった。まだ、終点ではない途中の駅なのに、車中には、登と六也、それに、ずっと離れた席で眠っている女の子の三人しか残っていなかった。大勢乗っていた客が、みんなこの駅で下りてしまったらしいのだ。

さすがに、おかしいなと思った。

おい。つついて、六也を起こす。窓の外を見ていると、電車は、別の引込み線に入ってゆく。

おい、冗談じゃねえや。この電車、車庫入りだ。真暗な車庫に引きこまれ、車内の電燈が半分消えて、薄暗くなった。

登は、ドアの所にとんでいって、どんどん叩いた。

おい、開けろよ。開けてくれよ。まだ、客が乗ってるんだぜ。畜生。車庫入りなら車庫入りって、なんで知らせないんだよ。

車内放送はあったのだが、登はまんがに夢中になっていたし、六也は眠っていたので、気がつかなかったのだ。

登はドアを叩きまくっていたが、ふと見ると、六也は、女の子の隣りに席を移し、大丈夫だよ、なんて慰めていた。

登は、いそいで二人の所に行き、女の子の、六也と反対側の隣りに腰かけた。

ここで夜明かしってことはないよ。大丈夫だよ。

おなかすいちゃったわ。

六也は、ポケットから、少しはじのつぶれたチョコレートを出して、女の子にやった。

——畜生！　出おくれて、登は口惜しがった。

すてき！　と、女の子は嬉しそうに笑った。

パチンコの、と、六也は言った。

パチンコ、うまいの？

まあまあね。

おれ、セミプロ級だぜ、と、登は、いそいで話に割りこんだ。

そう、すごいのね、と、女の子は、登にも公平な笑顔をみせた。えくぼが、すばらしくかわいかった。

それが、フミ子と知り合うきっかけだった。フミ子は、恵比寿の小さな洋菓子店で働いている。女友達と二人で借りているというアパートは、登たちと同じ私鉄の沿線だった。

## 6

森口モータースは、もう、シャッターが半分しまっていた。もとは自転車屋だった小さい店である。六也は、背をかがめて、マシンを押しながら、店に入った。

薄汚れた作業衣の大野木が、かがみこんで、マシンのパーツをはずしていた。六也を見ると、ふーっと大きな溜息をついて、額ににじんだ汗をぬぐった。額に、油の痕が黒く残った。

「こいつも、たのむよ」

「かなわねえや。おれ一人で、これ全部はずすんだぜ。少し手伝っていけよ」

「ああ」六也は、隣りにしゃがみこんだ。大野木は、スパナを手渡した。

モトクロス出場のため、マシンからとりはずさなくてはならないパーツは、スタンド、キャリア、タンデム、フットレスト、ナンバープレート、バックミラー、ライトなどである。

そのほか、いくつかのパーツのチューニングは認められている。

ハンドル、コントロール・ケーブル、ワイヤ類、タイヤ、フットレスト、フェンダー、シート、消音器の内部、エア・クリーナー、点火プラグ、メイン・スイッチ、ペダル類、スプロケット、チェーン・ケースETC。

これだけ全部改造したら、モトクロッサーが一台買えるくらい金がかかってしまう。チューニングしなくてもかまわない。しかし、タイヤだけは、ぜひとも交換しなくてはならない。荒れたでこぼここコースを走るモトクロスでは、ブロック・パターンのトレッドが深く刻まれた、ごついタイヤでないとむりなのだ。

「このツーハン、誰のだ。見なれないな」六也が、ナンバープレートをとめたねじをはずしながら訊いた。

「哲のでもないし、モッちゃんのとも違うな」

「誠司のだ」大野木は、なかなかはずれないタンデム・フットレストを、かんしゃくを起こしたようにスパナで叩いた。

「誠ちゃん、モトクロに出るのか？　うちでとめられたんじゃやねえのか」

「はじめ、出ないって言ってたけど、今日、こいつを持ってきた。友だちから借りたんだって。ナナハンじゃ、モトクロはむりだからね」

「よく、おふくろさんが許したな」

カメは、ツーハン、店のを使うのか、と、六也は訊いた。

「ああ。もう、用意した。登は、ナナハンだろう。どうするんだ」

「おれのを使う」

おれは出ない、と、六也は、聞かれる前に続けた。


オートバイの止まる音がして、「遅くなっちゃった。今からでもやってもらえる？」井出基弘が、マシンを押しながら、入ってきた。

「やらなきゃ、しょうがねえだろ。パーツはずさなくちゃ、出場できねえんだから」大野木はきげんの悪い声を出す。

「ごめん。配達が多かったもんだから」

「おまえのマシン、ガタがきてるなあ。そろそろ、買いかえろよ。その、ホンダのCBセニアはどうだ。社長に交渉して、目いっぱい負けてやるぜ」

大野木はくろうとっぽい目で、井出のマシンを値踏みした。

「だめなんだよ。旦那に買いかえてくれって頼めば、おまえの乗り方が荒っぽいから傷むんだって、叱りとばされるにきまってる」

井出は、小声で言った。マシンは、井出の私物ではなく、店のものなのだ。

「おれが、多摩テックでジャンプの練習やるもんだから、それで、ブレーキだののサスペンションだの、すぐ傷んじまうんだ」

「明日は、未来のモトクロス・ライダー、モッちゃんの腕の見せどころだな」

モトクロス・ライダーは、井出基弘の夢なのだ。

だが、プロのレーサーになるためには、莫大な金がかかる。日本ではレースの賞金は微々たるものだ。スピードウェイで練習するための料金の方が、賞金をはるかに上廻る。マシンも、性能のいいモトクロッサーを持たなくてはならない。レースには、マシンの優劣が大きく物を言う。よほどブルジョアの子弟か、ファクトリー・チームに入って、親会社から養ってもらうのでなくては、プロのレーサーにはなれない。

「AJMCのレースで、いつも好成績をおさめていれば、どこか大きなファクトリー・チームが買いに来てくれるかもしれないぜ」

明日は、がんばれよ、と六也に肩をどやされ、井出は、笑顔になった。

「おれ……あがっちゃうから……」

「チューニングは、どことどこをやる?」大野木に訊かれ、

「いらない。パーツをはずしてくれるだけでいい」井出は、自分のマシンを撫でた。

それから、かがみこんで、ストレイナーのコックを閉め、親指の頭ほどのカップをはずし、カップにたまった燃料を捨てて、ワイヤブラシでフィルターの掃除をはじめた。

ガソリン・タンクからキャブレターに燃料を送るパイプについているのがストレイナーである。ごみがカップに入らないように、フィルターがついている。フィルターは、よく掃除しないと、すぐ、目づまりを起こす。

「タイヤも、かえなくていいんだ」

うつむいて、フィルターをブラシでこすりながら、井出は言った。

「モトクロス・ライダーになろうって男が、そんなけちなこと言っていていいのかよ」大野木があきれたように、「この丸坊主タイヤで、出場するつもりか」

「金、ねえんだもん」

「ばか。なぜ、ちゃんと貯めとかないんだ。モトクロに出ることわかってるのに」

「田舎に送っちまったからさ」

でも、いいんだ、と、井出は少しむりして明るい声を出した。

「腕がいいから」

「おれは、スピード・レーサーだな、なるんなら」

大野木は、遠くを見るような目になった。

「それも、オートバイもいいけど、やっぱり、スポーツ・カーだな。何たって、スケールがでかいもんな。その点、槇さんのメッサーはかっこいいよなあ。スポーツ・カーぶっとばす気分になれる。畜生、どうして、おれにさわらせてくれねえのかなあ。誠司や浩介には操縦させるくせに。差別だよな、あれ。中卒の工員だと思って、ばかにしているんだ」

「ひがむなって」

口笛といっしょに、もう一人入ってきた。遠藤哲であった。

「頼むぜ、カメ」

「自分でできるところは、自分でやってくれ。おれ一人じゃ、手がまわりきらない」

「ＯＫ」

哲は、鼻歌まじりに、アクセル・ワイヤの点検をはじめた。

# Ⅲ

## 1

午前六時。

〈西尾《にしお》運送〉と横腹に記した一トン半積みのトラックが、森口モータースの店の前に止まった。小さく警笛《けいてき》が鳴る。パーツをはずしてしまって公道を走れないマシンを運ぶために、井出が知合《しりあ》いの運送屋から借りてきたトラックである。

運転席に井出、隣りにフミ子が乗っている。荷台から、日高登、山本六也、遠藤哲がとび下りた。

大野木静夫が待ちうけていた。

日曜日の早朝。ほかの通いの従業員はまだ一人もでてきていない。大野木は住み込みである。

マシンを、皆で荷台に積み、ロープやゴムバンドでぎりぎり固定する。登が荷台にとび乗る。六也と哲がつづく。マシンといっしょに荷台に乗ってレース場に行くことになっている。

「カメ、乗らねえの？」登が訊いた。

「おれは誠ちゃんのクラウンに乗せていってもらう。おやじさんの車で迎えに来てくれるっていうから」

「あそこんち、よくレースに出るの許したな」

「御意見無用と、誠ちゃん、居直ったらしいぜ」

キンキンと、甲高いエンジンの音が近づいてきた。

「誠司か？」

「いいや、槙さんのメッサーだ」

大野木の目が輝いた。

「あの音、すぐわかる」

ツー・ストローク、ザックス単気筒エンジンの特徴ある回転音につづいて、メッサー・シュミットが、シルバー・グレイの姿をあらわした。

ルーフが開き、史郎が顔をのぞかせた。

「準備はできたのか。行くぞ」

「マックは？」哲が、荷台から顔を出して訊いた。

「留守番だ。メッサーに乗せたら、珍しく酔っぱらっちまったから、おいてきた」

「メッサーに酔ったって？」

「ああ」史郎は、手で、吐くしぐさをしてみせた。

「珍しいな。どうしたんだろう」哲は、ちょっと眉をひそめた。昨日は、元気だったのに……。

「なんだ、憧れの美女は来ねえのか」大野木が馬鹿でかい声を出した。

「カメ、おまえ、どっちに惚れてるんだ」登がからかう。「メッサーか。マックか。どっちも片想いらしいな」

大野木は、メッサーに近づいて、てのひらをそっとボディにあてた。

「おれ、メッサーに乗せてってもらってはいけないかな」ボディを撫でながら、史郎の顔をうかがった。

「さわるなよ。みがきたてだ」

ルーフを閉め、メッサーは、大野木の手をのがれるように、するするとバックする。大野木は、みれんがましく、ボディに両手をかけて、車を押し出すような恰好をした。自分が発進させてやったのだというように。方向転換して、メッサーは走り去った。

誠司の車を待つ大野木を残して、井出の運転するトラックもスタートする。

今日のレース場は、南多摩の稲城町。丘陵地帯の自然の地形を利用して設置されたコースである。

「モッちゃん、初舞台ね。がんばってね」

助手席のフミ子が、ハンドルを握る井出に話しかける。

「マシンがぼろだからなあ」と、井出の声は頼りない。

「大丈夫よ。あんなに、練習してるんだもの。ジャンプだって、ヒル・クライムだって、まかしとき、でしょ」

喋りながら、フミ子は、キャンディを口に入れ、——ああ、また、ふとっちゃうな。

「モッちゃん、食べる?」

井出は、首を振る。レースを前に、緊張して、少し蒼ざめている。

荷台には、登、六也、哲の三人が、警官に違反を見咎《みとが》められないよう、積みこんだオートバイの間にかくれて乗りこんでいる。仰向けに寝ころがっているから、外からは見えない。

梅雨明けの、いくらかスモッグでかすんだ空が目にうつる。

「ちょっと、空をとんでいる気分だな」

大野木と井出は、主人に頼みこんで、今日のレースのために休日をふりかえてもらったのだが、日高登と山本六也は、店の仕事をさぼって出てきていた。日曜日は、美容院としては、一週間のうち、一番いそがしい日だ。休むといえば、店長にどなりつけられるにきまっている。明日店に出たら、きっと、古参の女の従業員たちからいやみを言われることだろう。二人揃ってさぼるのだから、頭が痛かったなどという言いわけは通用しない。

「来月あたりから、そろそろ、ガリ勉をはじめなくてはならないぞ」

六也が話しかけた。

ウー、と登は顔をしかめた。

「美容師さんが、なんだって、ガリ勉やるの」

遠藤哲がたずねた。

「こわいこわい国家試験というものがあるの」

「やれやれ」

「おれ、昔から、暗記ってのに弱いんだよ」

と、登が、

「頭のいい者は暗記に弱いと、これは偉い先生が言っているのだから、本当だろう」

「いい方法を教えてやろうか」

哲が言った。

「昔、高校のまじめな生徒さんだったころ、やった方法なんだけど、豆タン暗記するのに……」

「赤尾の豆タンか」

「そう。あれのページを破って、水をはった丼に浮かべるんだ。紙に水がしみこんできたら、箸の先で、そっと紙をつつく。紙だけ沈んで、活字は水に浮くだろ。その黒いごちゃごちゃしたやつを、一気に飲みこんじゃうんだ。紙ごと食べるより、飲みこみやすいし、効くぜ」

ふーん、と、登がまじめに感心したので、哲は、ふきだした。

だまされたと気がついて、登と六也が笑い出したころは、哲は、もう笑いをおさめていた。

松崎誠司の運転するクラウンが、軽く警笛を鳴らして、トラックを追い抜いていった。助手席の窓を開けて、大野木が鼻の前で手を振ってみせた。

## 2

起伏の多い丘陵に、さらに人工的に多少の手をいれて難所を作ったコースは、二重のロープで他の部分としきられている。

レースのスケジュールは、

7・30　選手受付開始。ゼッケンナンバープレート交付。

8・00　車輌検査。公式練習。

9・30　レース開始。

と、なっている。

競技内容は、ノービス、ジュニア、エキスパート、セニアの四部門が、さらに車種によって、九〇cc、一二五cc、二五〇cc、とわかれている。

登たちは、ノービス部門の二五〇ccクラスに出場するわけである。

コースの模様は、公式練習のとき、頭にたたきこんだ。

パドックで、マシンの再点検をしながら、井出基弘の表情は冴えない。

「モッちゃん」どやしつけるように、遠藤哲が声をかけた。

「何をシケた面《つら》してんだよ。まるで、葬式にでも出るみてえだぜ」

「うん……」おとなしい井出の顔は、半分泣いているようにみえた。

「お、おれ……レース、おりようかなあ」

「どうしたんだ。腹でも痛いのか？」

井出は、首を振った。

「しゃっきりしろよ。ああ、わかった。コースがすごいんで、ビビったな」

「ビビってるわけじゃないけど……。勝てっこないもの、このマシンじゃ……。タイヤなんか、丸坊主だし……。あんまりぶざまなところ見せたら、もう、あいつはダメだって、レッテル貼られてしまうだろ」

哲は、井出のマシンを見た。それから、自分のマシンを見た。同じ車種である。哲は、だまって、自分のマシンのゼッケンナンバープレートをはずした。

「あれ、哲、それをはずしたら……」

「おまえのも、はずせよ」

早く！　哲は、声をひそめて、ささやいた。「もう、車輛検査すんでるんだから、わかりゃしねえよ」

「だって……、だって、哲、それじゃあ……」

「いいから、早くしろって」

井出がおろおろしているので、哲は、手早く、井出のマシンのプレートをはずし、つけかえた。

「誰にも黙ってろよ。登録すませたあとでマシンを交換したなんて大会の役員に知れたら、レース、追ん出されちまうからな」

「だって、それじゃ、悪いよ」

おれのマシン、ボロなんだよ、乗りにくいよ、これじゃ、哲が……

「おれは、くそまじめに、はりきって、レースやるなんての、好きじゃねえんだよ」哲は言い、まわりを見まわした。誰も、マシンの交換に気づいたものはいないようだ。

「すまねえな、哲ちゃん」井出は、泪《なみだ》ぐんで、それでも、現金に笑顔になった。

「おれ、きっと、いい成績とってみせるよ」

「あんまり、つっぱるなって」オーバーに感激されて、哲は苦笑して、はぐらかした。

「あのジャンプ・コースは、気をつけないといけないよ」井出は、熱心に忠告した。「着地点にプッシュがあるだろ。まともにとんだら、突っこんじまうぜ。思いっきり高くとんで、途中で操向転換するようにしないと」


六十台の素人《ノービス》レーサーが、一線に並んだ。

ノービスといっても、すでに何度もレースに出場し、一クラス上のジュニアと実力は大差ないという連中も大勢いる。とうてい勝ちめはないが、ジャンプだけは、フミ子の前でかっこういいところをみせてやろうと、登は心に決めている。

フミ子と六也、史郎は、ジャンプ地点の近くで見物しているはずである。


スタートは、デッド・エンジン・スタート。

エンジンをとめておいて、スタートの合図と同時に、キック始動する。

スターターの旗が振り上げられる。一瞬の静寂。さっと旗がひるがえるとともに、地をゆるがす排気音の怒号。六十台のマシンが、我れがちに、第一コーナーにとびこんでゆく。第一コーナーをすぎると、コースの巾は急にせばまり、追い越しにくくなる。スタートするや、いかに速く他を抜いて、第一コーナーにとびこむかが、まず、レースを有利に持ちこむ決め手なのだ。

敵のマシンが、登のマシンすれすれに掠める。ガリッと、接触する。車体がぐらつく。隣のマシンにぶつけて、たてなおす。敵は、ぶっ倒れる。知ったことか。もうもうと土埃が舞い上がる。

つづいて、モトクロスの呼びもの、ジャンプ。

急斜面を一気に駆けのぼる。前輪が、ふわっと浮き上がる。登は、両膝で燃料タンクをしめつける。腰を浮かす。ハンドルを力をこめて引き寄せる。

群集の歓声が空を圧する。

登のマシンは、高々と空を舞う。

短い飛翔。だが、その一瞬、マシンは、天馬となる。空の高みにむかって。空中で、登は、操向転換する。プッシュをよけて、後輪から着地。大地が、がっしりとマシンを受け止める。息を抜くひまはない。

シビアな登り坂がつづく。S字型にくねった坂道である。両側の雑木林の緑が、視野のはしを流れ去る。

エンジン・ブレーキをきかせ、横すべりするマシンをなだめながら、下り坂になる。

道は、急にせばまる。巾二メートル。前車の間隙を、強引にすり抜ける。水たまりだらけの泥濘地に入る。ハンドルをとられ、スリップするマシンが続出する。登の横を、泥のしぶきをはねあげて、後続車が走りぬける。ゴーグルもチンガードも、泥まみれだ。

ヘヤピンカーヴを、逆ハンドルできりぬけると、洗濯板を拡大したようなでこぼこ道になる。マシンが、とびはねる。ロデオの荒馬だ。ライダーの全身は、泥でぬり固めたようだ。

スタート・ラインのやや手前、ピット・エリアが見えてくる。そこで、フミ子が手を振っていた。一周目をほとんど終え、楽なコースに入ってややほっとしたところである。スピードを上げようとして、フミ子が大きな板をからだの前に立てているのが目に入った。

ふつうのピット・サインボードの三倍もあるようなベニア板だ。手を振っているのは、ただの声援ではない。大きく降りまわして注意をひいては、板を指さしている。登は少しスロットルを閉じ、スピードを落とした。

——レース中なのに、なんだってんだ、あのばか。

マジックで書かれた大きな字が目にとびこんだ。

モッちゃん、大けが、きとく。

登のマシンが、大きくよろめいた。

一瞬ためらってから、彼はレースを放棄《リタイア》した。

後続車の切れめをみはからって、ピットに入り、チンガードをはずした。

「どうしたんだ」

せきこんでたずねる。

「ジャンプ失敗したの。早く行って。危ないの」

「そんなばかな！」

登は息をのんだ。


フミ子と史郎、山本六也は、ジャンプの着地点の傍で観戦していた。

つぎつぎに、急坂を駆け登ってきたマシンが、空を飛ぶ。そのたびに、見物人の間から歓声が上がる、華麗な空の放れわざだ。

ジャンプは、高く飛ぶよりは、むしろ、低く飛んで距離をのばすほうがよい。しかし、このコースは、たいへんいじ悪くできていた。着地地点にプッシュがあった。

プッシュをさけて、どのマシンも、思いきり高く飛び上がり、飛びながら操向転換し、前輪を高く上げた姿勢で着地する。

これを失敗して、前傾姿勢で、前輪が先に地につくと、ライダーは、倒立し、頭から地面につっこんでしまう。必ず前輪を上げて、後輪から着地するのが、ジャンプのコツなのだ。

着地のとき前輪を上がりすぎるのはよくないのだが、この場合、距離をのばすより、プッシュをさけなくてはならないので、やむをえないことだった。

「ちきしょ、おれも……」やりてえな、とあとは口の中で、六也は、少し後悔した。もっとも。うまくやれる自信はない。

「ロクさんもやりたい？」フミ子に訊かれ、「いやだね」六也は、そっけなく、「おれは、のんびり気ままなツーリングの方が好きだ。カッカとして先陣争いするの、好きじゃない」そう言いながら、内心、この次のチャンスにはおれも……。

ヘルメットとゴーグル、チンガードで顔面をおおっているので、胸のゼッケンとマシンにつけたナンバープレートで選手を識別するほかはない。

No.35のゼッケンが登だった。

「着地後の加速が悪いな」

と、史郎が批評した。

「もっとも、この地形では、できるだけ高くとばなくてはならないから、いいフォームで着地するのはむずかしいだろうが……」

かなりおくれて、No.37のゼッケンをつけたマシンがおどり上がった。

「モっちゃんだわ」

フミ子が、手をたたいて叫ぶ。

井手基宏は、基本どおり、ジャンプ直前、燃料タンクを膝で締めつけ、中腰になった。

マシンは、高く空中に浮かぶ。それから、ハンドルを引き寄せる体勢に入る。

タイミングが狂ったらしい。前輪がさがった。一瞬、井手の狼狽が見てとれた。後輪がはね上がり、マシンは前輪から地面に突っこんだ。逆立った両脚が、宙に大きく弧を描いた。

からだの上に、はねとんだマシンが墜落した。百五十キロの車体は、井手のからだをくわえこみ、バウンドしてとび上がる。意識のないからだを地に叩きつけ、ふたたび、はね上がる。マシンと井手のからだは、もつれあって、バウンドする。やがて動かなくなった井手基宏の口もとをおおった白いチンガードは、まっ赤に染まっていた。

救護所として設けられたテントに、登はかけつけた。フミ子は、他の者に知らせるために、ピットに残る。

テントをくぐってまず目に入ったのは、大会の役員たちの背中だった。そのかげになって、井手の姿は見えなかった。

登は、人垣をかきわけて、前に出た。井手基宏の躰は簡易ベッドに横たえられ、その顔には、すでに白い布がかけてあった。布の口もとのあたりには、血のしみが滲んでいた。

地面にべったりあぐらをかいた山本六也が、うつむいたまま手放しで、ウッウッと声をあげていた。その脇に立った槇史郎の目もうるんでいる。松崎誠司が、まっさおな顔で、よろめきながら入ってきた。信じられないというように首を振って、井手の顔にかけてあった白布を、役員が止める間もなく、取り払った。蠟《ろう》細工のようになめらかに蒼ずんだ井手の顔を、一瞬まじまじとみつめ、膝の力がぬけたように、床に坐りこんだ。

つづいて、遠藤哲がかけこんで来た。

「モッちゃん！」哲は棒立ちになった。

大野木が姿をみせたのは、レースが終了してからであった。フミ子のピット・サインに気がつかなかったのだと言った。

「嘘つけ。レースを放棄《リタイア》するのがいやだったんだろう」

泪と泥でぐしょぐしょの顔で、登がどなった。

「ろくな成績もとれねえくせに、いっぱしの選手面しやがって。友だちよりくそレースの方が大事なのかよ、てめえは」

皆に力づくで引きわけられなければ、はげしいなぐりあいになるところだった。

「てめえの面《つら》なんか、見たくもねえや」

井手基宏の突然の、あっけない死に対する怒りと悲しみを、登は、大野木一人にたたきつけた。何かに八つ当たりせずにはいられなかった。大会の役員たちに羽交締めに押さえられながら、登は、毒づきつづけた。

「モッちゃんが死ぬなんてよ……。誰よりも一番、モトクロスにてめえを賭けていたのによ……」

「なんで、あんな、ブッシュのあるところでジャンプさせたんだよ」と、六也が言いかけると、

「そうだ！」登は、いきなり、大会の役員にくってかかった。

「あのブッシュのおかげで、ぎりぎり高く飛ばなくちゃならなくて……それで、モッちゃんは死んだんだ。ふつうなら、着地に失敗したって、こんなひどいざまにはならないぜ」

「ハイ・ジャンプは、レースの出場者全部がやったわけだ。失敗したのは、井手くん一人だ」と、役員の一人が、もてあましぎみに、「出場者の技術未熟から起きた事故を、こっちの責任にされては困る」

「なんだってんだよ！」六也が立ち上がった。

「こんな……こんな草レースのジャンプで死んだんじゃ、モッちゃんが浮かばれねえじゃないか。あんなひどいコース作りやがって」

「少し落ちつきなさい。友人を失なって、きみたちが昂奮しているのはわかるが」

「コースの設計者はだれなんだ。出てこいよ。手をついてあやまれ。モッちゃんを殺したやつ」登が叫ぶ。

「だまれ！」役員の中でも、赤ら顔のひときわたくましいのが、どなりつけた。

「おまえたち、因縁をつけるつもりか」

まあまあ、と、年かさの男がなだめる。

「今は、みんな、気がたっているから……」

槙史郎は、年下の仲間たちをおさえようとはせず、

――また、一つ、死。車と、遺体……

史郎の脳裏に、舗道に横たわった一つの姿が浮かぶ。浩介。それに、さらにオーバーラップして
……〈母〉……。

彼は頭を振って、井手の遺体から連鎖的に思い浮かんだ母の影像を消そうとした。舗道に倒れた

母の姿を、彼自身の眼で目撃したわけではなかった。彼が見たのは、加害者の手で家にはこびこまれた母の骸だった。

――かわいそうにな、モッちゃん。あがっていたんだな。

史郎の目尻に、薄く泪がにじんだ。

――こんな草レースで失敗するなんてな。

母のときには、泣かなかった、と、彼は思った。父は泣いていた。男泣きに。おれは泣けなかった。泣けるような甘っちょろい悲しみじゃなかった。

「いいかげんにしろ!」役員のどなり声で、史郎は、我れに帰った。

「きさまら、みんな、外に出ろ。仏さんの枕もとで、騒々しすぎるぞ」

「うるせいやい!」

どなり返しながら、登は、ふと、この場に浩介がいてくれたら、と、思わずにはいられなかった。いつもやっつけられ、しゃくにさわる奴ではあったけれど、

――あいつなら、こんな野郎の一人や二人……ストレートでのしちまっただろうな、と思う。

「外に出ろ」と、赤ら顔の大男が、登の肩を小突いた。登は、反射的に、相手にとびかかり、突きとばされた。鉄パイプの椅子に頭をぶつけ、痛ッ! と、かがみこんだ。

「きみが、このグループの責任者ですか」

年輩の役員が、史郎に、落ちついた声で話しかけた。

「そうです」

グループの正式なメンバーというわけではなかったけれど、史郎は、うなずいた。

「今回の事故に関しては、協会の方に責任がないことは、きみも十分わかっていることと思いますが、今後の処置に関しては、あとでゆっくり話しあうことにしましょう。今日のところは……」

役員は、一人で、のみこみ顔でうなずいた。史

郎は何も答えなかった。

## 3

店の裏に建てられたブロックの物置小屋が、住込店員井手基宏のねぐらであった。母屋には、よぶんな部屋がない。物置の片隅に一段高く床をはり、古畳を敷いたところで寝起きし、夜は単車もここにしまうから、文字どおり、愛車と同棲していたのであった。

井手の遺体は、その物置小屋の古畳の上に横たえられ、その夜は通夜になった。

井手の郷里は、秋田である。電報を打ったが、家族の上京は、早くて明日の夜になるだろう。通夜にはまにあわない。

通夜といっても、僧侶を呼んでの正式なものではなく、蒲団に横たえた井手の枕頭に、皆でつきそっているだけだった。

酒屋の主人が、三十分ぐらい同席したが、あとは友だちでやってくれと、早々に母屋にひきあげていった。

かわりに、二級酒二本とトリス一本が残された。

壁には、ポスターが貼ってあった。青一色の空を背景に、おどりあがったモトクロッサー。ライダーは、ジョエル・ロベールである。

「ほんとに、気がつかなかったんだってばよ」

大野木は、しつこく、くり返した。

「フー子のサイン・ボードに気がつけば、おれだって、レース止《や》めるよ。夢中になってたから……」

誰も相手にしないので、大野木は、へっ、と、ふてくされた顔になった。

「誠ちゃん、先に帰った方がいいんじゃないのか」

六也が、誠司のコップにウイスキーを注ぎながら、

「また、おふくろさんがうるさいだろう。車も、おやじさんのをかってに持ち出したんだろ」

「かまわない」誠司は、ぶっきらぼうに答えた。

「富士のロード・レース観戦だって、つきあうぜ」

「大丈夫なのかよ」登が驚いて、「勘当されちまわないか」

「勘当される前に、こっちから追ん出てやる」

「ＡＪＭＣの奴ら、モッちゃんの親父さんに、弔慰金出すかな」

槇さん、どう思う？　と、登は、史郎に問いかけた。

「無理だろうな」史郎は首を振った。「志《こころざし》ぐらいの金は出すかもしれないが、公平にみて、あのジャンプ・コース、ＡＪＭＣの設計ミスとは言いきれないからな。それほど無理なコースじゃない。その証拠に、他の者は、同じ条件で、みんな無事にこなしている」

「だめかなあ。たっぷりふんだくってやったら、せいせいするのに」

「まるで、おれたち、死神にとっつかれたみたいだな」

六也が、冷酒をみたしたコップを一息にあおって、冴えない顔で言った。

「くだらねえこというなよ、死神だなんて」

「おれ、わりかしクラシックに迷信深い方だからな」

六也は、からのコップをみつめた。

「まさか、浩介が招き寄せたなんていうんじゃないだろうな」

「やめて」

フミ子は悲鳴をあげて六也にしがみついた。

「抱きつくんならこっち」

登はフミ子をひき寄せた。

「三角関係がもめてやがる」

大野木が言った。かるい冗談をとばして皆の好意ある笑いを誘うつもりだったが、うまくいかなかった。いやに毒々しくきこえて、皆をしらけさせただけだった。

「ちきしょう、おもしろくねえなあ」

大野木は、ろくに飲めないくせに、コップの冷酒をたてつづけにあおり、

「ぶっとばしてくるぜ」

荒々しく立ち上がった。戸口と出て行きしなに振り返り、「おれにばっかり皆あたるけどよ、モッちゃんの死に一番責任があるのは、哲じゃねえか」捨てぜりふのように言い残して、出ていった。

「パーツはずしたマシンで、あいつ、ぶっとばすつもりか」

ひびき出したエンジンは、ツー・ストロークの、キンキンと甲高い音だった。

「あ、おれのメッサー！」史郎が、腰を浮かした。

「あの野郎！」

「酔っぱらってメッサーとばして、大丈夫かしら」フミ子が心配そうな声を出す。

「フー子ってのは、いつでも、登かロクか、どっちかに寄りかかっているんだな」哲が、ちょっと、おかしそうに、フミ子を見た。「骨なしみたいだな、フー子。まっすぐ背中をのばしていられないのか」

エヘ、と、フミ子は首をすくめ、背筋をのばし、また、登によりかかった。

「哲、さっきカメが言ったこと、どういう意味だ。心あたりがあるのか」

史郎に訊かれ、壁にもたれてあぐらをかいていた哲は、一升びんの酒を、らっぱ飲みで流しこんだ。

「史郎さん、乗りなれないマシンに乗ったら、ジャンプ、やりにくいだろうか」

「そんなこともねえだろ」登が口を出した。

「おれだって、ロクのマシンに乗ったけど、どうってことなかった。だけど、なぜ？」

「気がつかなかったか？　モッちゃんとおれ、マシンを交換したんだ。登録すませてから、車輌検査と公式練習のあとで」

飲むか、誠司、と、哲は残り少なくなった一升びんを誠司に突き出した。誠司は、ちょっと口をつけただけで、びんを畳の上においた。

「あとでクラウンをころがして帰らなくちゃやならないから、あまり飲むわけにはいかない」

「用心深いことで」哲は嗤った。

哲も、酔ってるな、と、登は思った。いつになく、絡むような口調だったからだ。

「マシンを交換?」史郎は首をかしげ、「ああ、哲、仏心を出したのか」

「――ってほどでもないけどよ、まあ、おれにとっちゃ、モトクロなんてのは、ほんのお遊びだが、モッちゃん、真剣だったからな。あのおんぼろマシン、タイヤも換えてないって、レースの前、あんまりしょんぼりしていたから、おれのと交換してやったんだが……事故がそのせいとなると、おれはいささか、寝ざめが悪い」

「あがっていたんだよ、モッちゃんは」と、六也が、「モッちゃん、気が小さくて、すぐ、ひきつるから。だって、マシンのせいだとしたら、哲だって同じ悪条件だろ。いや、もっと悪い。それでも、こなしたんだから……」

「と言ってもらえれば、おれも気が楽になる」

史郎が、ふと、聞き耳をたてた。

「あの野郎……」

「カメか」

史郎は、いや……と坐り直したが、エンジンの音が近くなると、がばっと外にとび出していった。

「すまない、槙さん、やっちゃった」

ルーフを開けて、メッサーから下りた大野木は、ふてくされた笑いを、史郎に向けた。フェンダーが少しくぼんで、ひっこすったような傷がついていた。史郎は、物も言わず、大野木をなぐりつけた。よろめいて倒れるのをひきずり起こすと、たてつづけに平手でなぐった。

大野木は、なぐられるままになっていたが、史

郎が手を止めると、唇に垂れてくる鼻血を手の甲で横なぐりにこすりながら、

「なぐったっていいぜ、槇さん。いくらぶんなぐってもいいから、そのかわり、もう一度メッサー動かさせてくれよ。誠司には、しょっちゅう貸してやってるじゃないか。浩介だって、よく乗りまわしていた。おれにだって……。こたえられないなあ、あの感じ。いくつなぐられたら、乗せてくれる。百か。二百か」

大野木は真剣なのだが、史郎には、嘲弄《ちょうろう》されたようにとれた。もう一度ふり上げた腕を、

「史郎さん、もう、やめなって」

うしろから、誠司が逆にとった。史郎の表情に、怒りが走った。

「カメ、おれの車に乗っていろ。送って行ってやる」

「すまねえな、誠ちゃん」

大野木は、血の混った唾を吐き捨てると、肩をゆすって、誠司の車の方に歩いて行った。

誠司が腕の力を抜いたとたんに、史郎は、腕を振り離し、手の甲を誠司の顔に勢いこめてはたきつけた。

「やめろよ、槇さん」

六也と登が、声をあげる。哲も、驚いて目を上げた。酔っても、乱れて暴力を振うことはない史郎だったからだ。それが、大野木、誠司と、たてつづけだ。一人が荒れだすと、ほかの者は、かえって、しらけてしまう。

史郎は、すぐ、自分を取り戻し、両手を、誠司をなだめるような恰好に動かして、小屋に戻ってきた。

「槇さんも、意外とけつの穴せまいのな」

誠司に媚びるような大野木の声だった。

「たまには乗せてくれたって、いいじゃないか。なァ。傷だって、たいしたことねえのに、あれ、保険かかってるんだろ。おれんとこで、ただで直すよ」

誠司は、無言で大野木の肩を押して、車にのせ、

自分も運転席に乗りこんだ。

史郎は、古畳の上に横になった。

ひやりと冷たい井手の手を、六也は握っていた。無意味だった。しかし、薄気味悪さを必死にこらえていると、次第に、その冷たさが気にならなくなるようだった。

――だれか、こうやってついていてやらなくちゃな、モッちゃんヨ。おまえの通夜だもんな。

# IV

## 1

金網のフェンスにしがみついて、登は、声をかぎりにわめいていた。

何をわめいているのか、自分でもわからない。腹の底から声がほとばしり出る。

登の傍には、フミ子、六也、誠司、遠藤哲、槇史郎。真琴は、気分が悪いと言って、来なかった。

富士スピードウェイ。全日本選手権ロード・レース大会の当日である。金網には、びっしりと見物人がはりついている。十重二十重の人垣を作った群集の歓声。それを圧して、排気音をひびかせ、ロード・レーサーが疾走する。

すぐ左手が、切り立った崖のように傾斜《バンク》した第一コーナーである。

トップをきりつづけているゼッケン4が、ほとんどスピードを殺さず、たくみなコーナリングで視界を走りぬける。ゼッケン7が、間をおかず後を追う。他のマシンは、完全にぶち切られた。

続くS字カーヴやヘヤピンカーヴは、登たちの場所からは見えない。

直線コースの中央に面して、高く階段状に設けられたグランドスタンドからなら、レースの全貌をほぼ一望のもとに見わたせるのだが、指定席は高価で手が出ない。やや遠ざかった爆音に、ヘヤピンでのレースのさまを、いらだたしく想像するばかりだ。ふたたび轟音が近づいて、直線コースの右はしにマシンの姿があらわれてくるまでの待遠しさといったらない。

大野木だけが、一人、指定席におさまっている。店のおとくいさんから、この〈富士スピードウェイ・ロード・レース〉の指定席券をもらったのだという。指定席券を買おうと思えば買える松崎誠司まで、仲間につきあって立見の自由席でがまんしているのに、一人差つけやがって、いやな野郎だと、登は腹をたてている。

いったん姿を消したゼッケン4が、直線コースにあらわれる。と、みるや、たちまち目の前をよぎり、カーヴをアウトからインに突っ切って、消える。ゼッケン7が、執拗《しつよう》にくいさがる。

ハイ・スピードによるコーナリングは、遠心力と重力の、微妙なバランスによってささえられる。そのため、コーナー部分のコースは極端にバンクさせてあるが、それでも、遠心力に抗しきれず、マシンがコースの外にふっとばされることがある。

わーっ、わーっ、という群集の歓声には、轟音とスピードでかきたてられた昂奮のほかに、いつ、流血の惨事が眼前で展開されるかという期待もこもっている。

晴れわたった空を背景に、西に、富士が山裾をひいている。

高地だけあって、陽射しはかっと強いが、レース場を渡る風は、さわやかに快く、熱狂した観客の汗みずくの背を吹き過ぎる。コースとフェンスの間の芝地には、野生のなでしこが、薄紅いはなびらをそよがせている。

最終ラップ。しかも、今日の最終レースである。熱狂は、一段と高まる。

ゼッケン4が、アウトから、ほとんど直線にインをめざす。その内側を、ゼッケン7のマシンが擦り抜けた。

衝突か！　と、歓声は、絶叫となる。勢いあまって、コースの中央まで突っ走って、マシンを右に切り直すゼッケン7の内側を、さらに、ゼッケン4が追い抜いた。

二台のマシンは、抜きつ抜かれつしながら、視界から消える。見物の関心は、ゼッケン4とゼッケン7の決戦に集中している。

遠のいた爆音が、ふたたび近づく。正面、グランドスタンド前のゴール・ラインでは、チェッカー・フラッグを持った係員が待機する。

登は、夢中で、フェンスをよじのぼった。てっぺんから躰をのりだせば、ゴール前のデッドヒートのさまが、楽に見わたせる。

「見えねえぞ。おりろ！」

下からのどなり声を、

「やかましいッ！」

どなり返す。

誰かが、ひきずり下ろそうと、足をひっぱる。蹴り離して、フェンスを乗り越え、網目に手足をからませて、はりつけのような恰好になる。指が痛いなどとは言っていられない。

ゼッケン4とゼッケン7は、ほとんど同時に、直線コースに姿をあらわした。内側を走るゼッケン4の方が、やや先に出ている。

コースの内側も、芝地をフェンスで仕切ったむこうが見物席になっている。空がひび割れないかと思われるような声援が爆発する。

フミ子のあけっ放しの口から、涎《よだれ》がたれている。無意識に手の甲でこすりながら、ヒーヒーと掠《かす》れた声をあげる。どっちを応援するつもりか、両方の選手の名を、かわりばんこに絶叫している。

二台のマシンは、ゴールにとびこんだ。チェッカー・フラッグが振り下ろされた。

一位は、ゼッケン４と発表された。

表彰式を見たあと、駐車場にマシンをとりに行く登の足どりは、ふわふわ、宙に浮いているようだった。

優勝レーサーと自分とが、まるで同一のものに感じられる。恋愛映画を観たあとは、どの女も二枚目の自分に憧れの目をむけているような気がするし、西部劇のあとは、拳銃の達人のような気分で、腰を落とし、大股で映画館を出てくる。ロード・レースが与える同化作用は、映画よりもいっそう強烈だった。

うっとりと酔い痴《し》れながら、マシンをひき出すが、ふと我れにかえると、自分のマシンは、カウリングもゼッケンプレートもない、ただの市販車なのだ。

見物席にさだめられた空地の外側、そこここに設けられた駐車場は、自動車とオートバイの見本市のように、あらゆる車種がぎっしりと並んでいる。

レース終了と同時に、車は、いっせいに動き出す。スピードウェイから東名高速の御殿場インターに出るS字型にカーヴした下り坂に、車の列がつらなる。みな、わーっと突っ走りたい昂奮を胸の中にたぎらせている。それなのに、スピードを殺してのろのろ運転をしなくてはならない。クラクションがけたたましくひびく。ばかやろう！　早くしろ！　怒号がとびかう。

――ハイウェイに出たら、ぶっとばしてやるぞ！

東名を西にくだるのもあり、また、二四六号線をとるもの、箱根裏街道から厚木街道へ出るもの、山中湖の方に廻るものなどもかなりいるので、御殿場インターをぬけ、ハイウェイに出ると、道はずっと楽になった。

途中、『アリス』というドライヴ・インに寄って、皆で飯を食って行こうという約束になっている。六也は、フミ子をリアに、あとから続く。行きは、登がフミ子を乗せてきた。帰途は六也がタンデムと、公平に乗せる約束になっている。

——さあ、やるぞ！

舌なめずりせんばかりに、登は躰を低くした。前方をみつめ、スロットルを開けた。フミ子を六也にまかせ、身軽だから、どんな曲乗りでもできる。

スピードがあがる、

八〇——一〇〇——一二〇——

視界が狭くなる。両側がぼやけ、まるで、細い筒をとおして前方をみつめるようだ。

頭の中が空白になる。隣りのやつを追い抜いて、けつを振りこんでやるぞ。それしか念頭にない。

乗用車の、それも、高級な外車や、女の運転している車、スポーツ・カーなどを狙って、横腹にくいつく。抜かれまいと、敵もスピードをあげる。時速一四〇ぐらいまであげて追い抜きざま、前にまわり込む。

三車線に並んだ自動車の間を、スキーのスラロームのように、右に左に縫いながら走る。

「スカG二台、ブルU一台……」登は、戦果を心に刻みこむ。

登の暴走に煽られたように、哲がスピードを上げた。

あとに続いてとばす六也の背には、フミ子がしがみついている。

——これでスリップしたら……

フー子と心中だ。ふしぎに怖くはない。いや、怖いのかもしれない。甘美な恐怖だ。

スピードが増すごとに、しがみついたフミ子の腕に力が加わる。二人の躰に、共通の震動がつたわる。まるで、マシンの上で、二人でセックスしてるみたいな気分だ。

左手に丹沢大山の山塊。右手は箱根の外輪山。しかし、とばしつづけるライダーたちの目には、何もうつらない。躰を切る風。視界のすみをとび去る緑の奔流。

登は、クリーム色のスマートなスポーツ・カー、シルヴィアと、デッドヒートの最中だ。敵も、たくみなハンドルさばきで、なかなか登に追い抜かせないのだ。抜こうとすると、スピードをあげて、鼻先にハンドルを切ってくる。運転しているのは、二十四、五のクルーカットの男だ。隣に若い女を乗せているのも気にくわない。

都夫良野《つぶらの》トンネルに入る。風の抵抗がふいに弱まり、層流にのせられて、思わぬスピードが出る。ハンドルをとられそうになるのを、たてなおす。そのすきに、シルヴィアが、すーっと前に出た。逆に、かぶせられてしまった。

——よし、みてやがれ。

トンネルの両側は、壁に埋めこまれたオレンジ色のライトが、延々と続く。バックミラーに、光はサイケデリックな模様を作って、さざなみのように、ちらつき流れる。

それだけでも、運転者は眩惑《げんわく》されそうになる。登は、さらに、単車をシルヴィアの尻にぴたりとつけると、敵の車内のバックミラーに、前照燈の光をまともにあてた。

ぎらぎらはね返る光が、運転者の目を射る。ハンドルがふらつく。スピードが落ちる。

——ざまあみろ。

執拗にライトをあてつづけ、トンネルを出る寸前、さっと追い抜いた。

出たとたんに、谷あいから吹きあげる風に煽《あお》られ、あやうく横に流されそうになる。背中を、冷たい汗を流れた。このスピードでは、転倒したら助かりっこない。

カーヴを描きながら、ハイウェイは下りつづける。こたえられないコーナリングだ。シルヴィアは追撃をあきらめたらしい。はるか後方に取り残された。

酒匂川《さかわ》をわたり、秦野から伊勢原に入る。登は、スピードをややゆるめる。ゴーグルのへりに、汗がたまっている。風が暑い。下界に下りてきたのだ。山塊はすでに遠く、ハイウェイの両側には、アパートや工場群が立ち並ぶ。

青地に白くナイフとフォークのパターンをぬいた立看板のあるところから、左にそれ、登はドライヴ・インに走りこんだ。

ガソリン・スタンドと並んだドライヴ・イン『アリス』は、こぎれいな山小屋ふうの作りである。

登は、手洗い所に行き、メットとゴーグルをかなぐり捨て、頭から水を浴びた。

「ばてた、ばてた」隣りで、ざーっと水音。ほとばしる水の下に、哲が頭を突き出した。

「何台こました?」

「十……二かな」哲は、頭を振って水しぶきをあたりにはねとばす。Tシャツを脱いで水に濡らし、タオルがわりに、顔から全身をぬぐう。

「うそこけ」大野木が割りこんだ。これも、頭を水で冷やしながら、「せいぜい、三、四台じゃねえか。はったりかましやがって」

「おまえ、おれのこますところを、かぞえてたのかよ」

「ああ」

「ってことは、おまえ、おれのけつについていたわけだな。ナナハンのくせに、ツーハンをこませねえのか」

「ヘッ」と、大野木は鼻の先で笑った。「真打ち登場は最後。テツなんざ、逆立ちしたってできねえわざをみせてやる。よく拝んでろ」

誠司が近寄ってきて、蛇口に口をつけ、ごくごく飲んだ。

「真打ちが、何を披露しようってんだ」

哲が言うのに、「あ、ちきしょ! みせつけやがる!」大野木は叫んだ。ドライヴ・インの入口で、マシンを下りた六也とフミ子が、抱きあってキスしていた。

「すごかったァ」フミ子は、うっとりした声を出す。「しびれちゃった」

六也は、抱きしめた腕に力をいれる。まだ、マシンの震動が下腹に残っている。

登は、かけ寄って、六也の腕からフミ子をむしりとり、「フー子、公平にいこうぜ」がむしゃらに唇を重ねた。

「ちきしょ!」大野木は、メットをこぶしでなぐりつける。

「もてねえ奴は、きのどくだな」と、哲。

「へ、おまえだって」

「それが、違うんだなあ。カメさん、おまえ、まだ童貞でしょ、心ならずも」哲は、煙草をくわえ、ライターで火をつけた。

「なに!」

大野木は、コンクリートで固めた地面に、ヘルメットをたたきつけたが、それは、哲のメットだった。

「あ、何しやがる」どなった拍子に、哲の口から煙草がとんだ。落ちたところが、大野木の足の上だった。

「あちッ! この野郎!」哲につかみかかろうとする大野木を「よせよ」誠司がとめ、メッサーで到着した史郎が、「めしにしようぜ」と、どなった。

## 2

「フー子、今度は、おれが乗せてやるからな」大盛のライスカレーを平げ、登は、ベルトを一穴ゆるめた。

「あ、それはないだろ、登」と、六也が、「行きはおまえがタンデム、帰りは、ずっとおれって約束だったじゃないか」

「そう、固いこと言うなって」

少し離れたテーブルで、大野木と哲が、何か言い争っている。同じテーブルに誠司と史郎もいた。哲は、立ち上がると、ずかずか登のテーブルに近づいてきた。上半身裸のままだ。

「おい、登、おまえのナナハン貸してくれよ」

「どうするんだ?」

「東京インターまで、おれのツーハンンと、マシン交換してくれ。カメと一勝負だ」

「何の勝負だ?」

「カメが、真打ち芸を披露するって。おれには逆立ちしてもできまいなんてほざきやがった。できるかできないか、見てみろって」

「だからよ、何をやるんだ。スピード・レースか」

「もっと、すげえんだ」

大野木と誠司も寄ってきた。

「マシンの交渉、すんだか」

「いいだろう、登」哲は念を押した。

「話によっちゃ、交換してもいいけど、何をやろうってんだ」

「料金徴集所《トールゲート》突破だ。しかも、フライングで」

ヒュッ、と、登は口笛を吹いた。「そいつを、カメと哲がサシでやろうってのか。おもしれえや。おれにも、いっちょ、かませろよ」と言いかけて、登は、気をかえた。「OK。マシン、交換してやろう。そっちは、ナナハン同士でやれ。ロク、どうだ、こっちは、ツーハン同士。フー子を賭けて、やらねえか」

「フー子の何を賭けるんだ」六也は、うろたえた。

「来週一週間、独占権はどっちにあるか」

「そ、そんな……。そんなの、フー子の人権無視だ」

「どうしてェ?」と、フミ子は納得のいかない顔をした。「人権無視って、どういうこと?」

「ばか。いいかい、フー子。フー子だって、賭けの材料にされるのなんか、いやだろ」と、六也は熱をこめて言うのに、「いやじゃないよ、おもしろいもの」と、フミ子は、けろっとしている。ちきしょ! 六也は情けない顔になった。どうして、こんな、頭のなかみのたよりないのに惚れちまったんだろ。

「誠ちゃんは？　カメたちとやるか、ナナハンで？」

「気がのらねえな」誠司は首を振った。

「史郎さん、フー子をメッサーにあずかってくれる？」

「いいぜ」

メッサーに乗せてくれるの！　と、フミ子は喜んだ。

「もう少し、ここで時間をつぶしていこう」大野木は腕時計を見た。「まだゲートのあたり、混んでいるだろう。よほど空いてからでないと、ゲート突破はやりにくい」

「二時間も、ここでねばってりゃいいな」

――マックがいたら、心配して、とめただろうな。

哲は、思った。
二、三日前、真琴と会った。真琴は、ずっと、体の調子が悪いのだと言って、沈んだ顔色をしていた。
哲ちゃん、本気で海外に行くつもり？

ああ、本気だぜ。

そう……。真琴は、だまった。

何だよ。何か言いたことがあるんなら、さっさと言えよ。

あたし……怖いわ。真琴は言った。マシン、つづけざまに、二人死んだわ。浩ちゃんとモッちゃん。

真琴は、最初言おうとしてためらったのと、ちがうことを喋っていると、哲は感じた。

真琴は、つづけた。わかってるのよ。マシンはすごく危険だってこと。事故が起こってあたりまえね。でも……なんだか……。偶然ね。偶然、続いて起こっただけね。

富士スピードウェイのロード・レースも、みんな、また、マシンで観に行くんでしょ。真琴は言った。大丈夫よね。何事も起こりゃしないわよね。

ばかだな。マックらしくないぞ。

でも、飛行機の事故だって、たてつづけに二度も三度も起きることもあるし……。気をつけてね、哲ちゃん。

事故を怖がって、マシンに乗れるかよ。死と紙一重、ぎりぎりのところで死神の鼻を明かしてやるのが、マシンのスリルだぜ。

マックも、行くだろ、ロード・レース観に。

行けたらね。真琴は言った。このごろ、メッサーに乗ると、すぐ酔うし、何だか、調子悪いの。そう言って、真琴は、哲の顔をみつめた。

そのときは、聞き流したけれど、今、真琴の声と表情を思い出して、哲は、ふと、気がついた。

——まさか！

まさか、そんなこと……。

外に出ると、ハイウェイの両側には、水銀燈がすでにともっていた。

ガソリン・スタンドのわきにとめておいたマシンを、それぞれひき出す。

大野木と哲が、まず、発進する。哲は、かわききらないシャツを、首に巻いてかるく結んでいる。先が長いから、最初からそれほどトップを争ってとばす必要はない。ほぼ並んで走ってゆく。

続いて、登と六也。レースに加わらない誠司は、一人で後から発進し、フミ子を乗せた史郎のメッサーが、つづいた。

ハイウェイは、すいていた。すいすいとばせる。

——いやに、けつがはねる。

登は気がついた。タイヤの空気圧《エア》が高すぎるらしい。エアが高いと、スリップしやすくなる。高速でとばすときは、エアを少し低めにするのが、ライダーの常識だ。

——哲の野郎、ずいぶんエアの高いのに乗るんだな。

たいしたことはなさそうだ。駐めて抜いている暇はない。このまま、ぶっとばそう。

横浜のインターを過ぎ、川崎に入るあたりから、急に、哲がとばしはじめた。

――いよいよ、勝負にでたな。

こっちも勝負だ。登は、ちらっとふり返る。六也のマシンは、だいぶ遅れている。

――ぶち切ったぞ。これなら、楽勝だ。少しハンデをつけてやるべきだったかな。相手がロクじゃ、はりあいねえな。大関と幕下だ。

哲は、大野木を抜いて、ぐっと前に出た。裸の背が、汗で光っている。

あれ？　と登は大野木に、不審な目をむける。おとなしく抜かれっ放しになっている大野木ではないはずだ。それなのに、大野木は、抜き返そうとはせず、哲のマシンの背後についた。

わざと、くいついたのだ。二台のマシンが、縦一直線になって、爆走する。

排気音が轟く。

――汚ねえやつだな。

登は、大野木の作戦に気がついた。

――おれは、正々堂々とやってやるぞ。

大野木は、べつに、卑怯な戦法をとっているわけではない。ロード・レースでよくみられる、スリップ・ストリームを利用する方法だ。しかし、大野木の方が哲より腕が上なのだから、あんな戦法をとらなくても、と、登は思うのだ。

前車がハイ・スピードで走っているとき、そのすぐうしろは、空気の渦流ができて、風圧がぐんと減る。これが、スリップ・ストリームである。後車がそこに入れば、空気抵抗が少なくてスピードを上げるのが楽だし、ここぞというところで、追い抜きが容易になる。追い抜いたら、うしろに入られないように、すばやく逃げなくてはならない。

ロード・レースで、同じチームのメンバーが、交互に相手のスリップ・ストリームに入って助け合うこともある。その間、マシンの負担を少なくすることができるからだ。

――それにしても、哲の乗っているマシンも、やたら、けつがはねてるぞ。わざわざエアを高くしたらしい。変なやつだな。

料金徴集所《トールゲート》の青ランプが見えてきた。本来なら、ここで、並んだブースの中の係員に、御殿場のインターで受けとったカードと料金を渡すのだ。

グワーッと、大野木のマシンが吠えた。一気に、勝負に出た。哲のマシンをはねとばしそうな勢いで、追い抜いた。哲のマシンがくいつく。トールゲートは、目の前だ。

マシンのハンドルを握ったまま、大野木は、いきなり、両脚をうしろに蹴り上げた。疾走するマシンの上に、うつ伏せに躰を流した。

フライングである。瞬間、車上から人影が消えた。いや、平たく寝ているのだが、トールゲートの窓からは見えない。

突破。成功。

すぐあとに続く哲が、ひきこまれるように、同じフライングの体勢に入る。

大野木のマシンは、フル・スピードで走り去る。

――やった！

係員が、ブースからとび出してきた。大野木のゲート突破に気がついたのだ。

「止まれ、止まれ！」

後に続く哲のマシンを制止しようとした。

そのとき、哲はすでに、フライングでゲートの脇を掠《かす》めようとしている。

突然とび出した人影に、哲のマシンは、大きくゆらぐ。

登は、はっとする。気をとられたとたんに、マシンはスリップした。

横倒しになる一瞬の間に、登の網膜に映じた光景は――

バランスを失なって、猛スピードのまま、コンクリートの柱に突っこんでゆく哲のマシン。噴き上がる炎。もんどりうって、炎の中にはね上がった、遠藤哲の黒い影……。

　登のマシンは、地面をのたうちまわる。登の躰も、路面をバウンドする。薄れてゆく意識の中に、炎の色だけが、燃える夕焼けのように鮮明だった。

3

Oh, C. C. Rider,
See what you have done.

　ねばりのあるだみ声で、ジミー・ブリードラヴが歌っている。史郎が、ダイヤルを廻し局を変えようと手をのばす。一瞬早く、荒々しく、真琴がスイッチを切った。音がとぎれた。

　おお、C・C・ライダー
　おまえは　何てことを
　しちまったんだ

　ブリードラヴの歌は、まるで、哲の死をいたみ、なげき、そうして、その無謀さを咎《とが》めているように、真琴の耳にはきこえた。

　車庫の二階、史郎と真琴の住まいである。南と西に、窓が一つずつ。六畳の和室に、レーヨンの、クリーム色のカーペットを敷き、家具は、ソファ・ベッドと小型TV。簡易洋服箪笥。ステレオ。

　壁付きのルーム・クーラーが、この簡素な部屋の、唯一のぜいたく品だ。

　TVの上に、一葉の写真がかざってある。三十代半ばにみえる、真琴によく似たおもざしの女性。自動車事故で死亡した、二人の母親である。実際の年齢より、はるかに若々しくうつっている。

「東京の空って、ほんとに汚ないわね」

　窓枠に肘をかけ、顎をのせて、真琴はつぶやいた。

「哲ちゃんは、夕焼けの中にとんで行ってしまったような気がするわ。

　哲ちゃんたらね、子供のころ、夕暮れが怖かったんだって。夕焼けの中に逃げこもうとしたんだって。ロマンチストなのね。外国に行くって言ってたわ。あたしもいっしょに来いって……」

「このごろ、ときどき、哲は、そんなこと言っていたな。海外に放浪の旅に出るなんて。与太かと思っていたけど、本気だったのかな」

「本気だったわ」

「風太郎で、そんなに稼げるのか」

「あてがあるんだって、言ってたわ、お金が入る……」

「マック」史郎の声が奇妙にあらたまったので、真琴は、けげんそうに、「え？」と兄の顔を見た。

史郎は、ためらった。自分の口からは、切りだしにくい。史郎も、うたがっていた。ひょっとして、マックは……。

メッサーに乗って、酔ったり嘔吐したりすることは、以前は、なかった。しかし、まさか……。史郎の目には、妹は、まだまだ、幼く見えた。留学から帰ってきたとき、一年会わないでいる間に、ずいぶん成長したとは思ったけれど。

史郎は、ほかのことを口にした。

「登が退院するから、見舞いに行くけど、いっしょに行くか？」

兄妹でも、ある程度成長すると、何もかも打ち明けて話しあうことは少なくなる。兄は、たぶん、気がついているのかもしれないと、真琴は思う。あたしの方から打ち明けて相談するのを待っている。でも、あたしは……。

「登の見舞いに行かないか」と史郎はもう一度誘い、真琴は、行かない、と首を振った。ほかに、行くところがあった。

シルバー・グレイのボディに大野木がつけた傷は、きれいになおっている。史郎はメッサーの操縦席についた。シートを前に押し出すように尻に力を入れる。脚部が倒れて、シートは前に出ながら、三十センチぐらい低くなる。これで、ルーフを閉めても、頭がつかえなくなる。狭い内部にオイルのにおいがこもる。

メッサーが発進する音をきいてから、真琴は起き直って、家を出た。一人、誠司の家にむかう。誠司のところまで、兄のメッサーに同乗しようかと思ったが、乗ると気分が悪くなるし、兄に、誠司に何の用だ、と問いただされるだろうと思ったので、歩いて行くことにした。十五分ぐらいの距離である。

真琴が誠司や浩介と親しくするのを、兄は、あまり好まないようにみえた。そのくせ、自分は仲《なか》好《よ》くつきあっていた。誠司も浩介も、真琴からみれば年下だ。幼なじみというだけのことだ。ステディとしてつきあうには、二人とも子供っぽすぎた。

黒いボディにワックスを塗り、ウエスに力を入れて磨きたてる。

——手離すものか。

まるで、命のあるものをいとおしむように、誠司は、マシンに頬を押しつけた。金属の冷ややかな感触。だが、血潮の力強い脈動を、誠司はそこに感じる。

マシンは、おれの生命のかよった武器なのだ。おれの牙だ。おれの剣だ。手離すものか。

狂熱的なスピードに身をまかせているときの陶酔と孤独。

とばしまくって、帰りついて、「ああ、今日もたがいに無事だったな」と、何度、マシンに語りかけたことだろう。

小さいころ、誠司は、自分がもらわれ子ではないかと、本気で疑っていた。しじゅう、家を離れて、祖父母のもとに泊まりにやらされていた。年子で生まれた浩介が、長じてからは誠司よりはるかにたくましくなったが、赤ん坊のころから七つ八つまで、病弱だったのだ。すぐ熱を出し、ひきつけを起こした。その上、ヘルニアがあって、ひどく泣くと、それが悪化するため、家の者は浩介にさからうことができなかった。誠司は、何事も、浩介にゆずることを強制された。口惜しいのをこらえて、浩介にゆずると、やっぱりお兄ちゃんね、えらいわね、と母におだてられた。そのほめ言葉をきくのが唯一の慰めで、一生懸命、いいお兄ちゃんらしくふるまった。

浩介が熱を出すたび、誠司は祖父母のもとにあずけられた。祖父母の家は居心地よかった。祖母は、ことに、誠司をふびんがり、猫かわいがりにかわいがった。誠司が家で邪魔者扱いされているようにうつったのだろう。むごいお母ちゃんだ、と、祖母は、嫁に対する不満をこめて、誠司に語りかけるのだった。

大きくなって、親が子に注ぐ愛情が、かならずしもどの子にも平等ではないということを理解するようになって、いっそ本当にもらわれ子だったらよかったと思ったりした。それなら、親の愛の薄さは当然のこととして納得できるからだ。

でも、もう、そんなことは、どうでもいい。おれは、強靭《きょうじん》になった。おれは、強い。何も、怖いものはない。

誠司は、ウエスを持った手に力を入れる。

誠司が中学一年のとき、祖父が死に、祖母は、誠司の家に同居することになった。母と祖母の間がうまくいってないことは、誠司にもわかった。まもなく、祖母は病床についた。祖母は、伯母——父の姉——の家にうつされた。実の娘の方が、嫁より看病がゆきとどくと、母が主張したのだった。一ヵ月ほど病んで、祖母は死んだ。葬儀のとき、母が涙をみせるのが、ひどくしらじらしかった。

目の前に、人影が立った。

「マック!」誠司は叫んだ。

「乗せて」真琴は言った。

「マシンに?」

「ええ」

「ツーリング？」

「そうよ」

「おれと？」

「ええ」

「マック！　本気か？」

「乗りたいの。でも、マシンに乗るの、誠ちゃん、うちの人にとめられてる？」

「ああ」うなずいて、誠司は、マシンを車庫の外にひき出した。

「乗りな」

シートにまたがった誠司の腰に、真琴の手が巻きついた。暖い息が、首すじにかかった。誠司は、思わず、躰をふるわせた。

——マックが、おれに、ツーリングを誘ってくれた！

とばしてと、真琴は言った。むちゃくちゃにとばして。

誠司は、キックした。


「御全快か」

六也が病室に入ってきた。史郎がいっしょだった。

「御半快だ」

登は、ベッドから下りて、パジャマのズボンを脱ぎ、ジーンズとはきかえた。

「それなのに、医者の野郎、もう退院しろなんて。のんびり休ませてくれりゃいいのに」

「金がかかって大変だ」

タオル地のパジャマの上衣を脱ぎ、「暑い、暑い」と、登はベッドにひっくり返った。

外科病棟の大部屋である。

「威勢のいいお兄さん、今日で退院か」

隣のベッドの、労務者風の男が声をかけた。

「そうだよ」

「静かになって助かる」男は笑った。

「フー子は？」

「もうじき、来るだろ。今日は登の退院日だから、店、早退するって言ってた」

「フー子のやつ、亭主が入院している間ぐらい、ずっと、店を休んで付添っているべきだ」

「かわりに、おれが店休んで付添っていたじゃねえかよ」

「野郎の付添いじゃ、おもしろくねえよ」

「ぜいたく言うな」

「おれのナナハン、焼けとろけちまった」登は思い出してなげいた。

ポケットから、六也は、免許証、煙草、百円玉や十円玉と、次々にとり出して、サイドテーブルに並べながら、

「テツのツーハンを、かわりにもらっちまえ。今、カメの店に修理に出してある」

「ツーハンじゃ、ナナハンのかわりにはならねえよ。みみっちくて。何だ、それ」

「おまえがすっころがったとき、ポケットからはでにぶちまけたやつ。小銭まで拾っといてやるんだから、おれも親切な男だねえ。一割よこせ」

「おれも、拾っといてやったよ」史郎が、ポケットから小さなものをとり出した。一つは、ライターだった。登は手にとってみて、

「これ、おれのじゃねえな。おれは、ライター使わない。マッチの方が、このごろでは、イキなんだ。それは、哲のだろ」

「それじゃ、これも、哲のかな?」

金属製の小さなものを、史郎はてのひらにころがした。六也がつまみあげ、

「ストレイナーか。哲か登か、どっちかのマシンからふっちぎれたんだな。こんなパーツでも、あれば修理のとき使えるよな」

どれ、と、登は手を出して受けとり、

「ぶっこわれてるよ、こいつ。カップがひびわれてる」と、調べてみて、あきれた声を出した。

「ロクさん、おまえ、いったい何年マシンに乗っ

てるの」

まじめな顔で、ええと……と、六也はゆっくり指をくった。

「ストレイナーのフュエル・コック締めたマシンで走れると思ってるの？」

六也は、ストレイナーを眺め直した。

「そういえば、このコック、締まってるな」

「おまけに、ねじ曲がって動かないだろ。ちぎれたはずみに締まったんじゃないぜ。締まってるやつがふっちぎれた状態だ」

「なるほど、これじゃ、マシン走らねえや」

「だろ。それで、よく免許とれたね。コック締めたら、燃料はキャブにいかねえの。燃料がなくちゃ、エンジンは全然動かない。よくおぼえとけ。御殿場から東京まで突っ走ってきたマシンのフュエル・コックが、どうして締まってるのよ」

「しつっこく迫るね、おまえも。もう、わかったって言ってるのに」

「ぶっこわれストレイナーか。そいつは気がつかなかったな。おれも、スリップ・ダウンしたとき、登のマシンからちぎれたのかと思った」史郎が言って、六也の手からストレイナーをとり、ポケットに入れた。

「だが、登も哲も、ずいぶんエアの高いマシンに乗るんだな」と、史郎が、「おれは、うしろで見て、はらはらしていたぜ。あれじゃ、スリップするのがあたりまえだ」

「哲のくせなんだ」と登が言ったとき、煙草を喫いかけていた六也が、むせて咳きこんだ。

「おまけに、スリップ・ストリーミングだからな……」史郎は、つぶやいた。

「一休みしよう」

誠司は、多摩川沿いの土手にマシンをとめ、斜面をおおった草むらに、二人は並んで足を投げ出した。

「マック」耳もとで、誠司がささやきかけ、唇が触れた。真琴は顔をそむけた。

「やめて」

誠司は、強引に唇を重ねようとした。

「いやよ、誠ちゃん」

唇が重なり、むさぼろうとする誠司の肩を、真琴はかるく突いた。

真琴の拒否が、かえって、誠司の行動を荒ら荒らしくした。

「やめて」

真琴は、今度は、力をこめて誠司を突き放した。

誠司の目に怒りがこもった。

「卑怯だぞ、マック」

「なにが?」

誠司の怒りがわからなくて、真琴は、首をかしげ、少しからかうような目で誠司を見た。いや、真琴にも、この瞬間、わかった。誠司が、以前から真琴を愛していたということが。

オーストラリアから帰ってきた真琴に、誠司が、ほとんど憧憬《どうけい》に近いような目をむけるのに気がついたけれど、真琴は、これまで、彼に関心を持たないできた。誠司は陰性で、浩介のように、つきあっておもしろい相手ではなかった。

「ツーリングに誘っておいて……」押し殺した誠司の声に、

「だからって……」

「きらいなら、なぜ」

誘ったりしたんだ。

「きらいじゃないわ」

真琴は、かぶせた。——きらいじゃないっていうのと、愛しているっていうのとは、全然、違うわ。

「誤解させたら、悪かったわ。オートバイで散歩したかったから。ただ、それだけなのよ」

女の子特有のいじ悪さを、真琴も、持っていた。

誠司は、表情をこわばらせ、うつむいていた。

ふいに立ち上がり、オートバイにまたがって、エ

ンジンをかけた。そのまま、走り去りそうな気配をみせたが、

「乗れよ」

真琴の方は振りむかず、言った。

「とばしてね」真琴は言った。


「荷物、これだけね」

フミ子は、登のパジャマや洗面道具をバッグにつっこんだ。史郎は、一足先に帰った。

「高《たけ》えな。ろくなもの食わせねえのに、差額ばっかり、ごっそりふんだくりやがって」

請求書を見て大声をあげる登に、おれが半分持つよ、と、六也は言った。

「へえ！　また、どういう……」

六也は、ちょっと口ごもり、「厄落《やく》としのためと思ってろ」

「クラシック！」


道は土《ダート》だった。マシンは荒れた。誠司の腰に手をまわした真琴の下腹を、震動が突き上げる。シートの上で、躰がはずむ。

とばして！　もっと！　もっと、もっと、もっと！

頭から血がひいてゆく。

アパートにむかうタクシーの中で、六也が言った。

「カメのやつなァ……」

「ん？」

「カメは、スリップ・ストリーミングを使ったと思うんだけど、違うか？」

「ああ、そうだ」登は答えた。

「ロク、おまえ、よく、スリップ・ストリーミングなんて、知っていたな。あれは、スピード・レースのテクニックだぜ」

「カメは、まさか……まさか、哲を殺《や》る気で、あの手を使ったんじゃないだろうな……」

よろめきながら、真琴はマシンを下りた。

「大丈夫か、マック」

さすがに心配になって、誠司は訊いた。よく転倒しなかったと、今になって、我れながらぞっとするくらい、ずさまじいスピードでとばしてきたのだ。真琴は、まっ青になっていた。

「なにが？」

真琴は、笑顔をみせた。

「ありがとう。じゃあね」

——とばせっていうから、とばしたんだ。知るものか。

真琴に、はっきり、ふられたのだ。誠司は、その思いをかみしめた。好きでもないのなら、なぜ、ツーリングに誘ったりして、気をもたせたんだ、畜生。

かっと怒りを相手にぶつけられる、陽性なたちではなかった。誠司は、だまって、激しい勢いで、マシンを発進させた。

真琴は、車庫の二階に上がっていった。

畳に横たわった。かすかな痛みが、下腹にあった。

手をのばして、ラジオのスイッチを入れた。

Cry me a river……

ジュリー・ロンドンの歌が、やわらかく流れ出した。

泣いて　泣いて　泣きつくして……

真琴は、ダイヤルを廻した。ドラムがひびいた。ひざを曲げ、腿《もも》を腹にひきつけた。内臓が一箇所にたぐり寄せられ、ねじ上げられるような痛み。額に脂汗がにじんだ。痛みは、すぐ、ひいた。

ドラムがバックにさがると、ペットが切りこんできた。すさまじい不協和音。真琴は、うめき声をあげた。痛みは、ふたたび、内部から真琴を引き裂きはじめた。

オートバイを車庫におさめ、自分の部屋にもどろうとした誠司を待っていたのは、母の、鋭い叱責だった。

「誠司さん、また、オートバイを乗りまわしていたのね」

母の言葉を無視して、誠司は、二階に上ろうと、階段に足をかけた。

「誠司さん!」

聞き流して階段を上り、部屋に入って、内側から鍵をかけた。

ベッドに、どさっとひっくり返った。

——愛していたのに……。

愛していたと、もう、認めたくなかった。

——あんな女……

そう思いながら、マシンを下りたときの青い顔、一年ぶりで、留学から帰ってきたときの、陽灼けした明るい笑顔、さらに、もっとずっと昔、いっしょに自転車で走りまわったころの真琴……。脳裏に、重なって浮かんでは消えた。

そして、浩介の、あの言葉……。

畜生……。誠司はうめき、拳でベッドの枠をなぐりつけた。

そのとき、ブザーが鳴った。電話を切りかえろという階下からの合図だ。

誠司は、起き上がって、机のわきに備えた電話の受話器をはずした。カチリと、階下で切りかえた音がした。

「おれだ」

登の声だった。

「何だ?」

「話があるんだ」

何の話だ? と聞き返そうとして、誠司は、ためらった。電話を、階下で母が盗み聞きしているかもしれない。居間と、誠司の部屋と、親子電話になっている。誠司の部屋に切りかえても、居間の受話器を耳にあてると、通話が聞きとれる。ただ、階下で受話器をはずしていると、通話の声が小さくなるので、注意深くすれば、盗聴の有無はわかる。母は、ときどき、盗聴するらしい。単なる好奇心なのだろうが、私信を開封されるのと同様、腹立たしいことこの上ない。

「哲のことなんだけどね」

おかまいなしに、登はつづける。誠司は、耳をすませる。大丈夫、盗み聞きはされていない。

「ロクに言われて、おれも気がついた。哲が死んだのは、カメの責任だ。そう思わねえか。あいつ、勝負に勝つために、おそろしく汚ねえ手を使いやがった」

「スリップ・ストリームのことか？」

「おまえも、気がついていた？」

「ああ、だけど、あれは、プロのレーサーだってやることだぜ。特別、汚ねえってことはないだろう」

「でもよ、トールゲート突破にあれを使うってのは、実に、危険きわまりないぜ」

それを言い出したのは六也だったけれど、登は、まるで自分が思いついたように、とくとくと説明した。

「考えてみろよ。ゴール直前で、カメは追抜きをやって、前にまわりこんだ。目の前にはブースが並んでいる。哲は、コースを変える余裕はない。そのまま、カメのけつにくいついて突っ走るよりほかはないだろ」

トップをとった大野木のマシンは、係員がまだゆだんしているから、楽にゲートを突破できるが、すぐ後につづいて同じゲートに挑まざるを得ない哲は、失敗の可能性が大きい。それも、死を招くほどの失敗である。マシンが無賃でゲートを突破したのに気づいた係員が、続く二番めを阻止しようとするからだ。フライングの体勢だから、ブレーキはフロントしか効かないし、全力疾走中である。ちょっとでもほかに気が散ったら、ハンドルをとられる。

「カメがスリップ・ストリーミングをやらないで、二台のマシンが別々のゲートをめざしていれば、遅れをとった方も、ぶじ通過できたかもしれない。また、同じゲートをめざしても、トップと二番手の間に、距離があいていれば、係員の阻止に気づいてからスピードを落とし、料金を払って通ることもできる。もちろん、これも失敗だけど、単にゲームに負けただけで、命の危険はない。スリップ・ストリーミングのおかげで、哲は死んじまったんだ。もちろん、カメは、あんな悲惨なことになるとは思わないで、ただ、レースに勝とうとしただけだろうと思うけど……まさか……まさか、殺意があったわけじゃないと思うけど……

おい、放っとけないだろう。一度、カメを呼びつけて、徹底的にしめ上げてやらなくちゃ。あいつ、哲が死んだって、しれっとしてるじゃねえか。てめえの責任じゃないみたいなつらしやがって」

「わかった」誠司はさえぎった。「相談しよう。うちに来てくれ」

「大丈夫か。おふくろさん、おれたちが行ったら、塩まいて追い出すんじゃないか」

「庭からまわってこい」誠司は言った。「二階のベランダから、火災用の縄梯子を垂らしておく」

縄梯子をのぼるなどというのは、運動神経の発達した登には朝飯前だが、六也とフミ子は、登のようにはいかない。高さにして三メートルぐらいの距離を、フミ子は、ヒマラヤの絶壁を登攀《とうはん》するような、悲愴な顔になった。

ベランダの手すりを乗り越えると、誠司が、ガラス戸を開けて待っていた。

エルトン・ジョンのクロコダイル・ロックがひびいているのは、登たちのみしみしいう音をごまかすため、誠司がかけたテープである。

「格調高いねえ、誠ちゃんの部屋」と、フミ子は感嘆し、「このベッドに寝てみてもいいですか？」

と、恐縮しながら聞いた。

「はい、どうぞ、どうぞ。ごいっしょに寝ましょう」と、誠司のかわりに登がこたえ、フミ子は、「ふわふわしてる」と、嬉しがってベッドにもぐりこんだ。

「カメの件だけどな」と、誠司が「史郎さんにも話そうと思うんだ。史郎さんのところなら、ここと違ってうるさく干渉する人間がいないから、あそこにカメを呼びつけて、皆で吊し上げよう」

ＯＫと登たちが賛成し、誠司は、史郎の家の番号をまわした。

「いいね、自分の部屋に電話があるなんて」

フミ子は羨ましがった。

「史郎さん？」

誠司は、早口に要領よく、カメ吊し上げの事情を話した。

「おれも、気がついたんだ。こっちから相談しようかと思っていたところだ」と、史郎の声が、「たしかに、哲の死は、カメのスリップ・ストリーミングのせいだ。だが、吊し上げは、明日にしてくれ。今夜は……」

「明日だって、いつだっていいけれど。何か用事かい？」

「マックが……」と、史郎は言った。言いよどみ、それから、

「おかしな話だけど、マックのやつ、子供ができていたんだ」

「えッ！」誠司は、声をあげた。

「誰の？　浩介か」

「浩介？　いいや。なぜ、浩介だなんて思ったんだ」

「…………」

「哲だ、相手は。愛しあっていることは、知ってはいたけれど……。子供ができたらしいことも、薄々気がついた。医者に行けと、今夜、はっきり言うつもりでいた。おろせと……。それが……。

出血して、まっ青になっていた。医者にはこんんで、いま、帰って来たところだ」

〈とばして！　とばして！　もっと、もっと、もっと！〉

誠司の耳の中で、真琴の叫び声が渦を巻いた。

とばして！　とばして！

「おれに……おれに、あれをやらせるなんて……」残酷だ、マック。誠司の表情がゆがんだ。背をむけていたので、その悲痛な表情は、登たちの目には入らなかった。

残酷だ、マック。おれを、おまえの腹を切り裂くメスのかわりに使ったのか。おまえにとって、おれは、ただの道具でしかなかったのか。

「なに、たいしたことはないだろう」と、史郎の声は、しいて平静をよそおっていた。「病気じゃない。一日二日病院で寝ていれば、それでＯＫだ」

電話をいったん切り、誠司は、荒ら荒らしく、森口モータースのダイヤルをまわし、大野木を呼び出した。激しい口調で、哲の死はきさまのせいだと痛罵《つうば》した。真琴にむけるべき激情を、大野木に叩きつけていた。

# V

## 1

暑い、暑い、と騒ぎながら、登は、かってにクーラーのダイヤルを弱から強に切りかえ、三畳に置いてある小型冷蔵庫から冷えたビールと氷を出した。戸棚からウイスキーのびんとコップ。史郎の部屋を訪れることは、そうたびたびはないのだが、必需品のありかは一度でおぼえてしまった。

Oh, C. C. Rider

とジム・ブリードラヴがうたっているのは、ラジオではなく、今日は、レコードだった。

Oh, year, year, C. C. Rider,

See what you have done.

「いかすだろう」と史郎が言うと、

「強烈すぎら」と、六也は首を振った。「おれ、どうも、ジャズって、ぴんとこないな」

「ロクさんは、とばし屋じゃないからな。ダンモの感覚ってのは、マシンにぴったりなんだがな」

「ロクさんの好きなの、演歌ね」と、フミ子。

「だから、おれとロクと同棲してるの、実に不便なんだ」と、登が、「おれは、レイ・チャールズっていうだろ、ロクは藤圭子っていうだろ。二人でがんばって、めいめいのトランジスタ・ラジオかけちゃって、レイ・チャールズが、ギンギン、ハートブレイカー絶叫しているところへ、藤圭子が、かったるい声で、〝あなたが死んだら、私も死ぬけど……〟」

曲がキラー・ディラーにうつり、さらに、のっぽのサリーにかわり、洋酒のびんは半分以上からになったころ、誠司があらわれた。

「遅いぞ」

「うちを早く出すぎちゃって、早すぎると思って時間つぶしにコタニでレコード探していたら、つぶしすぎたんだ。なんだ、かんじんの被告が、まだ来ていないじゃないか」

「昨日の誠ちゃんの見幕があまりすさまじかったから、カメのやつ、ビビっちまったんだろう」

「ねえ、マック、どうしたの?」フミ子がたずねた。

「ちょっと、ぐあい悪くてね、入院したんだ」

「死んだり、病気したり、怪我したり、ついてないんだなあ、あたしたち」

フミ子は溜息をついた。

「そうなんだ。あんまり、マシンの事故が続きすぎるよなあ」と登。

「前に、ロクが〝死神〟なんてクラシックなこと言ってたけど、こうなると、まったく、死神の存在も信じたくなってしまうな」

「浩介だろ、モッちゃん、哲。哲の死神は、カメだけど」と、登はかぞえあげた。

でもよ、と登は、仲間を見まわして、

「おれ、入院してる間、つれづれなるままに考えたけど、マシンで事故起こさせるのって、実に簡単だな。ぶっとばしてるときって、ほんと、事故と紙一重だろ。だから、メカをちょっぴりいじるだけで、大事故ひき起こさせることができるんだよね。

おれ、いろんな手を考えてみて、我れながらぞっとしたよ。タイヤのムシゆるめといたっていいだろ。走っているうちに、空気が抜けて、けつを振り出す。ハイウェイとばしてるときなら、ハンドルとられて、もろにふっとぶ。

フュエル・パイプに剃刀《かみそり》で切れこみを入れておけば、エンジンの上にガソリンがまともに洩れて、走り出したとたんに、ばあって燃え上がる。油の入った釜《かま》の下で火をたきながら走ってるみたいなもんだものね、マシンてのは」

「こういうの、どうだろう」と、六也が、「誰もほかに見てる者がいないところを走ってるときなら、相手のマシンを追い抜きざま、後輪の間に棒をつっこむの」

「ばか。ホイールは、すごい勢いでまわってるんだぜ。スポークの間にうまくつっこめるものか。おまえ、メカは、からきしだめだな」

「いや、そうでもないぜ」史郎が、けいべつしたように言う登の言葉をさえぎった。「スポークの間にはつっこめなくても、フェンダーにひっかかれば、それでアウトだ。横転する。ロクさん、おまえ、意外とぶっそうなこと考えるのな」

かるい冗談で言ったのに、六也は、ちょっと顔色を変えた。青ざめて、それから、真赤になった。

「その、棒をつっこむやつ、うまくいくんなら、二人でむかいあって、決闘できるな」

ぶっそうだといわれて六也が顔色を変えたのに

は気がつかず、登は、悪のりした。「棒をかまえてさ、両方からとばしてきて、すれちがいざま、相手のホイールにつっこんで、ぶっ倒す。馬上試合みたいだ」

エキゾースト・パイプにゆでたジャガイモをぎっちりつめこむなんてのもあるな、と登は調子にのってさらに、ひどいいたずらを考えついた。

「浩介やモッちゃんの場合も、人為的なマシン・トラブル、できると思うか」史郎が言った。

「モッちゃんの場合は、できるな」と、登が、

「ステアリング・ハンドルのボルトをちょっとゆるめておけば、ジャンプで、ハンドルひきつけて前輪を持ち上げるってのができなくなる。ブッシュをさけて、思い切り高くとんだときだ。頭から……」登は、手でマシンがつっこむさまを示した。「公開練習のあと、マシンはパドックに置いてあった。ライダーたちが、再点検したり整備したりしているから、そこでスパナ持ってうろうろしていても、あやしまれない。メットとゴーグルとチンガードで、顔はわからない。やろうと思えば、誰でも簡単に細工できる。まあ、モッちゃんをぶっ殺そうってやつもいないから、あれは、やはり、モッちゃんのミスだろうけど……」

――ミスかなあ……。

六也は、心の中で思ったけれど、口には出さなかった。証拠もないのに、仲間の一人に殺人の疑いをかけるようなことは、自分の口から言いたくはない。

――誰か、モッちゃんのマシンに細工したやつがいるとしたら……。カメじゃないだろうか。カメは、おとくいさん相手なんかのときは、調子いいことを言ってるけれど、実は、すごい負けずらいのいじっぱりだ。それも、陽性にぱっと出すんじゃなく、ねっちり陰にこもる方だ。カメは、ふだん、モッちゃんを軽く見ていた。ことに、マシンにかけては、モッちゃんなんか鼻の先であし

らうというふうだった。カメはナナハン、モッちゃんはツーハン。カメに言わせれば、モッちゃんにナナハンが乗りこなせるかというところだ。

ところが、モトクロス・レースとなると、事情が違ってくる。やたら早く突っ走ればいいってものじゃない。いろいろテクニックがいる。モッちゃんは、モトクロきちがいだった。暇と金さえあれば、多摩テックなんかで練習していた。マシンも同じ二五〇ｃｃで勝負となると、カメはモッちゃんに勝つ自信がぐらついてきた。

モッちゃんの下に立つということは、カメにとっては、どうにもがまんできないことだった。それで、失敗させてやろうということで、ボルトにちょっと手を加えた。あんな大変なことになるとは思わないで……。

まさかな、と、六也は首を振った。ちょっとしたいたずらが、あんな大変なことになってしまったとしたら、あのあと、平気な顔でいられるだろうか。

そこまで考えてきて、六也は、ふいに、苦しそうな顔になった。

——おれだって、人のことは言えねえや。たいしたことにならずにすんだから、こうやって、何でもない顔していられるけれど……。

「それじゃ、浩介は？」史郎の声に、我れにかえった。史郎は、登に問いかけていた。

「浩介のも、人為的にできると思うか？」

「あれはむりだな」登は言った。

「おれも、いろいろ考えてみたけど、あのときは、マシンに細工するチャンスがないんだ。一レース、ぶじにすませてるだろ。ハンドルやブレーキに細工したら、最初のサーキットの最中に事故が起きる」

「でも、タイヤのムシをゆるめるとか、走行中にパンクするように、タイヤに釘をぶちこむとかいう方法なら、レースのあと、浩介とカメがどっちがトップで揉めていたときにでも、他の者の目を掠めてできるんじゃないか」史郎が言った。

「その方法だったら、ある程度走ってから、タイヤ・トラブルが起きる。あのときは、スタートしたとたんに、スリップ・スタンドなんてないから、エアをあげることもできないし。公園の中にガソリン・スタンドなんてないから、エアをあげることもできないし。浩介のマシンが燃えたのは、白バイのマシンがぶつかって、パイプがちぎれたためだ。さっき言ったフュエル・パイプ作戦じゃない。パイプに切込みが入っていれば、もっと早く燃え上がる。あれは、浩介のミスとしか考えられない。勢いこんで、いきなりハイ・スピードでとび出して、路面は濡れていたし……」

――哲の死は、明らかに、カメの責任だけど……

六也は、また、考えこむ。

――まさか、哲の失敗を予想して、わざと仕組んだんじゃないだろうな。カメは、マックに惚れてる。でも、マックは、カメには見むきもしなかったな。マックが好きなのは、哲みたいだったた……。まさか、そのために……

モッちゃんのマシン！ と、六也は思いあたった。モトクロで、モッちゃんが使ったマシン、あれは、哲のだった。哲が、交換してやったといっていた。誰かが、哲をやるつもりで、マシンに細工した。そいつに、モッちゃんが乗っちまった。誰か……。哲をねらうのは、カメ以外にはいない……。

まさか、まさか、と、六也は首を振る。カメが、いくらマックに惚れているからって、そのために哲を……。

しかし、六也は、また、――人のことは言えねえや、と、唇を噛んでしまう。

タイヤのエアをあげるのは、哲のくせだと、みんな思っている。ロード・レースを見た帰り、登と哲がマシンを交換したとき、どっちのマシンも、エアを高めてあったからだ。

そうじゃないのだ。登が乗ったツーハンのエアを上げたのは、六也だった。

——あのとき、登とおれの勝負には、フー子がかかっていた。一週間、フー子を……。登とマシンではりあったって、勝ちめはない。おれは、フー子に、惚れてるんだ。綿でくるんで、横積み厳禁、われ物注意とレッテル貼りたいくらい、大切なのだ。

もちろん、登を殺すなんて、そんなつもりじゃ全然なかった。ただ、エア・アップすれば、走りにくくて、登も少しはスピードを落とすかと……。

いや、正直に言えば、あいつが、スリップすればいいと、ちらっと思ったんだなあ。

魔がさしたって、あのことだ。

六也は、ふいに、愕然とした。いままで、気がつかなかった。登の乗ったマシンのエアを上げたのは、おれだ。だとすると、哲の乗ったマシン、あれのエアを上げたやつもいるってことだ。これから突っ走ろうってときに、わざわざ自分の乗るマシンのエアを上げるばかはいねえもの。ふだんから、高いのが好きってやつでないかぎり。

それじゃ、哲の死は、やはり、カメの計画犯罪だ。だって、そうじゃないか。スリップ・ストリームと、タイヤのエア・アップ。どっちか一つだって危険なのに、そいつを二つ組み合わせてある。最初から、哲をぶっ殺すつもりだったんだ、あの野郎……。

「おい、ちょっと、レコードをとめろ」

史郎が、腰を浮かして聞き耳をたてた。ステレオのそばにいた六也は、あわてて、ピック・アップをもとにもどした。

「どうしたんだ?」

「いや、そら耳らしい」

史郎は、窓の外に目をやり、あっ、と声をあげた。窓を開け放した。特徴のあるツー・ストロークのエンジンの音が、窓からとびこんできた。

「メッサー！」

史郎はかけ寄って、窓から首をつき出した。ほかの者も、窓べりにかけ寄る。

五人の目に、ゆっくりと車庫からすべり出したメッサー・シュミットが、道路を横切って直進して行くのが見えた。

「あ、ばか、ばか、止めろ！」

外燈《がいとう》の淡い光が、ボディを照らしている。リア・ウィンドウ越しに、操縦席に坐った黒い頭が見える。行く手は、大谷石を積みあげた石垣である。

「ばか、ハンドル切れ！」

史郎は、じだんだを踏まんばかりにどなる。

にぶい音をひびかせて、メッサーは石垣にぶちあたった。操縦席の頭が、がくっと前にのめった。

史郎は、皆を突きとばすように部屋をとび出した。他の者も、あとに続いて階段をかけ下りる。

住まいの入口は、通りに面した車庫の入口とは反対側にある。

五人は、靴をつっかけるのももどかしく、メッサーの傍に走り寄った。ボンネットが、ぐっしゃりつぶれていた。

## 2

ルーフをこじ開けたとたんに、強いウイスキーのにおいが鼻をうった。ふたの開いたウイスキーびんが床にころがり、足まわりは、酒びたしになっていた。

操縦席に腰を下ろしているのは、大野木静夫であった。

大野木の姿勢は、奇妙に不安定だった。ふつうなら、衝突したはずみに、躰は前にのめりこんで、ハンドルにもたれかかるところである。それなのに、大野木は、頭はがっくりと前に垂れていたが、上体は起きていた。首にまきついてぴんと張ったワイヤが、前のめりに倒れこむのを妨げていたのである。

首に巻きつき深くくいこんだワイヤの一端は、リア・シートの上部に固定されていた。

「早く、ワイヤをほどけ！」史郎が叫んだ。

大野木の躰は、生きているときと同じように暖かかった。登は、大野木の躰に抱きつくようにして、胸に耳を押しあてた。

「締められたのは、たった今だぜ。まだ、蘇生の可能性がある。早くほどくんだ」

首にまきつけられたワイヤのはしは、複雑にからみあって、あせればあせるほど、よけいこんぐらかり、指の先を痛めた。暗紫色にふくれあがった顔を見まいと目をそむけ、指先はふるえがとまらないので、なおのこと時間がかかる。

「もう、だめだな。手遅れだろう」

史郎が、皆を制した。

「こうなったら、このまま手をつけず、サツに知らせた方がいい」

「きみたちがかけつけたのは、絞殺《こうさつ》された直後だというのは、確かだね」

刑事の質問に、史郎が代表して答えた。

「だって、メッサーを動かしていたんですからね。絞められたのは、ぼくらが二階からかけ下りてここに来るまでの、ほんの一、二分の間です。まだ、生きているときと同じように暖かかった。ワイヤをはずして人工呼吸を行なえば助かるかもしれないと思いました。でも、ワイヤをほどくのに手間どって、まにあわなかった」

ワイヤで首を宙吊りにされ、奇妙な姿勢でメッサーのシートに腰を下ろしている大野木の死体を、史郎は横目でぬすみ見た。

フミ子と六也と登は、肩を寄せあい、その足もとに、誠司がかがみこんでいた。

史郎たちの証言のとおりだとすれば、大野木静夫は、自分の意志でわざわざメッサーを石垣に衝突させ、史郎たちがかけつけてくるまでのわずかな空白の時間に、犯人がワイヤで大野木の首を絞め、しかも、ごていねいに、そのワイヤの端をがんじがらめにからみつけて逃亡したということになる。こんなばかげた話はない。

「だが、上から見たのでは、見えるのは運転者の黒い頭部だけで、顔はわからなかったわけだろう。運転していたのが被害者自身だったと断言できるかね」

「そういえば、顔ははっきり見えなかった」

メッサーを動かしたのは犯人で、車が動き出し衝突するのを目撃した史郎たちが、驚いてかけつけてくる間に、被害者と入れかわる。しかし、これも、無意味な、不自然な行為だった。

「カメをメッサーに乗せて、ワイヤで絞め殺してさ……」と、登が自信なさそうに、「ワイヤのはしを結びつけて、上体を固定させる。それから、犯人がメッサーをうしろから押し出すっての、だめかな。この車、軽いから、ギヤをニュートラにしとけば、動くだろ。おれたちが下りてくる間に、犯人は逃げちまう」

「だめだろう」史郎は首を振った。

「いくら軽くたって、押しただけで、道路を越えてむこうのはしまですべって行くなんてことはない。下り坂でないかぎり、押す手をとめれば、車も止まっちまう」

その上、ギヤはニュートラルではなく、ロウに入っていたし、エンジンの音も皆が聞いている。

刑事の一人が、ルーフを開けてある車体の脇から躰を乗り入れ、ハンドルに手をかけ、足をクラッチにのばしてみた。メッサーの運転席は、一人坐ればいっぱいの狭さなので、大野木のからだがそこにある以上、他の者がクラッチやアクセルを操作して発進させることは不可能だった。

首をしめつけたワイヤの結びめを写真にとったあと、切り取ろうとする係官の手を、

「あ、待ってください」

史郎がとめた。

「なんだ?」

「ちょっと、思いついたんですが……」

史郎は、シートに手をかけると、うしろに押した。

「刑事さん、メッサーのシートは、固定式ではないんです。こういうふうに動くんです」

前に倒れていた脚が起き、シートは、うしろに下がりながら、三十センチぐらい高くなった。それにつれて、シートに坐った大野木の頭の位置も高くなり、うしろにずれる。のどにくいこんで、ぴんとはりつめていたワイヤに、たるみができた。

「椅子が動くことはわかったが、それがこの殺人と、どういう関係があるのだ」

刑事に訊かれ、

「大野木は……」

史郎が言いかけたとき、

「カメのやつ!」六也が叫んだ。彼も、動くシートの持つ意味がわかったのだ。

「メッサーと、心中しやがった!」

「心中?」

何をとぼけたこと言いだすんだというように、登が六也の顔を見る。

「なんで、カメがメッサーと……? そりゃ、カメはメッサーに惚れてたけどよ」

そう言ってから、シートに目をやり、

「たしかに、こうやりゃ、メッサーと心中はできるわな」

「ロクさん、おまえもそう思うか? カメが、メッサーと心中したって」

史郎に言われ、六也はうなずいた。

「メッサーの車内は、非常に狭く、ルーフが低くて窮屈ですから」と、史郎は、刑事たちにメッサー・シュミットの構造を説明した。

「腰かけたら、尻でシートを前に押し出すようにするのです。すると、脚が前に倒れて、シートは前に出ながら低くなる。下りるときは逆です。シートをうしろに押すと、もとの高さになります。低くしたままだと、足がつかえて下りにくい。

大野木は、シートに腰を下ろすと、高いまま、首にワイヤをからみつけ、もう一方の端をリア・シートの上部に固定した。このときは、呼吸が楽にできるていどです。酒の勢いで恐怖感をまぎらせ、石垣めがけて発進する……」

目の前に立ちふさがる大谷石の壁。

激突！　シートが、反動で前にとび出す。低くなる。ぴんとはったワイヤが、のどにくいこむ。

破壊されたメッサー。

「ぴたり、同じ瞬間に、メッサーと心中したわけだ」六也は、思わず、史郎の言葉につづけた。

「おっかしな死に方、考えやがったなあ」

登が、わからねえというように首を振って、「だけど、どうして、カメが自殺を？」

「おれのせいかな」

誠司がつぶやいた。

「そりゃ、誠ちゃん、きのうは、すさまじい見幕でカメをどなりつけたから……哲の死はおまえのせいだ、って。カメのやつ、ビビっちまったかもしれないけれど、そのくらいで自殺するようなしおらしいタマじゃねえと思うけどな」

カメは、殺人犯人だからだ、と、六也は思った。登は、カメがレースに勝つために、スリップ・ストリームを使った。それが結果的に哲を死に追いやったので、カメに殺意はなかったと思っている。だから、誠司に責められて自殺するのはおかしいと思うのだろうが、カメは、最初から、殺すつもりで、あれをやったのだ。だから、誠司に激しく責められ、自分の殺意がばれたと思って、それで、追いつめられた気持になったのだ。

しかし、その推測を、六也は、自分の口からは喋れない。カメの殺意を立証するには、タイヤの件を話さなくてはならない。すると、彼が登のタイヤのエアを上げたことまで、皆にわかってしまう。登に知られるだけならいい。どんな制裁でも受ける。ぶんなぐられても、絶交されても、しかたがない。でも、フー子に知られるのは、死ぬより辛い。

ロクさんて、そんな汚ないことする人だったの！　フー子に軽蔑されたら、おれ、立つ瀬がないよ。

あのときは、魔がさしたんだよ、フー子。

幸いなことに、史郎が、刑事に話していた。カメが、真琴に片想いしていたこと。真琴は哲を愛していたので、カメは哲に殺意を持った。モトクロスで、哲のマシンに細工した。しかし、哲は井手とマシンを交換したので、井手が罠にひっかかってしまった。スピード・レースを観た帰り、大野木は、哲に、トールゲート突破を挑戦した。危険なスリップ・ストリーミングで、哲を死に至らしめた。しかも、タイヤのエアを上げて、効果をより確実にした。

「あれ」登が声を上げた。「エア・アップは、哲のくせじゃなかったのか。おれが借りた哲のマシンも、エアが高かったもの」

六也の背中を、冷や汗が流れた。

「おれも、哲のくせだと思ったんだが」史郎は続けた。「でも、考えてみると、あの前、哲のマシン、あんなにけつがはねることはなかったんだろう。あのときだけだと思うんだ。スピード・レースやろうってのに、わざわざエア・アップするばかはいねえよな」

「それじゃ、おれが乗ったマシン、どうして……」

六也は、息づかいが荒くなった。いっそ、告白しちまおうか。そうすれば、さっぱりする。ぶんなぐられたっていいけど……だけど、フー子は……。六也は、そっとフミ子を横目で見た。フミ子は、死骸を見るのが怖くて、しゃがみこんで顔を伏せている。ときどき、怖いもの見たさに、ちょっと顔を上げて、また、あわてて伏せる。六也は、手をのばして、フミ子の肩に触れた。フミ子は、六也を見上げて、「ん?」と首をかしげた。立ちあがって、六也にもたれかかった。

「おれの乗ったマシン、どうして、エアが高かったのかな。気のせいじゃないぜ。たしかに、エア・アップしてあった」

六也は、フミ子をひき寄せて、肩を抱きしめた。それから、思いきって大きく息を吸いこみ……

そのとき、史郎が、続けた。

「カメのしわざだろう。哲の乗るマシンだけエア・アップしたら、うたがわれる。登の乗るやつと、両方高くしておけば、エア・アップは哲のくせだと、おれたちは思ってしまう。それを狙ったんじゃないのかな」

六也は、胸の中にためこんだ息を吐き出した。史郎が、ちらっと、六也の顔を見たような気がした。

——史郎さん、気がついていたんだな。おれをかばってくれたんだ、きっと……。

六也は、せいいっぱいの感謝をこめたまなざしを、史郎におくった。

「なにも、メッサーをぶっこわさなくたって」誠司がつぶやいた。

「おれへのつらあてだろう」史郎が言った。「あいつ、メッサーに惚れこんでいたのに、乗せてやらなかったから……」

「まったく、くらくらになるくらい酔っぱらわなくちゃ、目の前にそびえている石垣に、自分の乗った車をぶちあてるなんて、できやしねえな」車の床に流れたウイスキーのにおいは、まだ、濃厚にただよっていた。

どうせ死ぬなら、惚れたメッサーと心中しようと決心したカメだけれど、いよいよという瀬戸ぎわに、決意がにぶって、アクセルを踏みこむ足から力が抜けることを心配した。それで、メッサー・シュミットが破壊される瞬間、絶対確実に、自分の命も断たれる方法を選んだ……。

大野木の、真琴に対する想いの激しさは、後に、彼の部屋を調べたとき、実証された。

住みこみの大野木の部屋は、店の裏の三畳間だった。三尺の押し入れが一つ。布目のすり切れた蒲団が敷きっぱなしになっていた。癇性《かんしょう》な方らしく、小さな部屋の中は、綿ぼこり一つなく掃き清められていた。万年床ときれい好きは矛盾しているが、押し入れを開けてみて、理由がわかった。押し入れの中には、蒲団をしまう余地がなかったのだ。

物がつまっているわけではない。押し入れの下段は、からっぽだった。しかし、そこは、狭苦しい大野木の城にもうけられた、さらに小さな秘密のあなぐらであった。

がらんとした空間に、大野木の呻きが、嘆きが、自慰の果ての吐息が、こもっているようだった。

ベニヤの板壁に、裸体の女の写真が貼ってあった。写真の顔の部分に、他の女の写真が上から貼りつけてあった。まぶしそうに手をかざして微笑している真琴の顔だった。

しかし、どうも……と、捜査の係官たちは、納得しきれない表情であった。

自殺の方法として、あまりに不自然と思えたのだ。

「今どきの若い者だから、突拍子もないことを思いつくのかもしれないが」と言う者もあったけれど、遺書もないし、自殺の動機も、それほど明瞭とはいえない。誠司に責められ、仲間たちから吊し上げられる状況になったといっても、大野木の殺意を立証するものは何一つない。たとえ殺意があったとしても、しらをきりとおすこともできたのだ。大野木の仲間たちは、メッサーとの心中という考えが気にいり、それですっかり事件は解決したと思っているようだが、あの不自然な死に方は、大野木殺害の犯人の、アリバイ作りのためではないかという意見も、係官の間に強かった。一応、捜査本部がもうけられた。

史郎たちに対する訊問がくり返された。しかし、メッサーが走り出したとき、彼らは全員車庫の二階にいた。誰一人、大野木を乗せたメッサーを発進させ得る者はいなかったのだ。

# VI

## 1

サツのやつら、何をしつっこく嗅ぎまわってるんだろう。カメは、メッサーと心中したってのに。

登も六也も、そう、わりきっていた。

「ねえ、今度、お休みの日に、ツーリングに行こうよ」

と言い出したのは、フミ子だった。

「日帰りだったら、奥多摩あたりが涼しくていいな」六也が賛成すると、フミ子は小指をからませた。

もう、カメの死については、結論が出ていると思っていたのに、六也の心にふと疑念が湧いたのは、店に来た客が、何げなく洩らした言葉からだった。

ツーリングの前日であった。

コールドをかけにきたその客は、高校生ぐらいの、かわいい顔立ちの少女だったので、登と六也は、はりきって、ロッドを巻いてやっていた。

「渋谷の近くに住んでいるの？」

登は、なれなれしく話しかける。うまくいったら、デートの約束にまでこぎつけたいと思っている。「近くでもないけど……」と、女の子も前からの友だちのような口調で、「バスで二十分ぐらいかな。国立第二病院って知ってる？　あの近所」

「それじゃ、駒沢公園のそばですか?」

六也が口を出した。

「そうよ」

「いまでも、うるさくやってる?」

登はたずねた。

「なにを?」

「単コロ」

「単コロって、なに?」

「単車。マシン。オートバイのこと。おれ、単車にかけちゃ、ちょっとしたもんなんだぜ。日高登かスティーヴ・マックィーンかっていうくらい」

客にこんな喋り方をしているところを先輩や店長に聞きつけられたら、あとで、こっぴどく叱られる。最上級の敬語を使うよう訓練されている。

「すてきね」

「こんど、乗っけてやるよ。そうだ、あした、ツーリングに行くんだけど、こいつと、もう一人女の子と。いっしょに行かない?」

「だめよ」女の子は、笑って首を振った。「うちのパパもママも、オートバイに乗る人、みんな不良だなんて思ってるんだから。全然、偏見ひどいの。許可してくれっこないわ。新聞によく出るでしょう。サーキット族が乱闘なんて」

「おれたち、そんなんじゃないよ」

「駒沢公園では、よく、とばしてるでしょ?」六也が話しかけた。

「あら、あそこは、車は乗り入れ禁止よ。オートバイは入れないわ」

「でも、夜、ロード・レースに使われるんじゃない?」

「そんなことないわ」

と言ってから、女の子は、あ、と思い出した顔になった。

「そういえば、一度だけ、やってたことがあるわ。すごくうるさい音たてて。うちはマンションの四階で、わりあい外の音聞こえないんだけど、それでも、ガアガアひびいたわ。期末テストが近いんで、勉強しているときだったから、あたし、頭にきちゃった」

「いつごろ?」

「六月の末ぐらいだったな。雨が降ってたわ」

六也も登も、それはおれたちだとは、言いそびれた。

「パパなんか、怒っちゃってね、どこの馬鹿どもだ、ああいう近所迷惑なことをするのは! って。真夜中なんだもの」

「それは、悪いよね」と、登は、正義の味方みたいな顔で、調子をあわせた。

「警察に電話してやるって、パパ、かんかんだったわ」

「それで、電話したの?」

「ううん。また明日もやるようだったら、電話して取締まってもらうって言ってたけど」

「うるさかったの、そのとき一回だけ?」


六也は、念を押した。

「そうよ」

「毎晩ガアガアやってたのとちがう?」

「そんなことないわよ」

「お父さんは、たしかに、警察に電話しなかったんですか」

しつっこいぞ、ロク、と、登が顔をしかめた。

「しなかったわ」

痛いッと、女の子は小さい声をあげた。

「そんなに、きつく巻いたら、痛いわ」

「ごめん、ごめん。ちょっと考えごとしていたものだから」六也は、あわてて、巻き直す。

「おまえ、ひっこんでろ」登が、まわりに聞こえないよう、小さい声でどなった。

——駒沢では、たしか、毎晩やってるんだとばかり思っていたけどな……。どうして、そう思いこんでいたんだろう。

あの、ポリ公が言ったんだ、と、六也は思い出した。

S署に、たれこみの電話があった。毎晩うるさくて困るから、取り締まってくれって。

おれたちがガアガアやってたんで、頭にきた近所のやつが、S署に電話したんだな。毎晩やっていてうるさくてたまらないなんて、はったりかまして。それで白バイがとばしてきた。そのために、浩介が……。

いや、違うぞ！

あのたれこみ電話、あの日の昼ごろかかってきたって、ポリのやつ、そう言っていなかっただろうか。

そうだ。たしかに、そう言っていた。

六也は、いっしょうけんめい、S署で取調べをうけたときのことを思い出そうとつとめた。

〝きみたちは、毎晩あそこに集まって、サーキット・レースをやっていた。今夜もそのために集合した。今日、昼ごろ、近所の人から取締まってくれと苦情の電話がとどいたのだぞ〟

一字一句正確にはおぼえていないけれど、たしか、そんな意味のことを言っていた。

駒沢公園の近所の人たちは、おれたちがあの夜公園でサーキットをやることなど、知らないはずだ。おれたちの仲間しか知らなかったことだ。それじゃ、あの電話は……。だけど、何のために……。

たれこみがあったので、白バイがやってきた。その結果、何が起こった？

浩介の死！

だけど、あれは、事故だ。登だって言っていた。白バイのまん前で、うまいこと浩介のマシンをスリップ・ダウンさせるなんて、不可能だ。

「おい、ロク、おまえ、立ったまま眠ってるのか」

登が、大声でどやした。客の目がいっせいに六也に注がれ、六也は、まっかになった。

## 2

強い陽射しを浴びながら、登と六也のマシンは、環七を北上し、甲州街道を横切り、青梅《おうめ》街道を西に道をとる。登のマシンは哲が使っていたツーハンである。リアにフミ子が乗っている。

目的地は奥多摩である。

道の両側には、桑畑が青々と葉を茂らせている。瑞穂をすぎ、まもなく青梅というあたりで、六也の車がエンストを起こした。

「何、もたついてんだ！」

マシンをとめ、ふりむいて、登はどなりつけた。

六也は、首をかしげながら、むなしいキックをくり返している。

「おかしいな。全然、エンジンがかからねえの」

「ガス欠だろ、ばか」

登は、車を下りると、六也のマシンに近づき、ガソリン・タンクのキャップをあけて、のぞきこんだ。

「見ろ。からっぽじゃねえか。満タンにしとけよって、出がけに念を押したら、おまえ、たっぷり入ってるから大丈夫だなんて……」

フミ子も心配そうに寄って来た。

「困ったわね、こんなところで。ガソリン・スタンドあるところまで、押して行かなくちゃならないわね。ロクさん、大丈夫？」

「あんまり大丈夫じゃねえよ。弱っちゃう。この暑いのに、マシン押して歩くんじゃ、かなわねえや」

「全然、弱ることはないのです」

登はうそぶいた。

「ロクさん、おまえって、ほんと、マシンのメカ何も知らないんだね。ストレイナーのフュエル・コックのレバー、何のためについているか、知らないの？」

「コックを閉めるためでしょ。ストレイナー・カップはずして掃除するとき、ガソリンが洩れないように」

と、六也はレバーに目をやった。

「それだけじゃないでしょ。いいか。レバーを右にまわせば、コックが閉じるよね。真下にやると開く。も一つ左にまわしたら？」

「あ、エマージェンシイ！」

「やっと気がつきやがった。おまえみたいに抜けたやつのために、ちゃんと、ガス欠のときも困らない仕組みになってるの」

コックをエマージェンシイに切りかえることによって、タンクの下部に別にたくわえてある予備ガソリンが、キャブレターにまわる。予備ガソリンだけで、十キロメートルぐらいは走れる。十キロも行けば、よほど田舎でないかぎり、たいてい、ガソリン・スタンドにぶつかる。

「発進のとき、あんまりふかすなよ」

と、登は注意した。

「バカスカふかすと、もうれつにガス食うからな」

スタンドがみつからないうちに予備のガソリンもなくなっちゃったらどうしよう、と六也は心細そうだったが、一キロもいかないうちに、エッソの看板が目にとびこんだ。

「ガソリン入れてるあいだに、もう一度、よくマシンのメカ復習しておけ」

ついでに、おれのも満タンにしといてよ、と車をあずけ、登はフミ子を誘って、立飲みスタンドにコーラを飲みに行った。

紙コップに入ったコーラを、フミ子は六也のところに運んできた。六也は、登の命令に忠実に、スタンドの係員に単車のメカについて質問している。

「おたく、まるで、単コロにはじめて乗る人みたいなこと訊くね」

と、係員は笑った。

再び出発して、御岳、鳩ノ巣と過ぎ、氷川の町に入る。ひなびた駅の周辺は、リュックを背にしたハイカーやキャンパーの群れでにぎわっていた。

駅のすぐ傍の昭和橋のたもとからも多摩川の河原におりられるが、狭い河原は黄色いテントで埋めつくされていた。

北にわかれる日原川沿いの道を、登と六也はとった。まっすぐ進めば鍾乳洞に行きつくが、そこは前にもたずねたことがある。あんなちんけなの、一度見りゃたくさんだ、と登が言い、途中で単車をとめ、河原に下りた。キャンプ場に指定されていない場所なので、ひっそりしている。岩を嚙む渓流の音だけが、耳にさわやかだった。途中で買いこんできたコーラの罐《かん》を冷たい水にひたし、靴を脱ぎ捨てて、ほてった素足も、流れで冷やす。

登は、携帯ラジオのスイッチを入れた。

「お、ジミ・ヘン！　ごきげん」

「やめましょ、やめましょ」と、六也がダイヤルをまわした。

「ばか、ばか。こんなとき、かったるい歌流すなよ」

「ジミ・ヘンじゃ、思考力がまとまらない」

「思考力！　へ、何考えるんだ」

「いろいろ」六也は、河原に仰向けに躰をのばした。登とフミ子も、それにならった。

「おれたち、のんきにツーリングなんかやってるけれど、考えてみると、次から次から、仲間が死んじゃったな」六也は、しんみりした声を出した。

「思い出すの、やめようや」登は首を振った。

「せっかくのツーリングに、葬式みてえな気分になること、ないだろ」

六也は目を閉じた。眠ったようにみえた。

「コーラ冷えたぜ。飲むか」

登が、水に濡れた罐を、六也に投げた。六也は、ぼんやりしていたので、受けそこねた。膝にあたってころがり、罐は河の中に落ちた。

「どじ！　しゃっきりしろ」

どなりつけたが、六也は、まだ考えこみながら、

「ねえ、登」

「ん?」

「ストレイナーのことなんだけどね……」

「ストレイナーがどうした?」

「前に、おまえ、フュエル・コック閉めたら、ガソリンがキャブにいかないから、マシンは動かないって言っただろ」

「そりゃ、動かないさ。あたりまえだ。だけど、いつ、そんなこと言った?」

「病院で」

「ああ、あの、ぶっこわれたストレイナー」

「おれ、おまえにさんざんこけにされたけど、動くぜ、マシン。コック閉めといたって」

「押して歩けばね」

「いや、ちゃんとエンジンかけて」

やってみな、と、六也は寝ころがったまま顎をしゃくった。


「ヘッ、動くかよ」

「じゃ、おれがやってみせてやる」

「待て、おれが自分でやらあ。おまえ、何か手品でごまかすかもしれないからな」

登は、起き上がり、フミ子に、来い、と合図して、斜面の細い道をのぼり、道路に出た。あとから、六也もついてくる。

「いいか、コック締めたぞ。絶対、エンジンはかからねえぞ」

ストレイナーのフュエル・コックを締め、タンクからキャブに流れるガソリンの通路を断ち切って、登はマシンにまたがり、キックペダルを踏みこんだ。二度、三度。エンジンがひびき始めた。

「あれ、かかっちゃった」と、フミ子が、きょとんとした。

「あ、そうか!」気がついて、登は叫んだ。

「だけどよ、おまえ、こんなの……」

ふかしている間に、ストストと出力が落ち、エ

ンジンは止まった。

「つまり、あれだろ。コック締めても、ストレイナー・カップとパイプに、ほんのちょっぴりガソリンがたまってるから、そのぶんだけ、エンジンが働くってことだろ。だけど、おまえ、こんなの〝走る〟っていうのか。見ろ。バカスカふかすだけで、なくなっちまったじゃねえか」

——だけど、あのときは……六也は、黙った。

帰途、「おれは、ちょっと、寄り道するところがある」六也は言った。

「どこに行くんだ」

「ああ、ちょっとね」

「水臭え野郎だな」

「フー子、たのんだぜ」

一人別れた六也が単車をとめたのは、シュガー・ダディの前だった。

「ロクちゃん、一人？　めずらしいわね」

カウンターのむこうから、ママが声をかけた。

ユキちゃんはもう帰ったとみえていなかった。

「三角関係は、うまくいってるのかい」マスターがからかった。

「まあまあね」

「わからねえな、おまえさんたちの関係。おれだったら、自分の女を他人と共用なんて、まっぴらだな」

笑いをふくんだ目を、マスターはママにむけ、ママも、微笑を返した。

「おれだって、専用の方がいいけど、いろいろ事情がむずかしくてね。それは、まあ、いいんだ。今日はね、マスターに聞きたいことがあって」

「何だい」マスターは、カウンターのむこうからのりだした。相談ごとにのるのは大好きなたちだ。

「史郎さんにメッサー世話したの、マスターだったね」

「そうだよ。そういえば、カメちゃんが、とんでもないやり方でメッサーと心中したってね。若い子のやることは、わからんねえ、まったく」

「メッサーって、日本に少ないんだろ？」

「あれはもう、ドイツ本国でも生産中止だからね。史郎くんのメッサーは惜しいことをしたな。容易なこっちゃ、修理できんだろう、部品がなくて」

「ボンネットとフェンダーがへこんだだけだから、なおるだろ。エンジンはリアだったから、ぶじだったし。でも、まだ、警察の方に持っていったまま返してくれないらしい。それでね……東京近辺で、ほかに、メッサー持っている人、マスター知ってるってきいたけど」

「日本に何台というような車だから、持主が誰々か、だいたい知っているよ」

「紹介してもらえないだろうか。なるべく、気むずかしくない、車をいじっても怒らないような人」

「まさか、おまえさんがメッサーを買おうって言うんじゃないだろう」

「ああ……あまり、人に言いたくないんだ」

「ロクちゃん、あててみようか」

マスターは、いっそう躰をのり出し、声をひそめた。店には、ほかに、二、三人客がいた。隅のテーブルをしめている。カウンターの止まり木に腰をおろしているのは、六也一人だった。

「メッサーを遠隔操作で、無人のまま発進させられないか。それを調べたいんじゃないのか」

ぎくっとして、六也はマスターをみつめた。

「無人といっても、実際はカメちゃんが乗っていたわけだが、カメちゃんは、意識不明にさせられていた。無人と同じことだ。そういう状況を考えたんだろう」

「警察でもね……」六也は重い口で、「そのことを考えたらしくて、あのとき、ずいぶんいろいろ訊かれた。メッサーをあちこちいじりまわしていた。おれたち、怒ったよ。遠隔操作でメッサーを発進させるってのは、何のためか。アリバイ作り以外に、意味ねえだろ。あのとき車庫の上にいた五人のうち一人が……。デカの野郎、何をとぼけたこと考えてやがるんだろうと思った。カメはメッサーと心中した。はっきりしてるじゃねえか。カメがどんなにメッサーに惚れこんでいたか、デカは知らねえから……あのやり方が不自然に思えたんだろう」

「カメちゃんがメッサーと心中したというのは、きみたちの仲間には、ごく自然な解釈だろうが、他の者の目から見ると、やはり、かなり不自然な状況だったね。警察側が、アリバイ作りの工作ではないかと疑いを持つのは当然だ」

「でもね、あのとき、車庫の上にいたのは、おれ、フー子、登、誠司、史郎さん。誰が、あんなややこしいことをして、カメを殺す必要があるのかって……」

「その必要のある人間を、思いあたったのか」

「ちょっと、思いついただけなんだ。だから……他人にあまり喋りたくないんだ。まるっきり、おれの思いすごしかもしれない。おれの考えがまちがっていたら、仲間の一人にかってに殺人者の汚名をかぶせてしまったことになるからね……。メッサーの遠隔操作は絶対不可能だということになれば、おれもさっぱりするんだ」

「よし、協力しよう。メッサーの持主を紹介してやる。しかし、そうおあつらえむきに、気むずかしくない、愛車を他人にいじりまわされても怒らない、なんて人物は知らないよ。おれが直接知っているメッサーの持主は、一人だけだ。おそらく、いやがると思うな。話はしてみるが」

「今から紹介してもらえる？」

「今から？　気が早いな」

「店があるから、今日をのがすと、又、次の公休日まで待たなくちゃならない」

「考えたことを、全部話してみないか。どうして、仲間の一人がカメちゃんを殺したかもしれないと思うようになったんだ」

「ストレイナーだよ」と、六也は言った。「一個の小さなストレイナー・カップが、いろんなことを全部結びつけてしまった。でも……おれ、あまり頭のいい方じゃないからね。メカにも弱いし……。自信ないんだ。もし、おれの考えがあたっていたら……おれたちの仲間の問題だからね、おれたちで始末をつける」

「ばかなことを考えるなよ。何かあったら、さっさと警察に話せ。あっちは、そのために、税金の中から月給もらってるんだから」

ああ、と、六也は生返事した。

3

電話をかけたが、メッサーの持主は留守だった。

あまり話が急だからな。連絡がついたら、知らせるよ。岡村は言った。

おれの公休日、木曜だから、木曜にしてもらえるとつごういいな。

さあ、むこうもいそがしい人だからね。こっちのつごうどおりにいくかどうか。

それじゃ、いつでもいいや。店の方、やりくりする。

アパートに帰ると、どこに行ってたんだ、と、登が怒った声を出した。

「フー子は?」

「もう帰った」

次の日の夕方、岡村から店に電話で連絡があった。

「今夜、八時ごろなら、会ってくれるそうだ」

その電話のかかってきたのが、すでに七時四十分だった。場所は、青山の……と、岡村は、道順を告げた。マンションの五階だった。

「最初からメッサーをいじらせてくれなんていえばことわられるにきまっているから、メッサーを見たがっているカーキチの若いのがいると紹介しておいた。あとは、おまえさんの口次第腕次第だ」

心細いことになった……と、六也は、

「マスター、いっしょに行ってくれないの？」

「甘ったれなさんな。ロクちゃん、一人で事件を調べてみたいんだろう。おれに協力を求めるなら、もっと、筋道たてておまえさんの考えを話してくれなくてはね」

「わかったよ。おれ一人でやってみる」

登に相談しようかとも思った。しかし、この気の短いのを連れて行ったら、かえって、話をぶちこわしてしまうだろう。その上、六也は、まだ、自分の考えに自信がなかった。めったなことで、仲間に殺人の疑いをかけたことなど口外できない。無実だったら、あとで、ひどく気まずいことになる。

これからすぐとび出さなくては、約束の時間にまにあわないのに、店の終業は九時である。ところが、店長は、よくよくの事情がなければ、早退など認めてくれない。労働条件のきびしい店なのだ。公休日でも、結婚式のシーズンに大安吉日とかちあったりすると、全員就業が命じられる。振りかえ休日ももらえないし、その分給与がふえるわけでもない。そのくせ、欠勤すれば、きちんと給料をひかれる。研修の講習会には、有給休暇をさいて出席させられる。もっとも、町の小さい美容院には有給休暇制度などないから、美容院としては、規模が大きいだけに、いくらかましな方かもしれない。

シャンプーの客に、耳に水が入ったと文句を言われている登に、「おれ、早退するぜ」とささやいた。

「どうしたんだ」

「頭が痛い」

登は、じろじろと六也の顔を眺め、

「嘘こけ」とささやき返した。

「頭痛ぐらいじゃ、早退認めてもらえねえぞ。仕事をさぼるな、頭痛ぐらい根性でふきとばせと、店長とくいの根性論でどなられるだけだ」

「それじゃ、腹痛」

登は、また、じろっと六也を見た。

「つわりでも心臓麻痺でも何でもいい」口実を考えている暇はない。六也はやけくそで、「とにかく、気分悪くなって帰ったって、店長に言っといてくれ」

「ばか、くびになるぞ」

シャンプー剤の泡だらけの手で、登は寄ってきた。

「おい、おまえ、一人で何をこそこそやっているんだ。まさか、こないだの女の子と単独デートじゃないだろうな」

「おれは、おまえとは違うよ。愛する相手はフー子ただ一人。おれは、純愛の人なのだ」

「純愛ってツラかよ。どうしたんだ」

「だから、頭痛で腹痛で、つわりで心臓麻痺だ」

「救急車呼ぶぞ。精神病院にぶちこんでやる」

ちょっと、何してるの、いそいでちょうだいよ、と、シャンプー台の前の椅子に仰向けにされたままの客がどなった。登は、あわてて、シャンプー台にもどった。

六也は、店をぬけ出した。マシンを、青山通りにむけて走らせる。

岡村の教えてくれたマンションは、南欧風の、しゃれた八階建てだった。マシンを置きに、まず、地下の駐車場に入った。マンションの住人のものらしい高級な外車が七、八台おいてあった。

トライアンフとカリブⅡの間に、ほっそりしたメッサー・シュミットが駐まっていた。図体のでかい外車にはさまれ、ひどく華奢《きゃしゃ》に、しかし、いかにも敏捷《びんしょう》そうにみえた。六也は、なつかしい旧友に会ったような気がした。めったにみかけることのない車だからだろう。

――これを、遠隔操作で、車庫の二階から動かすなんて、まず、むりだな。やっぱり、おれの思いすごしだ。あれは、カメの無理心中だ。おれたちの仲間が、殺人なんて……。

気おくれしながら、六也は、自動エレベーターに乗った。五階で下りる。

T・IOGIと、横文字の表札のかかったドアの前で六也は立ち止まった。

五百木《いおぎ》さんという宝飾デザイナーだよと、岡村は教えてくれたのだ。

インターフォンのブザーを押すと、「どなた？」少ししゃがれた声がきこえた。

「山本六也といいます。シュガー・ダディのマスターから……」

「ああ、メッサーを見たいっていう、カーキチの坊やね」

――坊やだってやがら、ちきしょう。

ドアが内側に開いた。三十ぐらいの女が立っていた。声はしゃがれていたけれど、六也が息をのむほどの、はでやかな美人だった。

岡村は、宝飾デザイナーだとはいったけれど、女性だとは教えてくれなかった。人が悪い。黒いシースルーのマキシ。化粧が濃い。こったデザインのサファイアの指輪が、左手の中指を飾っていた。

「あの……メッサーの持主の五百木さん？」

「ええ、そうよ。五百木龍子《たつこ》。お入りなさい」

通された居間も、外国映画の一場面のように、六也の目にはうつった。毛足の長い絨緞《じゅうたん》。L字型におかれたソファア。天井からはシャンデリア。六也は、自分の躰がひどく汗くさいような気がした。

「メッサーを見たいんですって？　下の駐車場においてあるわ。すぐ見る？」

「え、ええ……」

「どうして、メッサーに興味を持ったの?」エレベーターでいっしょに地下におりながら、五百木龍子は訊いた。きんきらきんの服装をしているが、気さくな感じだった。これなら、うまく話を切り出せるかもしれない。

「これが、メッサーよ。見るの、はじめて?」

「いいえ……」

「小さいけれど、すばらしい車よ。レーサーになったような気分が味わえるわ」

五百木龍子は、ルーフを開いた。

「乗ってみる?」

「ええ」

六也は、シートに腰を下ろし、尻で前に押した。シートが前に出ながら低くなった。

「あら、メッサーの乗り方、よく知っているのね」

「ええ……。メッサー・シュミットっていうのは、もともとは、第二次世界大戦で活躍した戦闘機の名前なんですってね」前に史郎からきいた知識の受け売りである。

「そうよ。詳しいわね。メッサーのこと、だいぶ研究したとみえるわね。戦闘機を造っていたメッサー・シュミット社が、戦後航空機を造れなくなったので、かわって製作するようになったのがこれなんですって。そういえば、航空機のコックピットを連想させるわね、このスタイル」

「クラッチやアクセルは、四つ輪と同じですね」

「そう。アーム一本のハンドルで、スリー・ホイールで、オートバイと自動車の中間みたいね」

気に入った?

ええ……。

「いっしょに、少し走ろうか」と、五百木龍子は、からかうような目で六也を見た。六也は赤くなった。それから、勇気を振い起こして、

「あの……ぼくに運転させてもらえますか」

「それは、ちょっと、考えちゃうわねえ。傷つけられたら大変だもの。これ、パーツが日本では手

に入らないのよ」

六也は、クラッチ・ペダルとアクセルに足をのせ、クラッチを踏みこみ、しずかにつなぎながら、アクセルを踏みこんでみた。エンジンをかけてないから、車は動き出さないが、

——この操作を遠隔でやるっての、無理だなあ。

「あなた、リアに移って。ドライヴしてあげるわ」

六也が後部座席に移ると、五百木龍子は、マキシの裾を少し持ち上げて、操縦席についた。イグニッション・キーをまわす。耳なれた、ツー・ストローク、ザックス単気筒エンジンの回転音。龍子は、ルーフを閉めた。狭い車内に、甘いヘリオトロープの香りがこもった。

ルーフを、こつこつ、と叩く者があった。龍子は、いったん閉めたルーフを開けた。

「あら、岡村さん」

シュガー・ダディの岡村がにこにこしながら立っていた。

4

「話はうまくついたのかい」岡村は六也に訊いた。六也は少しもじもじしながら、首を振った。

——アヴェックのドライヴは、おじゃんになりそうだな。

「そんなことだろうと思って、来てみたんだ。きっと、ロクちゃんは、言いだしかねているんじゃないかと思ってね。ずうずうしいようで気が弱いんだから」

「何なの、岡村さん。この坊や、メッサーを見るだけではなくて、他にあたくしに用があったの？」

「メッサーのことなんですけれどね」

「こみいったお話？　一度、部屋にいきましょうか」

ワイン・カラーのソファに躰をしずめ、

「五百木さん、先日新聞種になった、オートバイ修理工の少年が、メッサー・シュミットを石垣にぶつけ、反動でワイヤが首をしめつけるように細工して自殺したという事件、ご存知でしょう」と、岡村は切り出した。

「ええ」五百木龍子は、はでに表情を動かした。肩のあたりで、ゆるくカールした栗色に染めた髪がゆれた。

「あのメッサー・シュミット、惜しいことをしたわね」死んだ少年より、車の方を、五百木龍子はいたんでいた。大野木とは何の関係もないのだから、当然かもしれない。

「なにも車をつぶさなくたって、他の死に方があったでしょうに……」

「この山本六也くんは、うちのおとくいで、よくコーラ飲みに来てくれるんですがね、彼が、ひょいと思いついて、メッサー・シュミットは、特殊な小型車だから、何らかの工夫を加えることによって、遠隔操作で発進させることができるのではないかと言いだしたんですよ。つまり、あの事件は、自殺となっているが、他殺と考えることもできるというわけです」

岡村は、死んだ大野木が六也の仲間であることは言わなかった。その方が、龍子が気軽に話にのってくると思ったからだ。

「被害者の意識を失なわせておいて、首にワイヤを巻きつけ、遠隔操作で発進させる。メッサーが石垣に衝突し、シートが低くなって、ワイヤが首を絞める。そのとき、犯人は離れたところにいるのでアリバイができるというわけです」

「あら、そんなこと、できるかしら」龍子は興味を持った。六也がいきなり、仲間の死について、殺人かどうか調べたいなどと切り出すよりは、岡村の話術の方が、はるかに巧みだった。

「私は、そんなことはできっこないと言ったんですよ。超小型といっても、メッサーの発進は、四つ輪と同じですよね。イグニッション・キーをまわして、エンジンを始動させる。クラッチを踏みこむ。クラッチをつなぎながら、アクセルを踏みこむ。エンジンは前もってかけておくとしても、アクセルとクラッチの微妙な操作を、人間がその場にいないでやるなんて、不可能ですからね」

「それは、できるんじゃない」龍子は、簡単に言った。「ギアをニュートラにしておいて、何かの力で車体を押し出せば」

「いや、ギアは、ちゃんとロウに入っていたんですよ。エンジンもかかっていましたし」

「それじゃ、むりね。できっこないわ」話を打ち切るように、龍子は手を振った。

「ぼくと山本くんが賭けをしましてね、できるかできないか。ところが、実際にメッサーでためしてみなくてはならんでしょう」

「それで、あたくしのメッサーで？　いやね、岡村さん、人が悪いわ。それなら、最初からそうおっしゃってくだされぱいいのに。あたくし、危く、この坊やを誘惑して深夜のドライヴに連れ出すところでしたのよ」

「それは、せっかくのところを不粋なじゃまをしました。山本くんに恨まれるな」

「そ、そんなことないよ、マスター……」

「でも、坊や、どうやってメッサーを遠くにいて動かすの？」

——それをこれから調べたいんじゃないか。坊や坊やって言うな、くそっ。

ちょっと待っていてね、と龍子は隣室に引っこみ、もう一度あらわれたときは、黒いテーラード・カラーのシャツに白いコットンのパンタロンという、ややラフな服に着かえていた。

「さあ、もう一度、駐車場に行きましょう。その賭け、どっちが勝つか、おつきあいするわ」

何がかかっているの？　と、龍子はたずねた。

六也は口ごもったが、「うちのママのキスですよ」と、岡村は平気な顔で答えた。

「あら、それじゃ、あたくしのキスを御ごほうびにしましょうか」と、龍子は言って、「冗談よ」と、すぐ打ち消した。「その坊やのほっぺたにキスしたら、埃でざらざらしそうね。岡村さんのは、脂っこそうだし」

「残念ですな。せっかく本気にして、これはぜひ勝たねばと思ったのに」

——言いたいこと言いやがって。六也も、一瞬、龍子の唇にふれるところを想像したのだ。くそッ。

駐車場のコンクリートの壁に、エンジンの回転音がひびく。

六也は、メッサーのシートに坐って、ゆっくり発進させた。ストップ。バック。発進。何度か繰返す。

——わからねえな。

メッサーの乗り心地は、最高だな。カメがこいつに惚れこんだ気持、わかるな。おれも、このままかっさらって、表をぶっとばしたくなった。

岡村が、ルーフを叩いて合図した。

「五百木さんが、はらはらしておいでになる。ロクちゃんにメッサーぶっこわされないかと。もう、あきらめたらどうだ」

「ああ」六也は、みれんがましく、なお二、三回、クラッチとアクセルの踏みこみぐあいをたしかめ、メッサーを下りた。

「だめとわかれば、さっぱりしただろう。やっぱり、カメちゃんは、無理心中だ。殺人者などいないことがわかって、ほっとしただろう」

「それでも……」やはり、殺人は、あったんだ……。それを、どうやってたしかめたらいいだろう。自分一人でやるか。誰かに協力を求めるか。仲間を殺人者ときめつけるのが、六也は、ひどく辛い気がした。少くとも、おれの手で警察に売ることだけはできない……。

# Ⅶ

## 1

「旅行しようか」と、史郎は妹に言った。「おれも、自由に動けるのは今年の夏だけだ。就職したら、夏休みなんてぜいたくなものはなくなるからな」

「行くのなら、宇宙がいいわ」

「哲のことは忘れろ」史郎は言った。

「ええ、忘れるわ」窓にもたれて、真琴は言った。

その手は、小さい銀色のライターをもてあそんでいた。真琴がプレゼントしたものだった。東名高速のトールゲートで、炎の中に舞い上がった哲のポケットからこぼれ落ち、再び、真琴の手に戻ってきた。

史郎の手も、小さい金属製のものをもてあそんでいた。小さい、こわれた、ストレイナー・カップだった。

ブザーが鳴った。ストレイナーをポケットにつっこみ、階段を下りると、入口に、何度かの取調べで顔なじみになった刑事が立っていた。「暑い中を御苦労だが、S署に来てほしい」と刑事は言った。「メッサー・シュミットに関して、もう少し、聞きたいことがある」

ビューティ・サロン〝ジュンヌ〟に、岡村から電話が入った。呼び出されたのは、六也だった。

岡村の声は、少し昂奮していた。

「ロクちゃん、一つ、思いついたことがある。五百木さんの了解を得て、実験してみようと思うが、どうだ、店を抜けられるか」

「動かす方法がわかった?」六也は、呼吸が荒くなった。複雑な気持だった。メッサーが無人でも動くということは、仲間に殺人者がいるということなのだ。

「いいや。まだわからない。しかし、試してみる値打ちはあるね。

五百木さんは、明日から仕事で九州に行く。今夜を逃がすと、当分会えなくなる。今すぐ、来られるか」

「行くよ」と、六也は答えた。この間、強引に早退したばかりだが、かまうものか。くびになったって、美容師は、今、ひっぱりだこだ。どこだって、つとめ口はすぐみつからあ。

六也は、もう、口実を考える手間もはぶき、従業員控え室に行って、ブルーの仕事着をぬいだ。鏡をのぞいて、ちょっと髪を撫でつけた。――最期の身づくろいだ。そんな気がした。もし、メッサーが動いたら、その次に取る行動は……漠然とではあるが、一つの形を心の中でとりつつあった。

一方で次の仕事口のことを考えながら、一方では、――ひどく、やばいことになるなあ。もしかしたら……死ぬかもしれないな。ちらっと思った。試合場に入場する闘牛士というのは、こんな気分になるのではないだろうかと思った。

――おれは、ひょっとしたら、卑怯なダメ人間じゃないかもしれない。

登が部屋に入ってきた。

「おい、仕事着ぬいで、どこへ行くつもりだ」

「べつに……」

「電話のあと、おまえ、血相変えて……。何事かと思って、来てみたんだ」

「登、おまえ……たとえば、おれが、モッちゃんを故意に殺したなんてことになったら、どうする?」

「おまえ、暑さつづきで頭がおかしくなったのか?」登は、少しきみ悪そうな顔をした。

「まさか、おまえがモッちゃんのステアリング・ハンドルに細工して、ジャンプを失敗させたなんて……」

「ばか。おれがそんなことをするわけねえだろ。たとえばさ、たとえば、そういうとき、どういう行動をとる? サツに売るか」

「ばかばかしい」登は、吐き捨てたが、

「モッちゃんは、いいやつだったからな。いくらおまえでも、許せねえよ」言いかけて、「いったい、何の話だ」

「じゃあな」部屋を出ようとする六也に、

「おい、今度は何て店長に言うんだ。この間は、おまえの言葉どおり、つわりだって言ったんだぞ。店長、ロクはいつ性転換したのかと、にこりともしないで言い返しやがった」

登は、六也の腕を摑んだ。

「おい、洗いざらい、ぶちまけちまえよ。何を一人でやっているんだ」

六也は、登の顔をみた。

「一人の人間をさ……それも仲間を……罪をあばいて告発するってのは、すごく、重いよな。ひょっとしたら、殺人行為と同じくらい、重っ苦しい。こっちだって、神さまみてえにきれえな手をしているわけじゃねえもんあ」


登の手を振り切って、六也は、従業員用のエレベーターにいそいだ。

店長に呼びとめられた。

「山本、仕事中だぞ。どこへ行く」

「早退します」六也は軽く頭をさげ、足を早めた。

「おい、山本」店長のどなり声を背に、六也は、エレベーターのボタンを押した。すぐに扉が開いた。

「懲戒《ちょうかい》減給処分にするぞ」途中でドアがぴしゃりと閉まり、店長の声は、半分にちぎれた。


S署の中庭に、メッサー・シュミットが一台、駐《と》めてあった。数人の刑事が、銀灰色の車体の傍に立っていた。

史郎は、そこに連れて来られた。小肥りの背の低い男がいた。「この方は、このメッサー・シュミットの所有者、久世さんだ」と刑事の一人が史郎に言った。久世は、スポーツ・シャツのポケットから名刺を出して、愛想よく史郎に手渡した。服装は若々しいが、久世は、よく見ると皮膚がたるみ、目尻に小皺《こじわ》が寄って、四十近い年にみえた。

「メッサー心中事件は、ぼくも、ニュースで知りましたよ」久世は、なれなれしく史郎に話しかけてきた。

「おもしろい死に方もあるものだと感心しました。しかし、メッサーは惜しいことをしましたなあ」

「ぼくのメッサーは、どうなっていますか。まだ、返してもらえないんですか」史郎は、刑事に、少し尖った声を出した。

「槇くん、あのときの状況を、もう一度確認させてもらいたいのだが」刑事は、史郎の言葉を無視した。

「車庫の二階、きみの部屋に、きみと、日高登くん、山本六也くん、及川フミ子くん、松崎誠司くんの五人が揃ってから、メッサーが動き出すまでの間の、各人の行動について、もう一度、詳細に話してくれたまえ」

## 2

シャンデリアの下がった居間で、五百木龍子は、ワイン・レッドのサテンのブラウスに、白いウール・ジョーゼットのパンタロンという服装だった。

岡村も、もう、来ていた。岡村の手は、油で汚れていた。そわそわして、汚れた手をこすりあわせ、「ロクちゃん、駐車場に行こう」と誘った。

今日は、メッサーの両隣りは空いていた。

「乗ってみな」

イグニッション・キーは、すでに、さしこんであった。六也は、シートに腰を下ろし、エンジンをかけた。

「ロクちゃん、ギヤをロウに入れて、アクセルは踏まないで、クラッチだけつないでみろ」岡村は、サジェストした。

刑事にうながされて、槇史郎は、久世のメッサーの操縦席に腰を下ろした。イグニッション・キーをまわした。エンジンの音がひびいた。刑事の命ずるままに、史郎は、ギヤをロウに入れ、クラッチを踏みこんだ。アクセルは踏まず、足の力を静かに抜いて、クラッチをつなげていった。

「こんな車って、あるかい！」するする動きだしたメッサーに、六也は叫び声を上げた。「アクセル踏みこまず、クラッチつなぐだけで発進するなんて」

「ちょっとした奇術だろう」岡村は、うまく客を驚かした素人手品師のように、にこにこした。六也は、車を止め、下り立った。

「ロクちゃんが来る前に、ちょっと、細工しておいた。メッサーのエンジンは、ザックスの単気筒だろう。だから」リアのエンジン・カバーをあけて、岡村は指さした。「ザックスは、ロウがよくねばるということを思いついたんだよ。それで、アイドリングを高めてみた。おれの思ったとおりだった。クラッチをつなぐだけで、動くことがわかった」

――そうか。そういうことだったのか。やっぱり、おれは、メカには弱いな。でも……

「でも……やっぱり……誰か、クラッチをつなぐ操作はしなくちゃならないだろ」

「それが、これからの課題だ。しかし、アクセル不用なら、何か、方法がありそうだ」

「アイドリング、あとで、ちゃんと調整しておいてよ。岡村さん」五百木龍子が言った。

「まかせといてください。メッサーをいためるようなまねはしませんよ」

「クラッチにかかる力を徐々にぬいてゆく……」

六也は、もう一度シートに坐り、クラッチを踏みこんだ。メッサーのクラッチは、かなり甘い方だ。

――運転席にはカメの躰があった。カメの足をクラッチにのせ、だんだんそれが持ち上がるように、テグスか何かで二階からひっぱって……

　できっこねえな、と、六也は自分で自分の考えを打ち消した。

　駐車場には冷房はきていない。むし暑かった。五百木龍子は、少し倦《あ》きてきたようだ。もともと、自分には何の関係もない問題だ。

　――運転席にはカメの躰があった。カメの足をクラッチにのせ、だんだんそれが持ち上がるように、テグスか何かで二階からひっぱって……

「もう、あきらめたら？　アイドリングを高めれば、メッサーはアクセルを踏まなくても発進することはわかったけれど、それだけのことじゃないの。やめましょうよ。岡村さん、アイドリング、調整しておいてちょうだい」

　坊や、冷たいものをご馳走してあげるわ。ビール？　ジュース？　龍子は、エレベーターの方に歩き出した。六也は、車の傍に残っていたが、早く、と、強い声でうながされ、龍子に従って、エレベーターに乗った。

「ビール？」

「え、何でも……」

　龍子は、冷蔵庫から冷えたビールのびんを出し、コップに注いで六也に手渡した。自分はタンブラーに氷塊を入れ、ウイスキーを注いだ。

　――あのとき、カメも、ウイスキーでずぶずぶに酔っぱらっていたんだな。あれは、気を失なわせるため、犯人が、無理に飲ませたのか。絞《し》め落としておいて、更に、ウイスキーを注ぎこむ。アルコールに弱いカメのことだから、完全にのびてしまう。

　メッサーの床にころがっていた。洋酒のびん……

　六也は、ソファから立ち上がった。

「ウイスキーの空びん、ありませんか」

「あるわよ」

「もらえますか？」

「空びんを？」龍子はけげんそうに、戸棚の隅を指さした。

空のスコッチのびんに、六也は、キチンで水を満たした。部屋をとび出した。

「へんな子」龍子のつぶやきを背に聞いた。

気ののらない手つきで、岡村はアイドリングを調整し直していた。ねじこんだスロットル・エア・スクリューを戻してアイドリング回転を落とし、パイロット・エア・スクリューを調整する。

「岡村さん、これ！」

「お、スコッチとは豪勢だな」岡村は、嬉しそうに笑った。「しかし、生《き》のままで、ラッパ飲みか？　ついでに、氷とタンブラーも持って来てくれればいいのに」

「違うよ。なかみは、水だ」

「なんだ。ぬか喜びさせてくれるねえ」

「もう一度、アイドリング、さっきのように高くしてよ」

「軽く言うね。まあ、単気筒だから、そう面倒ではないけれど」

六也は、クラッチに、ウイスキーびんを、口を下にむけてのせた。斜にかしいだクラッチ板から、びんは、ずるずるすべり落ちた。

「なんだ、だめか……」

ウイスキーびんをのせただけでは、クラッチは、いっぱいに踏みこんだ状態にはならなかった。

「口金を開けて、水が少しずつこぼれるようにすれば、クラッチ板が徐々に上がってうまくつながるかと思ったんだけど……」

あのとき、メッサーの床は、ウイスキーがこぼれて水浸しになっていた……。

重みをかけて、そいつが徐々に軽くなって……ということだと……氷だな、と思いついたのは、やはり車のメカに詳しい岡村であった。

「氷？」

「ああ、クラッチの上にのせる。溶けて軽くなるに従って、クラッチがあがる。溶けた水は、床にこぼれたウイスキーにまぎれるだろう」

「氷、五百木さんにもらってこようか」

「キューヴが少しばかりあっても役に立たないだろう。でかい塊りでなくては」

どこか、その辺のレストランでわけてもらってこよう。ロクちゃん、待っていてくれ。岡村は、気軽に出ていった。メッサーの無人発進に、すっかり興味を持っていた。

六也は、シートに腰を下ろした。ぼんやり考えこんでいるうちに、ぞくっとした。誰かがしのび寄って、ふいに首を絞めるような、そして、メッサーが、ひとりでにするする動き出すような、錯覚にとらわれたのだ。

人が歩み寄ってきたのは、錯覚ではなかった。五百木龍子だった。

「まだ、ねばっているの？　いいかげんにやめてよ。岡村さんは？　アイドリング、直してくれたのかしら」

「もう少し、待ってください。何とかなりそうなんだから」

「車が動いたって動かなくたって、どうでもいいじゃないの。そんなこと、警察にまかせておけば」

四キロ近くある氷塊をビニールの風呂敷に包んでぶらさげて、岡村が戻ってきた。

氷をのせて、という岡村の説明をきき、龍子も、今度は何とかなりそうだと、あらためて興味を持ったようだ。

氷を割って重さを調整し、クラッチにのせる。クラッチ板は斜めになっているので、氷塊は床にすべり落ちた。下にくぼみを入れて、クラッチにはめる。クラッチは、うまく、踏みこんだ状態になった。「まだるっこしいわね。これが溶けるまで、待つの？　ずいぶん時間がかかりそう」

「あのとき、車の中に、網袋か、穴のあいたポリ袋は落ちていなかったか」と岡村は六也に訊いた。

「そんなもの、なかったと思うな。どうして？」

「同じ目方でも、氷を小さくくだいて袋に入れてのせれば早く溶けるからだ」

「袋は落ちていなかったけど……」

「氷の上の部分を凹型にくぼみをつけたら？」と、龍子が口を出した。白いパンタロンの裾が水に濡れて少し汚れていた。「クラッチに当たる部分の氷を薄くすれば、そこだけ早く溶けるでしょう」

龍子のアイディアによる実験が試みられた。氷が溶けるにしたがい、クラッチ板は、ゆっくり先端をあげはじめる。緩慢に時間がたってゆく。鉄亜鈴のような形でクラッチ板がはめこまれた氷塊のくぼみの部分が、あめ玉のしゃぶりかすのように薄くすきとおってくる。クラッチ板は斜めにかしいで、かなりあがってきた。

みつめる目に、顔から流れる汗がしみる。

溶けて薄くなった部分は、両側の氷の重みに耐えきれず、ぽきっと折れた。そのとたんに、クラッチ板はぴんとはね上がり、エンジンがとまってしまった。クラッチは、最後までしずかにつながないと、エンストする。

「やめましょうよ」龍子は、いらいらした声を出した。

「どうぞ、部屋にひきとってくださってけっこうですよ。ぼくと山本くんは、もう少し……」

「だって、あなた方にまかせておいたら、車、何をされるかわからないわ。床は水浸しになってしまったし。もう、止めてよ」

龍子は、イグニッション・キーを抜きとった。

3

クラッチはつながり、無人のメッサーは動き出した。ルーフは開けたままである。刑事は、走り出したメッサーに飛び乗ると、ブレーキをかけた。

「このように、操縦者がいなくても、メッサーは動かせることがわかったのだ」

刑事たちは、史郎を取り巻くように立っていた。

「きみが来る前、久世さんに知恵を貸してもらって、実験を重ね、発進させる方法が判明した。氷のかけらが少し残るが、皆がかけ寄ったとき、どさくさまぎれにシートの下あたりにつっこめば、内部の温度が高いから、じき、溶けてしまう。きみは、あまり驚いたようでもないね。この方法を、きみも考えついたのか。これをやったのは、きみか」

「もう一度だけ、やらせてくれませんか」六也は、言葉はていねいだが、むしりとるように、龍子の手からキーを奪って握りこんだ。

「乱暴ね！」

「ロクちゃん！」

「岡村さん、氷とね……氷とウイスキーびんを組み合わせて、もう一度、やってみようよ」

エンジンをかけ、残っていた氷を、ふたたび削り直し、クラッチ板にのせ、今度は、更に、凹型のくぼみに水を入れたウイスキーびんをのせた。まだるっこしい実験が再開された。びんの重量が加わるので、氷は、前よりずっと小型のものを使う。

クラッチ板が、斜めにゆっくり上がってくる。薄い部分が先に溶け、氷は二つに割れて落ちる。びんの重みで、クラッチ板は、急にははね上がらなかった。

びんは、傾斜したクラッチ板からゆるやかにすべり落ち、ルーフをあげ、エンジンをかけっ放しにしてあったメッサーは、無人のまま動き出した。

六也は、メッサーにとび乗り、ブレーキをかけた。そのまま、ステアリング・ハンドルに顔を伏せた。

——動いた。メッサーは、動いた。カメは殺された。哲も、モッちゃんも、そして、浩介も……みんな、殺された……。

おれの手には、あまるんじゃないか。やはり、警察に言うべきだ。サツの手にまかせて……売るのか。おれの口から、サツに密告《さ》すのか……。

「ロクちゃん」と、岡村が肩をたたいた。メッサーを無人発進させる装置を考えることに夢中になっていた岡村も、メッサーが動けば、それは、大野木の他殺、犯人のアリバイ作りを意味することが、あらためて念頭に浮かんできたのだ。

「いっしょに、警察に行こう」

六也は顔を上げた。

「いやだ。これは、おれたちの仲間の問題だ」

メッサーを下りると、マシンに走り寄った。エンジンをかけた。

「待てよ、ロクちゃん。アリバイ工作をしたのは、誰だと思っているんだ。誰が、いったい、どうしてカメちゃんを……」

マスターの声と、わけがわからず茫然としている五百木龍子を後に、六也のマシンは、爆音を残して、走り出した。

青山通りを渋谷にむけて走りながら、六也は腕時計を見た。八時四十分。そろそろ、フミ子が帰り仕度をはじめるころだ。今すぐなら、まだ、フミ子は恵比寿の店にいるだろう。六也は、道を左折した。

洋菓子店はシャッターが下りていた。恵比寿の駅にむかってフミ子が歩いて行く。六也は、追い抜いて、前に廻りこんだ。

「あれ、ロクさん！　お店は？　今日、早仕舞い？」

今日は、ロクさんとデートの番ね。

——あ、そうだった。畜生。でも、ひくにひけない喧嘩状勢だ。

「フー子、デートは今日は登とチェンジだ。あとで……そうだな、一時間ぐらいしたら、登といっしょに、野犬収容所の裏の空地に来てくれ」

「うん。どうして？」

「わけは、そのとき話す」

「うん」

フミ子は、あっさりうなずいた。すなおすぎて物足りないくらいだけれど、この際、つごうがいい。

「じゃあな」

「あとでね」走り去る六也の背に、フミ子は明るい声をかけた。


「ぼくが、大野木くんを絞殺したというんですか?」

雑談めいていたが、刑事の口調は、次第に、訊問の調子を帯びてきた。

「いや、そうは言っておらん。しかし、メッサーの機構について、一番詳しいのはきみではないのか。他の者では、あの細工は思いつかないだろう」

「そんなことはありません。みな、マシンを乗りまわしているくらいだから、メカには強い。メッサーのエンジンがザックスでロウがよくねばるくらいのことは、皆、承知しています。ちょっと頭を働かせれば、アイドリングを高めてクラッチだけで発進させる方法は考えつきますよ。氷と洋酒びんを使ってクラッチをつなぐことだって」

「しかし、実験を重ねなければ、適当な氷の量を割り出すことはできまい。それができるのは、メッサーの持主であるきみ一人だ」

「いいえ。ぼくのメッサーに乗りなれている者なら、クラッチの踏みこみぐあいを心得ていますから、一発でできます」

「きみ以外に、誰が」

史郎は、短い沈黙の後に、「ぼくは、自分の口から若い友人を告発するようなまねはしたくない。しかし、ぼく自身が殺人の疑いをかけられるのではかなわないから、言います。松崎誠司くんです。彼とは親しい。ときどき、ぼくのメッサーに乗ったことはあります。ぼくは、少し前から疑っていた。そうです。ぼくも後になって、メッサーを自動的に発進させる方法に気がついたのです。何のために、あんな厄介は方法をとったか。アリバイを作るためだ。だとすれば、あのとき二階にいた仲間のうち、登と六也、フミ子は、メッサーを乗りまわしたことはない。誠司なら、前もって、メッサーの合鍵を作る機会がありました。そうして、彼には、大野木を殺す動機があったんです。でも、ぼくは、もっとはっきりするまで、確実な証拠があがるまで、これを口外したくはなかった……」

4

おれが持っているものは、何でも、あいつは欲しがった。そうして、必ず、手にいれた。おれのやることには、何でも手を出した。そうして、あいつの方が、上達が早かった。マシンも……。

おれは、体力的にあいつに負けまいと、柔道を習いはじめた。あいつは、すかさず、ボクシングをはじめた。

おれは、ついに、あいつを押さえこむことはできなかった。あいつは、常に、おれの前に立ちはだかっていた。せせら笑いながら。

おれの心の中に、憎悪は沈澱《ちんでん》し、その上に、更に、憎悪が堆積した。

死ねばいいと思った。あいつがこの世の中から消え失せたら、どんなにせいせいと呼吸ができるだろうと思った。

しかし、まさか、殺すつもりはなかった。

おれは、Q大の附属を小学校の入試で失敗し、中学のときも挑戦したが失敗して、高校はあきらめて公立に入った。あいつは、小学校のときから……しかし、そんなみみっちいことは、どうでもいいんだ。

あいつは高三で、おれは浪人一年生。へたをすれば、あいつは来年エスカレーターでストレートに大学一年。おれは二浪。だが、そんなことも、どうだっていいんだ。おれが許せなかったのは、

〝マックを、こましてやったぜ〟……誠司は、頭の中にひびく浩介の声を振り払うように、耳を押さえて頭をはげしく振った。〝マックを、こましてやったぜ。でも、マックは、けろっとしていた〟

〝マックを……愛しているのか？〟

浩介は笑った。〝ばか。そんなクラシックなんじゃねえよ。セックスはセックスだ〟

〝いつ、どうやって……〟

〝聞きたいか。女をこます方法を、伝授してやろうか〟

マックは、よごれてしまった。手を触れてはいけないもののように思っていたのに……。

〝マックは、けろっとしていた〟

マックは……男なら誰とでも寝るような、そんなんじゃなかったはずだ。

マックは、おれに、あれをやらせた。躰の中からいらないものを放り出すための道具に、おれを使ったんだ。そんなこととは知らず、マシンに乗せて、おれは走った。とばして！　とばして！　もっと、もっと、もっと！　マックは、リア・シートで叫んでいた。

……弱気を起こしたら、敗北だ。一人で、流された血の重みに耐えてゆくほかはない。

しかし、おれは、ついていたというべきだろうか。浩介の死に関しては……。

車庫に、誠司のナナハンは、まだ売りとばされもせず、置いてあった。

六也はマシンを下りた。手に、途中の道路工事現場でかすめてきた。長さ一メートル半ぐらいの細い鉄の棒が二本。それを車庫の壁にたてかけ、六也は、松崎邸の庭にしのびこんだ。和風にしつらえられた庭園である。手入れのゆきとどいた植え込み。池。六也は、小石を拾い、ガラスが割れないよう、ちり紙にくるんで、二階の窓に投げた。

窓が開いて、誠司がヴェランダに顔をのぞかせた。六也は、小さく口笛を吹いて、誠司の注意をうながした。下りてこい、と、手で、門の方を示した。誠司は、不審そうな表情で、それでも、わかった、とうなずいた。六也は、車庫にとって返した。

誠司がやって来た。

「何の用だ?」

「マシンで、ちょっと、いっしょに来てくれ」

「どこへ」

六也は、上唇を舌でしめし、かるく咳ばらいして、声がのどにひっかかったのをごまかした。

「史郎さんのところだ。カメのことで話が……」

誠司は、六也の顔をみつめ、

「よし」うなずいて、ナナハンをひき出した。またがって、キックした。ふかして走り出したとたんに、ストストとエンジンが止まり、誠司は、前につんのめりそうになった。

「ガス欠かな?」

マシンを下り、誠司は、タンクのキャップを開け、首をかしげた。ガソリンは、たっぷり入っている。とたんに、ぎくっと、顔色が変わった。

「こうやって、浩介を、スリップ・ダウンさせたんだな、誠司。白バイのまん前で」六也が言った。暗い声だった。


「ストレイナーです」と、史郎は刑事に言った。「遠藤哲が、トールゲートで、コンクリートの柱に激突して死んだとき。あのとき、日高登もスリップ・ダウンして、怪我をしました。道路に、ポケットから落ちたらしい小物が、いろいろころがっていました。山本六也がだいたい拾い集めたけれど、ぼくも、ライターと、ストレイナー・カップを拾った。登のものではなかった。哲のポケットからぶちまけられたものでした。ストレイナー・カップは、こわれていました。フュエル・コックが締まったまま、ふっちぎれた状態でした。はじめ、ぼくは、あの事故で、登か哲のマシンから、ちぎれたのかと思ったのですが、考えてみれば、ストレイナーのコックの締まったマシンでハイウェイを突っ走れるわけはありません。コックをしめたら、ガソリンがキャブレターに行きませんからね」

　こわれたストレイナー・カップを、史郎はポケットから出し、刑事に渡した。

「哲の形見のように思えて、持っていたんですけれど、あとになって、大野木の死が他殺かもしれない、メッサーをアリバイ作りに利用できるのは誠司だ、と思ったとき、このストレイナーが意味を持ってきました。

　遠藤哲の死は、たしかに、大野木が、スリップ・ストリーミングという危険な手を使ったためだった。しかし、誰か、大野木をそそのかしてそれをやらせた者がいたんじゃないか。こうやれば、レースに確実に勝てると言って。誰か――つまり、誠司です。大野木は、レースに勝つため、誠司からサジェストされたスリップ・ストリーミングを使った。誠司は、更に、効果を確実にするため、哲のタイヤのエアを上げた。

　哲の死のあと、もちろん、誠司は、大野木に口止めしたでしょう。まさか、あんな大変な結果になるとは思わなかった、おれがサジェストしたことは皆に黙っていてくれと。しかし、登たちが、哲の死は大野木の責任だ、リンチにかけると騒ぎだした。責められれば、大野木も、責任軽減のため、スリップ・ストリーミングは誠司が言い出したのだと、皆にばらすでしょう。大野木を消す必要が生じた。誠司は大野木を電話で糾弾《きゅうだん》したというが、その電話は、大野木には通じていなかった、かけたふりをしただけじゃないかと思います。あとで、登たちのいないところで、あらためて、大野木にぼくのところに来るよう電話をかけた。時間を少しずらせて。

　誠司も、あの日、だいぶ遅れてやって来た。着いたのは、実はもっと早かった。車庫で大野木とおちあい、彼を締め落とし、メッサーに乗せる。

ずいぶん危ない綱渡りでした。彼が死の工作をしているとき、ぼくらは車庫の二階にいたんですからね。しかし、窓を閉めきり、クーラーのモーターがうなり、その上、ロックががんがんひびいていたので、外の物音は聞こえなかった。ぼくら、顔を合わせれば、すぐレコードをかける。彼はよくそれを承知していました。ことに、ぼくがダンモを好きなことも」

「車庫の戸は開いていたわけだろう。メッサーに大野木を乗せ、放置しておいて、人目に触れる心配はなかったのか」

「あの時刻、車庫の前の通りは、人通りはめったにありません。それと、おそらく、メッサーにシートをかぶせ、動き出すとはずれるように細工してあったのだと思います。あのあと、シートが、いつもと違う場所においてあるのに気がつきました。どさくさまぎれに、床に落ちているやつをかたづけたのでしょう。

その前にも、一度、誠司は、哲を殺そうとして失敗しています。モトクロス・レースのときです。哲のマシンのステアリング・ハンドルのボルトをゆるめて、ジャンプのとき、頭から突っこまざるを得ないようにした。しかし、哲は、好意から井手基弘とマシンを交換したので、哲のかわりに、モッちゃんが罠にひっかかってしまった。

なぜ、誠司は、執拗に哲を狙ったか。

哲に、脅迫されていたからです。

哲は、ねじれ曲がってふっちぎれたストレイナー・カップを持っていた。

こいつは、駒沢公園で、松崎浩介のマシンからちぎれたやつです。それを、哲は、拾った。浩介が死んだとき。

刑事さん、おぼえているでしょう。誠司の弟の松崎浩介が、駒沢公園でとび出しをやり、白バイのまん前でスリップ・ダウンして轢殺された事故を。

あのスリップ・ダウンは、浩介のミスじゃなかった。

白バイが来た！　と、物かげにかくれたとき、誠司は、そっと、浩介のマシンのフュエル・コックを締めた。

やるか！　誠司が誘いをかける。

よし！

白バイをからかうのは、年中です。目の前を白バイがとばしてくれれば、浩介は、簡単に誘いにのる。コックを締めたら、ガソリンはキャブに行きません。でも、刑事さん、親指の頭ほどの小さなストレイナー・カップと、パイプには、ほんのちょっぴり、ガソリンが残っているわけです。ふかして、とび出す。そのくらいはできるんです。

バカバカふかせば、それだけでガソリンはなくなってしまいますが、あのときは、白バイに気づかれぬよう、デッド・エンジン・スタートでした。一、二度ふかして、白バイのまん前にとび出したら、とたんに、ガス欠でエンストです。

ふつうの場合なら、エンストしても、必ずスリップするとはかぎらない。だけど、あのときは、雨のおかげで、路面はものすごく滑りやすくなっていた。マシンは、猛スピードでとび出した瞬間で、おまけに、けつに白バイがかじりついている。泡くったら、とたんに、スリップです。

その上、白バイがあの時刻にやってくるよう、前もって、S署にガセネタを入れておいた。付近の住人だと言って、毎晩サーキット族がうるさくて困るから、取り締まってくれ、十二時少し過ぎに来いと、時間まで指定して」

誠司は、浩介に殺意を持った。ストレイナーのフュエル・コックに細工して、白バイに轢殺させた。

そのストレイナーが、浩介のマシンに白バイのマシンのハンドルがくいこんだときちぎれ、哲に拾われた。哲は、誠司のプロバビリティに賭けた犯行を推察した。

哲は、誠司を脅迫した。

「哲は、外国に行くと言っていました。その旅費は、誠司からまき上げるつもりだった」

誠司は、哲を消す必要が生じた。哲を殺すつもりの罠に、井手基弘がひっかかってしまった。

大野木を利用して、哲を死のゲームに誘いこんだ。

大野木の口から、ばれそうになったので、大野木をも殺害した。

「確実に彼が被害者の躰に手をかけたのは、最後のケースだけです。あとは、すべて、マシンを利用し可能性に賭けた、プロバビリティの犯罪でした。絶対確実とはいえなくても、成功率は極めて高い。又、失敗しても、疑われる心配はありません。次のチャンスを狙えばいい」

「十八歳の少年が、それだけの連続犯罪を実行したのか……」刑事は、手にした小さなストレイナー・カップをみつめた。「オートバイによる度重なる事故死は、この小さな金属製のパーツに端を発していたというのか」

「マシンのスピードは、人を酔わせます。狂気に駆り立てます」史郎は言った。

5

「コックをひねるくらいのことなら、あのとき、誰にだって、できた」誠司は言いかえした。「白バイが来る前に、浩介とカメが、どっちがトップかで言い争っていた。そのすきに、誰にだって、できたことだ。登だろうと、カメだろうと、哲だろうと。そして、ロク、おまえだって、やれたはずだ」

「いいや、あれは、おまえにしかできなかった」六也は、声を強めた。「白バイが来た！　というんで、おれたちは、みんな、かくれ散った。おまえと浩介は、マシンにとび乗って、物かげに走りこんだ。もし、おまえ以外の者がそのときまでにコックを締めていたとしたら、そのわずかな距離を走るだけで、もう、ガソリンはなくなってしまうはずだ。コックが閉じられたのは、おまえが浩介といっしょにかくれていた間だ。おまえにしか、できなかったんだ」

許せないのは、モッちゃんのことだ。

六也の唇は、少しふるえていた。

「おまえは、哲をやるつもりで、モッちゃんをやっちまったんだ。哲は、拾ったストレイナー・カップから、浩介の死の真相を推察し、おまえを脅迫していた。だから、哲とのことは、哲とおまえの勝負だ。おれが口出す問題じゃない。カメは、おまえにそそのかされたにしろ、明らかに、哲の死に責任がある。これも、おまえとカメの問題だ。

だけど、モッちゃんは、何だっていうんだ。おまえに何をしたっていうんだ。まきこまれて、何も知らないで……しかも、モトクロスの晴れの場所で……おれは……おれだって、卑怯なことはやった。他人を責められる柄じゃない。でも、モッちゃんのことだけは、許せない」

「待てよ。何をガタガタ言ってるんだ」

誠司は、さえぎった。

「モッちゃんは、あがっていたために、ジャンプをミスった。頭から突っこんじまった。それが、何で、おれの責任だ。

カメは、哲をこまそうと、汚い手を使いやがった。哲は、ひっかかって死んだ。

どうして、おれに責任があるんだ。おれは、カメにあんな手を使えと言ったおぼえはないぞ。哲がおれを脅迫していたなんて、何を寝とぼけてやがるんだ」

「汚ねえぞ、誠司。まだ、しらをきるつもりか。おれは、ねじ曲がったストレイナー・カップを、この目で見ているんだからな。浩介のマシンからふっちぎれたやつを。コックの締まったやつを。

おまえが、浩介を白バイに轢き殺させるために……」

誠司の頬がひきつれた。

ひるんだのは、一瞬だった。すぐに、ふてぶてしい表情を、誠司はとりもどした。

「ああ、おれは、浩介をやった」

傲然と、誠司は言いきった。

「白バイのまん前で、スリップ・ダウンさせてやった。誰の目にも、浩介のミスとしか思えねえような方法でな。そうして、白バイに轢き殺させた。おまえは、よく、見破った。ほめてやるよ。おれは、前から、チャンスを狙っていた。たまたま、スリップしやすい雨の夜。とばしてくる白バイ。願ってもないチャンスだ。目障りなやつをあの手で消す、絶好の機会だ。これを逃がすようなら、おれは、とんでもない間抜けだ。おれは、コックをひねった。だが、それがどうした。これは、おれと浩介の問題だ。あいつは……」

「来い」六也は言った。「決闘だ。死んだモッちゃんのために」

「決闘?」

マシンでか? と、誠司は、せせら笑うように、六也の二五〇ccのマシンを見た。誠司の猛々しい巨大な七五〇ccと並ぶと、それは、いかにも華奢で貧弱だった。

「ツーハンで、おれのナナハンをこませると思ってるのか」

「街道レースじゃない」六也は、壁にたてかけてあった鉄の棒をとり、一本を誠司に渡した。

帰り仕度をしていた登は、岡村から電話を受けた。岡村は、メッサーが動いたいきさつを手短かに話し、「ロクさん、血相変えてとび出して行ったんだが、心あたりはないか」

登は、喘いだ。「そんな……あれが殺人だったなんて……」

「放っとくわけにはいかない。おれは、すぐ、S署に知らせるから」

「あれが殺人だとしたら、犯人は、史郎さんか誠司ってことになる。ロクのやつ、どこへ行ったんだ……」

うろたえながら、登は店を出た。従業員出入口に、いつものように、フミ子が待っていた。にこにこしながら、「ロクさんからのことづてよ。一時間ぐらいしたら、野犬収容所の裏の空地に来てくれって」

「ロクに会ったのか！」

登は、公衆電話に走った。一一〇番にダイヤルした。

コンクリートの塀に囲まれた野犬収容所の裏は、雑草が生い茂るにまかせた空地になっている。収容所と並んで塵埃処理場の煙突が屹立し、そのむこうに、巨大な球型のガスタンクが二基、黒く浮かんでいる。

塀にさえぎられて姿は見えないが、マシンの爆音に、檻に閉じこめられた犬がいっせいに吠えだした。

すえたごみのにおいが、空地にもただよっている。

距離をおいて、二人はマシンを向かいあわせた。右手に、鉄の棒を長槍のようにかまえた。

六也は、相手を見据えた。威圧するように、誠司のナナハンは、立ちはだかっていた。

拍車を蹴るように、キックする。

炸裂するエンジン。全速力でとび出す。

一瞬の間に、向かいあった二騎の距離がちぢまる。

フロント・ホイールに狙いをつける。

誠司のナナハンが、目の前に迫る。黒い巨体は、六也の右脇を掠め去ろうとする。その瞬間、槍がきらめく。

ガ、ガッ、と腕のしびれるような手応え。
一瞬早く、誠司のくり出した槍は、六也のマシンの前輪をつらぬいた。鉄の棒と鉄のスポークが噛み合う。すさまじい音と共に、火花が散る。スポークはへし折れる。後輪がはね上がる。左手でハンドルを摑んだまま、六也の躰が宙に逆立つ。ハンドルを突き放した躰は、地面に叩きつけられる。バウンドした車体が躰の上に落ちかかる。転がって逃げる。再びバウンドした車体が、六也の視界いっぱいにひろがる。

六也の武器は、誠司のタイヤのリムを叩いた。誠司は、走り抜けながら、左にバンクした車体を辛うじてたて直した。

マシンを止め、振り返る。地面に横倒しになったマシンは、六也の下半身を押しつぶして、なお、エンジンをひびかせ、震動をつづけていた。

誠司は、ためらった。走り去りかけたが、思い直して、マシンを下り六也に近づいた。血の気を失なった六也の唇が、さらに蒼ざめた。誠司の目に、殺意の光を見たように思ったのだ。二人の視線がからみあった。

――目をそらしたら……弱気をみせたら……こいつに殺される……

マシンに巻きこまれのしかかられた下半身に激痛があった。呻き声が洩れそうになるのをこらえ、下から、誠司の視線をはね返しつづけた。

――甘かったのか。こいつは、人殺しなんだ。それを決闘でけりをつけようとしたのは……。殺して、おれの口をふさぐつもりか。

誠司は、六也をみつめた。

「おれは、浩介のマシンのコックを締めた。……それだけだ、おれがやったのは……。轢き殺したのは、白バイだ。それでも、おれは、殺人者か?」

腰をかがめ、誠司は手をのばした。六也は悲鳴をあげかけた。誠司は六也の下半身を嚙んだマシンに手をかけた。ひき起こそうと、力をこめる。

「痛《い》えッ」六也は、ついに叫んでしまう。

誠司の全身が緊張した。機敏な野獣のように聞き耳をたてた。六也のマシンのエンジンを止めた。なお、ひびいてくるかすかな車の音。身をひるがえし、誠司は、自分のマシンにかけ寄った。またがると、走り出した。

道路の前方に、車の姿があらわれた。

——パトカーだ！　ロクの野郎、決闘だなんて調子のいいことぬかしやがって……裏切ったな。

誠司は、ターンした。スピードを上げた。パトカーの爆音が近づいた。

地面に横たわった六也の視界を、パトロールカーが走り抜けた。

あとから走って来たオートバイが止まった。登とフミ子がとび下りて、かけ寄った。

「ばかやろう！」

「マシンとセックスしてるところだ」六也は言った。

「強姦されてるってざまじゃねえか」

六也は、間の悪いような笑いを浮かべ、登とフミ子がマシンを引き起こそうと力を入れると、悲鳴をあげて、気絶した。

夜の環七は、車のライトが交錯していた。よどみなく流れる光のただなかに、誠司のマシンは、フル・スピードのまま、つっこんでいった。

鋭い金属音。光芒《こうぼう》をよぎって、黒い影がとんだ。

## Ⅷ

史郎が煙草をくわえると、傍に膝をくずしていた真琴が、ライターをつけ、炎を近づけた。一服喫って、「哲のことは忘れろ」史郎は言った。

「忘れるわ」と言って、真琴は、ライターを右手に握りこみ、ラジオのスイッチを入れた。フォークソングが流れた。

ライターを、真琴は、もてあそんでいた。目尻が濡れた。

「忘れようと思うのよ。でも、なかなか、忘れさせてくれないわ。哲ちゃんの名前、夕刊に、また、出たわ。忘れようとしても、哲ちゃん、忘れさせてくれないわ」

「夕刊に哲の名前が？　あの事件のことが、また、のったのか？」

「ううん。まだ読んでないの？　夕刊」

真琴は、ＴＶのわきに置いたマガジン・ラックから、夕刊を探し出し、史郎に渡した。ここ、と、記事を指さした。

劇画の賞金が宙に浮いたという記事がのっていた。雑誌社で、劇画の公募を行なった。入選作に賞金五十万円。審査の結果、「夕闇への逃走」という作品が入選した。しかし、作者は、オートバイ事故で死亡していたという記事と、作者である遠藤哲の名前、選者の、作者の感性と才能をいたむ言葉などがのっていた。

この作品には、明るいようで、裏に乾いた虚無感がただよっている。跳ぶ前に、跳ぶことの虚しさを知ってしまった若者たちの一人なのでしょうなと、選者は語っていた。

「哲に、こんなかくれた才能があったとはな」

夕刊の記事に目を通しながら、六也は、あきれたように言った。まだ、脚をギブスで固められている。「かゆい、かゆい」と、六也はわめき、ギブスの上から、フミ子が、爪をたてて、カリカリ動かした。「ばか、感じねえよ」

「おい、見たか、見たか」と、登が、夕刊を振りまわしながら、病室に入ってきた。

「哲の野郎、五十万円だとよ。もったいねえなあ、くそッ。本人が死んじまってよ」

大部屋の、ほかの入院患者の目が、登たちの方に注がれた。

「五十万、すごいなあ」フミ子も溜息をつく。

「五十万か……」六也は、ふいに、上半身を起こした。「おい、哲は、脅迫してたんじゃなかったんだな。日本をとび出すっていうのは、この賞金をあてにしていたんだな」

――それじゃ、あの、ふっちぎれたストレイナーは……。史郎が、東名のトールゲートのところで拾ったという、あれは……。

六也の唇から、少しずつ、血の色がひいていった。

――おれは、とんでもない考えちがいを……。

「あたし、いつか、年とってから、とても淋しくなるかもしれないわ……子供のこと……」真琴は、ライターをもてあそびながら、「哲ちゃんが死んだとき、もう、とてもたまらなくて、誠ちゃんのオートバイに乗せてもらって、むりに、子供を捨ててしまったけれど……」

真琴の目が、ふと、挑戦的に輝いた。

「みんな、哲ちゃんが誠ちゃんを脅迫したって言ってるけれど、あたし、そんなこと信じなかったわ。哲ちゃん、そんな汚ないことはしないって思ってたわ」

「哲の口ぐせは、〝あらゆる犯罪は革命的行為である〟だった。何かの本の題名だな。脅迫ぐらい、ゲームをするような軽い気持でやりかねない奴だと思っていた」史郎は、視線をそらせた。そらせた先に、母親の写真があった。

――あの一つのストレイナーが、数多いマシンの死を、一つに結びつけた。でも、もし、あれがなかったら、事件は、一つ一つ、ばらばらになってしまう。哲の脅迫なんてことがなかったとしたら……

夕刊を手に、六也は考えこむ。

——誠司が浩介のマシンに細工して、白バイに轢き殺させたことだけは確かだ。だけど脅迫されていたのでなければ、カメを利用して哲を殺す必要はない。まちがえて、モッちゃんが殺されることもない。カメを利用しなかったのなら、カメを殺す必要もない……。〝おれは、浩介のマシンのコックを締めた。……それだけだ、おれのやったのは……〟

「ロクさん、痛いの?」

暗い表情になった六也に、フミ子が聞いた。

「脅迫のためじゃないとしたら、哲ちゃん、どうして、あんなこわれたストレイナーを持っていたのかしら」真琴はつぶやいた。

「賞金とは別に、脅迫もしていたんだろう」史郎は言った。「賞金は、必ずとれるとは決まっていない」

「哲ちゃん、入選の自信があったんだと思うわ」

史郎は、胸に溢れてくるものを押さえこみ、母の写真に目をやった。

——復讐のためだ、マック。そのために、おれは、やったんだ。

その言葉は、真琴には決してきかせまいと思っているものだった。

母が自動車事故で死んだとき、真琴はオーストラリアにいた。だから、母の死の真相は、何一つ知らない。轢き逃げされたと思っているのだ。

——おふくろをはねたのは、あの、松崎誠司と浩介の母親だ。松崎美根子だ。親父は、内密にしてくれと松崎に頭をさげられたとき、何も言えなかった。

おれは親父を罵倒した。事を荒ら立てたら、松崎専務の奥さんは自殺なさると、親父はおろおろした。それだけじゃない。親父が沈黙したのは、東栄建設が、槇商会の生命の綱だからだ。東栄から切られたら、ちっぽけな槇商会は、たちまちつぶれてしまうからだ。東栄は槇を必要としていないが、槇商会は、セメント資材を東栄に仲介することで、なりたっている。世間の口がうるさいから、事件を公にしたからといって、すぐにばっさり関係を断たれるようなことはあるまいが、むこうは、やり方一つで、どのようにも槇商会をあやつることができる。

親父は、口をつぐんでしまった。

誠司や浩介のつらを見るのもいやだと思った。しかし、おれは考えついた。こいつらを、必ず、破滅させてやる。美根子への復讐として。

そのために、おれは、今までどおり、いや、今まで以上に、彼らと親しくした。こちらの憎悪を気づかせてはならないのだ。誠司も浩介も、母親の自動車轢殺は知らされていない。息子のうち、母親のひき起した事件を知らされたのは、秀一だけだ。

おれは、復讐の方法を考えつづけた。誠司の浩介に対する憎悪に、おれは気づいていた。ことごとに、浩介は誠司を押さえつけ、そのたびに、誠司の心に憎しみが湧き起こるのを目にしてきた。

ある時を契機に、誠司の憎悪が急激に強烈になり、凝縮し、尖鋭化したのを、おれは感じた。そのきっかけが何であったかはわからない。真琴が介在しているらしかった。

真琴には、おれたちの母を轢殺したのが松崎美根子だとは告げてない。告げれば、真琴が平静でいられるわけがない。それは、父にとっても、おれにとっても、違った意味で都合が悪いことだったからだ。父は、一切を秘密にしておきたかったし、おれは、復讐のために。

しかし、真琴が誠司や浩介と、何も知らずにつきあっているのを見るのは、苦しかった。ときどき、おれは、彼らと親しくつきあうな、と爆発し、真琴は、史郎ちゃんは仲好くしているくせにと、納得のいかない顔をした。史郎ちゃん、嫉《や》いてるの？　と、からかったりした。

　おれは、誠司に、それとなく吹きこんだ。コックを締めるトリックを。とび出しで白バイをからかうとき、そいつをやれば……と、雑談の間にまぎれこませた。

　おれは、チャンスを待った。この上ない機会に恵まれた。駒沢公園でのサーキット・レースだ。おれは、S署に電話をかけた。時間を指定して、白バイの出動を要請した。白バイがとばしてくれば、おそらく、誠司は、この時を利用するだろう。

　おれは、自分の指一本動かさず、美根子の息子を、一人は殺人者に、一人は被害者にしてやった。

　美根子の悲嘆を見ても、おれの気持は晴れなかった。美根子は、周囲の者を、人殺しと責めたてた。それなら、てめえは何なんだ！

　マシンは、危険きわまりないスポーツだ。事故は、常に、足もとにある。

　井手は、緊張しすぎていたために、モトクロス・レースのジャンプに失敗して、死亡した、あれは、何の作為もない。単純な事故死だった。

　そのあとに続く、東名ハイウェイでの、トールゲート突破。哲の死。あれも、大野木一人のたくらんだことだった。真琴に惚れていた大野木の心には、哲に対する憎悪があっただろう。哲をこまそうと、大野木は危険な戦法をとった。殺意があったのかどうかはわからない。

　哲の死が、どんなに、妹を悲嘆におとしいれたかを知って、おれの心に、復讐の第二段が思い浮かんだ。真琴が愛した哲を死に至らしめた大野木に死の天誅《てんちゅう》を加えると共に、それを利用して、誠司を犯人に仕立てる。うまくいきそうだった。一個のストレイナー・カップ。コックを締め、ねじ曲げて、まるで、事故でちぎれたような状態にしたやつ。浩介のマシンのと同じタイプのもの。そいつを用意し、東名で哲のポケットから落ちたと思わせることで、ばらばらに、偶発的に起きた事件を一本に結びつけた。すべてが、誠司の浩介殺害に帰結するように思わせることができた。いや、できそうだった。今までのところは……。哲の日本脱出の望みが、劇画の賞金をあてにしたものとは思わなかった……。

大野木を殺害する日、誠司に電話をかけた。通話口に布をかぶせるという、よくある手を使い、ささやき声で、声の質をかくし、〝浩介殺害の件で話したいことがある〟と、脅迫者をよそおって呼び出しをかけた。誠司は、指定された場所に出むき、無駄足をふまされ、遅刻した。その空白の時間が、大野木殺害に使われたと警察に思わせる。

おれは誠司を警察に追及させ、ぼろの出ないうちに、自殺とみせかけて殺すつもりだった。しかし、誠司は自滅してしまった。ロクのおっちょこちょいめ……。

――おふくろさん。でも、とにかく、おれは復讐した。松崎美根子の息子を二人とも……。まだ、一人残っている。でも、ひょっとしたら、おれには、もう時間がないかも……。

「史郎ちゃん、どうしたの?」真琴が、けげんそうに、史郎をみつめた。史郎は、うろたえ、表情をやわらげた。

「ロクの怪我は、どんなぐあいかな。一度、見舞いに行ってやろうか」

S署の刑事が再び訪れてきたのは、そのときだった。

哲が脅迫したということと、賞金の矛盾をつかれるのかと、史郎は、ひそかに答弁を準備した。入選が決定するまでは、賞金なんてものはあてにならない。哲は、脅迫していたのだと思います。あの、ポケットに入れていたストレイナー・カップ……。

しかし、刑事は、史郎の思惑とは別なことを口にした。

「調書を読み返していて、ちょっと気になったのだが、駒沢でサーキットをやった日、警察に白バイ出動要請の電話があったことを、きみは、どうして知っていたんですか」

「浩介が死んだとき、取調べの席で、係官が言っていたからですよ」――何だ、そんな話か。緊張がゆるんだ。

「十二時少し過ぎに来てくれと、時間を指定してあったことも？」

「ええ、そうです」

「おかしいね。私は、あのときのと、きみが松崎誠司が弟を殺害した方法を説明したときのと、両方の調書をつきあわせて読みくらべてみた。柏木警部補は、時間の指定があったことは口にしていない。それなのに、きみは、このあいだ、誠司が犯人だと語ったとき、十二時少し過ぎにと、電話の声が時間を指定したことまで知っていた。どうやって知ったのかね」

「忘れましたね」おちついた声で史郎は言った。

「何度も刑事さんたちとは会っていますから、誰かがぼくに喋ったんじゃないですか。一々、いつ、どこで、誰が、なんておぼえていませんよ」

少し訊きたいことがあるので、もう一度署に来てくれと刑事は言い、いいですよ、と史郎は、平静をよそおって応じた。

車庫の外に、署のライトバンがとまっていた。

Oh、C．C．ライダー
おまえは何てことをしちまったんだ……

六也は、枕もとにおいたトランジスタ・ラジオのダイヤルを廻した。

あなたが死んだら私も死ぬけど……

六也は、急に、フミ子の腕をつかんで、ひき寄せた。強く、抱いた。それから、登の顔をみつめた。

「登、おれ、告白するけど、おまえのタイヤのエア上げたのは……」

# 私のいとしい鷹
他5篇

*PART 2*

猫が、ベッドに横たわった躰《からだ》の上に、うずくまっていた。

ゆるやかに、猫は、のびをした。光沢のある長い白い毛を、入念に舐《な》め、それから、仰向いて目を見開いている女主人の、頬を舐め、瞼《まぶた》を舐め、唇を舐めた。顔の上に腰をすえ、後肢《あし》をあげて、下腹部を舐めた。尾が別の生物のように、のたくる。

多少、坐り心地の悪い顔の上から腰をあげ、かたわらの椅子にとび移ろうとした。床に落ちた。肢の爪に、ストッキングがひっかかり、そのストッキングは、女主人の首に巻きついて固定されていたので、敏捷《びんしょう》な行動がさまたげられた。

もがいているうちに、糸目から爪がはがれ、猫は、椅子にとびのり、ゆったりと、うずくまった。

娘は、いくらか、猫に似ていた、顎《あご》が小さくて、眼が大きく、その眼が、もやがかかったように、うるんでいた。

床も壁も天井も、コンクリート打ちはなしの殺風景な狭い部屋には、ドラムのセットや、アコスティック・ギター、マイク、アンプなどが、雑然と置いてある。

娘は、床に腹這《はらば》いになり、鉛筆の先をなめて、紙に、私は……と書き出した。笠のないスタンドが、手もとを照らし、四人の少年が、娘を取りかこんで、床に腰を下ろしていた。

ローリング・ストーンズのストレイ・キャット・

ブルースが流れる。

ミック・ジャガーのシャウト。正美《まさみ》と透《とおる》は、痙攣《けいれん》するように肩をふるわせ、だらしなく口がゆるんでいる。

娘の手の動きが重く、鉛筆が落ちそうになる。

「テツ」と、バードはうながした。テツは、娘の肩に手をかけて、仰向かせ、唇を近づけた。舌をからませて、娘は、下肢を硬直させ、小さくうめいた。テツが唇をはなし、バードは、娘の手の鉛筆を握り直させ、肩を強く叩いた。娘はすすり泣くように大きく一つ息をついて、ぐいぐいと、力をいれて書き足した。……立花《たちばな》まどかを殺しました。

ぐったりと腕を床に投げ出し、娘は顔を伏せた。睡《ねむ》りこんだようだ。正美と透も、すでにトリップから睡りに陥ちこんでしまっている。醒めているのは、バードとテツだけだった。

「さあ」と、バードは、テツをうながした。

〈私は立花まどかを殺した〉と記した紙片と娘のバッグを持ち、バードは娘の頭をかかえ、脚の方をテツが持ち上げた。テツの顔は、血の気がひいていた。

「目、さまさないだろうか」

「ファナのほかに、睡眠薬も飲んでいるから、大丈夫だ」

地下室から、外に出る。深夜である。

運河が東京湾に注ぎこむ河口の埋立地は、工場や倉庫が立ち並び、河面は、錆《さ》びた鉄板に油を流したように、ぎとぎと、黒い。レイシング・タイヤをとりつけたチェリー・クーペは、彼らの共有財産である。リア・シートに娘を寝かせ、バードが運転席についた。テツが助手席に腰かけ、ドアをしめる。多摩川べりに出ると、対岸に、空港の灯が見える。

川沿いに、バードは、車を走らせる。

工場地帯を出はずれ、安アパートが密集している一画に入る。その一棟の前で車をとめ、通行人がいないのを見すまして、ドアを開けた。

川岸ぎりぎりに、落ちこみそうな恰好で建っている、古ぼけたアパートである。バードは、娘を肩にかつぎ、鉄の階段を二階にのぼる。

テツが後にしたがう。狭い廊下に、三輪車や空箱がころがっている。

バードは、肩にかついだ娘をゆすりあげた。テツが、娘のバッグから鍵を探し出して、ドアを開けた。

「指紋をつけるな」「大丈夫だ。ハンカチ使ってる」

入口の土間のわきに、小さい流しとガス台がついているが、中は、三畳一間きりである。テツは、押入れから蒲団をひきずり出して部屋いっぱいに敷き、バードは娘の躰をその上に横たえた。

テツは、窓の外をのぞいた。多摩川の黒い流れ。すぐ右手に、長い鉄の橋。

「集中豪雨があったら、流れちまいそうだな、このアパート」テツは、つぶやいた。

バードは娘の服の乱れをととのえ、枕もとに紙片を置いた。コンロからガス管をはずし、娘の口にくわえさせた。テツは川の水をみつめた。

「深いだろうな……」

「ガス栓ひねれよ」バードが言った。テツは、娘を見、驚いた顔になって、ガス管を口からはずした。「これだって……いいだろ。あとで、助けに来るんだろう。くわえさせたら、まにあわないかもしれない」

バードは、厳しい目でテツを見、ガス管をくわえなおさせ、栓をひねれと、うながした。テツは、命令にしたがった。

バードは、先に立って、ドアの外に出た。テツは、そのあとにつづいたが、足の先が、長くのびたゴム管にひっかかった。そっと、足先を動かした。ゴム管は、娘の口からはずれた。ガスのにおいが、うっすらと流れ出した。

バードと目があった。バードは顎をしゃくった。テツは、動かなかった。

「早くしろ」

のろのろと、テツの手が動いた。かがみこんでガス管の位置をなおし、そのままうずくまったテツを、抱えるようにバードが助け起こした。

二人は部屋を出た。躰を寄せあい、腕をたがいの腰にまわして。

娘は、睡りつづける。

## 1

あたしたち〈地獄の猟犬《ヘル・ハウンド》〉は、地獄《ヘル》の狂宴《サバト》で餓えた目を光らせ、爪を磨いていた。

あたしたちの豪勢な塒《ねぐら》は、コンクリートの壁に、毒汁や血をぶちまけたように、猥雑な絵がぬたくられ、幻覚剤《ファナ》は高すぎるし、手に入らないので、ボンドで代用するというみみっちさ。一番てっとり早いのは、血を少し抜けばいい。何も飲まなくても打たなくても、ふわっと酔った気分になれる。

あたしたちは、いろいろ試した。安くて、ファナのかわりになるものを。

バナナの皮を天火で焙《あぶ》ってからからにし、こそげ落とした表皮をきざんだやつ。サテンのマスターに教わったけれど、これは、弱くて、あまり効《き》かなかった。

棗《なつめ》の実。これはひどかった。粉にしたのを煮出して飲むと、ジェット・コースターに乗ったみたい。天井まで持ち上げられて、奈落にまっさかさま。

立花まどかの寝室には、足首まで埋まりそうな毛先の長いカーペットと、繻子《しゅす》のカヴァーをかけたダブル・ベッド、彫刻で飾った洋簞笥《ようだんす》、化粧品を並べた三面鏡があった。窓には、天井から床までとどくカーテン。それも、レースと緞子《どんす》と、二重になっている。猫もいた。毛がふくらんでいるために、実際の骨と肉のからだの三倍も、でかく、あつかましく、見えるやつ。ペルシャ猫。

あたしたちの地下室には……音《サウンド》があった。

テツのリード・ギター、正美のベース、透のドラムス、そして、バードのリード・ヴォーカル。猫もいた。まっ黒で、耳のうしろの毛が少しすり切れ、念入りに右の目が見えないやつ。アラブ猫——ということにしていた。どうせ見えない目なら、義眼をいれてやって、そのうしろを麻薬のかくし場所にしたいと、あたしたちは研究したけれど、いざとなったら、透はビビるし、かんじんの麻薬も持っていないのだから。

ヘル・ハウンドは、プロのバンドではなかった。テツはレコード屋の店員で、正美と透は高校生、バードは、あまりしょっちゅう職がかわるので……要するに、バードはバードなのだ。

あたしは、地下室で、いつも、彼らのために、炒めキャベツを作った。五〇〇Wの電熱器で。はじめのころなんか、ひどかった。キャベツがではなくて、音が。

それなのに、あつかましくも、あたしがクロークを受け持っているディスコ〈シカゴⅠ〉のオーディションを受けにきたのだ。話が前後するけれど、そのとき、はじめて、あたしはヘルの連中を知ったわけ。

四人編成だというのに、来たのは、三人だった。バードは、そのときはまだ、メンバーに入っていなかった。電気工事のバイトにやとわれて、照明の配線をなおしに、シカゴⅠに来ていた。

出番まぎわになって、ヘルの連中は、何かもめていた。

フロアの中央に低いステージがはり出し、壁ぎわにセットした椅子に、マネージャーと、審査をたのんだプロのミュージシャンが数人、腰かけている。店の従業員も、ところどころにかたまって、眺めていた。開店前の数時間を利用してのオーディションだった。あたしは、いっしょにクロークをやっている光子《みつこ》と隅のテーブルにつき、そうして、反対側の隅に、仕事を終えたバードが、壁によりかかっていた。

光子は、ディスコで働いているくせに、ロックにはあまり関心がない。クラシックのほうが好きなのだと言っている。ロックもジャズも、頭が痛くなるという。名のとおったミュージシャンにも興味を示さない。自閉症、と、あたしは、からかう。女のくせに、自分のまわりのことに好奇心を持たない、かわった人だ。

「すみません」と、ヘルのバンド・リーダーが、マネージャーに頭をさげた。

「リード・ヴォーカルが、まだ、来ないんです。順番、あとまわしにしてください」

マネージャーは、苦い顔で時計を見た。きざったらしく、懐中時計なのだ。

「今からそれじゃ、話にならん」

そっけなく言って、次のバンドに、先にやれと命じた。それっきり、ヘルの連中のほうは、見むきもしない。

しょっぱなから時間にルーズなのでは、相手にされないのも当然だ。ヘルの三人は、それでも、帰りかねて、うじうじ残っている。お坊ちゃんバンドだな、と、あたしは思った。リード・ヴォーカルが来なければ、あの三人だけでカヴァーして演奏する気迫がないのか。

あたしは、さっきから、フロアの反対側に立った若い男が気になっていた。そのときは、まだ、バードという綽名《あだな》も知らなかった。

野性の獣の精気のようなものが、あたしを惹《ひ》きつけたのかもしれない。演奏がはじまると、彼は、躰で、ビートにのっていた。肌が浅黒くて、歯が白かった。スリムのジーンズは腰と腿にぴったりはりつき、ほんの少しO脚で、すてきに長い脚。

壁に、客がかってな落書きをする伝言板が貼《は》ってある。ヘルの一人が、そこにやって来た。あとでわかったけれど、これは、テツだった。バンド・リーダーは、正美だ。

テツはマジックで、伝言板に何か書いている。あたしは、そばに行ってみた。バードも寄ってきた。

〈求ム、リード・ヴォーカル〉と、テツは書いていた。

〈うまくなくてもいい。心臓の強いやつ。ヘル・ハウンド。連絡先……〉

「どうしたんだ?」バードが話しかけた。

「リーダーと喧嘩しちゃってね、うちのヴォーカル」

「やめたのか」

「たぶんね。今になってもあらわれないところを見ると」

ヴォーカルは、リーダーの正美と同じ高校生だという。

「甘いんだなあ。そんなんで、プロにまじって、ディスコでやってくつもりかよ」バードは呆れたように言い、「レパートリーは何だ?」

テツがあげた曲名は、彼らのオリジナル、つまり、ヘルの連中しか知らないものばかりだったので、バードは、肩をすくめるジェスチュアをした。

「ポピュラーなやつをやらなくちゃだめだぜ。それに、客が踊れるような」

リーダーの正美と透も、そばに寄ってきていた。ロックは、自分の心をうたうものだ、だから、おれたちは、と、正美が言いかけると、「ここでは、通用しねえよ」バードは、いなした。「野音のフェスとはちがうからな。のって踊れるってのが、第一条件だ。まさか、そのくらいのことわからねえで、応募してきたわけじゃねえんだろ」

正美は肩そびやかし、むっとした表情で、その場を離れた。透とテツも、あとに従う。

「餓鬼《がき》だな、あいつら」と、バードは言ったが、そういう彼だって、たいして年上にはみえなかった。十九か二十。あたしと目があった。バードは、にやっと笑って、躰を寄せてきた。金属のにおいがした。

次のバンドの演奏がはじまっている。グラファンを、かなり器用にコピーしていた。

ビートにあわせて、バードは、かるく腰をゆすった。ゆすりながら、あたしの腰に手をまわした。あたしも、リズムにのった。バードはあたしのうしろにまわり、彼の胸と腰が、あたしの背を押しつけたり、はなれたりした。あたしも、彼に、そうしてほしかった。あたしとバードは、壁ぎわで、まるでセックスするように、床の一点から足を離さず、腰をくねらせていた。バードの躰は彼の欲望をはっきりつたえているので、あたしは嬉しかった。

「この次、ここに来るときは」バードは、あたしの耳に唇をつけてわめいた。小さい声では、バンドの音に消されてしまう。「電気工事屋じゃなく、ミュージシャンとしてくるぜ、おれ」

「プレイできるの？　ギター？」あたしは、どなり返した。

「ヴォーカルで迫る」バードは言った。「おれの耳とのどは、たしかだぜ。あいつらを」と、まだ、みれんがましく残っている正美たちをさし、「このオーディションぐらい、かるくパスできるよう、きたえてやる」

「ヘル・ハウンドのヴォーカルやるつもり？　彼ら、ちょっと、たよりないわ」あたしは言った。「〈地獄の猟犬《ヘル・ハウンド》〉なんて、名前はすさまじいけれど、せいぜい、スピッツかマルチーズってところね」

彼らのプレイ、聴いたの？　あたしが言うと、「音をあわせているとき、ちょっとね」バードはうなずいた。あたしも聴いた。下手くそだと思った。

「母体になるものがあれば、おれはいいんだ」と、バードはつづけた。「どうしてもだめなやつは、入れかえていく」マジックをとって、バードは、〈求ム、リード・ヴォーカル……ヘル・ハウンド……〉の伝言を塗り消した。

あたしは、バードの顔を見た。ばりばりと獲物を噛みくだく歯の音をきいたような気がした。バードは、足がかりになるものを求めていた——というよりは、狙っていた——らしい。かってに、ヘル・ハウンドのリーダーきどりだ。自分の周囲には、バンドを作るような仲間がいないのだろうか。そう聞くと、バードは笑い、「もう、二つ、アマチュア・バンドをつぶした」と言った。

「だが、あいつは、いい線いってるぜ」バードがさしたのは、テツだった。

「あいつと組んで、おれは、のしてやる」あたしとバードは、まるで昔からの同志、あるいは、共犯者のように、話しあっていた。

テツは、色が白くて、あたしに、銀杏《ぎんなん》を連想させた。顔のりんかくが似ているのだ。一重瞼だけれど、切れ長の大きい目。虹彩が茶色っぽいところが、日本人離れしている。薄いやわらかい唇は、キスしたら気持よさそう。もっとも、マスクとサウンドは関係ないか。

セミ・プロのバンドが一つ、パス。マネージャーとギャラのことでもめたあげく、結局バンドの方が折れて契約をかわし、そのあと、いつものように、店は開店した。コートをあずける客が多くて、クロークはいそがしかった。

あたしは、その日、早番だった。仕事を終えて店を出ると、従業員出入口のそばで、バードは、あたしを待っていた。風が冷たくて、バードの頰は、少し、紫色がかってざらついていた。

あたしとバードは、腰に手をまわしあって、ぴったり躰をくっつけて歩いた。バードは、どこへ行く？　とも、何を食べる？　とも聞かないで、ぐいぐい歩いた。

レンタル・ルームの前で立ち止まったので、

「あたし、すぐそんなことする人？」

「おれとならね」

バードは言った。

どこに住んでいるの？　とか、今度いつ会う？とか、あたしはたずねなかった。聞いたら、馬鹿にされそうな気がした。しつっこく追いまわさなくても、バードは、また、店にあらわれる。ミュージシャンとして。叩き直し、調教した、地獄の犬たちを引き連れて。あたしは、バードの言葉を信じた。信じさせる力が、バードの言葉にはあった。

でも、正美と透は、本質的にお坊ちゃんのようだ。ヘル・ハウンドは、いずれは分裂するだろう。バードは、ヘルを舞台に、自分の旗をあげ、もっと荒々しい餓えた犬たちが、正美と透のかわりに加わって、アンダーグラウンドを駆けめぐるだろう。何もはじまらないうちから、あたしはそんなことを感じ、血がさわいでいた。さわがせるものを、バードは持っていた。

## 2

約束どおり、次のオーディションに、ヘル・ハウンドは、かけつけた。

テツ。正美。透。そして、バード。リーダーシップは、バードの手にうつっていた。

半年ぶりだった。バードは、昨夜別れて今日会ったというように、かるく手をあげ、あたしは、少し胸がどきどきして、もっと熱烈に抱きしめてくれたらいいと思ったりした。

はじめのときとは、まるで、ムードが違っていた。彼らは、ダッシュし、爆発するイントロ。

マネージャーの表情に、好意的なものが浮かんだ。複雑にアレンジしてあるけれど、曲は、よく聴くと、古い古い、スワニーなのだった。マネージャーは、なつかしがっていた。

マネージャーのハートをシュガー漬けにしておいて、ローリング・ストーンズのナンバーにうつる。

このころから、あたしは、少ししらけはじめた。うまくコピーしているけれど、ローリング・ストーンズは、レコードをよく聴いているから。

正美と透のプレイは、正確だけれど……正確すぎた。ことに、透は、ドラムスなのだ。パンチのきかないドラムなんて。

正美も透も訴えるものを持っていないのだと、あたしは感じた。言葉で言えない、描くこともできない、とにかく、音に叩きつけずにはいられない、そういうものを、持っていないのだ。下手じゃない。下手じゃないけれど、何か足りない。

バードの歌は、あたしはのった。でも、もう一つ、ぴんとこなかった。なぜかしら。バードはシャウトし、力ずくで、あたしたちを巻きこもうとする。

そうして、テツ。テツのギター・ソロ。とたんに、あたしは、鳥肌がたった。あたしは、彼を、DIGした——感じた。

オーディションにパスして、彼らは、シカゴIのステージをつとめることになった。

古いビルの地下倉庫を、あたしたちは借りた。

正美と透は、ときどき、〝学校が……〟なんて、ぶつぶつ言った。正美は大学にすすむつもりでいた。家出しようかなと透は言い、あたしとバードは、熱心に、止めた。透に家出されると、金の出所がなくなってしまうからだ。あたしたちは、いつも、お金が足りなかった。フォークなら、生《なま》ギター一つあればできるけれど、ロックは、楽器《インストゥルメント》が金を喰う。透が親からひき出す小遣いは、貴重な財源だ。ディスコのギャラなんて、しれたものだ。

テツは、楽器店をやめてしまった。時間にしばられて、練習や仕事が思うようにできないからだ。透の家出は止めたあたしたちだけれど、テツが定職を捨てるのは止めなかった。ヘル・ハウンドのサウンドは、テツだから。テツは、バードといっしょに、バイトをするようになった。肉体労働だと、日に一万近く稼げるのもあるけれど、くたびれてしまってプレイができなくなるから、そうたびたびはやれない。

あたしも、ディスコのクロークをやめて、バーか何かにかかわろうかと思ったりした。その方が収入がいいらしいからだ。女に食べさせてもらっているロック・ミュージシャンは、大勢いる。でも、実行しなかった。あたしは、ヘルの連中以外の男にサービスするのはいやだった。あたしは、ヘル・ハウンドの、情婦なのだ。

寝るのは、バードとだけだった。正美と透は、バードに遠慮していた。バードが怖いから、手をださないでいる。テツは違った。あたしは、ひょっとして、テツはホモじゃないかと思った。テツがバードに寄り添っているとき、そんな感じがした。あたしがそう言ってからかうと、テツは、べつに否定もしなければ、怒りもしなかった。あたしは、テツと寝たかった。テツのやわらかいくちびるにキスしたかった。ことに、テツのギターを聴くとき、そう思った。

ほかのディスコからも、少しずつ、口がかかってくるようになった。

ディスコまわりも悪くないけれど、そればかりではつまらない。ディスコでの演奏は、客への奉仕だ。自己主張はできない。フェスティヴァルなどの舞台にも、ぽつぽつ、立てるようになった。

バードは、満足しなかった。彼は、オーヴァー・グラウンドに出たがっていた。

さしあたって、バードの望みは二つあった。一つは、アルバムを出すこと。スタジオのレコーディングだと、メカの操作で、複雑なサウンドを作り出すことができる。もう一つは、リヴァプール音楽祭に出場すること。

あたしたちの地下室で、オリジナルは、少しずつ溜まっていった。バードが作詞し、テツが作曲、アレンジした。

溜まっていくって、楽しいわ、と、あたしは、テツに言った。それから、〝テツは、溜めこんじゃってて、放出しない人ね〟と言うと、バードがのけぞって笑い、正美と透は、ワン・ポイント遅れて笑った。

おねんねしてやれよ、と、バードはテツをけしかけた。ぶちこんでやれよ。

ぶちこまれるのは、バードだけでたくさんよ、でも、テツと、キスしたい、と、あたしは言った。テツの唇には、独得のやわらかさがあった。

バードが何も言わないので、あたしは、テツの唇に顔を近づけた。

テツは、あたしの腰をかかえて、それから、とても念入りに舌をからませてキスしてくれた。

思ったとおり、すばらしかった。ちょっと、血を抜いたときのような気分になった。唇が離れるまで少し長すぎたので、バードは、アラブ猫をあたしとテツの間に割りこませた。二人の胸の間にはさまれて、猫はあばれて、あたしののどをひっかいた。テツは、そこも、舌でぬぐってくれた。

3

垂直にかかった鉄の梯子《はしご》をよじのぼると、小さい照明室に出る。テツが、握りめしをほおばっていた。あたしは、熱いお茶の入った魔法びんを、テツに渡した。照明のバイトは、バードが探してきた。色合わせは専門の人がすませてあるから、キューにあわせてスイッチを操作するだけだ。テツは、アマチュア劇団の照明係をやったこともあるので、この仕事は、楽にこなしていた。バードは、大道具のバイトにやとわれていた。テアトル東洋。日比谷にある、映画と実演の劇場である。

照明室は、二人坐ったら身動きする余地もないほどだった。テツは、汗くさい汚れた髪を、うしろでおさげに結んでいた。

一ベルが鳴り、オーケストラ・ボックスに楽士が入り、音合わせがはじまる。やがて二ベル。客席のライトが消える。幕があがる。

歌謡曲ショーなので、あたしは興味がなくて、テツの躰にもたれて、髪をいじったり首筋にキスしたり、テツの仕事を邪魔していた。

舞台のライトが暗くなり、テツがスポットをあてる。銀ラメのマキシの歌手が、スポットの中に浮かぶ。

舞台を指して「白ブタ」と、あたしはテツの耳に口をつけて言った。スポットの中の歌手、立花まどかは、白くて肉づきがよく、堂々としている。

「鶏骨《ガラ》」と、テツは言い返した。立花まどかの肩を持って、やせているあたしの悪口を言ったのだ。

いじわる！　と、あたしは、テツの腕を叩き、そのはずみで、スポットライトが動いて、光がまどかの顔をはずれた。

終演後、テツは、舞台監督に呼びつけられ、油を絞られた。あたしは、責任を感じたので、ディスコは休むことにして終演までつきあい、テツといっしょに頭をさげていた。ちょうど、ショーのラクの日で、大道具の入れかえがいそがしく、バードは、仕事が終わらない。あたしとテツは、二人で先に劇場を出た。舞台監督に怒られたのはこたえなかったけれど、「立花さんに悪かった」と、テツは肩を落としていた。立花まどかには、直接あやまるチャンスがなかった。

あたしは、少し腹をたてていた。テツのバッグに、立花まどかのポスターが折りたたんで入っているのを見たからだ。劇場の壁に貼ってあったのをはがしたらしく、隅が破れていた。

ポスターの絵姿なんて、いくら見ても、何のたしにもならない。やせていたって、生身のあたしの方がはるかにいいはずだ。

劇場のスナックに裏口から入ると、顔見知りのウェイターが、残りご飯をわけてくれる。ソースをかけて、立ったまま食べる。

テツが照明を失敗したことは、もう、ウェイターも知っていた。

あたしはお給料日前だし、テツも、ミスのおかげで日当を割り引きされてしまったので、何となく心細かった。

バードを待っていると終電にまにあわなくなってしまいそうなので、あたしとテツは、先に帰ることにした。

ガラ、と言われたことに、あたしは、少しこだわってしまった。あたしは、京急大師線の沿線のごちゃごちゃしたところに、ぼろアパートの三畳を借りて住んでいた。同じアパートの、一つおいて隣りの部屋に、あたしといっしょにディスコのクロークをやっている光子がいる。光子はまじめな人で、クロークで働きながら、何かの通信教育を受けている。今日はあたしがさぼったので、光子、いそがしかっただろうな。テツは、以前は、下宿に住んでいたのだけれど、楽器店をやめてからは、家賃がもったいないので、バードといっしょに、地下室に寝泊まりしている。運河が縦横に走る埋立地のビルだ。「寄らない？」と、駅で下りるとき、あたしはテツに言った。電車の中は、酒くさかった。酔っぱらいが、空いたシートのところどころにころがっている。テツが返事をする前に、あたしは、テツの腕をつかんで、電車からひっぱり下ろした。

「はじめてなの？」と、あたしは訊いた。「ばか」と、テツは、少し赤くなった。テツとあたしは同じ年で、でも、テツのやり方は、ひどく子供っぽかった。キスは、あんなに上手なのに。テツが傷つかないように、あたしは、とてもうまくいっているようなふりをした。少し、いらいらしたけれど、へたなのに真剣な表情のテツを見たら、かわいくなってしまって、よけい、テツが好きになった。

テツは、少し、喋った。両親が離婚したことか、お父さんが、感じの悪い女の人をひっぱりこんだので、家を出たこととか。あたしたちのまわりでは、特に珍しい話ではなかった。

「テツのお母さんて、色が白くて、ふっくらした人でしょう」というと、テツは、「超能力持ってるのか。どうしてわかった?」と、変な顔をした。

あたしは、テツの指であたしの胸をなぞらせ、「ガラ?」と訊いた。テツは、もう一度、指を走らせて、キンコロンと、シロフォンを鳴らすような声をたてた。

「バードが、怒るだろうな」

「怒らないわ」あたしは言った。「バードだって、いろんな女の子相手にしてるもの」

ヘル・ハウンドにも、少しずつ、ファンがつくようになってきていたのだ。有名なバンドのように、出演のたびに女の子がむらがってキャアキャア騒ぐというようなことはないけれど、それでも、ミュージシャンと名がつけば、ふつうより、もてる。セックスはおたがいさまなのに、バードにだまされたと騒ぐ女の子もいた。有名タレントなら週刊誌に書きたてられるところだが、この点だけは無名で幸いだった。

ヘル・ハウンドは、無名だった。彼らのサウンドを、本当に感じる《ディッグ》のは、あたしなのだ、誇らしさをもってそう思う一方、もっと大勢の人に、ヘル・ハウンドを感じてほしい——そうも、あたしは思った。

# 4

「テイク　ワン」

ワン、ツー、ワンツースリーフォー。

ドラム。ギター。イントロでベースが出おくれた。

「ばっかやろ！」バードがどなる。

やり直し。

「テイク　ツー」

ワン、ツー
今度は、ばっちり合ったと思ったら、ケツの二小節を八回くり返してエンドのところ、ベースが、もう一回くり返しかけてしまい、「ほい、字あまりだ」正美は舌を出した。

コンクリートの壁にかこまれた地下室は、エコーがきいて、つやのある音が出る。

チャンスは、待っているだけではやってこない。あたしたちは、演奏をテープにとって、レコード会社に売りこむことにしたのだ。

プレイに魅力のない正美と透を、バードが放り出さないでいたのは、こういうときのためだった。

生録《なまろく》も、いいのを録《と》ろうと思えば、とにかく、金がかかるのだ。オープンリール・デッキ、ミキシング・アンプ、ブーム・スタンド、マイクロホン、ヘッドホン。これらの機材は、すべて、正美と透の私物だった。二人とも、ヘルの共有財産にしようとはせず、録るときだけ、貸してくれるのだ。

「ビートルズだって、もとは無名だ」透が言う。

オリジナルの中から、二十曲ぐらい選んで、くり返しくり返し、演奏し吹き込む。できのいいのだけ、ピックアップして編集し直す。完全なテープを作るのに、一月《ひとつき》近くかかった。バードは、賭けていた。肉体労働をやってもあまりやつれないバードが、頬の肉がそげ、目がぎらついた。

バードは、性欲を忘れたみたいだった。テープが完成した夜、あたしたちは、どんちゃん騒ぎをやって、その翌日から、バードの性欲は回復した。

あたしは、ときどきテツとも寝たけれど、テツは、どうしても、下手だった。下手でも、あたしは、テツといっしょにいるのが好きだった。テツが、とてもうまくあたしを満足させているようなふりをした。バードがいるから、あたしは、欲求不満にはならないですんだ。バードは、あたしを、くたくたにした。

テープを、いきなりレコード会社に持ちこんでも、聴いてもらえるわけはないから、仕事で知りあった先輩のミュージシャンに、仲介をたのんだ。

ヘル・ハウンドは、地上に出た。眩《まぶ》しかった。

これでいいの？　あたしたちは、とまどっていた。

一番とまどったのは、テツだったろう。

二十曲も吹きこんだ中で、たった一曲、レコード会社のプロデューサーの耳にとまったのが、テープが少しあまっているから、おまけに入れちゃえ、と、リラックスして吹き込んだ、フォーク・ソングみたいなやつだったのだ。しかも、ヴォーカルを、テツが担当していた。

その曲だけ、シングルで出すと言われた。最初からLPのアルバムなんて出せないことはわかっている。シングルでも嬉し涙が出るくらいなものだけれど、「こんなの出して、ロック・バンドとは名乗れねえよな」複雑な心境だった。キンキンした声ですぐ理屈をこねたがる正美は、ロックの本質は、なんて、ぶちはじめ、透は、何が何んでも、レコーディングできればそれにこしたことはないと、はしゃいでいた。正美にしても、一応正論を吐いてみるだけで、このチャンスを逃す手はないと思っている。せめてB面に、ヘル・ハウンドらしいサウンドのやつをいれたいと思ったけれど、世の中、そう甘くはなかった。B面は、会社からのお仕着せの曲で、ヴォーカルもやはりテツという命令だった。

　そうして、そのB面のやつが、売れたのだ。甘いポップスだった。

　あたしたちは、檻に入れられ貨車に乗せられたようなものだ。会社が敷いたレールの上を走り出した。

　これで、いいの?

　TVの歌謡番組に出演したりして。

　いいさ、と、バードは言った。これから、暴れてやる。

　あたしたちは、エンドレス・テープになってしまった。TV局からTV局へ。同じ歌の繰り返し。フェスに出ると、商業ロックは帰れ!　なんて野次《やじ》られたりして。

　テツのヴォーカルのほうが売れたことで、あたしたちは、バードがテツに悪い感情を持つのではないかと思った。しかし、意外なことに、バードとテツの間は、いっそう緊密になったようにみえた。

　サイド・ギターを受け持ちながら、これからだ、と、バードは思っているようだった。

　ヘル・ハウンドは、レコード会社の斡旋《あっせん》で大手のプロダクションに入った。演歌の歌手だの、コメディアングループだのをたくさん抱えているところだ。

　あたしは、ディスコを辞めてしまった。レコードが売れはじめたといっても、印税の入るのはまだ先の話だし、TVのギャラは最低ランクで、経済的にそれほど楽になったわけではなかったけれど、つとめに出る時間の余裕がなくなった。あたしは、ヘル・ハウンドのマネージャーとして、いつも、彼らといっしょに行動しなくてはならなかった。プロダクションで男の大人のひとを一人マネージャーにつけてくれた。事務的なことは、その人にまかせた。あたしは私設マネージャーで、でも、ヘルの連中にとっては、なくてはならない存在のはずだった。

正美は、はじめのころは、クラブに出演したりするのをうちの人に怒られて迷っていたが、人気が出はじめると、家族も積極的に応援してくれるようになったようだ。透は、ほとんど学校に出ない。退学を命じられる前に、こっちから中退しようかな、と言っていた。

二つの大きな幸運が、さらに、あたしたちの手に入ろうとしていた。

春のリヴァプール音楽祭に、出場できそうになったのだ。ビートルズの発祥の地リヴァプールで開かれる、コンテストである。

バードは、計画をたてていた。会社の命令どおり、例のヒット曲を演奏曲目として申請するけれど、いざ、その場では、徹底的にバードのスタイルにアレンジしたやつをぶつけてしまおうというのだ。ヴォーカルも、途中で、バードのソロに変える。バードは、自分の唱法に自信を持っていた。ロック・ジャックだと、バードは笑った。

もう一つのほうは、リヴァプール音楽祭にくらべれば、ごくささやかなものだし、幸運とは呼べないようなものかもしれない。

商業劇場の出演がきまったのだ。プロダクションの命令である。演歌の歌手と抱きあわせのショーだった。

その話がきまったとき、透は、有頂天になって、学校に中退の届けを出してしまった。どうせ出席日数が足りなくて、このままいけば落第だ。正美も、大学進学どころではなかった。

ロック・フェスティヴァルのような、ロックバンドが数多く集まって腕を競うといったものではなく、映画の合間の実演なのだ。しかも、演歌の歌手の前座だった。それでも、劇場の看板にはでかでかとヘル・ハウンドの名がでるし、新聞にも広告がのる。

劇場は、日比谷のテアトル東洋、共演の——というよりも、ヘルが前座をつとめさせられる――歌手が、立花まどかだった。

あたしたちは、祝宴をひらいた。地下室で。正美と透は、ファンの女の子を二、三人ずつ連れこんだ。あたしは、いやだった。あたしたち五人だけでやりたかったのだ。三人だけでもいい、あたしとバードとテツと。

女の子の一人がドラッグを持ってきたので、あたしたちは、酒に混ぜて飲んだ。音量を最大にして、テープでサウンドを流した。

コンクリートの壁が、伸びたり縮んだりした。壁の落書きが浮き出した。

テツとバードは、すっ裸で抱きあっていた。あたしは、その間に割りこんだ。あたしとテツの間に割りこんだアラブ猫みたいに。ミャオミャオとわめきながら、テツとバードの胸をひっかいた。三人でキスするのはむずかしかった。あたしたちは一生懸命実験し、本物のアラブ猫は、ドラッグ入りの酒を飲まされて、きちがいみたいに、みんなの背中をひっかいてまわっていた。

あたしは、すごく倖《しあわ》せだった。ちっとも淋しくなかった。テツとバードとあたしと、三人の腕がからまりあい、どれが自分の脚かわからなくなって。正美の連れてきた女の子が仲間に入ろうとしたので、あたしは、彼女を蹴とばし、髪を引きぬいてやった。

あれが、あたしたちの、最後のパーティーだった。

一ベルが鳴った。そろそろ、スタンバイしなくてはならない。テツがまだ来ていない。オープニングに板つきで出ていなくてはならないのに。ショーの、昼の部がはじまろうとしていた。

客席は、どうせ、がらがらなのだ。ショーは、朝、昼、夜と、三回ある。夜の部はどうやら八分ぐらいの入りになるけれど、朝の部は、ゴマ粒をぱらぱらまいた程度。これが、ヘル・ハウンドの人気の実体なのかなあと、侘《わび》しくなる。

　ＴＶの歌謡曲人気投票では、このごろいつも二、三位。五位と落ちたことはないし、深夜放送のリクエストも多い。レコードの売れゆきもいい。それなのに、ショーとなると、劇場に足をはこんでくれる客は、これっぽっちしかない。

　企画のせいもあるんじゃないかなと、あたしは思った。演歌やつまらない映画と抱きあわせでは、本当のロック・ファンは、そっぽをむいてしまう。いま歌わされている曲は、ロックとはいえないものだし。

　立花まどかは、演歌の世界ではキャリアの長いベテランの歌手で固定したファンがついている。しかし、まどかのファンは、どうせ高い入場料を払うなら、彼女のワンマン・ショーか、せめて、演歌歌手だけで構成したショーを観《み》たがるだろう。地獄の猟犬《ヘル・ハウンド》なんて、まるで興味がないのではないかしら。

　それでも、オープニングに出後《おく》れたりしたら、ひどいことになるし、ＴＶ番組までおろされてしまうかもしれない。そのあとの、リヴァプール行きも、だめになるかもしれない。仕事が気にくわなくても、〝リヴァプールがあるさ〟があたしたちの合言葉だった。

　朝の部と昼の部のあいだ、映画をやっている時間を、テツは劇場の外にぬけ出したのだった。一時間半ぐらいあるから、その間に食事に出たりする者は多い。だから、あたしたちは、気にしなかった。テツは、時間にはわりあい几帳面なのだ。

「一ベル聞こえなかったのか」

　鬼の舞台監督《ブタカン》が、あたしたちの楽屋をのぞいて、わめいた。

「今から舞台に立ってたら、ぎっくり腰になっちまうよ」透が言い返した。

「すみません。すぐ行きます」と、バード。リヴァプールが控えているから、バードは、すごく低姿勢なのだ。

「テツが来たら、すぐ、よこせよ」と言い残して、バードたちは、楽屋を出ていった。もしテツがまにあわなければ、バードがヴォーカルをやるから、穴はあかないだろう。

二ベルが鳴った。テツはあらわれない。

あたしは、おや？　と、思った。楽屋にもスピーカーで、舞台の音は流れてくる。いやになるくらい聞きなれた、いつものイントロ。そして、テツのヴォーカル。楽屋口から、舞台に直行したらしい。

あたしは、楽屋を出て、狭い階段をのぼり、舞台の袖に行ってみた。

テツは、うたっていた。顔色が悪かった。

オープニングが終わり、バックの吊物が変わって、立花まどかのソロになる。バードたちは、袖にひきあげてきた。テツは、しゃがみこんだ。何でもないと言ったが、額が熱くて、脂汗をにじませていた。気分が悪いので外の空気を吸おうと思って劇場を出、喫茶店で休んでいるうちに、とろとろして寝すごしてしまったのだと言った。その回は、どうにかつとめたが、袖で見ていても、ひどく苦しそうだった。音をはずしたり、ギターのコードをとちったりした。

フィナーレのあと、楽屋にひきあげると、テツは、ごろっと横になった。あたしたちも、何となく気勢があがらないで、壁にもたれて足を投げ出していた。

舞台監督《ブタカン》が入ってきて、テツをどなりつけた。

「病気なんだから、しようがないでしょ」あたしは、くってかかった。

「躰に気をつけるのも、仕事のうちだ」ブタカンはわめいた。「おまえたちは、ヤクを打ったり、シンナーかいだり、でたらめばかりやるから」

「そんなこと、していませんよ」むっとした声でバードが、「まじめにやってるじゃないですか、おれたち」

「舞台に穴をあけたら、さっさとおろすからな」

立花まどかまで、テッちゃん、どうしたの？　と入ってきたので、あたしは、うんざりした。

まどかは、テツが、前に照明で大ミスをやった本人だとは知らない。休憩時間、まどかは、あたしたちの楽屋に、ときどき遊びに来る。先輩ぶらないで、気さくな人だと、バードたちは、まどかを歓迎するけれど、あたしは、大嫌いだ。まどかも、ほかの四人にはべたべたするくせに、あたしのことは無視する。

まどかは、これまでに、何度か週刊誌で男性とのゴシップを騒がれている。三十になるくせに、二十六だなんて、サバよんで。テツがまどかに憧れているのを知っているから、あたしは、気がもめる。

バードまでが、まどかを相手だと、しまらない顔になって、嬉しがっているのだ。ただ、まどかには、みんなをつかまえてお説教するくせがあって、「プロは根性が大切よ、舞台に命を賭ける意気ごみがなくては」バードは、にやにや笑いながら、神妙そうにうなずき、かげで、「何とか言っちゃって」と、嗤《わら》うのだ。敵を蹴落としてのし上がろうという根性なら、まどかにお説教されなくたって、バードは十分すぎるくらい持っていると、あたしも思って、嗤った。

また、根性論をぶちにあらわれたかと思ったら、まどかは、ポリ袋にアイス・キューブを詰めたのを持ってきていて、タオルにくるんで、テツの額にのせた。テツは、熱でうるんだ目を、感謝するように、まどかにむけた。

「立花さんて、やさしいんだなあ」と、ブタカンが猫なで声を出し、あたしは、ブタカンとまどかの尻を蹴とばして楽屋から追い出したいのを、がまんした。

あたしは、いつだって、バードやテツのシャツを洗って、ジーンズの鉤裂《かぎ》きをつくろって、キャベツを炒めて、ときには、レバニラ炒めだって作って、楽器をみがいて、地下室を掃除して、キスやセックスもして、でも、みんなは、それがあたりまえだと思って――もちろん、あたりまえなんだけど――やさしいなんて誰も言ってくれないのだ。

テツが冷やしてほしいのなら、そう言ってくれれば、あたしは、劇場の隣りのレストランから、アイス・キューブぐらいバケツに一杯とってきて、一日中だって冷やしてあげるのに。でしゃばり女め、と、あたしはまどかをにらみつけるのだけれど、まどかは、まるでにこやかに、「過労じゃないかしら、急に売れっ子になっちゃってねえ」なんて、みんなに話しかけている。いそがしいのは、昔からだ。売れてないときの方が、もっと、過労だったのだ。せっせと、肉体労働もやって稼がなくてはならなかったから。

夜の部も、テツは、無理して出演した。あたしは、テツをあたしのアパートに泊めるつもりだった。テツは、すっかりまいってしまっているので、地下室のコンクリートの床にごろ寝では、熱が下がらないだろうと思った。ところが、

「あたしのところに泊めてあげましょうか」

まどかが言い出した。

「ゆっくり休めるわ」

「冗談じゃないよ、立花さん」ブタカンが、あわてて、

「スキャンダルですよ。これだって、もう」テツをさし、一人前の男だという意味のことを、ひどい言葉で言った。

あたしはきっと、すごい目つきをしていたと思う。

しかし、まどかは、何も感じないような顔で、

「あなたも、いっしょに来て泊まるといいわ」

あたしに言った。

「早くなおってもらわないと、あたしが困るんですもの。出演者が休演すると、いくら代役で埋めても、どうしても、舞台がだれるから」

あたしが答える前に、「お願いします」と、バードが頭をさげた。バードは、牙をぬかれたように、おとなしく、つとめている。リヴァプールで爆発するまでの辛抱だ。リヴァプールで、ヘル・ハウンドの本場のサウンドを聴衆にＤＩＧさせるまでの、その前に、テツにばてられては困るのだ。


居間のソファ・ベッドを、ベッド型に直し、ふかふかした毛布をかけて、テツは、まるで、甘やかされたお坊ちゃまのようだ。立花まどかは、自分が常用しているという解熱剤をテツに飲ませ、ダブル・ベッドに、あたしを誘った。こんなのといっしょのベッドに寝るくらいなら、床に寝た方がましだと、あたしは思ったけれど、さからわないことにした。まどかは、慈善家きどりだ。あたしたちに、恩恵をほどこしたつもりでいるんだ。でも、意外に、まどかは、悪気のないところをみせた。ネグリジェ姿をみせびらかしてテツを刺激することも控えたし、いやらしくまといつくこともしないで、テツの世話はあたしにまかせてくれた。姉御《あねご》ぶりたかったのかもしれない。誰だって、できることなら、他人に恩をほどこされるより、ほどこしてやる方がきもちいい。親切なんていうのは、だいたい、自己満足のためにやる方が多い。あたしは、用心深く、まどかに気を許さないようにしているつもりだったけれど、相手が思いのほか、いやみがないので、だんだん、口がほぐれた。夜食にまどかが出してくれたコールド・ビーフのサンドイッチは、とてもおいしくて、あたしは、ちょっと、まどかに好意を持ってしまった。

まっ白いペルシャ猫は、あたしたちを警戒して、呼んでも、寄ってこなかった。あたしは、ベッドに横になってから、アラブ猫のことをまどかに話した。

ベッドのわきの三面鏡の上に、男の人の写真が飾ってあった。あたしの視線がそっちにむいたのを見て、まどかは、少しあわてたようだった。さりげなく躰を動かして、あたしの視線を写真からさえぎった。あたしがトイレに立ってもどってきたとき、写真は、もう、なかった。

薬が効いたのだろう。次の日は熱がひいて、テツは、休演しないですんだ。

まどかが飲ませたのは解熱剤ではなくて、まるで、恋薬だったみたいだ。病気で心細いときにやさしくされたら、誰だって、気持が動いてしまう。まどかは、あんな、気まぐれな親切をみせてはいけなかったのだ。

ショーは、一週間でラクになったけれど、そのあとも、TVの歌謡番組などで、よく、いっしょになった。プロダクションが同じだから、共演が多い。

まどかは、テツを拒まなかった。二人の連れ立った姿が、人目についた。週刊誌がくいついてくる。

「いやだわ」あたしはバードに言った。「テツが、あんなことで週刊誌のたねになるの」〈立花まどかと、ヘル・ハウンドのワイルド・プリンス、テツの、気になる関係……〉

ワイルド・プリンスというのは、マスコミが、テツにくっつけた綽名だ。野性的なロック・バンドのメンバーなのに、色白で、一見、やさしい感じのあるテツのマスクが、ユニークだったのだろう。

「何だってかまわない」と、バードは、平気だった。

「週刊誌に名前がのるのは、人気のバロメーターの一つだぜ。わざわざゴシップ作って売り込む奴だっているくらいだ。むこうから書きたててくれりゃ、おんの字だ」

週刊誌にのる立花まどかの談話は、あいまいだった。あいまいだけれど、テツとの関係を頭から否定しているようでもなかった。

弟のようにかわいいと思っていますわ、と、言ったりして。

「テツ」あたしは、詰《なじ》った。「あんなひとときあうの、やめて」

テツは、困った顔になって、どうしていいかわからないように、あたしの唇を唇でふさいだ。テツのやわらかい舌は、それ以上言いつのろうとするあたしの言葉をとろかした。

ＴＶの録画を終えたあと、あたしたちは、局の駐車場にとめてあるあたしたちの車、チェリー・クーペに乗りこんだ。まだ、頭金しか払ってない中古だけれど、あたしたちは、マイ・カーを持てるようになったのだ。プロダクションから前借して。

テツが来ないので、透が探しに行った。しばらくして戻ってきて、「立花まどかと、何かやってるぜ」と、人さし指を剣の形に組みあわせて、チャンバラのさまをしめした。言い争っていることらしい。

週刊誌の記事はエスカレートする一方なのに、逆に、まどかは、このごろ、テツに冷たくなってきているように、あたしたちの目には見えた。「先に、はじめていてくれってさ」

「はじめていろったって、リード・ヴォーカルが来なくちゃ、どうにもならねえ」

例の曲を、バードは、彼の好みに編曲し直した。後半、まったく別の、ヘル・ハウンドのサウンドの曲をくっつけ、一気に、流すようにした。リヴァプール音楽祭でぶつけようというやつだ。その練習のため、地下室に集まることになっている。

しばらく待ったが、テツが来ないので、バードは、エンジンをかけ、発進させた。

走り出してから、あたしは、うしろをふりむいた。二つの人影が、車に乗りこむのがみえた。車は、見おぼえのある、立花まどかの愛車だ。

「テツは、まどかと遊ぶつもりらしいよ、練習すっぽかして」あたしは、バードに知らせた。駐車場を出かかっていて、係員が、前へ前へと手で合図するので、バードは、そのまま、車をすすめた。

「お楽しみの邪魔をするこたねえや」と正美が、「まあ、おれたちも、のんびりやろう」練習をさぼる口実ができて、正美は、嬉しがっていた。約束の時間に二時間近くおくれて、テツは、地下室にあらわれた。

5

さすがのバードが、頭をかかえて、黙りこんでしまった。正美と透は、昂奮《こうふん》して、どなり散らしていた。知っているかぎりの言葉を総動員して、テツを責めた。キャンバス・ベッドの脚にテツはよりかかり、頭を枠にもたせかけ、目が、死んださかなのようだった。

あたしは、テツの手を握って、あたしの目も、きっと、死んださかなのようだったにちがいない。

「ハッピー・スモークといこう」バードが沈黙を破った。古株のミュージシャンたちとつきあえるようになったので、あたしたちは、ルートを教えてもらい、ファナが少し手に入るようになっていた。

ファナは、あたしたちの脳の中枢を掘り下げる。焦点《フォーカス》が、狭いけれど深くなる。音にフォーカスを合わせれば、あたしたちは、音を観ることができる。感じてしまう。ディッグできなかったことが、できるようになる。

でも、こんなときファナを喫《の》んだって、ハッピーなトリップができるかどうかわからなかった。悪酔《セット》いしてしまいそうだ。ハッピーな気分になれたところで、死体が一つ、立花まどかの部屋にころがっていることは、どうしようもない事実なのだ。

「うまい解決法を思いつけるかもしれないぜ」と、バードは言った。「必ず、思いつけるさ。冴えてくるものな。見えないものが見える。聴こえないものが聴こえる。むずかしく言えば、天の啓示ってやつだ」

ファナの入った煙草に、バードは、火をつけた。あたしたちは、まわし喫んだ。

バードの声が、高らかだった。

部屋が、だんだん、明るくなった。壁が輝いた。テツが、うめいていた。セットしそうなのだ。「テツ」と、バードは、テツを強く抱いて、ゆさぶった。バードのトリップの中に、テツをひきずりこもうとしているように。「テツは、救われなくてはいけない」とバードは言い、あたしたちは、同じ言葉をくり返した。

悪いのは、立花まどかなのだ。殺されて当然だった。テツは、正しいことをしたのだ。あたしは、大きな声でそう言い、ほかの四人が、同じ言葉をくり返した。

立花まどかの部屋が、はっきり、見えた。

いや、まどかの部屋ではない。これは、TV局のスタジオだ。歌謡曲ベスト20。あの、くだらない番組。まどかの持歌が、一位だって。まだ、本番ははじまらない。まどかとテツが、顔を寄せあって。

週刊誌の記者。あたしに訊く。立花まどかさんと、ヘル・ハウンドのテッちゃんの噂は……？　二人は、結婚？

ばかね。あたしは、笑う。楽しいような、苦いような気分。セットしそうだ。

テツが、泣いている。あたしは、かわいそうでたまらなくなって、服を脱いでテツを抱いてあげる。テツの服を脱がせる。テツの躰は、ちっとも昂奮しない。へたくそ。これだから、まどかに……。

まどかは、あんなことを言うべきではなかったのだ。テツが、一番いやがることを。その上……。週刊誌のヘッド・ライン。

立花まどかと、ヘル・ハウンドのワイルド・プリンス、テツの、気になる関係……。

あれは、カモフラージュよ。まどかは、そう言って笑ったんだって。

まどかの寝室。そう、ここは、スタジオではなくて、まどかの部屋。

まどかは笑っている。いや、これは、さっき、テツが、まっさおな顔で、あたしたちに話してきかせたことだ。目に見えるのは、あたしたちの地下室だ。

でも、ダブって、寝室が見える。

まどかの本当の恋人は、あの写真の男だ。三面鏡の上にのっていた写真の男。まどかが、あたしの目からかくしたあの写真。

まどかは、その男と結婚するつもり。でも男には奥さんがいる。うまく離婚が成立する前に、まどかのことがばれて週刊誌などに書き立てられると、奥さんの気持がこじれて、離婚がむずかしくなる。まどかと結婚できない。だから、まどかは、マスコミのカモフラージュに、テツを利用した。前にも、まどかは、週刊誌に書き立てられたため、恋人を失ってしまった経験があるって。だから、テツを……。汚ないやつ。

汚いやつっ！　その前に、まどかは、さんざん、テツをばかにしたのだ。テツがへたくそだって。たしかにテツはへたくそだけれど、すばらしいキスができるのに、まどかは、それを、最低だと言った。中年の、できなくなった男がやることだって。

まどかの脱ぎ捨てたストッキングが、テツの手のとどくところにあった。

テツの手が、ストッキングをつかむ。

「おれたちは」バードの声が、とどろく。地下室のコンクリートの壁に、エコーがひびく。おれたちは……おれたちは……「リヴァプールへ行くんだ」行くんだ……行くんだ。

「そのためには、テツの身代わりがいる」

四人の目が、あたしをみつめた。バードの目が、あたしをからめとった。

「でも……」あたしの声は、弱々しい。

「死刑にはならない」バードの力強い声。

「自殺未遂をやるんだよ」なだめるように、バードはねばりつく。

「立花まどかを殺したと、遺書を書いて、ガス自殺のふりをしろ、すぐ、おれたちがみつけだして、警察に通報する。救急車ではこんでやる。なんでもありゃしない。まどかがおまえの恋人のテツを誘惑した。おまえは、かっとなって、絞殺してしまった。後悔しているんだよ、おまえは、未成年だし、自殺未遂。情状酌量してもらえる。執行猶予になる」

あたしが……まどかを絞め殺した？

あたしは、あの女が、大嫌いだった。

あたしが、まどかを絞め殺した？

あたしの手に、鉛筆が握られている。

「書けるだろう？」バードの声はやさしい。「私は、立花まどかを殺しましたって」

手が動く。なんて重い鉛筆。私は……

手がとまる。あたしがまどかを？

あたしの唇のあいだに、やわらかい舌が入ってくる。テツね。テツの頬が濡れている。あたしの手が、ひとりでに動いている。

立花まどかを……

あたしは睡くなる。トリップの終わり。

このにおいは厭だ、と真由子《まゆこ》は思う。鼻孔からばかりでなく、毛穴の一つ一つをとおして、躰《からだ》に侵入してくる。

壁に沿って積み重ねられた金網の籠《かご》の中では、文鳥、十姉妹《じゅうしまつ》、インコ、カナリア、愛玩用の小鳥たちが、おぼろにざわめいている。店内は薄暗い。

店の中央に据えられた水槽は、青みどろを浮かべてなまぐさく、ぬめぬめと苔の生えた灰色の石に、十数匹の銭亀がうずくまっている。

入口近くの小さい檻には、仔兎が窮屈そうに躰を寄せあって桃色の鼻をせわしなくうごめかし、その隣りの籠で、シマリスが、金網の目に爪をかけて、駆け上がり駆け下り、宙をとび、狂ったように走りまわっている。

目を閉じれば、それらの光景は見えなくなるけれど、においだけは、いやおうなしに襲ってくる。

「今さら、ひきとってくれと言われたってね、困るんだよ」

店の主人は、苦笑しながら、指のつけ根にくぼみのある、ぽっちゃりした手を振った。

「あたしは、シロちゃんを信用して、手付金もなしで売ったんだからね。シロちゃんが、あとで彼女がお金を持ってきますって言うから、ふつうなら、現金とひきかえでなくては渡さないのを、ほかならぬシロちゃんだから渡したんだからね。あたしだって、ちょっと気になったから、シロちゃんに言ったんだよ。きみの彼女、生き物がきらいらしいじゃないか、大丈夫かって」

真由子は、目を伏せている。セメントを塗った床のくぼみに水が溜《たま》っている。ちょうど真由子の足もとだった。チョ、チョ、キョ、キョ、と、小鳥たちが鳴きたてている。せきたてるような声だ。

「世話がやけるってことも、生肉しか食わないってことも、シロちゃんにあらかじめ、ことわってあるよ。シロちゃん、それでいいって言ったんだからね。自分が面倒みるんだから、って」

主人は、なだめるように声の調子をやわらげた。いかにも人情味あふれる、しみじみした、というふうな口調で、

「彼だってさ、かわいそうじゃないの。慰めが欲しいんだろう」

〃彼〃だの〃彼女〃という言葉が、ひどく耳ざわりで、〃シロちゃん〃と馴れ馴れしい呼び方をされるのも不愉快だった。禿げあがった額に数本の髪を横になでつけた初老の小男が、真由子たちの言い方を無意識にまねていた。

四郎《しろう》と二人でときどきこの店に来ていたころ、二人は、そんな調子で主人に喋った。

〃彼女、小鳥の世話は嫌いなんだよ。さわるのも気持悪いって〃ゆっくりした口調でそう言いながら、四郎は、一番安い十姉妹を買ったり、餌を買ったり、背を丸めてかがみこみ、銭亀を手のひらにのせて眺めいったりした。

「シロちゃんがね、鷹の入った籠をさげて、こう、手さぐりで帰って行く後ろ姿を見て、あたしは涙が出たよ。でも、危いねえ。もう、一人で外出させちゃだめだよ。こんな狭い道にも、車が入りこんでくるんだから」

おためごかし、と、真由子は声に出さないでのしった。つい数カ月前のことだ。網膜剝離で四郎が視力を失ったのは、鳥屋の主人に言われるまでもなく、真由子の方が十分承知している。しかし、子供じゃないのだ、真由子の留守中に四郎が自分の意志で外出するのを

とめるためには、綱で手足を縛りでもするほかはないではないか。

「本当に鷹なのかって、シロちゃん、何度も念を押していたよ。小さいからね。体長二十センチ……、こんなものかな。手をつっこんで、さわってたしかめてね、手の甲を嘴《くちばし》でえぐられて、こりゃ凄《すご》い、小鳥じゃないって納得したね。きみは見たからわかるだろう、鷹なんだよ、あんなに小さくても。〝ツミ〟っていう種類なんだ」

どうしてもっていうんなら、ひきとってもいいよ、と、主人はきげんの悪い声になった。

「いいよ、鷹、持ってきなさいよ、ひきとるから。ただし、返金は半額だよ。うちも商売だからね、ちょっと一日二日持ち帰って、いじくりまわして、いりません、返します、じゃ困るのよ。一日二日どころか、もう一週間もたっているじゃないか。あんただって、靴屋で働いているんだからさ。一週間も履いた靴を、気にいらないから返します、はい、そうですかって、ひきとれないだろ。第一、シロちゃん、承知するかい、返すってこと」

「わかりました。代金、お払いしていきます」

真由子は、ふちのすりきれた財布から札をとり出して、主人に渡した。

店を出て、国電と私鉄の駅舎をつなぐ細い路地を通りぬける。両側に、露店よりは少しましな程度の小さい店舗が並んでいる。そこの肉屋で、四郎の鷹のためにスジ肉を買った。

四郎が気がつかないうちに、スジ肉を食べさせてしまおう。だが、四郎はこのごろ、人の動きを敏感に悟るので困る。

近道をするために、線路沿いの小さい墓地をぬけた。木の香のにおう卒塔婆《そとば》が数本ふえていた。

ドアを細く開けて、躰をすべりこませると同時に、手早く閉めた。開け放しにすると、鳥が逃げる。

真由子は、すぐに電灯をつけた。部屋の中を見るのはいやだけれど、暗いのも嫌いだ。

部屋に入ったとたんに、髪の毛をひっぱられた。文鳥が飛んできて髪にとまり、嘴でくわえてひっぱっている。しっ、と追うと、頬をつついた。人怖じしない気の荒い小鳥は、しまつが悪い。

ばさばさと、羽音がざわめいている。

まるで奥深い森のように、部屋は左右にはてしなくひろがり、何百羽という小鳥が群がり舞っている。綿埃のように柔毛が降る。実際にいるのは七、八羽にすぎないのだが、両側の壁面に鏡がとりつけてあるので、たがいにうつしあい、無限の奥行きをみせる。

四郎は、仰向けに寝そべっていた。その髪にも、服の胸にも、鳥の糞の飛沫がとんでいる。

「鷹の代金、払ってきたわ」

四郎の左手は畳の上にのびて、指の先が小鳥の腹に触れている。小鳥は鷹の嘴で腹をひき裂かれ内臓をえぐり出されたあとで、四郎の指は、その体温が冷えてゆくのをたしかめるようなぐあいに、うつろになった部分にさしこまれ、血に濡れていた。

「また！　やめて」

真由子は、甲高い声をあげた。

「餌の肉、買ってきたわ。だから、それはやめて」

四郎は押し黙ったまま身じろぎもしない。真由子はようやく、彼の躰のこわばりが不自然なのに気がついた。

右手を胸にのせている。それは、まるで、自分の体温が死にむかって冷えてゆくのを確認するような形で強直していて、腋《わき》に小さい鷹を抱きこんでいた。鷹の頭が腋の下から生えたようにのぞき、その眼は青白い膜をかぶっている。四郎の口もとは、嘔吐物で汚れていた。

〈柏木《かしわぎ》真由子の供述〉

芹田《せりだ》四郎を殺したのは、わたしです。亜砒酸《あひさん》は、アパートの隣りの部屋に住んでいる光沢茅子《みつざわかやこ》さんのアトリエから盗みました。光沢茅子さんは剝製を作る仕事をしています。剝製を作るのに、亜砒酸を使うのだそうです。

わたしは、靴屋につとめています。主人と奥さんのほかに、従業員はわたしだけの小さい店です。

今日は、途中小鳥屋に寄ったので帰りがおそくなりました。アパートに帰ると、彼が、お茶をいれてくれといいました。紅茶やコーヒーより、日本茶の方が好きなんです。若いくせに年寄りみたいですけど、お茶を飲みながら漬物を食べるのが好きでした。東北育ちだからかもしれません。

わたしは、魔法壜《びん》の湯を沸かしなおしてお茶をいれました。いつも使っている夫婦湯呑の大きい方に、光沢茅子さんのところから盗んだ亜砒酸をいれて茶を注ぎ、手渡しました。おいしそうに飲みました。

四郎は、たいそう無口で、自分からはあまり喋りませんが、気むずかしくはありませんでした。わたしの働いている店に彼がズックを買いに来て、知りあいました。それまで履いていたのは、捨てるよりほかどうしようもないほど、ひどくなっていました。

いくら？と訊くので、値札が貼ってあるでしょ、と、少しつっけんどんに言いました。

動作がゆっくりしていて、何だか、とまどったような困ったような、おとなしい微笑をいつも浮かべているといったふうな人なので、思いきりやさしくしてあげるか、逆に、思いきり意地悪したくなる、そんなようにしかつきあえない感じでした。

わたしは、彼が捨ててくれと置いていった、スリッパみたいに踵《かかと》がつぶれて爪先が口を開いた古ズックを新聞紙に包み、アパートに持って帰りました。足の裏の痕《あと》が黒くついていました。脂じみた痕に手のひらをあて、それから唇をつけてみました。男のひとの躰のにおいって、哀しいと思いました。

何回か逢って、彼がわたしのアパートに来ていっしょに棲むようになりました。彼の荷物は、ほんの何枚かの着がえと、十羽近い小鳥でした。ごみ捨て場から大きな鏡を二枚拾ってきてむかいあわせに壁にとりつけたのも彼です。鏡は、どこかの店が改築するときに捨てたらしい、枠のない、水銀の剝げかけた古物でした。

小鳥は卵を産み、卵のまま親に踏みつぶされたのや、雛《ひな》のうちに死んだのもありましたが、次第に増えました。卵からかえったのは四郎によく馴れ、手のひらにとまり、小さい頭を四郎の唇に近づけ、嚙みつぶした飯粒をのせた舌をつついて口うつしに食べました。

わたしは、いやでした。たかが小鳥を、そんなにかわいがるというのは、まるで、わたしや、わたしと二人の生活、喫茶店のボーイという四郎の仕事、そういうものだけでは、満足できない、というふうです。生きものをかわいがるにしても、ほどのよいかわいがりかたというのがあるはずです。

両側の壁にとりつけた大型の鏡に、頭を口の中にまでいれさせて小鳥に口うつしに餌をやっている四郎の姿が無数にうつる。鏡の中の四郎が、どれもこれも、一様に、胸に奥深い淋しい空洞を持ち、そこが小鳥の羽搏《はばた》きでしかみたされないという情景は、何かわたしを苛々《いらいら》させました。

目の前に蚊が何匹も舞っているような感じがすると彼が言い出したのは、半年ほど前のことです。そのとき、すぐ医者に行けばよかったのですが、そのうちなおるだろうと、放っておいたのが悪かったのです。うっかり病院に行って、ひどくお金がかかることになっては困ると思ったりもして、行きしぶっていたのです。

眼底検査のあとで、どうしてもっと早く来なかったのかと、お医者さんにすごく怒られました。お医者さんは、紙に円を描き、円の中に複雑に枝分れした運河のような線を描き一部分を黒く塗りつぶして、「この部分が剝離しているんだ」と説明してくれました。突発性網膜剝離といい、原因は不明だけれど、高度近視の人に起こりやすいということでした。四郎は、右が〇・一左が〇・〇五です。

「早いうちに手術をすれば、なおる」

逆の言い方をすれば、早期に手術を行なわないと失明の危険があるということでした。

たいそうおかしなことなのですが、四郎が失明するかもしれないと、それとなく医者に言われたとき、わたしは、もちろん怖ろしくて悲しかったのですけれど、ほんの少し……たとえば、旅に出る前の晩のような気分にもなったのです。わたしは、新しい肌着を買ったりして、旅仕度をととのえるように、彼の入院の準備をしました。

もちろん、これから先大変なことになるのはわかっていました。手術が成功しても、当分は安静にしていなくてはならないし、入院の費用をどこから捻出《ねんしゅつ》したらいいか、まるで見当がつかないのです。

あたりまえに考えたら、もう、手も足も出なくなってしまうから、わたしは、考え方の方向を、無意識のうちに、少しねじ曲げていたのかもしれません。

四郎の目の奥は、たぶん、レースのようになっているのだと、わたしは想像しました。その穴を、一つ一つ、縫い閉じてゆく。実際は、高周波電流というもので凝固させてゆくというのですが、とてもむずかしい手術のように思えました。

〈光沢茅子の独白〉

「大変ね」と声をかけると、柏木真由子は、いつも、ほとんどあどけないような微笑をみせるのだった。十七か、八か。パーマもかけていないせいか、どうかすると中学生のようにみえる。同棲している芹田四郎も、まだ少年のようなおもざしを残している。

網膜剝離の手術がうまくゆかず、ほとんど視力を失った同棲者との生活を、子供のような表情をした真由子は、けなげにささえている。しかし、「大変ね」という声に、真由子が無意識にみせる微笑の意味を、彼女自身は、まだ、自覚していないだろう。私にだけは、見とおせるのだ。

真由子は、いま、倖《しあわ》せで、その倖せが、どれほど悖徳《はいとく》の輝きを帯びたものか、彼女は気づいていなかった。私が失ってしまった倖せを、この無邪気な少女は、宝石をビー玉のようにもてあそぶ子供と同じに、無造作に扱っていた。

私の夫、光沢誠嗣《せいじ》が、一年半の刑が確定し、入所しているあいだ、真由子は、「辛いでしょうね、誠嗣さん、コンクリートの壁の中に閉じこめられて。でも、茅子さん、えらいですね。前科がつくかもしれない、実刑になるかもしれないってわかっている人と結婚して、出所するのを待ってあげているんですものね」私たちを、まるで、純愛物語の主人公のように見ているのだった。

人間の心の奥に、どんな魔性《ましょう》がひそんでいるか、真由子の愛好するＴＶメロドラマは教えてくれなかったらしい。

高校を卒業してから八年ぶりに光沢誠嗣と出会ったのは、仕事の帰り立ち寄った大衆酒場でおでんをつついているときだった。

私は、小鳥の剝製標本製作の仕事をしている。鉄筋四階建のビルの半地下を四人で共同で借り、アトリエにして、それぞれが違う仕事をしている。

一人はフレスコ、一人はモザイク、もう一人が玩具の考案と設計。このオモチャ屋が一番定期的な収入がある。三人は男で、女は私一人だから、はじめのうちは、いくらかなまぐさい雰囲気もあったが、性の行為はいっときの空腹感をみたすようなもので、同じ感覚のくり返しにすぎない。相手が変ろうと、行為の感覚は、おでんの大根とコンニャクの味ほども違わない。私は、性の不感症のように、生活に対して不感症だった。一日一日は、めくり捨てられる日めくりにすぎなかった。

ほかの者たちも、けっこう面白そうに軽口を叩きあい、仕事に熱意を持っているようだが、それはうわっつらだけのことで、皆、索漠《さくばく》とした内心をみすかされないように、ことさらに騒ぎたてているようにみえた。騒いでいないと、ふと、しずまりかえった瞬間に、茫然とした表情を、お互いの顔に見てしまう。

情熱の欠如が一種の病気だとしたら、私のそれは、一番重症だったのかもしれない。

半地下のアトリエは、窓が天井の近くにあり、道を行く人の足だけが、のぞけた。

小鳥の頸骨を断ち切り、翼の関節を断ち、腹の小さい切開部から中の肉と骨をとりはずし、そんな最中に、私は時々、妙な感覚に捉われるようになった。

躰と心がばらばらに遊離して、機械的な正確な手さばきで皮を剝ぎ肉を除き、頭骨から脳をかき出している躰を、少し高いところから、私の眼が眺めている。

この心と躰の乖離《かいり》は、別のときにも経験したことがあった。駅の階段を下りかけ、ふっと貧血を起こしたのだが、そのとき、私の意識は躰が立っていたときの眼の高さに残り、躰だけが、階段を転げ落ちていった。私は、ぼろ布のかたまりのようになって踊り場に転がった自分の躰を、見下ろしていた。

その、躰がずり落ちてゆく瞬間は、何か、意識が躰の重みをささえかね、持ちこたえられなくて突き放したという感じだった。

ついで、暗黒がきた。肉体の仮死と意識の消滅のあいだには、はっきりしたずれがあった。

躰と心の乖離は、それを体験している瞬間には、ごくあたりまえのこととして感じられながら、あとになって思い返すと、薄気味悪かった。それと同時に、周囲の事象が乳白色の薄い膜によって、私と切り離されているような感覚を、時折、おぼえるようになった。

フレスコ画家は、どろどろに溶いた消石灰を塗った板に、試作用の下図を描きながら、注文がこないのをぼやいている、モザイク家は、下絵をスケッチし、オモチャ屋が図面をひいている。そういう光景が、私と関係ないところで演じられている人形劇か何かのように感じられてくる。

彼らが話しかければ、私も適当にあいづちを打ち、決して的はずれな対応はしていないけれど、自分が喋っているという実感がなかった。

生活に対する情熱と感動の極端な欠如が、このような状態をもたらすのか、病的な状態にあるために、感情の昂揚が枯死《こし》してしまっているのか、私にはわからなかった。光沢誠嗣に会ったとき、私は、そんな状態だった。

精悍《せいかん》な身のこなしで、誠嗣は店に入ってきた。金属のにおいをまき散らしていた。

彼が保釈中だということは噂にきいていた。

彼の母親は、彼をもう二年早くか遅く産んでいたらと、いまだに嘆く。そうすれば、大学入学が、闘争が激化した時期と重ならず、兄のようにすんなり卒業し、就職しただろうからというのだ。

彼は、小グループに属し、米大使館に侵入し米国旗を破壊し、逮捕された。退学になり、保釈中のいまは、長距離トラックの運転手をして稼いでいる。いずれ公判を受けることになっていた。

呼びかけると、誠嗣は、ヒュッと口笛を吹き、手袋をぬいで、おでんの汁のこぼれたカウンターに陽気に叩きつけた。

再会というのは、てれくさいものだ。誠嗣は、落ちつかなく肩をゆすった。

「よく、この店に来るの？」

「いや、はじめてだ」

「私はときどき来るのよ。仕事場がこの近くにあるの」

「仕事？　何の仕事？」

「死骸をいじる仕事」

「きみ、医科大にいったんだっけ」

「そんなに優秀じゃなかったわよ」

喋りながら、私は、このとき気分が明晰《めいせき》なのを感じた。きびきびした誠嗣の態度が、私のあいまいな霧のようなものを吹き払っていた。

「保釈中なんですってね」

「ああ、よく知っているな」誠嗣は、ちょっと眉をしかめた。

「怪我させたの？」

「ああ」

「どんなふうに？」

「やめろよ。講談をやる気はない」

「前より色が黒くなったみたい」

「ハワイ灼《や》けだ」冗談とわかる口調だった。

そのあと、だいぶ酒が入ってから、自分が本当に殺意を持ったのは、父親に対してだ、と彼は言った。酔うと饒舌《じょうぜつ》になった。

「中学のときだ。まさか、親父をどうこうするわけにはいかないから、かわりに、犬をバットでなぐり殺した」

「どういうふうに殺したの？　犬は、どんなふうに死んでいったの？」目をきらきらさせて、私は訊いた。

「変なひとだね。おれが、どうして親父に殺意を持ったのか、訊かないのか」

「そんなことは、どうでもいいわ。たいしたことじゃないわ。中学生ぐらいの男の子が、父親を殺したくなる理由は、いくらでもあるわ。お父さんがほかに女の人を作ってお母さんを泣かせた。あなたの希望を無視して何かを強制した。ふだん立派なことを言っているのに、卑劣な裏面をのぞかせた。原因に興味はないわ。私にとって重要なのは、あなたが実際に犬を殺したということよ。それは、すごく明晰な行為だわ。ほかに、どう動かしようもない、はっきりしたことだわ」

「ただ、かっとしただけの、くだらないことかもしれないぜ」

「いいえ。くっきりしているわ。たとえば、私が今、あなたを愛していると言ってキスしたところで、あるいは抱擁《ほうよう》しあったところで、明日になれば何も残らないかもしれないけれど、私があなたを殺せば、もう、それ以上確実なことはないわ」

「おれがおぼえているのは」と、誠嗣はゲソを噛みちぎった。「ヤツは瘠《や》せこけて、妙にみじめっぽい目をしていたことだな。ヤツって、犬だぜ、親父のことじゃない。いやな気分だった。もっと獰猛《どうもう》なやつを相手なら、あとで、すかっとしたんだろうけどな。はじめは、しっぽを巻いて、しりごみした。そこでやめればやめられた。ところが、そいつが細い声で鳴いたとき、また、なぐりつけた。俺はナチになれるなと思いながら、なぐっていた」

「後悔している？」

「後悔してもしようがないな」

「私も、そういうふうにして殺されたいわ。なぐられている、今、殺されている、と、はっきり感じながら」

誠嗣は、表情もかえず、いきなり私をなぐり、私はスツールからころげ落ちて、胸を打ち、しばらく息をつめていた。

誠嗣は助け起こそうと手をさし出した。

「そこでやさしい顔をみせては」と、私は痛さに涙《なみだ》をにじませながら笑顔で言った。「だいなしじゃないの」

誠嗣は、わざとらしく、まじまじと私をみつめ、「ずいぶん、いやみな不愉快な人になりましたね」と言った。


梅雨に入ってから、私と誠嗣は市役所に婚姻届を出しに行った。

公判が迫っていた。

誠嗣が躰を求めたとき、私は、正式に結婚するのなら、と言った。誠嗣は理解に苦しむような顔で私を見た。

「実刑になるかもしれないんだぜ。おそらく、執行猶予もつくまいと、弁護士も言っている」

私が微笑したので、誠嗣は誤解した。

彼は、二つの考えの間でとまどっていた。前科がつこうとかまわない、結婚したいと願うほど、私が彼を愛している。この考えは、むろん、もっとも彼の気にいった。しかし、彼は、多少は人の心の裏が読めると自負していたから、私が彼を英雄視したり、または同情したり、そういう気持から結婚を望んだのではないかと疑った。

私は、うまく自分の気持を説明できなかったし、説明したいとも思わなかった。

違法行為は歴然としているのだから、無罪ということはあり得ない。しかし、執行猶予になる可能性も皆無ではない。

しかし、私は、実刑になるという方に賭けた。

市役所に出かけた日は、朝から曇っていたが、大丈夫だろうとたかをくくって、傘を持たなかった。書類を提出して建物を出ると、激しい降りになっていた。塀ぎわに植えこまれた紫陽花《あじさい》が泥の飛沫を浴びていた。

誠嗣はジャンパーの衿をたて、私をジャンパーの中にくるみこむようにして雨の中を歩き出した。

　私は、少しこっけいな気分だった。彼にかばわれているという状態が、どうも板につかないのだった。

「傘を買おう」と誠嗣は言った。

「いらないわ」

「一本買おう。女物」

　誠嗣は固執した。結婚するとほとんど同時に、入所して別れ別れになる、その前に、妻に女物の新しい傘を買ってやる、誠嗣が、何かそんなふうな甘やかなメロドラマじみた気分になっているのが感じられ、私は、寛大な笑いをかくさざるを得なかった。その笑いは、いくらか、苦笑を含んでいた。子供じみた感傷は、私にはこっけいでも、四回戦ボーイのような素朴なたくましさを持った誠嗣には、よく似合っていた。

　私たちは、ビニール貼りの安い傘を一本買った。濡れましたね、と店の女がタオルを貸してくれた。誠嗣は、まず私の髪と肩をぬぐい、それから自分の髪を包み上げるようにしてこすった。

　そういう彼の心づかいは、酒呑みにさし出されたチョコレートのようだった。

　私は、チョコレートを必要としていなかった。誠嗣と知りあってから、あの奇妙な離人症めいた感覚がほとんど薄れた。それだけで、私は十分なのだった。

　誠嗣は私の部屋にうつり、まもなく、入所が確定した。


　私が誠嗣に面会に行く仕度をしていると、柏木真由子は、「嬉しそうですね」と、悪気のない笑顔で、いつもひやかすのだった。

　生簀《いけす》の中に活きのいい精悍な魚を一尾所有しているたのしさを、鉄の檻の中に、強い翼を持ちながら飛翔をはばまれた若鷹を飼育している恍惚《こうこつ》感を、私のひそかな悖徳《はいとく》の悦びを、この純情な娘に語るわけにはいかなかった。

私は、はじめて、充実した日を得た。それまで、私は、世の中にはっきりした居場所がさだまらない、あいまいで情熱の欠如した日を送っていたのだが、受刑者の妻という位置がぴしっと決まったことと、こういう形で一人の男を所有したということに、この上なくみち足りた。

彼の自由を奪っているのは、国家ではなく私なのだということに、誰も気づかない。

私は、貞節な妻だった。面会日ごとに差し入れに行き、やさしい微笑で彼を力づけた。

この期間くらい、彼に対する愛情が強まったことはなかった。

牢獄は、ただ、私が一人のいとおしい男を飼うためにのみ、存在していた。離人症めいた奇妙な感覚は、この期間、消滅していた。

私のそういう心の動きに、いくらかでも気づいたのは、フレスコ画家だけだった。


「いい遊びをみつけたようだね」彼は言った。

「とても、とても、贅沢な遊びよ」私は綿の塡充《てんじゅう》を終えた剝製の脚にフォルマリンを塗りながら言った。しかし、そう言ったとき、私は自分の陽気さに、うすら寒い淋しさをおぼえた。

面会に行くたびに、誠嗣は、少しずつ鈍重になってゆくように見えた。私は、フレスコ画家の、おだやかだが深く見とおしてくるような眼で自分自身を眺め、ぞくっとした。

画家に見ぬかれてしまったためか、私は、自分の遊びがいくらか重くなった。

誠嗣は、半年刑期を短縮され、一年で仮出所になり、アパートに戻ってきた、そのとき私は、愉悦の終焉《しゅうえん》を覚悟した。

はじめからわかっていたことだった。しかし、彼と別れて暮しながら、しかも彼の妻であるという、言いかえれば、彼に尽しているようにみえて、実は、彼をモノとして所有しているという、あの好ましい時期のために、私は、その先の日々を抵当に入れたのだった。

退屈な日がはじまった。出所してしばらくの間、彼は、私の躰を求めつづけた。入所中の生活については、あまり話したがらないが、房内でおぼえた陰語を教えてくれたりした。

「飯がシャリってのは、知ってるだろ。昆布がドブ板。大根が旅役者。鮭は煉瓦。教誨師《きょうかいし》のことを、なぜかテンプラというんだ」「煙草はどうにか看守の目をかすめて手にいれても、マッチがないだろう。ゴリとか、ブン回し、電パチといった方法で火をつけるんだ。ゴリというのは、古歯ブラシの柄なんか削ったセルロイドの粉と綿をまぜてね、固く巻いたやつを板でこするんだ。こすり方にコツがあってね、押すときは力を入れて、引くときに力をぬく。電パチってのは、鉛筆の芯を使う。房についている電球をはずして、ソケットの裏側に芯を接触させると、発熱してパチパチいいながら赤くなる。一人じゃできない。こういうときには、がぜん、房内の連帯感が強まる」

彼は、入所前より強靭になったように見えた。肩をいからせたところが消え、鈍重で、しかも大人びた鷹揚《おうよう》さを身につけた。それは、私にとって苛立《いらだ》たしいことだった。私が欲しいのは、生きた人形のような男であって、しかも、相手はそれを自覚していないという状態が好ましいのだった。

人形という表現は、誤解を招くかもしれない。頼りない、女によりかかってくる男という意味ではない。

出所後の彼は、当然、ふつうの男とふつうの女が、ふつうの家庭を作る、そういうつもりでいる。私は、そういうところに、うまく自分を嵌《は》めこめない。

子供のころ、私は、バッタなどをつかまえると、後肢——跳躍するための、特別長くたくましく発達した二本の肢をちぎり、机の上を這わせることがあった。バッタは、敏捷な姿はそのままなのに、高く跳躍することができず、そういう自分に驚いたように、うろうろと細い小さい四本の肢でうごめきまわる。しかも、彼の自由を奪ったのが私とは気づかないのだった。それを眺める私は、決して冴え冴えとした気持ではなかった。自分で肢をちぎり捨ててやったくせに、変に哀しい気持で、ふくらんだ尻を重たく垂れ、うろたえている虫を眺めていた。

心身ともに健康で、いまや檻からも放たれた誠嗣は、頑丈ですべすべした樫《かし》の一枚板のようだった。私は歯車。彼も刻みめを持った歯車なら、私たちは密接に嚙みあえるのに、滑らかな一枚板は、私の爪を受けつけない。

トラックの運送の仕事に戻った彼は、私とは全く切り離れた時間を持ち、くたくたになって帰ってくると、私の躰を求め、健康な眠りにつく。彼の眠りの外に、私ははじき出される。学歴の取得を中途で放棄せざるを得ず、単純な肉体労働でその日の糧《かて》を得るという状態に、彼も虚心ではいられなかったろうと思うが、その彼の苦悩は、私の手の外にあった。

〈柏木真由子の供述〉

アパートに帰ると、その日見たり聞いたりしたことを、わたしはいつも、四郎に話してきかせました。彼はあまり興味を持たないようでしたけれど、馴染みの小鳥屋に小さい鷹が入荷したと話したとき、はじめて、熱っぽい表情になりました。そうして、わたしの留守に一人で小鳥屋に行って、代金後払いで鷹を買ってきてしまったのです。歩きなれた道なので、どうにか往復できたのでしょう。

四郎は、小鳥たちといっしょに、鷹も放し飼いにしました。

小さいけれど、肉食の猛禽《もうきん》です。わたしは、四郎の気持がわからなくなりました。あんなに小鳥たちをかわいがっていたのに。肉の餌を与えないから、鷹は、小鳥たちに襲いかかります。その殺戮《さつりく》が、わたしたちの部屋で行なわれるのです。

　わたしは、思いました。わたしたちは、ＴＶや映画や劇画で、戦争とか、血まみれで闘うボクシングとか、自動車の激突シーンとか、そういうものをたのしむことができるけれど、目で見て追体験する手段を奪われてしまった四郎は、殺戮を、肌で感じてたのしもうとしているのかしら、と。

　でも、わたしは、たまりませんでした。店から帰ってくると、腹をひきさかれ、内臓をひきずり出された小鳥が、紅く濡れて、畳にころがっているのです。そうして、四郎は、そのこわばった小さいかたまりに、そっと指をふれています。そのうえ、わたしが怖かったのは、次第に、それにわたし自身がなじんでゆくことでした。

〈光沢茅子の独白〉

　鷹を飼いはじめたと、真由子からきいて、私は興味を持った。

「あたし、いやなの」と、真由子は言った。

「鳥屋にかえそうと思っているんです」

　真由子が店に出ているときに、私は、隣室を訪れた。ノックしても返事がない。ドアを押すと、鍵はかかっていなかった。

　まばゆいような光景を、私は見た。

　荒涼とした室内は、さながら、原始の森であった。四郎は、寝ころがったまま、小さいが剽悍《ひょうかん》な鷹が小鳥を襲うのにまかせていた。

　食いちぎられた小鳥の死骸を、四郎が畳に手を這わせてさぐりあて、その血にまみれた骸《むくろ》に手をふれていることも、私を驚かせた。

　この人は、指で死を視ているのだと私は思い、彼の強靭さに心を惹《ひ》かれた。

　一時期、しばしば、心と躰が遊離する感覚をおぼえたのを思い出した。それは、短い、かりそめの死だった。

「あなた、死ぬことに興味があるんですか」

四郎は表情を動かさず、答えもしなかったが、私は、彼が、目標を思いさだめて力強く死を志向しているその足音をきいたような気がした。そうおもったとき、私は、これまでにない感動のようなものをおぼえた。

今日、私は、亜砒酸の粉末を、彼の部屋に持っていった。

「四郎さん、これは、亜砒酸といって、砒素に似た毒物なのよ。置いていきます」

ありがとう、と四郎は言った。それから、立ち上がり、わりあい確実な足どりで、小型冷蔵庫から肉片を出してきた。

ビニールの洋服ケースの上にとまっていた鷹が舞い下りてきて、肉片をさらおうとするのを、四郎は手で払いのけた。

「塗ってください」

「塗るの？　肉に亜砒酸を？」

「ええ」

「それじゃ、鷹を押えていてください。私、鷹につつかれるのはいやだわ」

鷹が死ぬのを見とどけてから、私は戸棚から夫婦湯呑の大きい方をとり、

「水よりは、お茶にいれた方が飲みやすいでしょうね」と訊いた。

「そうですね」四郎はうなずいた。

「紅茶にします？」

「お茶の方がいいです」

ありがとう、と、もう一度、四郎は言った。

柏木真由子が、真青な顔で私の部屋にとびこんできたとき、誠嗣も帰ってきていた。

誠嗣は、風呂に行こうと私を誘い、私は、行

きたくないと、口論しているところだった。

「シロちゃんが」と、真由子は喘《あえ》いだ。

「部屋に来てください」

私と誠嗣は真由子の部屋に走った。冷たい鷹を抱いて横たわった四郎は吐物に唇のはしを汚していた。

誠嗣が一一〇番に電話し、係官が到着した。

毒物による自殺らしいということになったとき、真由子が、突然、「わたしが四郎を殺したのです」と、叫びだした。

「わたしです。わたしが殺したんです。自殺なんかじゃありません」

私は、いいようのない寂寥《せきりょう》感の中にいた。

胃を灼く激痛に、四郎が、悶《もだ》え、嘔吐し、呼吸気管が麻痺し、唇が土気色に変わってゆくその気配を、私は、壁越しに聴き、その四郎を腕に抱きしめたいと思い、しかし、耐えていた。そこまで介入するのはやめよう。四郎の死は、四郎一人のものだ。ほんのわずか力を貸し、その最期の苦しみを壁越しに感取するぐらいが、私の得られる最高の贅沢とすべきだ。

死亡推定時刻には店にいたはずだ、と、係官に指摘された真由子は、しばらく考えこみ、亜砒酸は魔法壜の湯に溶かしこんでおいた、と言った。検査すれば、すぐにばれる嘘だ。

四郎を最後まで所有したいためにつくりあげた、彼の自殺を拒否し、自らの手で殺したとする幻想を、どこまで、この娘は持続できるかしら、と私は思った。

私は、二枚の合わせ鏡のあいだに、ただ一人立ちつくしているような気がした。

鏡は、荒漠とした空虚をうつしあい、その虚しい空間は、果てしなくひろがっていた。

「芹田四郎さんの死亡推定時刻に」と、係官が私に質問した。「あなたは、アトリエにいなかったそうですが、どこで何をしていたのですか」

私は、微笑した。その先につづく質問と答えが、頭の中にうかぶ。

自分の部屋にいました。

この部屋の隣りですね。

そうです。

服毒後、かなり苦しんだようなのですが、隣りにいて、その気配がわかりませんでしたか。

わかりましたわ。

え、わかった？　わかって、放っておいたのですか。声をかけてみようとは思わなかったのですか。

ああ、何のために？　あのひとは、自分の明確な意志で、死を選びとったのですわ。そういうひとだと知ったから、私は、

「亜砒酸をあげたのですわ」

心の中の言葉が声になって唇を出た。

「え、何ですって」

「私が、亜砒酸をあげて、四郎を殺したのですわ」

私は、はっきり微笑し、真由子と視線がからみあった。

真由子が抱きしめようとした鷹の霊魂を、私は、がむしゃらに奪い盗《と》ろうとする。

「わたし」と、真由子は言い、「いいえ」私は、静かな微笑をうかべつづけて言う。

「それは、私」

美しい鷹の骸《むくろ》。私のいとしい鷹。

# 夜の深い淵

1

吠えるような野太い声で苦痛を訴える姉を、野瀬《のせ》綱男《つなお》は、いくぶん冷やかな眼で見まもっていた。

訴えるというより、意志の制御《せいぎょ》を解き放たれた軀《からだ》がおのずと噴き上げる叫びのようにきこえた。同じ速度、同じリズムで、痛あい、痛あい、とくりかえす。半ば、うたっているようにさえ聞こえる。痴呆じみた、臆面もない声である。

ふだんの姉は、すべての言動が自意識で統《す》べられている。芝居がかっている、という言い方もできる。痛い、と一言いって眉をひそめるにも、相手の反応をうかがい、たしかめるふうが、ちらりとのぞく。いたいたしい、と相手が甘やかに胸疼《うず》かせるのを、心のどこかで承知しきっている。今は、なりふりかまわず吠えたてている。

苦痛の凄まじさが思われる。

人間の獣じみた部分がむき出しになった姿に、思いがけぬ冷淡な反応を持った。そのことに、彼は驚いていた。できることなら、この苦痛の半ばでもひき受けてやりたいと、そう願わずにはいられないほどの愛情は、姉に対して持っていなかったのだろうか。

車にはねられた野良犬がびっこをひきながら走るさまを見てさえ、はるかに心がいたんだものだ。

骨肉わけた姉の苦悶を、何か珍しいものを見る目で、いささかの厭《いと》わしさすら混《まじ》えて、眺めている。

仲の好い姉弟であったはずだ。仲が好いと、自分でも思っていた。その心の奥に、このような冷やかさがひそんでいた。

鼻孔からのどにカテーテルを通され、手術着の胸がはだけ、身動きもできぬまま、わずかに自由のきく両手がシーツをつかみ、蒼白《そうはく》というよりは緑灰色になった顔を左右に振って、痛あい、と吠える。軀をおおった毛布の下からは導尿管が床のガラス壺にのび、彼女の意思にかかわりなく尿を流し溜める。気位の高い姉である。このさまを鏡にうつし眺めたら、みじめさに舌嚙みたくなるだろう——と思うが、今の姉には、羞恥心の起こるゆとりさえありそうもない。

この姿をさらすとわかっていたら、姉は俺に付き添わせはしなかっただろう、と彼は思う。金を払って、赤の他人——それを職業とする者をたのんだことだろう。

姉は、手術をきわめて簡単に考えていたようだ。昨日、はじめて彼は知らされた。今日入院して明日切るの、と姉は彼の勤務先に電話をかけてきたのである。

〈実は、今、もう病院にいるの〉

〈そんなに急を要するの？〉

〈いいえ。もう一月《ひとつき》も前に診断を受けて、入院と手術の日時を予約してあったのよ。退院してからあなたに話すつもりでいたら、いよいよというときになって、保証人がいると言われたものだから〉

〈冗談じゃない。これから、俺、すぐそっちに行くよ〉

〈やめて〉と姉は強い声を出した。

しかし、彼は会社を出てタクシーを拾った。

小さい玩具製造会社の企画室が彼の職場であった。企画室といっても、仕事は新しい玩具の考案と設計だから、自由業に近かった。会社自体が、町工場のような小規模なものだった。月給は少ないが、考案した玩具があたると報償金が出た。彼の考える玩具は、精巧なギロチンの模型だったり、倒れると眼が白くなるボクサー人形だったりするので、社長に却下されることが多かった。彼は、他人には無口だがおだやかな印象を与えた。自分でも残酷な性質だとは思っていない。それなのに、陰湿なアイディアばかり泛《うか》ぶのに、我れながらうんざりしていた。コンピューター利用の殺人ゲームを、目下、彼は考えていた。これも、明るく無害な玩具を望む社長の気にいるとは思えなかった。

会社を出ると、雨まじりの烈風が横なぐりに吹きつけた。拾ったタクシーのカー・ラジオは颱風《たいふう》の接近を告げていた。

病院は、総合病院で一応各科揃ってはいるが、木造の建物は建築後三、四十年もたったかと思われるほど老朽化していた。廊下の窓ガラスは割れ、ベニヤ板を打ちつけてあった。産婦人科病棟の薄暗い二人部屋に姉は寝ていた。二つのベッドをカーテンで仕切った廊下側なので、窓もない。ひどいところじゃないか。彼が詰《なじ》るように言うと、建物は汚ないけれど、先生が信頼できると紹介されたから、と姉は笑顔をみせた。

長い黒々とした髪を、邪魔にならぬよう二つにわけてゆるく編み、頭に巻きつけている。そのため首の細さが目立ち、軀つきをいっそう華奢《きやしや》にみせる。本性を知らぬものの目には、いじらしいほど弱々しくうつるが、どうして、したたかに意地が強いのを、彼はよく承知している。二人きりの姉弟だが、軀つきはまるで反対で、彼はたくましい大男である。しかし、性質は俺の方がよほど気弱で他人に気がねばかりしている——と彼は思う。

それでも、淡いクリーム色のネグリジェの、衿のフリルにひっそり頤《あご》を埋め横たわっている姉をみると、つい、いたわり深く扱わねばならぬもろい生きもののような錯覚を持つ。

せめて個室にしろよ。かねは……。彼は言葉を切り、通帳の数字を思い出そうとした。

個室、たのんであるのよ。今日はまだ空いていないの。明日、手術がすんだら外科病棟の個室にうつることになっているから、大丈夫。この産科病棟は全部二人部屋なの。費用は充分に用意してあるわ。

明日、手術に付き添うよ。

眠っているあいだにすんでしまうのだから。そう姉は言って、首を振ったのだった。

窓ガラスが揺れて鳴る。颱風のさなかである。痛あい、と姉は吠える。冷然と眺めていられるのは、手術が無事にすみ、麻酔が切れたとたんに訴えはじめたこの激痛も、時がたてば自然に癒えると先がみえている安堵《あんど》からか。
そうとばかりは言えない――と、彼は思いかえす。

手術は夕刻四時からはじまった。その最中に、一時、停電した。病院の自家発電装置は故障していた。

手術室の外の長椅子で待つ彼の傍に、だいぶたってから、看護婦が蠟燭《ろうそく》を一本灯《とも》した燭台を置いていった。

手術は続行しているから、と看護婦は彼の不安をなだめるように言った。

だが、そのとき彼が感じていたのは、不安ではなかった。彼は、停電のなかで原始的な弱い灯をたよりに続けられる手術の成否を案じてはいなかった。

腹を切り裂き、鉤でひろげとめ、まだ縫合にはかかっていないだろう。腹腔は血が溢れていることだろう。姉の意識は死んでいる。手術はそこで中断されたままだ。蠟燭を何十本何百本集めたところで、躰内《たいない》の複雑な組織のすみずみまで照し出すのに充分とはいえまい。

停電――。死ぬかもしれないな。するりと、その想念を受け入れてしまっていた。何かほうっと軀が楽になり、彼は自分の心の動きにあっけにとられた。姉が死ぬ――いなくなる――その思いが、どうしてこう俺を浮きたたせたのか。

とんでもないことだ、と、彼はほとんど声に出しそうになった。

いたたまれないほどの不安が湧いてこそ当然なときに。

これまで一度たりと、姉の死を願ったことなどなかった。姉が三十八、彼が三十二のこの年まで、ともに独身で過してきた。いや、ちがう。姉は一度結婚して子供を二人作ってから離婚した。彼は結婚まで進みそうな相手は二、三いたが、ふんぎりがつかないうちに別れた。だからといって、彼と姉が他人の介在を許さぬほど愛しあっていたなどということでは、もちろん、なく、同じ都内にいながらアパートは別々であった。交渉も少なかった。

薄闇のなかで時がよどんでいた。彼は騒ぎたつ気持をもてあました。手術中を示す赤ランプが消え、鎖《とざ》された扉が開き、白衣の医師があらわれて姉の死を告げる瞬間を彼は思った。そのとき、どのように自分の心が動くか予想がつかなかった。手術中の停電に、姉の死を期待するという、予想もしなかった自分を知った。現実に姉が死んだら、そのとたんに、とりかえしのつかない喪失感に襲われ号泣するかもしれない。

彼は、幾度も腕時計を燭台に近づけ、針をよんだ。あせってもしかたがない。なぜ、〝姉の死〟が心を浮きたたせたのか、己《おの》れの心の奥をさぐることで時間をつぶそうと試みた。

しかし、何一つ考えはまとまらなかった。たえまない嵐の音ばかり耳についた。

姉を憎んでいるのか。

その答が出る前に、突然、軀がはげしくゆさぶられたような気がした。

廊下の電灯がいっせいについただけのことであった。眼のくらむ眩《まぶ》しさに、全身に衝撃を受けたと錯覚した。

ぎらぎらと、あたりが銀色に照り輝いたように感じたが、光に眼がなれてみると、古ぼけた建物の照明は佗しく弱かった。

ふつうなら一時間半ほどですむという子宮剔出《てきしゅつ》の手術が、停電のため、三時間以上かかった。何事にも終りはある。手術室の扉が開いた。

姉の軀をのせたストレッチャーが運び出されてきた。昏睡しているようにみえた。

髪を白布で包まれて小さい顔の輪郭がむき出しになり、鼻孔に通されたカテーテルと酸素吸入のゴム管のため、鼻頭がつぶされてゆがみ、緑灰色の顔色とあいまって、表情はおそろしく醜《みにく》くなっていた。

鬼女が正体をあらわした――と、彼は、思わず息をのんだ。

この顔は、まさに、鬼女だ。

つつましげな、ものしずかな微笑。たよりなく寄り添ってくるようなそぶり。それらの仮象《かしょう》が無残に剝ぎとられ、日常おし隠している体内によどむものが、どう逃れようもなく本然の姿をあらわした。

そう思ったとき、彼の眼の前に、荒地野菊が丈高く生い茂る空地、その茎をわけて走る二人の子供が、鮮やかにうつって、消えた。

ほんの短い瞬間の映像であった。

子供たちが走る方向の、空地のはずれは、有刺鉄線がさえぎっていた。鋭い棘《とげ》を突き出した針金の柵はこわれかけていた。そのむこうは急な崖が窪地《くぼち》にむかって落ちこみ、その底に……。

彼は、我れにかえった。

姉は、鬼女などというおそろしげなものではなく、みじめな様子でストレッチャーに仰臥《ぎょうが》している。

かくん、と眼を開けた。

驚愕したような表情になった。何か、ありえないものを見た、というふうだ。

再び瞼《まぶた》を閉じかける。医師が頬をかるく叩いた。

次の瞬間、野太い苦痛の叫びを姉はあげたのだった……。

2

夜勤の看護婦が、暗い病室に入ってきた。

九時に消灯の病棟は、廊下の灯りさえ消えている。この部屋だけは、サイド・テーブルの上のスタンドが灯っている。

「いかがですか」

「だいぶ痛いらしいですが」

「痛み止めをうちましょうか」

「お願いします」

「お付き添い、大変ですね」と言いながら、若い看護婦は姉の肩をむき出し、注射針をたてた。

「一晩の辛抱ですよ。明日になれば、ずっと楽になります。毛布と枕をもう一組持ってきますから、ソファで少しお休みになるといいですよ。注射の効いているあいだは、奥さまも眠られると思いますから。また薬が切れて痛みがひどくなったら呼んでください。そのブザーを押せば、すぐ来ます」

「あなたも、御苦労さんですね」彼は言った。人あたりのいい言葉は、ことさら考えなくても口を出る。だから、やさしい人、と誤解される。やさしいものか。調子がいいだけだ、と内心自嘲する。人あたりがいいのは、保身のためだ。

「姉が、こちらは完全看護だから付き添いはいらないというものですから、ぼくは今夜は泊まるつもりじゃなかったんですよ。しかし、この様子では付き添いなしではとても無理なようですね」

「患者さん、お姉さまなんですか。奥さまとまちがえてしまったわ」

彼は、半白髪の自分の髪を思った。顔だちは童顔なのに、髪だけは剛く白髪が目立つ。動作にきびきびした精気が欠けていることも、彼を年齢より老けてみせていた。

「この病院は、産婦人科棟だけが完全看護なんです。お姉さまは個室希望ということで外科病棟に移られたので。産婦人科には個室がないものですから。付き添いはなければないで、私たちが気をつけてお世話しますけれど、今夜一晩ぐらいはおうちの方がそばにいてあげたほうが患者さんも心強いでしょうね」

ストレッチャーで病室にはこばれるあいだ、痛い痛いと叫びながら彼の手を命綱のように握りしめていた姉の手の力を彼は思いかえした。誰の手を握っているのか、姉はわかっていたのだろうか。結局は、俺しか、頼る相手はいないのか。男の保護欲をそそる風情《ふぜい》はみせても、まったくのみじめなざまは決してさらさないできた姉であった。安心してさらしきれる相手を持たなかったということだ。

すぐ毛布を持ってきますから、と看護婦は出ていった。

姉の叫び声が次第に丸みを帯び、やわらかな喘《あえ》ぎにかわってきた。

薬が確実に鎮痛の効きめをあらわしはじめていた。その適確な作用に、彼はいくぶん畏《おそ》れを抱いた。嵐の海に油を流し鎮めるように、猛り吠えていた姉は鎮まりつつあった。

呼吸がおだやかになった。

「姉さん」と彼は呼びかけてみた。

「はい」掠《かす》れた声がかえった。

彼は姉の顔をみた。わずかながら血の色がもどりはじめたようだ。眼を閉ざし、うとうと睡っているようにみえる。

「姉さん」

「はい」

うっとり睡りながら、返事だけはする。

ふいに、彼は言いようのないなつかしさ、いとおしさをおぼえた。

「姉さん」

「はい」と、幼女のように素直に、無邪気に答える。

「……ちゃんをね」姉はつぶやいた。

「え?」彼は聞きかえした。

睡りが深くなった。返事はなかった。

鼻孔に通したゴム管のため、あいかわらず顔は醜くゆがんでいる。しかし、睡りこんだ顔は、あどけなく童女めいている。

もっとも、彼は、姉の幼女期は知らない。もの心ついた彼の前にあった姉は、激しい気性をむき出しにしていた。

おそらく、このように素直な無邪気な顔を、幼いときでさえ姉はみせたことはなかったのではあるまいか。

看護婦が毛布と枕を抱えて入ってきた。

「どうぞ、使ってください」と、ソファの隅においた。

「どうも」

「また痛み出したら、いつでも呼んでください。鎮痛剤をうちますから」と言いながら看護婦は姉の毛布をはぎ、腹帯をなおし、手術着の乱れをととのえた。腰までの短い丈《たけ》の衣は裾がめくれ上がっていた。

「薬がよく効いていますね。今のあいだに一眠りなさるといいですよ」

戸口を出がけに看護婦は振りかえり、「先生からみせてもらいましたか?」と訊いた。

彼は一瞬とまどい、それからうなずいた。

看護婦は出ていった。

膿盆にのせられた、なまなましく血に濡れたそれを、医師は彼にみせたのだった。剔出された当人はまだ昏睡のさなかであった。

正常な子宮の大きさは、こんなものです、と医師は人さし指と親指を細長い輪の形にした。これは妊娠五箇月くらいの大きさに腫れています。不正出血もひどい貧血もこれが元兇《げんきょう》です。停電中の手術という難事業を終えた医師は、明らかに疲労し、不機嫌にみえた。実際に機嫌が悪いわけではなく、愛想のいい顔などする気にならないだけのことだ。

　卵巣は残っているのですから、と医師はつづけた。ホルモンは正常に働きますし、性感も変わりありません。

　大人の握り拳より二まわりほども大きい赤黒い肉塊は、膿盆の上でわずかにふるえていた。そう、彼の目にはうつった。

　姉の肉だ――と、彼は思った。目をそむけた。

## 3

　彼はソファに横たわり、毛布を胸にひきあげた。風のうなり、叩きつける雨の音はいよいよ烈しい。

　ソファは彼の長身をいれるには足りない。彼は仰向いたまま膝をたてた。

　窮屈な姿勢の上、空腹なので、すぐには眠りに入れない。夕食をとっていなかった。

「……ちゃんをね」

　姉がさっきつぶやいた譫言《うわごと》は、正確には何だったのか。彼の名ではなかった。姉は、彼をいつも呼び捨てにしていた。ツナちゃん、ツナオちゃん、と呼ばれたことはなかった。

　別れた夫のもとに残した二人の子供の名か。そのどちらをも、姉はやはり呼び捨てにしていた。夫と別れた後、身を寄せあったことのある二、三人の男――そのどれかの名だろうか。しかし……ちゃん、と甘く呼ぶような相手が姉の身近にいたとは思えなかった。

　姉は、二人の子供を殺しかけた。未遂に終わった。子供たちが眠ってからガス栓を開いたのだが、そのとき姉は、共に横たわりはせず、ガス臭のただよいだした枕頭に端坐《たんざ》していたそうだ。そのため、夫に、心中ではなく子供だけを殺すつもりだったと詰《なじ》られたらしい。夫の帰宅が予定とちがって早くなったので、発見と手当てがまにあった。

夫は、公には事故として処理した。公にすれば、彼が他の女のもとに通い妻を追いつめた事情が明らかになり、非難がふりかかってくると承知していたのだろう。理由が何であれ、妻が子供を道連れに心中をはかったというだけでも、銀行員の夫にとっては致命的なスキャンダルとなるところであった。

まもなく離婚したが、子供たちは母親に殺されかけたのを漠然とさとっていたのか、彼女をおそれ、父親のもとに残った。

はかなげな手弱女《たおやめ》ぶりが、外にむけた擬態だと、そこまでは姉の夫も見抜いていた。

しかし、あれほど怖い女だとは……と、姉の夫は後に彼に語った。死に誘うガスがただようなかで一点を凝視し端坐していたあの顔の怖ろしかったこと。取乱し、嘆き、騒ぎたてる女の方がどれほどか扱いやすい。一言もぼくを咎《とが》めず、あの行動に出た。子を道連れに死のうと思いつめるほど、ぼくを愛していたのかとうぬぼれたいところだが、どうして、あれはぼくを軽蔑していたよ。傷つけられたのは、愛情ではなく、自尊心だろう。とんでもなく激しい自尊心だ。

成人してからは、他人の目からはかくしぬいてきた激越な気性を、子供のころは、姉は無用心におもてにあらわしていた……と彼は思い、そのときふいに、

——英《ひで》ちゃん……。〝英ちゃん〟ではなかったか、譫妄《せんもう》のなかで姉が口にしたのは……という思いが浮かんだ。

まさか、そんなことはあるまい。

幼いときの恋がどれほど激しかろうと、その後の生の波乱にくらべたら、淡い彩りにすぎまい。

〝英ちゃん〟の名を忘れることができないのは、俺だ。忘れよう、忘れようとつとめてきた。忘れることに成功したかにみえた。それなのに、こんなときに、ふっと浮かびあがってくる。

「姉さん」

姉の寝息は乱れない。

そのかわり、風雨の音がいっそう凄まじくなった。ガラスの砕ける音がした。カーテンが舞い上がり、滝のような水がなだれこんだ。

彼は軀が動かず、声が出ない。

姉は、フードのついた赤いレインコートを着こみ、長靴をはこうとしている。十一歳の姉である。蒼白で眼がすわっている。

どこへ行くの。五歳の彼は、必死な声でたずねる。ついて来ては、だめ。厳しく姉は拒む。

叱られるよ。叱られるよ。彼は泣く。

姉は玄関の戸を開ける。雨が棍棒《こんぼう》のようになぐりかかる。姉は出て行く。彼は後を追う。

家の前は坂道である。奔流となって雨水が走る。風に逆らって、姉は歩いて行く。彼は追う。

叱られるよ。叱られるよ。姉を連れ戻そうとする。

久しく忘れていた夢だ。また、よみがえってきた。

心のどこかで、夢と承知している。しかし、現実とあまりに密着した夢だということも。実際に起きてしまったことを、執拗に、夢はくりかえす。

さめろ、と念じる。それが成功することもある。とじこめられて抜け出せないこともある。

銀の幕が舞い乱れる雨のなかを赤いレインコートが見えかくれする。

坂をのぼりきった左手は、草の茂る空地である。そのはずれは有刺鉄線の柵をめぐらしてある。柵のむこうは急な崖が窪地にむかって落ちこんでいる。

ちぎれた鉄条網の穴を姉はくぐりぬける。彼はその前で立ちすくむ。赤土の崖を水が走る。雑草は水草のように流れの下になびき伏す。姉は流れにのって消えようとする。

姉ちゃあん、と声がふくれあがるが、のどから外に出ない。

悲鳴。

彼は、病室にいた。

薬が切れたとみえ、姉は叫びはじめていた。注射をうったときから、ほぼ二時間。彼はブザーを押した。

はい、とインターフォンから看護婦の声がきこえた。

「すみません。痛み止めをお願いします」彼は言った。

「すぐ行きます」

応《こた》えて、ものの二分と待たせず、看護婦はあらわれた。

夜叉の声が消える。

二人きりになってから、

「姉さん」

とろとろ睡りかける姉に、彼は呼びかけた。

中途で断ち切られた夢のなかに、姉がいた。二人で同じ夢をみていたような気がする。

「姉さん、いまどこにいる?」

「ついてきてはだめ」

睡っている声で、姉が言った。すでに睡りに落ちているのに、彼の問いかけの刺激に反応している。

「どこへ行くの? なぜついて行ってはいけないの?」

「邪魔よ」

深い催眠状態にあるひとのように、姉は、過去のなかに、いま、いる。〝時〟が乱れ、閉ざされた記憶が生命を帯びて荒々しく活動している。

「どこへ行くの。ひどい嵐だよ」

「だから行くのよ」

ついてきてはだめ、と、姉は弱々しく手を動かした。食道に通したカテーテルが気管を圧迫するのか、ささやくような掠《かす》れた声だ。

あの嵐の日、どうして姉のあとを追ったのか、彼にははっきりした理由は思い出せない。しじゅう、姉にまつわりついていたかった。幼いときの話だ。母がいないのだから、姉が母がわりに彼の面倒をみるのが当然と、そんなふうに感じていたのかもしれない。母と同じように、姉も出て行ったまま帰らないようなことがあったら……置き去りにされたら……と、幼い彼はたえず怯《おび》えていたようだ。

五歳の記憶は、それほど正確ではない。

しかし、置き去りにされまいと用心深くなっていたことは心に残っている。母がいなくなってから、家事の世話をする中年の女が家に来た。二人か三人、いれかわった。ほとんど記憶に残っていない。

嵐の日、姉は学校が休校になり、家にいた。彼は姉の服の裾にしがみつかんばかりにしていた。外に出ようとする気配のある姉を、何とかひきとめようと一心に試みていた。

「姉さん、今、英ちゃんのところへ行く途中かい？」

夢に閉じこめられた姉に、彼は問いかける。

睡りながら、姉はかすかにうなずく。

軀をベッドに残し、姉は赤いレインコートを着て、過去の時のなかを、嵐をついて走っている。

4

崖下の窪地に建つ古ぼけた木造アパートは、彼らの父親の持家だった。

アパートのすぐ裏をどぶ泥のにおいのする下水のような川が流れていた。

窪地のアパートに子供たちが遊びに行くのを、父親は喜ばなかった。住人の柄の悪いという理由らしかった。父親は公務員だが、利財を心がけ、借金して土地を買いアパートを建てた。インフレと土地の値上りで、じきにもとがとれるという計算であった。

風呂はないし便所は共同という、ひどいボロアパートだった。

彼は父の目をしのんで何度かそこに行った。壁の羽目板の下の方が苔で青くなっていたのをおぼえている。羽目板はそりかえり、黒いすきまをみせていた。

住人は、世帯持ちはいなかったらしい。昼でもどてらを着て戸口の脇で歯ブラシをくわえ、新聞――今思えばたぶん競馬か競輪の――を眺めている男がいた。今になって、闇屋と思いあたる男たちもいた。

父の禁止を破るうしろめたさが、アパートの魅力を増した。

〝英ちゃん〟は、彼の目からはずいぶん大人にみえたが、あとで知ったところによると、そのころまだ二十前だった。

姉が英ちゃんに会いにアパートに行こうとしているとき、彼は、なぜか、いつもカンでわかった。

行くと叱られるよ。そのたびに彼は言い、姉は彼を打った。彼は泣きながら、叱られるよ、叱られるよ、とくり返し、姉は突き放して出て行く。彼は姉の履物をかくしたり、運動靴に小石をつめたりしてみた。露見すると、邪険に撲《ぶ》たれた。

「姉さん」

ソファに横たわったまま、彼は片手をのべて姉の手を包みこんだ。冷たくて、少し汗ばんでいた。

思い出したくない記憶なのに、彼は、それをたどっている。この記憶を共有するのは、彼と姉しかいない。遠い記憶のなかを共に旅することで、姉との絆《きずな》が昔のように堅牢によりあわされるような気がする。

ずいぶん長いあいだ、姉と疎遠になっていた。

姉が、他人との湿ったかかわりを嫌うせいだ。頼りない風情をみせながら、芯のところで他人を拒んでいる。

しかし、何事にも冷淡なわけではあるまい。嵐の日に、恋しい相手の住まいが水に流されると案じて走って行った幼い激しさが、消滅してしまうことはあるまい。

彼は、再び五歳の子供になる。

しかし、五歳の彼を夢みるのは、三十二歳の分別ある大人の彼である。あのときはわからなかった姉の行動の意味が、今、夢のなかの彼にはわかっている。

崖の底を流れるどぶ川は、大雨が降ればたちまち氾濫《はんらん》する。

アパートが流される。英ちゃんが死ぬ。その思いが、姉を駆りたてていたのだ。

崖の底は、濁流がさかまいていた。土台の朽ちかけたようなアパートは、いまにも、もやいを解かれた舟となりそうだった。

崖とアパートをへだてる奔流の中に、姉は進み入る。

「姉さん。今、どこにいる？」

睡りの深まった姉は、答えない。

二人が夢を共有できるのは、麻薬の成分を持った鎮痛剤が姉を深催眠に似た状態にひきいれるまでのわずかなあいだなのだと、彼は悟る。

睡りが浅すぎても、深くなりすぎても、夢みながら彼に答えるあの状態にはなり得ないのだ。

深く睡りこんでしまった姉は、何を夢みているのだろう。一人で〝英ちゃん〟のもとに走りゆくのか。それとも、残してきた二人の子供――殺しかけた子供――に責められるのか。あるいは、全身麻酔の最中のように、死に似た空無のなかにいるのか。

〝英ちゃん〟について彼が知っているのは、ごくわずかである。それも、後になって、いつとなく誰からとなく聞き知ったことばかりだ。学生だがアルバイトで暮らしをたてていたのでほとんど学校には出なかったようだとか、金にならない芝居に関係していたらしいとか。

〝英ちゃん〟が、たとえば非合法組織の一員であろうと、ぐうたらな家出息子であろうと、彼には少しも重要ではないことなのだ。

顔もほとんど思い出せない。細面《ほそおもて》だった印象がある。いくらか言葉に訛《なまり》があったような気もするが、それは後に青森の出身ときいたからかもしれない。記憶は、後から得た知識によって作り上げられる部分もある。

会えば、やさしかった。それは確かだ。姉にもおそらくやさしかったのだろう。

ときどきひどく顔色が悪いのは、血を売ったときだと、それは誰に教えられたことだったろうか。英ちゃんが自分で言ったのか。

十一歳という当時の姉の年齢は、今思えばほんの子供にすぎないのだが、嵐のなかをひた走った激しさは、大人以上に無垢《むく》でいちずな恋だったのだろう。

その英ちゃんを、

〝ツナオ、オマエガコロシタ〟

姉に責められた。

五歳の彼は、姉にその言葉をつきつけられたのだ。

今、彼は、姉のその声がひどくなつかしい気がする。

もう一度、責められてみたくなる。

あまりに遠い記憶である。

しかし、彼が生きることに覇気をなくし、どこか卑屈に陰湿になったのは、
ツナオ、オマエガコロシタ

姉のあの声によるところが大きい。生まれつきの性質もあろう。小心な性《さが》だとは認める。だが、ツナオ。

その声に、五歳の子供だから、と反駁《はんばく》する前に、気力が萎えた。コロシタ、という言葉が、それほど怖ろしかった。

姉を、いとしみながら、死ねばどれほど心が晴れるかと冷やかにもなるのは、このせいだ、と思いあたる。

オマエガコロシタ、と姉が責めたのは、ほんの数回だ。その後、姉は口にしなくなった。しかし、彼の心には刻みこまれた。

姉がまた苦痛を訴えはじめたので、彼は即座にブザーを押した。

5

「姉さん、今、どこにいる？」

「英ちゃあん、英ちゃあん」姉は掠れた声で呼ぶ。

「川が溢れている？」

「流されるわ、アパート。英ちゃん」

「ぼくがむりに後を追ったから……」

あたし一人なら、英ちゃん、死ぬことはなかった。姉は、そう言って幼い弟を責めるのだった。

オマエミタイナ小サイコガ、ナンノヤクニタツノヨ。

オマエガアシヲスベラセタカラ。水ニオチタカラ。オボレカケタカラ。

オマエガ　英チャンヲ　コロシタ。

彼の耳に、十一歳の姉の声は灼きつけられた。

「姉さん、もう、ぼくを許してくれている？」

「お帰り、おまえ。ついてくるんじゃない」

「帰るよ、姉さん。ぼくは帰るよ。だから、英ちゃんは、もう死ぬことはないよ」

姉の記憶が、これで、変わるのではないか。ふと、彼はそんな奇妙な考えを持った。

「姉さん、ぼくは帰るよ。水に落ちたりはしないよ。英ちゃんがぼくを助けにとびこむ必要もないよ。英ちゃんは死にはしないよ」

「英ちゃんは、私が殺してしまったよ」姉は言った。

「英ちゃんは、私が殺してしまったよ」姉の目尻から泪《なみだ》が糸をひいた。

「英ちゃんは、ぼくが殺した」

「ばか。おまえなんか。おまえなんか……」

声が細くなり、姉は睡った。目尻の泪が残った。

彼は、混乱した。おまえが水に落ちた。英ちゃんは助けようとして溺れた。

俺の記憶は――もしかすると、姉のその言葉によって作られた……。

嵐のなかを姉の後を追って走った記憶は強烈である。赤土の崖を下りた怖さも実感がある。しかし、水に落ちて溺れかけた部分は、たしかに思い浮かべることはできるのだけれど、いっこうに恐怖感がよみがえらないのはどういうことなのか。

彼は起き直り、睡っている姉をみつめた。

おまえが殺した、と責めた少女の姉は、真剣だった。自分の責任を故意に幼い弟に転嫁している顔ではなかった。

今、深催眠の状態のなかで、どんな作用が姉の心に働いたのか。

恋人を他人に殺されるよりは、自分の手で殺した方がましという願望か。

いや、そうではあるまい、と彼は思った。

おそらく、今、姉は、自分でも忘れていた真実を直視したのだ。

今まで、姉自身、だまされていたのだ、偽の記憶に。

水に落ちたのは姉だったのにちがいない。しかし、そのために英ちゃんが死んだと認めるのは姉には辛すぎた。無意識に、記憶のすりかえが行なわれた。

オマエガコロシタ。

十一歳の少女は、幼い弟を責めたてることで救われた。偽の記憶を信じきっていた。

薬剤の力で心の抑圧がとれたとき、深い淵の底から真実が浮かびあがった。

私が英ちゃんを殺したよ。

睡りながら、泪は糸をひいた。

脈絡もなく、膿盆の上の赤黒い肉塊が彼の意識にのぼった。

これは、どうするのですか。彼は訊いたのだった。廃棄するのですか。

いや、保存します。フォルマリンで防腐処置をした上で。医師は言った。

剔出した臓器は、全部保存されるのですか。

そうです。名札をつけて。

姉の名を記した札をつけて、姉の子宮は、姉の記憶より確かな存在として残りつづけるのだな、と彼は思った。

恋しい相手の安否をきづかって、十一歳の少女を駆りたて嵐のなかを走らせた、二人の子供をガスのただようなかに眠らせ端然と坐っていた、その魔性の一端が、赤黒い臓器に秘められていたような気がした。

空洞の腹腔《ふくこう》。睡る姉は、形骸だろうか。医師は、子宮を剔出したからといって女の性が失われるわけではないと言った。むしろ妊娠の心配がないということでいっそう性的に奔放になるひとさえいますよ。

姉のこの軀が消滅した後までも……と、彼は思った。フォルマリン液のなかで、あれは存在しつづける。ひょっとしたら、英ちゃんを殺した記憶、二人の子供を殺しかけた記憶を、その赤黒い肉のうちに抱き保って……。そうして、深夜、それは、つぶやくのだろうか。

私が、英ちゃんを殺したよ。

# 孤独より生まれ

## 1

「きみは、誰なんだ」

衛《まもる》は、わたしに言った。深夜であった。

夢のなかで、燃えさかる松明《たいまつ》を生み落とした。焔《ほのお》はたちまち、ごうごうと音をたて燃えひろがった。火の舌が天にのび、横になびき、もつれあい、ぱあっと火の粉を散らした。

焔は、数十頭数百頭の犬の群れとなった。煌《きら》めき揺れながら、闇のなかを地を蹴って走る。吠え騒ぐ声が耳を聾《ろう》する。

なだめようとして声が出ず、それとともに、犬どもの吠えたてる声はけたたましいバイクの爆音の正体をあらわし、

――ああ、今夜もやっている……

手足はしんと睡《ねむ》りのなかにありながら、意識だけがめざめた。

寝ている頭のすぐわきを、何十台、何百台のオートバイが、地響きをたてて走りぬける。頭蓋の内側を走る。

爆音だけではない。犬もまた、吠え騒いでいる。隣りに睡る衛もめざめた気配である。

わたしは雨戸を開けた。

集団で驀走《ばくそう》するバイクのライトは光の川となり、カーヴのむこうから湧き出してくる。目の前

を通りすぎるときだけ、ライダーの姿がおぼろに浮かび、闇に溶けいってゆく。

彼らはいっせいにローリングを切る。バックファイアが炸裂《さくれつ》する。

ライトは、隣りに立った衛の横顔を流れる。

衛は、わたしをみつめていた。

「きみは……誰なんだ」

何か怯《おび》えたように、衛はわたしにそう問いかけたのである。

怯えた顔がいとおしく、手をのべると、彼は軀《からだ》をひいた。わたしの手は空《くう》に泳いだ。

「犬をなだめてくるわ」

わたしは部屋を出た。

廊下の突き当たりの扉をあけると、犬たちの声が高まった。壁のスイッチを押し、天井の裸電灯をともした。弱い光に照らされた土間に、鉄の桟《さん》をはめた頑丈な檻が並んでいる。

一頭ずつ閉じこめられた犬たちの声に、愛撫の手を求める甘えが混った。

爆音が遠ざかり、犬たちも鎮まってきた。

グレート・デン、ドーベルマン、シェパード……訓練のために預託された十三頭の犬たち。そうして土間のすみにバイクが一台。

犬はどれも一様に、孤独な顔つきをしている。犬にそのような感情があるものかどうかわからないが、そうとしか言いようのない眼だ。

私の孤独から出て、私の孤独に帰る私
ともに暮らすのは、私の心だけでいい

ローベ・デ・ベーガのこの詩句を、ある夜どの犬かがつぶやいていたとしても、少しも不思議ではない。

私の孤独から出て……と、わたしも低い声でつぶやいた。

## 2

訓練士の矢藤《やとう》衛が檀上《だんじょう》八穂《やほ》の住まいを訪れたのは、春の浅いころであった。八穂が購入したコリーの仔犬の訓練を、ペット・ショップを通して依頼されたのである。

檀上八穂の家は多摩川をのぞむ高台にあった。

「性質はいいようですね、この子は」

ソファに腰かけた女主人の膝に甘えて頤《あご》をのせた仔犬を撫でながら、矢藤衛は言った。

いくつぐらいだろう、このひとは、と考えていた。二十五歳の彼より年上であることは確かなように思えた。物腰が落ちついていた。

「ブランデー、あがる？」

相手も彼を年下とみた口調であった。

「いいえ、車できていますから」

「それでは紅茶？」八穂が立ち上がると、仔犬もあとを追った。

「強いんでしょう、本当は」

「好きな方です」

「訓練は何箇月くらいかかるのかしら」

「仔犬の性格にもよりますが、おあずかりして三箇月から四箇月ぐらいですね」

矢藤衛は仔犬を膝に抱きとり、目をあわせた。仔犬はちょっとまばたきして目を伏せたが、じきに見返して熱心に尾を振った。

「少し神経質なようですから、訓練に入るようになるまで多少時間がかかるかもしれません。犬の気質に硬性と軟性とあって、それぞれに適したやり方をしないと失敗します」

「おあずけしないといけません？　出張訓練もあると犬屋できましたけれど」

「御希望なら出張もします。ここなら多摩川の河川敷で訓練できますね。ただ、預託よりどうしても期間が長びきますが」

「かまいません」

「手離すのは淋しいですか」

「ええ」

檀上八穂は微笑した。その笑顔は彼を少しくつろがせた。

「午後でいいですか。ほかにも出張訓練が何件かあるので、午後四時ごろからなら時間がとれます」

「けっこうよ。お願いします。お宅での預託犬の訓練はいつになさるの」

「朝です。それから出張訓練に出て、昼、いったん帰宅して食事をとり、預託犬の様子をみて、又出かけます」

「おいそがしいのね。奥さまも訓練の手伝いをなさるの?」

彼が妻帯者ときめてかかった質問だ。朝子《あさこ》と結婚して五年、その前の同棲期間も含めれば七年になるが、一目で世帯持ちと見抜かれたことはなかった。独身とみられて当然な年であった。

ひとり者とたしかめたいため、わざとカマをかけているのだ。彼は幾分の自惚《うぬぼ》れもあってそう思い、女が期待しているであろう〝いやだな、まだチョンガーですよ〟という返答のかわりに、「あれは餌の世話だけです」と、結婚していることを認めた返事をした。

女房のいることを告げた方が、かえって競争心を煽《あお》るのか、安心して火遊びの相手にできると思うのか、誘いをかけられることがあるのを、彼は経験していた。

しかし、彼は女の問題で得意先をしくじったり悪い評判をたてられることのないよう気を配る程度には用心深かった。そうしてまた、相手が彼に対していささかでも優越感を持つのを認めない驕慢《きょうまん》な自負心を、少年じみた面《おも》だちのかげにひそめていた。

「犬がお好きなのね、奥さまも」

かすかな失望が感じとれるかと思ったが、相手は平静だった。もっとも、感情をそのまま顔にあらわすほど稚《おさな》くもないのだろう。

「好きでなくては、この仕事はできません」

彼は、口がほぐれた。ぼくが訓練所で見習いをしているとき知りあったんです、と、身の上話めいたことを喋りはじめていた。こちらが話せば、相手も自身に関したことを語るのではないかという期待が意識下にあったのかもしれない。黙っているのは気づまりだし、共通の話題もないところから、勢い、自分のことばかり喋るようにもなるのだった。

「ぼくは高校のころから訓練所でバイトしていたんです。もちろん、そのころは訓練なんてさせてもらえません。犬舎の掃除、糞の始末、少し昇格して餌作りといったところでした。高校を卒業してすぐ、見習いとして入所しました。朝子は――女房の名前ですけど――訓練所の食堂で働いていたんです」

見習いの給料は小づかい程度の小額だった。彼は家を出てアパートを借りていたので、家賃を払うといくらも残らない。昼食は所内の食堂で給食が出るが、朝食と夕食は自炊である。朝子が食堂の料理を彼のためにこっそりとりわけておいてくれるようになった。そのことで、二人は、悪戯の共犯者のようなたのしさをわけ持った。朝子が、彼に残飯を恵まれるといったみじめさを露《つゆ》ほども味わわせぬよう、たくみに、たのしい悪戯にすりかえたのであった。

朝子もひとりでアパート住まいをしていた。父親が数年前死に、母親と二人暮らしだったが、その母親が再婚した。相手にも子供がいた。狭い家に四人が顔をつきあわせていると、どうにもしっくりいかない。たがいに波風たてまいと穏やかな顔をつくっているうちに、顔がこわばり、いまにも爆発しそうな力が溜まってくるのが感じられ、それが決定的な破壊力となる前に、わたしが家を出たのだ、と朝子は言った。

だから、今でもときどき、笑顔で親をたずねることができる。皆、口に出しては言わないが、わたしが家を出たのをいいことだと思っている。

矢藤衛も、父が死に母が再婚したが養父と折りあいが悪く、高校卒業と同時に家を出た。似たような境遇だが、彼が家を出たのは、養父とさんざん争いをくり返した後なので、朝子の方がかしこいと彼は思った。

他人とのつきあいかたも、朝子はかしこかった。誰にも好感を与えながら、決して侮《あなど》らせないところがあった。

明るいすなおな娘、と誰もが言うし、おとなしくてしっかりしている、という月並みなほめ言葉もあった。

だが、そのような讃辞《さんじ》でくくりきれないものを、衛はかすかに感じとっていた。

すなおなようでいて、他人に心をひらききらないのだった。

その朝子が、衛に対しては鎧《よろ》わなかった。彼といるときは芯からくつろいでいる様子で、彼もくつろいだ。

まもなく同棲し、朝子の方が一つ年上で気配りがゆきとどくせいか、未成年同士にしては長続きし、彼が成人式を迎えた年に正式に結婚した。式はあげず、訓練所の先輩や仲間が会費制でにぎやかに祝ってくれた。どちらの親もよばなかった。

父親の死が自殺だったと朝子が彼に語ったのは、彼が籍を入れてけじめをつけようと申し出たときであった。

わたしにはつらそうな顔などまるでみせなかったのに、突然、縊死《いし》した。だから、わたし、本当にわからなくなってしまった。人が心のなかで何を考えているのか。マモルは、わたしにかくしごとをしてはいけない。黙って死ぬなんて、本当にひどいことよ。

それを聞いて、彼女が必要以上に細かく彼に気を遣う理由がわかったような気がした。たえず彼を居心地よくさせておこうと、朝子はつとめているのだった。父親のように、彼女の気づかないところでつらい思いを彼がためこみ、ある日突然、それが破局となってあらわれる、そんな事態を決して起こさせまいと心を砕いているのだった。

五年の見習い期間を終え、その後彼は独立した。しかし、犬を預かって訓練するためには、まず場所が必要になる。板金工場の隣りの小さい駄菓子屋が売りに出ているのをきき、ゆずり受ける段どりをととのえてきたのは朝子であった。

土地は借地で二十坪ほど。建物は老朽化して値が無いようなものなので、借地権料を払えばよかった。古い建物は当分そのまま使い、店の土間を犬舎置場にする。裏に高圧線下で建物のたつ心配のない空地があるので、そこで訓練できる。店の持主は老夫婦で、店じまいして田舎にひきこもりたいと売り急いでいた。彼は貯金はほとんど無かったが、朝子が工面した。死んだ父親の実家が山林を多少持っている。そこに行って借金してきたのである。若すぎて収入も不安定な二人は銀行ローンを利用できない。売り主に頭金を払った残金は五年で返済すると約束した。

借地の地代も払わねばならず、月々の支払い額は大きかった。訓練所から幾つかの犬舎や犬の小売店に紹介してもらい、先輩からも客をまわしてもらった。はじめのうちは預託犬の数が少なく苦しかったが、次第に頭数が増え、近ごろでは常時十頭前後の犬をあずかり、そのほか出張訓練も順調で、借金さえ完済すれば、その後はずっと楽になるみとおしがついてきた。借金の五年の期限がもうじき終わる。そうしたら、犬のための設備をもう少し改善し、子供を作ろうと計画をたてている。子供のことを言いだしたのは朝子で、彼はまだ、欲しいと切実に思うことはなかった。

　そのような細々《こまごま》したことを、残らず檀上八穂に話したわけではない。しかし、八穂は聞き上手で、彼はつい、ずいぶん内輪のことまで口にしていた。

## 3

　衛が出張訓練に行く家が、女ひとりの住まいと知ったときから、朝子は怖れを持った。

　嫉妬心の強い女と衛にうとまれたくなかった。しかし、どれほど激しい嫉妬を心のうちに飼い鎮めているか、朝子は承知している。形だけの夫婦では耐えられない。堅固な鎖で二人を縛った。鎖は金銭であった。独立に必要な資金は、すべて朝子が賄《まかな》った。だが、それを衛に負担に感じさせぬよう、彼の自負心を傷つけぬよう、細心の注意を払い、その細心ささえ気づかれぬよう、心をくばった。

　恋情の凄《すさ》まじさも、衛にはかくした。日常をともにする女から、たえず硫黄のたぎるような想いをむけられたら、男はたじろぐことだろう。空気のように存在の気にならぬ妻が夫には必要なのだと、朝子は、まだ子供じみたところのぬけきらない若い夫に、さりげない顔をみせつづけてきた。

　七年、朝子の恋情は、はじめて衛を見たときから少しも減じていない。軀の愛が加わって、いっそう激しさを増した。遠くにあるものを恋うるより、はるかに辛くもどかしい。

　朝子は、恋人ではなく妻らしくふるまおうとする。七年という歳月によって根をはり苔《こけ》むした巌《いわお》。しかし、朝子はあいかわらず、恋のために不安である。

　衛の行動の些細な変化が、朝子の不安に鮮烈な形を与える。

　午前の出張訓練から帰ってきて昼食をすます

と、以前は、そのまま午後の仕事に出かけていった。近ごろは、食事のあとに風呂に入る。汗まみれになったというのだ。衛の汗のにおいを朝子は好きなのだが、衛は惜しげもなくそれを洗い流す。そして、肌着をかえる。汗が不愉快なら、帰宅してすぐ洗えばいいものを、まず、昼食をとる。新しい肌着。半日の汗のにおいを消すのは、これから逢うひとへの心づくしだ。

三、四箇月で終わるはずの訓練が、夏を過ぎても続いている。

「檀上さんの犬を、秋の訓練競技会に出場させることになったんだ」衛は弁解するように言う。

「何のために?」

「素質のいい犬は競技会に出してみたくなる」

「だって、持主はまるっきりの素人で、しかも女のひとでしょ。必要ないじゃないの、高度の訓練は」声がとがりかけるのを、朝子は辛うじて押さえ、冗談めかした口調にまぎらそうとするが、それは成功しない。

「自分の犬がチャンピオンになったら嬉しいさ」

衛もさりげなく言おうとして、かえって固い声になる。

「チャンピオン、とれそうなの?」

「初出場ではむりだろうな。犬だってあがるだろうし」

「優勝するまで面倒みるの? 来年も、再来年も」しつっこい訊きようになる。

「そんな先のことまではわからない」

訓練を見てみたいな、と朝子は言おうとして、その言葉をのみこんだのだが、それを見とおしたように、「一度見に来ないか」と、思いがけない誘いを衛は口にした。檀上八穂とのつきあいを、あたしにおおっぴらにすることで、疚《やま》しさのないものと認めさせてしまうつもりだ。朝子はそう思った。

「うちでやっているのと同じでしょ」

「物品監守や襲撃も、おいおい仕込む」

「それでは助手が必要ね」

「襲撃訓練をやるようになったら田浦《たうら》を連れてゆく」

朝子は少しほっとした。田浦は訓練所の後輩で、時々衛の仕事を手伝っている。

「一度来てみないか」と重ねて言われ、行かないわ、と言うつもりが、ええ、とうなずいていた。

そうして、朝子の目の前で、彼女の若い夫と檀上八穂は、節度のある親しさを十分にみせたのだった。

その後、檀上八穂は、しばしば電話をかけてくるようになった。朝子が出ると、「お元気?」と明るい声をかけ、朝子もそれに調子をあわせざるを得なくて、くったくのない声で応じる。仲のいい友達同士のような会話を二、三かわし、「マモルくん、います?」八穂は言う。「はい、いますよ」「お願いね」

衛はいそいそと受話器をとる。冗談を言いあっている。「女房がさあ……」などと、朝子の方を横目で見て笑う。うしろぐらいところは少しもないと、朝子に誇示している。毎日会っていて、まだ話し足りないのかと、朝子は衛を打ち叩きたいほどなのだが、二人のあけっぴろげなお喋りは、朝子の嫉妬を無効にする。

しかし、衛は、年上の女ほどあつかましく恋を友達づきあいの仮面でかくしおおせない。

気重い顔をみせることが多くなった。

電話の応対が重ったるくなり、電話のかかってくることが間遠《まどお》になり、出張訓練にはあいかわらず出かけてゆく。

「競技会には出場させられそう?」

預託犬の餌にする鶏の頭骨を大鍋で煮ながら、朝子はさりげなく訊いてみる。鍋の中身は沸騰し、濃厚なにおいを漂わせている。

「もう、申しこんである」

「そう……」

それ以上つっこんで訊くのが、朝子は怕《こわ》い。何か決定的な言葉を衛の口からひき出してしまったら、とりかえしがつかない。嵐が過ぎるのを身をすくめて待つ方が賢明だ。何も気づかないふりをして。

衛が午後の訓練に出かけようとすると、朝子は胃がしこって痛くなる。彼が出て行き、預託の犬たちと朝子だけがとり残される。いたたまれず外に出る。隣りの板金屋の前に、若い男の子が数人、バイクを囲んでたむろしている。十六、七から二十ぐらいのバイク狂の少年たちである。お姉さん、と彼らが朝子を呼ぶほど親しくなるのに、そう時間はかからなかった。

ある日、助手の田浦がたずねてきた。

「バイクの具合が悪くなって」

田浦もバイクを乗りまわす一人である。

「襲撃訓練、はじまったの？」

「ああ、やってますよ」

あの人たち、どんなふうなの。訊ねたいのを、朝子はこらえた。


「行ってくるよ」衛が立ちあがる。

「やめて」朝子は叫んでしまう。

「ばか」

「行かないで」

兇暴なしつっこい声になっている。あろうことか、衛のセーターの裾をつかむという愚かしいことまで、朝子はしてしまう。力で押さえようとする朝子の手を、それをはるかに上回る男の力が、振り払う。朝子の手の甲に、衛の力の痕《あと》が赤く残る。

衛が脱ぎ捨てていった肌着を洗濯機に入れようとし、朝子は肌着に顔を埋める。確実に私のものにできるのは、この汗のにおいだけ。朝子は肌着を洗わずにたたみ、箪笥《たんす》の抽出《ひきだ》しを開け、彼女の肌着のあいだにはさむ。

汚れた肌着は、朝子の肌着のあいだで、一日一日、数を増す。

朝子は新しい肌着を買って補充した。毎日新しい肌着を与えられ、さすがにおかしいと気づいて、どうしたんだ、と衛は訊いた。朝子は笑うだけで何も答えない。

4

あなたが両脚の動かない人だといい。

床にひざまずき、衛の膝に頭をのせて、檀上八穂は、つい、そんなことを言ってしまう。

彼には理解できないことだろう。

あまりに激越な言葉は、彼には何か冗談のようにしか感じられないのだと、八穂はわかっている。そのくせ、彼の性欲は、いともやすやすと激しく八穂の軀に泥《なず》む。

八穂が衛と過すのは、一日のうち、わずか二、三時間である。

——残りの時間、私は彼にとって不在となる。私は闇のなかでただ恋い焦がれるだけのものとなり、彼の言葉と仕草の一つ一つを丹念に思い返し
——何と月並みなことしか彼は喋らないのだろう
——彼の唇、舌、腕、しめつける腿、ぎこちない指の動き、白熱して貫く力のことごとくを反芻《はんすう》し、明日の彼を想う。

深夜、電話のベルが鳴った。八穂が受話器をとると、相手は黙っている。荒い息づかいがきこえた。

「朝子さんね」八穂は言った。息づかいはいっそう荒くなった。もどかしくふくれあがる声を辛うじて押さえつけている気配が感じられる。

「朝子さんね」

返事がないままに、八穂は電話を切った。する

と、すぐ呼び出しのベルがひびいた。

「ゆうべ、真夜中に朝子さんが電話をかけてきたわ」

翌日、八穂は衛に言った。

そんなはずはない、と衛は言った。狭い家なのだ、朝子が電話をかけたりすれば、ぼくだって目がさめる。

何も喋らないのよ。私が出ると黙っている。切ると、またかけてくるの。何時間もつづいたわ。

腑に落ちない顔をしている衛に、電話をかける がわは、ベルが鳴るわけではないのよ、と八穂は言った。そして何も喋らないのだから、ダイヤルをまわす音だけよ、かけるがわがたてる音は。熟睡していたら、ダイヤルの音など耳に入らないわ。あなたは、夜はずいぶん深く睡る人にちがいない。

でも、いいのよ、と八穂は更に言った。私が責めを受ける立場なのは承知しているわ。一晩じゅう電話のベルで起こされ、それが何箇月つづこうと、私は少しもかまわない。何も私を苦しめることにはならないのだわ。たいそうありふれた攻撃だわ。もっともっと悪辣《あくらつ》な手段で、あのひとは私を責め苛《さいな》んでいいのよ。そうする権利があのひとにはあるわ。責め苛まれれば、私はそのぶん心の負担が軽くなって、あなたとこうやっていられるわ。

それ以上は、八穂は言わなかった。不愉快な思いに耐えてこの状態を持続し得るほど強靭な、一人前の男とは思えない相手であった。その脆《もろ》さもふくめて恋着してしまった。つらい闘いは二人の女のあいだのもので、八穂は年若い相手を無風の場所にそっと置いておきたかった。

深夜の電話は、毎夜つづいた。八穂は、ベルの音を待つ気持になった。

夜の睡眠を奪うという攻撃手段は、たいした苦痛を八穂に与えない。

電話をかけてくるあいだ、相手も睡ることはできないのだから、肉体の苦痛は五分と五分であり、気持と時間に余裕があるだけ、私の方が有利なのだ。

八穂は、電話のむこう側の相手に、何かいたいたしいような思いと親しみをさえおぼえる。

午前中、衛が警察犬訓練所に出向いている時間にも、ベルが鳴るようになった。

「朝子さん」と八穂は無言の相手に語りかける。

「あなたから奪うつもりはないのよ」

朝子の方で荒ら荒らしい音をたて電話を切った。

衛が八穂といる時間帯には、電話はかかってこない。執念深さを衛の目にさらせば、たちまち、うとまれるだろうと、私より長い年月を彼と過した朝子は、私以上によく承知している。

犬は物品監守と襲撃をマスターしつつあった。助手の田浦が犯人に扮して犬を刺激し、襲わせる。厚い刺子の防禦衣《ぼうぎょ》で身を護った助手に、攻撃本能を呼びさまされた犬は、牙をむいて襲いかかる。必ず右腕を狙うように仕込む。実際の襲撃の際、たとえ相手が犯人でも、いきなりのどに喰いついたり、ところかまわず噛みついて大怪我をさせたりすることがないようにとの配慮である。

牙をむいた犬の猛々《たけだけ》しさに、八穂はぞっとする。

訓練が終わると田浦はバイクで帰り、衛はあとに残り八穂との時を持つ。

5

ここが、彼の住まいなのか、と思ったとき、騒々しい犬の吠え声が起こった。何頭いるのか、いっせいに吠えたてる。

ガラス戸越しに八穂は中をのぞいた。暗い土間に檻が並び、犬どもは鼻面を桟のあいだから突き出して騒ぐ。

奥から人の姿が黒く浮き出し、土間に下り立ってなだめた。それから近づいてきて、ガラスの向こうから八穂を見た。

しばらくみつめていたが、やがて戸を開けた。

「今、警察犬の訓練所に行っています。午前中はいつもそうなんです。知ってるでしょうけど」朝子は言った。

「このごろ、お電話がないから」八穂は言った。

「気になって」

朝子は黙り、足もとに目を落とし、それから、

「どうぞ」と誘った。

檻のあいだを通りぬけるとき、犬どもは敵意をこめて唸った。獣の体臭が強くにおっていた。

畳の赤茶けた六畳間に入ると、犬のにおいとは別種のにおいが鼻をついた。奇妙に不潔なにおいであった。

こんなにおいを昔かいだことがある。

すると、高校のころ、柔道部の部屋に入ったときを八穂は思い出した。柔道着にしみこんだ汗が爽やかさをとうに失い、甘ったるい腐敗臭と変じて狭い室内にみちているのであった。

しかし、この部屋は、癇性《かんしょう》なほどきちんとかたづいていた。デコラ貼りのちゃぶ台に、熱いものを置いた痕が白い輪になって残り、畳に煙草の焼け焦げがあった。八穂の知らない衛の日常の痕跡であった。

朝子からの無言の電話が絶えたことが、八穂を落ちつかなくさせた。斃《たお》れてほしくないと思った。二人で彼をひきあっている状態に、八穂はなじみ、一種の安定感をおぼえるようになっていた。八穂の衛に対する恋情は、彼の許容量を越えていた。油田に火がついたようなものだった。衛という一人の青年は、たまたま発火の原因となった一本のマッチにすぎないとも思えた。朝子が手をひき、衛が八穂一人の手にゆだねられたら、どう制禦しようもない力で、八穂は彼を焼き滅ぼし

てしまいそうな不安を持っていた。彼は、どれほど熱くなったとしても、せいぜい湯がたぎる程度、それが私には耐えられなくなるにちがいない。

畳の赤茶けた六畳間で、朝子は茶を淹《い》れた。

何をしに来たんですか。よくもあつかましく私の前に顔を出せたわね。そういった紋切型の罵《のの》りを口にするには疲れすぎているのか、朝子は、茶をすすめながら、「あのひとは苦いお茶が好きなの」と、しんと静かな声で言っただけであった。

「うちではいつも紅茶だけれど」八穂は言った。

「お砂糖はいれないでしょ、あのひと」朝子は目をそらせたままで言った。

「ええ」

「まるで、二人で死んだ人を偲んでいるみたい」

朝子は言って、ちょっと笑った。吐息を吐き出すような笑いかたであった。

八穂は、朝子をいとおしいと思った。

「ゼリーがあったわ」と、朝子は冷蔵庫から苺《いちご》の色をしたゼリーを白い皿にのせて運んできた。

「ゼリーって、形があるような無いような」と呟《つぶや》きながら、朝子はスプーンで赤いゼリーをつきくずし、口にいれた。

「今、あなたに犬をけしかけたら、簡単に殺せるの」朝子は言った。

「私も、さっき檻のあいだを通りながら、あなたがこの扉を開けて、襲え、と命じたら、私は嚙み殺されるだろうなと思ったわ」八穂は言った。

「本当に、どうしたらいいかわからないわ」

朝子は目を伏せて言った。

「どうにもならなくなったら、あなたを殺すかもしれないわ」朝子は、呟きながら、皿に残っているゼリーをスプーンの背で押しつぶした。


朝子と別れ、外に出た。

隣りの板金工場の前に、数人の若い男が屯《たむろ》していた。顔つきはまだ幼い十六、七の少年たちで、バイクのまわりに立ったりかがみこんだりしている。そのバイクに何か見おぼえがあるような気がした。少年たちの一人が顔をあげ、

「檀上さん」と呼んだ。襲撃訓練の助手をつとめている田浦であった。

「ちょっとハッツいてね、へこませちゃった」田浦はバイクをさした。

「矢藤さん、留守だったでしょ。午前中も仕事で出てるんだから」

ほかの少年たちは無遠慮な目を八穂にむけた。

今日も、うちに来るんでしょう？　あとでね、と八穂は手をかるく振り、歩き去った。田浦に会ったことで、少しうろたえていた。訓練のとき、田浦の前では、八穂は衛と情人同士らしい仕草はひかえているが、衛は、もう朝子も知っていることだからと別にかくしだてもしない。田浦は朝子に同情して私を憎んでいるのだろうか、と、八穂は思った。

――そんなそぶりはみせないけれど。

――朝子は、どうにもならなくなったら私を殺すかもしれないと言ったけれど……。

朝子の言葉を思い出しながら、八穂は駅の方に歩いて行った。

――それは、朝子が衛を失うことを意味するだろう。衛の女に対する感情ときたら、あのゼリーみたいなものだ。朝子も、ゼリーをつきくずしながら、そう考えていたのではないだろうか。狂おしい力でつかみとろうとしても、指のあいだから流れ落ちてしまうだけなのだ。

もし、朝子が、犯行を誰の目からもかくしおおせたとしても……。

死者の力は生者を上《うわ》まわるのだ、と、八穂は呟いていた。私は、殺されたそのときから、衛の心にどう払いのけようもない力で、棲みついてしまうだろう。

その空想を、いっとき、八穂はもてあそんだ。

八穂が去ったあと、朝子は、力まかせに箪笥の抽出しを抜き、なかの肌着を畳にぶちまけた。においが濃くなった。寄せ集めた肌着の上に、朝子は軀を伏せた。

　このにおいを、衛は不審がっているけれど、我が身のにおいとは気づかないのだ。

　うっすらとおおっていた物憂さが溶け、鮮烈な殺意があらわになった。

　あの女を殺したい。朝子は思った。犬の牙で八ツ裂きに咬み殺させることを思った。しかし、あの女は、無惨に殺されることによって、今よりいっそう強靭な根を衛の心におろすことになるだろう。女のための神殿が、彼の心に構築され、女は滅ぶことのないものとなり、殺害者の私は衛の憎しみ以外の何ものも得られなくなるだろう。

　殺されるのは、私でなければならない。そう思いあたったとき、朝子は、電流に触れたようなショックを感じて起き直った。

あの女の手で？　とんでもないことだ。

私を殺すのは、衛の手でなくてはならない。宙に目をすえて、朝子はそう思った。早くも、衛の指がのどのまわりに触れた。

　人を殺すのはむずかしい。いや、犯行をかくすつもりさえなければ、それほど困難ではないのかもしれない。

　殺意を持たない者に殺されようというのは、自ら殺人をおかすよりむずかしそうだった。

　しかも、朝子は、衛の憎悪をよびさますことは絶対に避けたかった。憎しみのあまり殺されるのでは悲惨すぎる。

　過失致死。痛切な悔いと重い負いめによって、彼の心に彼が死ぬまで包みこまれる。

　その考えにとり憑かれた朝子が、家の外に出たとき、天啓のような言葉が耳朶《じだ》をうった。

板金屋の前に集まるバイク狂の少年たちのお喋りのなかから、その言葉は、きらりと輝いた。

〝四ツ輪の前にまわりこんで、ケツ振ってやろうとしたら、ハッツかれちまってさ〟

――ああ、そうやればいいのか。

「バイクの操縦を教えて」

朝子が言うと、少年たちは嬉しがって得意げにうなずいた。

6

彼に殺されたい――その願望が、彼にその愛するものを彼自身の手で殺させたい――そう変化していったのは、いつからだったろうか。

彼に殺されるという夢想は、甘美な色あいを帯びてはいたが、それは、煎《せん》じつめれば、愛してほしい、私だけを愛してほしい、という切実な叫びの変形にほかならなかった。

彼に八穂を殺させる、というふうに思いが動いたとき、それは荒ら荒らしい力を持った。

朝子が八穂を殺せば、朝子は一生彼の憎しみの対象としかなり得ないのだが、彼が自らの手で八穂を殺したのなら、ああ、それは、どれほど深い苦しみを彼に与えることになるだろう。八穂はおそらく、私のように、彼の手で殺されたいという甘美で惨めな願望など持ちはしないだろうから、八穂に対してもこれ以上の復讐はないのだ。

しかし、その方法はといえば、これは朝子自身を彼に殺させるより困難であった。

思いがけない協力者があらわれることによって、彼女の願望は実現に近づいた。

犬の訓練に使う空地で、朝子は少年の一人から借りたバイクを乗りまわしながら、想像していた。

前を走るライトバン。運転する衛。朝子のバイクは追いぬいて前にまわりこむ。衛は驚いて急ブレーキを踏むだろう。しかし、まにあいはしない。宙にとんで地に叩きつけられる、ああ、それが八穂、あの女であったら、どれほど快いことだろう。

それは不可能なのか。衛とあの女の間にくさびのように割り入るには、私が死ぬほかはないのか。

「バイク乗れるんですか」

意外そうな声をかけたのは、田浦であった。修理に出してあった彼のバイクをとりに来たところだ。

「練習中なの」

「ずいぶん、うまいですよ。免許、いつとったんですか」

「まだ、無免許よ」

「気をつけてくださいね」

田浦はやさしい口調で言った。

「これから、檀上さん?」

「そう」

「寄っていかない?」

「矢藤さんは、もう、あっちに行ってるんでしょ。おれ、いそがなくちゃ」

「いいのよ。あのひとたち、二人きりでいたいでしょ」

「そうですね」田浦は、困ったように小声になった。

朝子は、やや強引に田浦を誘い、家にあげた。そして、彼女は、突然堰が切れたように、感情をぶちまけた。

気をつけてくださいね、と言ったときの田浦の口調のやさしさが、こらえていた箍《たが》を切り払ったのだ。

私が死ぬと言い、あの女を殺すと言い、衛にあの女を殺させると、これまでに考え考えしてきたことを洗いざらい、田浦に浴せるように喋った。

それから、ひどく冷静な顔になって、

「私、本当にあの女を殺すわよ」と言った。

「矢藤さんに殺させるんじゃないんですか」

「不可能だわ。それに、私、衛が法律で裁かれるのはいや」

「矢藤さんには、自分が殺したと思わせる、という方法はどうですか。ぼくが目撃者になって、警察には事故だと証言します」

「そんなことができるの」

「ぼくが檀上さんを殺します」田浦は言った。

あの女が朝子さんから矢藤さんを奪ったことが、ぼくには許せない。ぼくが檀上八穂を殺します。矢藤さんは、自分が殺したと思い苦しみます。

「あの女は、衛の心に棲みついてしまうわね」

でも、いいわ、と朝子は言った。

衛は、一生苦しむのだわ。あの女の死を思い出すとき、やさしい愛情ではなく、苦痛ばかりを伴うのだわ。

田浦の計画は、こうであった。


まず、八穂にバイクに興味を持たせることからはじめなくてはならない。

これは簡単だ。八穂はすでに田浦のバイクに関心を持っているから、ちょっと誘えば操縦をおぼえると言いだすだろう。

衛の目の前で習わせ、八穂がバイクに乗れることを彼に確認させておく。

訓練が終わると、いつもは田浦は先に帰り、二人だけで時を過すのだが、計画実行の日は、田浦は口実をもうけ、衛といっしょに居残るようにする。

このごろは日の落ちるのが早くなった。帰途につくころは、街灯のない川べりの土手の道は暗い。

上流の橋桁のそばは、河川敷がなくて、土手の斜面は、いきなり流れに落ちこんでいる。

「朝子さん、泳げますね」

朝子は田浦のバイクで衛のライトバンを追い、前にまわりこみ、追突されて、朝子は川に落ちこむ。

「私が死ぬの？」

「いいえ、死にません。危いけれど、うまくやれば。追突される前に、自分でバイクを突き放し、土手をころげ落ちてください」

ぼくはライトバンの助手席に矢藤さんといっしょに乗っています。ぼくは手早く服を脱ぎ、川に入るかっこうになって、矢藤さんには人手を呼び集めてくるようせきたてます。うむを言わせません。

矢藤さんが助けを呼び集め戻って来、皆で捜索し、やがて、檀上八穂の死体を水中に発見します。

彼女が使うバイク用のジャンパー、ヘルメットと同じものを、朝子さんは着用してください。濡れた服の着がえは、ライトバンのうしろにかくしておきます。

「いれかわるのね。衛が人を呼びにいっているあいだに……」

「もっと詳しく説明すると、こういうことです。訓練終了後、三人で居間で話しているとき、ぼくは、話を八穂さんのバイクの腕が上達したことにもっていきます。ぼくたちのライトバンと競走しようとけしかけます。でもハンデをつけてあげる、車より先に出発して、ぼくたちに追いつかれず目的地に着けたら、檀上さんの勝ち。そんな話をしているところへ、朝子さん、あなた電話をかけて、矢藤さんを電話口に呼び出してください。電話は、檀上さんの家のすぐ近くの公衆電話を使い、できるだけ長くひきとめておいてください。そのあいだにぼくは檀上さんを外に誘い出し、スパナで殴ります」

朝子は両手で顔をおおった。

「ライトバンの後部に犬の檻をのせておきます。運転席に背板をむけるようにおけば、よほど気をつけて中をのぞきこまなければ、檻の中に人間が横たえられているとは気づきません。念のため、檻に古毛布を入れておきましょう。矢藤さんの電話がすんだら、檀上さんはレースごっこに挑戦して、先に出発したといいます。ライトバンが発進したら、あなたはバイクであとを追ってきてください。あとは、さっき話したとおりです。入れかわりをすませ、いそいで国道に出てタクシーを拾って帰っていてください。髪は濡れないように、ヘルメットの下にビニールキャップをかぶっていた方がいいでしょうね」

「そんなにうまくいくかしら」顔をおおったまま、くぐもった声で朝子は言った。

「少しでも怪しまれるようなら、計画は中止します。他の方法を考えましょう」

両手で顔をおおい、朝子は肩をふるわせ、そうして、笑った。「いいわ、やりましょ」

それから、田浦の手を両手のあいだにはさんだ。

「この手に、人殺しをさせるのね」と言って朝子は頭を垂れた。

7

衛の運転するライトバンの脇に、バイクが並んだ。スピードをあげ、前に出た。前にまわりこんだ。

衛は息をのみ、叫びながら急ブレーキをふみ、ハンドルを切った。

バイクが横転し、炎が燃えあがり火だるまになるのと、ライトバンが路肩をふみはずし川に転落するのが、ほとんど同時であった。

8

記憶とは、わたしたちが生きているあいだ中、書き綴《つづ》られている内的な日記である、と、ジャン・ドレーはその著書のなかで説明している。

ある種の健忘症者は、このノートを破りとる。あるいは、あるできごととか人物に関した部分だけ、棒線をひいて消してしまう。

選択性健忘と呼ばれる症状である。記憶は存在する。だが、ベールでおおわれている。このベールは、病者が意識的に投げかけたのではなく、無意識に行なうのだが、選択はあたかも意識的に行なわれたかのようにみえさえする。思い出したくないという意志が、回想を抑圧しているのである。

医師は、ジャン・ドレーの説をひきながら、わたしにそう説明したのだった。

車がひきあげられ、失神からさめた衛は、事故のいっさいを記憶していなかった。それどころか、檀上八穂と過した時間さえ、檀上八穂という人物の存在さえ、選択的に健忘していたのである。

朝子は、ここにいるじゃないですか。衛は言う。

朝子。そうわたしは朝子。衛の前では、そう言うほかはない。檀上八穂は、衛の心に存在しない。

何というむごいことだろう。

衛の深奥の願望は、檀上八穂を抹殺してしまった。

わたしは、何のために矢藤朝子を殺したのか。彼女を生きさせるために。わたし自身を殺すために。そういう結果になった。

朝子を、殺す。それほど積極的な意図は、なかった。ささやかな賭けであった。

あの日、助手の少年は、矢藤より先にわたしの家に来て、思いつめた表情で矢藤衛と別れろと言った。そうして、朝子がどういうつもりでいるか告げたのである。

無理にとめても、朝子の殺意をつのらせるばかりだと田浦は思い、彼女の計画にのり、更にそれを助長してやりさえした。

もちろん、あの日まで、彼は何もわたしに言わなかった。わたしはバイクに興味を持ち、彼に操縦法を手ほどきしてもらいはしたけれど、それだけのことだった。

朝子が殺意を一応形にあらわし、失敗すれば、それで激情は一時水をさされるだろう。あなたはそれを機に矢藤と別れてくれ。田浦は懇願した。

「朝子さんは、ライトバンを追い抜き、川に転落するでしょう。矢藤さんは、いそいで助け上げ、朝子さんがそこまで苦しんでいたのかと知って、二人は和解するでしょう。ぼくは、それを望んでいるんです」

わかったわ、とわたしは言った。

わかったわ、と田浦には言い、ひそかに、彼のバイクのガソリン・タンクのキャップをゆるめた。

賭けであった。朝子がバイクをわざと転倒させたとき、キャップがはずれるのはまちがいないとしても、エンジンの火花に引火して爆発するかどうか、その確率がどれほどのものか、わたしは知らなかった。

わたしを殺そうとする朝子の力に、わたしの中の力が反応した。わたしの力は朝子を焼き殺した。しかし、徒労であったのだ。

わたしは、衛の真実愛していたのが誰であったか、皮肉にも彼の記憶の解体によって知らされてしまった。

立場が逆であったらどうだったろう、と、わたしは考える。バイクの事故で死んだのが朝子ではなくわたしであったら、衛は、朝子との生活を忘れ、わたしとの日々だけを記憶にとどめてくれたのだろうか。

わたしは、家を閉め、衛のもとに移った。わたしのコリー〝オーデン〟も連れてきた。彼には世話をするものが必要だし、彼の犬たちも世話を必要としている。犬たちは、すぐわたしになついた。

衛の記憶のノートは、犬の訓練に関しては完全に正常なのだ。仕事はとどこおりなくやっている。

朝子、と彼はわたしを呼ぶのだった。

だが、今、ゆるやかに、彼の消されたノートの文字は再びあらわれてきつつある。

きみは、誰なんだ。衛はわたしに訊いたではないか。

彼の記憶は、ひどく混乱しはじめた。それが整理されたとき、彼は、何を知るのだろう。

わたしは、それが怕《こわ》い。

彼の記憶の作用によって抹殺された檀上八穂は、どうよみがえりようもない。たとえ、この後、彼がわたしの正体を認め得たとしても、二人の日々をあっさり彼が消してしまったという事実は変わらないのだ。

わたしはオーデンの鼻づらを撫でる。

私の孤独から出て
オーデンはつぶやく。

私の孤独に帰る私
わたしは、田浦に贈るはずのバイクに手を触れる。焼けただれてしまった彼のバイクのかわりである。しかし、あの少年はあらわれない。彼に、わたしは、わたしがキャップをゆるめたことを告げなくてはならないだろう。彼は、自分の計画が最悪の結果になったことで苦しんでいる。

来週の土曜日、奔馬《ほんば》のような少年たちの群れに加わって……と、バイクを撫でながら、すでに闇にとざされた街路に目をむけ、その考えがわたしを誘う。わたしも走ろうか。ガソリン・タンクのキャップを少しゆるめて。

# ラプラスの悪魔

1

バスの窓から見るダケカンバの葉むらが、夕陽のなかで黄ばみはじめている。

膝の上においた大型のショルダーバッグからカーディガンを出し、肩に羽織《はお》った。木綿のニットだが、肌寒さをふせぐにはちょうどいい。市街地をはなれバスが高みにのぼるにつれ空気は冷え、わずかな時間のあいだに季節がうつり進むようだ。

隣りの席の桑野《くわの》が不機嫌な顔つきで押し黙っているのは、松本駅に車で迎えに出ていてくれるはずの鈴谷幸男《すずやゆきお》がとうとうあらわれなかったせいだろう。

黙りこんでいてくれる方が、片平迪子《かたひらみちこ》にとっては、むしろ好ましい。窓枠《まどわく》にもたれ、眼を窓外にむけて放心している快さをさまたげられないですむ。

「鈴谷の車と、すれちがったりはしていないだろうな」

沈黙が破れた。

「さあ、気をつけて見ていなかったもの」

「よく見ていてくれよ」

「いいじゃない、行きちがいになったって。駅まで行って、いないとわかれば引き返してくるでしょう。バスに乗ったと察するわよ。遅れる方が悪いんだ」

「鉢伏口《はちぶせ》のバス停で下りてから、また三十分も歩くんだぜ。車なら……」

「歩いた方が気持ちいいわよ。山に来てまで車なんて、軟弱だな」

「でもさ……」

「気になるんだったら、空《あ》いてる窓側の席に移って、自分で見張っていたら」

わざわざ席を立つ気もないらしく、桑野はシートの背にもたれ、眼を閉じた。眠いわけでもないらしい。靴の先が苛立《いらだ》たしげに床を打っている。

迪子の気がかりは、ほかのことにあった。対向車は気にならないが、バイクがバスを追い抜くたびに、思わず軀《からだ》をのり出す。鳥のように走り抜けるライダーのヘルメットにかくされた顔を確かめるのは、ほとんど不可能だった。

片平迪子は、新聞社の出版写真部に勤務している。正社員ではなく、勤続九年になるのに身分はまだアルバイトのままだ。日給制のアルバイトでは昇給も昇格もない。病気で欠勤すれば、正確にその分減収になる。小遣い稼ぎの気楽なつとめではない。離婚して、小学校一年の子供がいる。学歴が高卒であるため、仕事は新米の大卒社員よりよくできるのに、正社員への道は閉ざされていた。子供はウィークデイは学童保育にあずけ、退社時間になると大いそぎで帰宅する。土曜日曜、実家で子供をあずかってくれるのが唯一の息抜きだった。

桑野正和《まさかず》は、同じ部に所属するカメラマンのひとりである。

先週の金曜日、デスクの小関《おぜき》が辛嶋清人《からしまきよと》に鍵をわたしているのを、迪子はみかけた。

「どうも」と、辛嶋は恐縮したように細い首をすくめた。

部員はほとんど外に出ていて、部屋にいあわせたのは、デスクと辛嶋、ネガの整理をしている迪子、ちょうど出先から帰社した桑野だけだった。

辛嶋清人は社員ではない。二十数年、ほとんどひとりで、自分の気にいったものだけを出版している。その姿勢はきわめてかたくなで、彼の眼にかなわないものは見むきもしない。みごとなほど、プライドと見識を保ちつづけてきている。

しかし、それだけでは食べられないから、社で出している情報誌の新刊紹介欄を受け持ち、あまり人目につかないマイナーな出版物を掘り出してくる。出版写真部デスクの小関が彼をバックアップしていた。デスクの道楽ともいえるページだ。

その原稿を、辛嶋は自宅で書かず、出版写真部の机を使う。大新聞社に自由に出入りできるのを嬉しがっているようにもみえる。

社員の大部分は彼を無視しているが、なかには、彼の出版業の業績を高く評価し、尊敬しているものもいる。

最近出した世紀末画家のエロティックな画集が、発禁すれすれのところをきわどくすりぬけ、話題になり、珍しく版を重ねた。

「辛《から》さん、デスクから何のリベートだ」

桑野がからかうように言った。桑野の辛嶋に対する口調には、いつも、余裕といたぶりがひそんでいる。

「いやだな。リベートなんてのじゃないよ」

辛嶋は鍵をちょっと放り上げ、ポケットにしまい、

「ねえ、迪《み》っちゃん、これ見て」と、キャビネ版の写真をみせた。十三か四ぐらいの少女の半身をうつしたものだ。桑野も寄ってきてのぞきこんだ。

「へえ、いい娘《こ》じゃないか」

「いいでしょう」

「辛さんて、ロリコンなの」

「金と力のないやつがロリコンになる」桑野が笑いながら言った。

「それじゃ、ぼく、二枚目ってことね」

「このごろの二枚目は、金と力の裏打ちがなく

ちゃ女にもてないの」桑野は追い討ちをかけた。

「この娘《こ》で、一発すごいスプートニクを打ち上げるからね」

「写真集か」さすがに桑野は察しが早かった。

「そう。鈴《すず》さんと組んでね」辛嶋は、卑屈さと傲慢《ごうまん》さのいりまじった笑いを浮かべ、写真をしまいこんだ。

「ちょっと、もう一度見せろよ」

「だめ。ぼくの秘密兵器」

「鈴谷に撮らせるのか」

ふわっとした声で辛嶋は笑った。この男が力強く笑うのを迪子はきいたことがない。

鈴谷幸男はフリーのカメラマンで、以前はよく、社で出版している週刊誌やグラフ誌の仕事もしていたが、問題を起こして仕事を干された。他人のプライヴェイトな部分にふみこみすぎた写真を週刊誌グラビアにのせたのである。

芸能人や社会的に名を知られた人物ではない、ごくふつうのサラリーマンが女を捨て、女は睡眠薬で自殺した。ありふれた話だ。その男と女のスナップがグラビアにのった。男をたたくコメントがつけられた。男はノイローゼ状態になり、発作的に駅のホームから電車の前にとびこんで死んだ。グラフには、カメラマンの名だけがのる。男の家族から新聞に強い抗議がきて、鈴谷は切られた。

「鈴谷と組んで、そのロリコン写真集を出そうっていうの?」桑野はねばった。

「そう。週末、デスクの山荘を根城《ねじろ》に借りるの。宿泊費ただは大きいよ、貧乏出版人にとっては」

「デスク、山荘なんか持ってるの。リッチだなあ」

迪子が言うと、

「兎《うさぎ》小屋だよ」デスクが離れた席から、「桑野くんは去年来ているよな」

「閑静でいいところでした。また招《よ》ばれたいな」

桑野は月曜から出張した。金曜の昼前に出社すると、明日、山荘におしかけようと迪子を誘った。

「鈴さんたち仕事なのに、悪いじゃない」

「酒をたっぷり持参すれば歓迎してくれるさ。鈴谷にはもう話をつけてある。おれもモデルのロリちゃんに対面したい。今日、ロリちゃんの学校が開校記念日で休みなので、午后三時新宿発のあずさ15号で発《た》つといっていた。おれは今日はだめだから、明日発って一泊だな。鈴谷が駅まで迎えに来てくれる」

「そこまで話きまっているの。それじゃ、行こうかな」

吉光順次《よしみつじゅんじ》との約束を破ることになるなと思った。約束といっても、吉光順次がほとんど一方的に押しつけてきたものだ。

桑野はまた外出した。昼休み、辛嶋に迪子は電話してみた。明日桑野と同行することを一応ことわっておこうと思ったのだが、留守番電話が「チャイムが鳴りましたら御用件を……」と言った。三時の列車に乗るために家を出たにしては早すぎる。途中用事があるのだろうか。念のために二時ごろもう一度かけると、今度は本人が出て、いつもの甲高《かんだか》い早口でいっそうせきこんで、「桑さんからきいてるよ。今も、彼と会ってたの、ぼく、時間がないの。これからまた、とび出すの。モデルの子は用があってあとの列車でくるっていうから、おくらせてもいいんだけど、切符買いかえるのも面倒だから。それじゃ、明日待ってる」あわただしく切れた。

その日、アパートに帰ると吉光順次が電話をかけてきて、「明日、ね」とたしかめた。

だめよ、と迪子が言うと、なぜ、なぜ、と問いつめた。

## 2

夏の終わり、海の上で、吉光順次と知りあった。

夏休みの後半、宮崎に嫁いでいる姉が、子供をあずかってくれた。学校がはじまる前にそろそろ迎えに行かなくてはと思っているとき、フェリーでいっしょに遊行《ゆうこう》しようと男友だちのひとりに誘われた。友だちといっても迪子よりははるかに年上の、父親のような感じの男で、軀をかわしたことはない相手だった。妻子がいた。自分も九州に行く用があるからちょうどいい、特等船室をとる、という誘いだった。

出発のまぎわになって、男は、行けなくなったとことわってきた。船の切符だけを、使っていいよとくれた。

特等は、ホテルのツインのような二人部屋で、迪子は、はぐらかされた気分と、ひとりきりの贅沢なのびやかさを味わった。

甲板で風を浴びているとき、まつわりつく視線を感じた。食堂でひとり食事をとっているときも、その視線はついてまわった。

女のひとり旅とみて、サラリーマン風の二人連れが声をかけてきた。このテーブルにいっしょについてもいい？　迪子は笑顔で、しかし相手がそれ以上押してこれない強さで、ことわった。男たちが、あれは金を持っていそうなカモをひっかけようという淫売《いんばい》だぜ、ああいうの、よくいるんだ、と聞こえよがしに言いかわしながら去った後、ふりむいて、ようやく、まつわりつく視線の主をとらえた。二十前後の若い男で、肌の奥まで陽に焙《あぶ》られ焦《こ》がされた赤褐色の軀をショートパンツのわずかな布でかくしていた。あまりに黒いため、顔は陰影を失ない偏平《へんぺい》にみえた。

めったにないことだが、迪子は自分の方から部屋に誘い入れた。なめらかな革のような若い男の軀のなかで快く溶けた。

東京に帰ってからも何度か逢い、新鮮な悦《よろこ》びは薄れ、わずらわしさを感じはじめたころ、順次の方は本気になっていた。

3

鉢伏口の停留所で下りたのは、桑野と迪子だけだった。霧ヶ峰と美ヶ原を結ぶ尾根の中ほどにそびえる三峰山《みつみねやま》から西にかけての一帯、二ツ山《ふたやま》、鉢伏山、高《たか》ボッチ山《やま》と連なり塩尻峠にいたる稜線上の高原は、まだあまり人に知られておらず、夏のシーズンが過ぎると人の気配はほとんどなくなる。

塩尻峠とは逆の、名のとおり鉢を伏せた形の鉢伏山を行手に見る方向に歩き出した。

「暗くなると厄介だ」と、桑野は足を早めた。

左に折れ曲がる道の角に、別荘地への入口であることを示す立札が、雨風にさらされ文字も薄れていた。

「ここからまだ、十五、六分歩くんだ」

肩にさげたカメラが重いほかは、洗面具とトリコットの薄いパジャマ、肌着の替えなどをつっこんだバッグ一つの軽装なので、歩くのはいっこう苦にならない。カメラは、シャッター速度も絞りもピントもオートマチックの手軽なものではなく、プロが使うキャノンA1である。部員の一人が使い古して不用になったものを格安な値段でゆずってくれた。

桑野も職業柄、遊びの場合でも使いなれたF1を肩にかけている。

小砂利を敷きつめた別荘地の私道は野草に侵食され、車の轍《わだち》の痕《あと》がかすかに残っている。

道は急な下り坂になった。途中から右に折れて、急傾斜の土地の横腹を削った形でのびる。

整地はされておらず、斜面から窪地《くぼち》一帯に群生するダケカンバの林やナナカマドの茂み、シラビソ、コミネカエデ、ミズナラ、カシワと自然の樹林がそのまま残されている。花期のおそいエゾリンドウが夜の色に溶けこみかかっている。

「別荘地といっても、家なんか建っていないじゃないの」

「不動産会社が分譲しきらないうちに倒産したんだって。買手がなくて放ったらかしにされているし、買った客も土地の値上がりを待って売るつもりの投資家がほとんどで、うちのデスクの小屋のほか、かぞえるほどらしい、山小屋を建てたのは」

「デスク、だまされてひどいのをつかまされたの？」

「そうでもないよ。不動産会社がモデル用に建てたやつを、その会社の重役とコネがあるとかで格安に買ったというから。ローンだろうけどさ」

迪子は足をとめた。

前方のダケカンバの林のあいだにのぞく空が奇妙に赤くかがやき、梢《こずえ》の上の空も赤みを帯びてゆらいでいる。

桑野も同時に気づいたらしく、立ちすくんだ。

「山火事？」

「まさか」

とにかく行ってみよう、と、桑野は走り出した。

林のあいだをぬけ、小さい空地に出ると、その先のダケカンバ林を背に、噴《ふ》き上がる炎が目の前に立ちふさがった。

いきなり炎にとりかこまれたような錯覚に一瞬おちいった。夜の炎は距離をあやまらせる。ただ一軒の小屋が燃えあがっているのだった。

迪子は茫然としながら、奇妙に冷静にもなった。感情が麻痺《まひ》したのかもしれない。

透明な巨大な紅布が幾重にもよじれ狂うようにみえ、黒い骨のような建物がそのかげにみえかくれした。

「みんなは……みんなは」

迪子は舌がもつれた。

「鈴谷！　辛嶋！」

「鈴谷さん！　辛嶋さん！」迪子も叫ぼうとしたが、声が掠《かす》れた。

「逃げたわよね。あのなかにいるなんてこと、ないわよね」ささやくような声になった。

「ああ……」

「電話は。この辺に電話ないの」

「ない。鉢伏口のバス停まで戻らなくては」

「逃げても、怪我をしてどこかに動けないでいるかもしれない。探さなくちゃ」

咳《せき》こみながら、迪子は燃える家の方に近づいた。熱い風がまともに顔を襲った。

ふりかえると、桑野はカメラをかまえ、たてつづけにシャッターを切っている。

「桑さん、何してるの。みんなを……早く……」

「わかった。わかった」桑野は足場の位置をかえて、なおもシャッターを切った。

小屋の梁《はり》がくずれ落ちてゆくのがみえた。

風がかわったのか、布がへらへらと倒れるように炎が前方にのびてきて、かなり距離があるにもかかわらず、炎の先にまきこまれそうな恐怖に、迪子は思わず走り逃げた。

何かにぶつかった。黒いバイクが倒れかかってきた。斜面の少し高いところ、ダケカンバの木立ちのあいだに人影を見た。

木の根もとに腰を下ろし、脚を投げだし、炎をみつめている。意志をこめてみつめているのではなく、放心した眼を、炎の力がいやおうなしにひき寄せているというふうで、その火に魅入《みい》られた顔が吉光順次であるのを、迪子はみとめた。吉光順次の手は、股間《こかん》で激しく動いていた。

炎のゆらめきは、彼の顔の上に梢の影を踊らせていた。野の獣が性をいとなむときの一途《いちず》な眼はこんなふうではないかと思わせる、邪気のない、愛らしくさえある表情だった。いや、表情がないともいえた。

「順ちゃん！」

死んだ魚の眼が生きかえった。それと同時に、平凡な若い男の表情になって、吉光順次は迪子を目でとらえた。

驚愕《きょうがく》の後に、微笑が、吉光順次の顔にひろがった。ジーンズのファスナーをひきあげながら走り下りてきた。

「火のなかで、あんたを抱いていたんだ」

炎が与えた深い酔いがまだ醒切《さめき》らぬように、訴える口調で言い、迪子が思わず後じさりしかけるのを、肩に手をかけて引き寄せ、力まかせというふうに抱きしめた。

「死んだと思ったじゃないか。焼け死んだと思ったじゃないか」泪《なみだ》まじりの声になった。

4

「熱いことだな」

近寄ってきた桑野が、言った。

仕事は終わったの、と皮肉が口をつくのを迪子はこらえた。

「ボーイフレンドも呼んでいたのか」

「ねえ、何とかしなくちゃいけないのよ」

「車で逃げのびたんだろう、みんな」

「車は燃えちゃったよ」順次が口をはさんだ。

「あの家の前においてあった車のことなら。あんたたちが来る前に、引火して爆発した。すごかった」

「きみは、出火するところからずっと見ていたのか」

「まさか」吉光順次は、たちまち昂《たかぶ》って、つっかかってきた。「そんな……。どうにもしようがないくらい燃えてたんだ。来たとき。だから……。小火《ぼや》がでかかってるってんなら、おれ、中にとびこんで……、迪子さんが中にいると思っていたんだから……。もう、すごくてどうにも近づけなかったんだ。おれ、迪子が焼け死んでると思って……たまらなくて……」

自慰のなかに逃げこんだというつもりかと迪子

は思った。炎が煽《あお》りたてるセンシュアルな感覚のなかで、わたしを抱いているという妄想のなかに逃げこんでいたのか。

あんたが放火したんじゃないの。その疑いは口に出せなかった。

「そのバイクは、きみのか」

「そうだ」

「早く、鉢伏口まで戻って電話してこい、一一九に。なぜ、火を見たらすぐに、それをやらなかったんだ」

「おれのかってだろ」

「市民の義務ってものがあるんだ。さあ、早く」

写真をとるのも市民の義務？　ふだんの迪子なら、そう切りかえしただろうが、燃えさかる炎が、心の半分を失神させていた。

順次を一人で行かせて大丈夫だろうか。彼が放火したのであれば、そのまま逃亡してしまうのではないか。

しかし、逃げ去れば、犯人であることを自白するようなものだ。

「いっしょに行こう、順ちゃん」迪子は言い、バイクのリアシートにまたがった。

順次はすなおにエンジンをかけ、走り出した。

数度軀をかわしたことで、吉光順次は、迪子との結婚さえ口にしている。迪子の方が十も年上であることも、子供が一人いることも、まるで障害とは思わない様子で、思慮の浅さ他愛なさが、ひたむきな若さに飾られて迪子をたじろがせ、時にはその言葉にのってしまおうかと酔い心地にさせられるほどだった。吉光順次は水道の配管工で、迪子が結婚なんてと相手にしないと、ブルーカラーだから馬鹿にしているのだろうけれど、いまに水道工事の店を持ってみせる、なまじなサラリーマンより手に職があるから生活力は上なのだ、と自信のある口調で迫る。

歩いては三十分以上かかった道も、バイクなら数分とかからない。順次は、いつも迪子をのせるときよりは慎重にスピードを落して走った。

バス停のそばの公衆電話で一一九番に通報し、迪子は、すでに火災の知らせが入っているかどうかたしかめた。まだ通報されていなかった。ということは、鈴谷たちが逃げられずあのなかにいるか、たとえ逃れても、負傷してどこかあの付近で動けずにいるということなのだ。

「順ちゃん、どうしてここに来たの」

順次の誘いをことわった翌日、彼は出版写真部に電話をかけてきた。迪子は社用で外出していた。応待に出た部員が、迪子の週末の予定を彼に教えた。そのことを部員からきいたので、迪子は、一抹《いちまつ》の危惧を持ったのだ。追いかけてくるのではないかと。

「どうしてって……。来なくちゃ会えない」

順次は再びバイクのエンジンをかけた。

戻り着くと、炎はすでに下火になりかかっていた。小さい山小屋が燃えつきるのに、長い時間はかからなかったらしい。

桑野はカメラをかまえながら小屋の方に近寄り、危い！　と迪子が叫んだとき、つまずいてころんだ。カメラが軀の下に押しつぶされた。立ちあがった顔は煤《すす》にまみれた。

「大丈夫？」

「おれは大丈夫だが、カメラが……」

「〝おれ〟も大丈夫じゃないわ。その手」

熱い灰のなかにもろについた手は、赤く火ぶくれになっていた。

「手の火傷《やけど》はなおるが、カメラはおしゃかだ」

消防車のサイレンが追いついてきた。

消火栓《せん》のありかを探すのに手間どった。

炭化した柱の山がくすぶりつづける上に、ようやく、太いホースの水が浴びせられた。今さら水をかけても、放っておくのと大差ない状態であった。周囲の立木も焼け焦げ、黒くちぢれた葉が風にのって迪子の頬にはりついた。

吉光順次は、ジーンズのジャンパーをぬいで迪子に着せかけた。迪子は思わず、払いのけた。煙をたちのぼらせている小屋の残骸の下から、皮を剝《む》かれた蛇のようなものがのぞいていた。焼死体からあふれ出した内臓を意識する前に、そうして、それがあるいは順次の放火行為の結果なのだ、と、二つを結びつけて考える前に、軀の方が反射的に動いていた。

5

警察車が到着した。迪子は桑野とともに、死体の確認をさせられた。落雷にあった樹の幹のように、全身黒く焦げ、手足は関節のあたりから炭化して脱落し、これも炭のようになった骨の尖端《せんたん》がのぞいていた。頭が割れ脳漿《のうしょう》が流れ出し、腹も裂けて腸が溢《あふ》れていた。


同じような死体が、二体あった。

迪子は、たいして衝撃を受けた気はせず、焼けるとこんなふうになるものなのか、とうなずいていたが、胃がしぼりあげられるようになり、吐いた。足から力がぬけ坐りこんだ。ああ、脳貧血だなと思い、三人いたはずなのに、二つしかなかった、と意識ははっきりしているつもりだったが、いつのまにか、警察車のなかに横たえられていた。

「気分はなおりましたか」警官の声に、起きなおった。

「どうですか」

確認できたかという意味なのだろう。迪子は首をふった。

「御苦労ですが、署まで来てもらいたいんです。連れの人たちといっしょに。いろいろお訊きしたいので」警官の声には、土地の訛《なま》りがあった。

警察車に迪子と桑野は乗せられ、吉光順次は別の警察車に乗せられた。どちらの車にも警官が二人ずつ同乗した。迪子は後部座席、桑野は助手席と、わかれさせられた。

松本市内の警察署で、更にひとりずつ、事情聴取された。迪子と桑野は署を出て市内に宿をとることをゆるされたが、吉光順次はそのまま署内にとめおかれた。

宿は警察の方で紹介してくれた。古びた日本旅館だった。部屋は別々にとってもらった。

風呂に入り、煤と汚れを落とし部屋にもどると、桑野がこれも湯上がりの顔で、宿の浴衣《ゆかた》に丹前《たんぜん》をひっかけて入ってきた。

「腹がへったろう。考えてみたら、夕飯がまだだ」

「よく食べられるわね」

「人が食べるのをみると、食えるもんだぜ。二人前、ここにはこぶように女中にたのんでおいた。デスクに電話したよ。警察からも連絡がいっていた。明日、こっちに来るそうだ」

女中が膳をならべた。刺身の色を見て迪子は席をたち、広縁《ひろえん》の籐椅子《とういす》に腰をおろした。

黒い焼死体はところどころひび割れ、なまなましく赤いすじが走っていた。目を閉じても瞼《まぶた》の裏にはっきり見えた。

「二人しかいなかった。……なぜ？」

「知らないよ」

「わかったの、だれとだれだか」

「鈴谷と辛さんだろう。少なくとも女の子じゃなかった」

「ずいぶん小さかった気がする」

「焼けるとちぢむんだそうだ。おまけに、手足が焼け落ちていた」

「頭が……」

「ああ。断ち割られていたな」

「もうひとりは、モデルの女の子はどうしたの」

「知るか」

「ああ、いやだ」

「たのむから、ヒステリーなんかおこさないでくれよ。ところで、あの若い男、何なんだ」

「友だちよ」

「そうとうややこしい関係の友だちか」

「ややこしいって、どういう意味」

「深い関係、って言いなおそうか」

「まさか、彼があんなことやるわけがないわ。彼がやったのなら、とっくに逃げているわ」


翌日、八時新宿発のあずさ3号でデスクの小関がかけつけた。到着したのが十一時すぎで、すぐに、署にあらわれた。

鈴谷も辛嶋もひとり者で、家族はいない。遺体はすでに大学病院に解剖にまわされていた。

「おそらく、火災発生以前に死亡していたと思われますな」係官は、デスクには丁重な応待をした。

「というと、呼吸器官や肺、食道などに、煤煙《ばいえん》とか熱気による炎症がみられないというわけですか」

「よく御存じですな。さすが……」

「いや、なまかじりです。頭部が割られているとか聞きましたが、ずいぶん残虐な殺しかたをしたものですな。殺してから証拠湮滅《いんめつ》のため放火したということでしょうか」

「その頭部の裂傷《れっしょう》ですが、これは火災で非常な高熱が加わったため、頭蓋が破裂したものと思われると、解剖した先生の意見でして。ほかに暴力を軀に加えられた形跡はない。それで目下、毒物、あるいは睡眠剤などを飲まされた形跡はないか、検査中です。これがなかなか厄介なんだそうです。青酸は、金属毒は、農薬は、睡眠剤は、と、一つ一つ化学検査して、あれでもない、これでもないとつぶしていくわけです。第一段階の検査で網にかかる毒物の場合でも、確定できるのに最低三日はかかるそうで、えらい根気のいることですわ。青酸性毒物だけは、現場ですぐに行なった予備試験で陰性の結果が出たそうですが。胃内容にアルコールは相当量検出されたとか」

「二人とも飲んべでしたからな」

「その遺体の身もとにしても、歯の状態やら何やらで、もう一つ厳密にたしかめませんとなあ。あの死体を見ただけで確認しろといっても」

「出火の状況は、どういうことなんですか。やはり放火ですか」

「そうなんですが、あの建物は小関さんの持ち家だそうですな。見取図を書いていただけますか」

十二畳ほどの居間兼食堂。その一部が台所になっている。リビングキチンと並んで八畳と四畳半の和室。リビングキチンの北に浴室。焚《た》き口《ぐち》は台所の土間にある。

「ガスはプロパンですな」

「そうです。五十キロボンベを一つ、台所側の屋外に備えつけてありました」

「遺体は二体ともリビングキチンに倒れていましたな。どうも、何もかも丸焼けで、むずかしいことですわ。ところで、桑野さんと片平さんの証言によると、山荘にはもう一人、モデルの女の子がいたということなんですが、その女の子の名前とか住所とか、おわかりにならんですか」

「鈴谷くんがその子をモデルに写真集を出すという話はききましたが、名前や住所までは。もっと詳しくきいておけばよかったんですが、うちの仕事ではないもので」

「女の子の家族が心配しとるでしょうな。もうテレビのニュースにはなっているから、家族から連絡がきそうなものですが」

「十三か四の女の子が二人の男を殺して放火し逃亡したなどとは、考えられませんな」

「いくら近ごろの子供が我れ我れの思いもつかないようなことをやらかすといっても……。しかし、不愉快な想像ですが、二人の男性が女の子に何か不埒《ふらち》な行為に及び、女の子を怒らせたというようなことは、どうでしょうな。鈴谷、辛嶋のお二人は、そういう点、どうでしたか」

「二人にとって、彼女は大切なモデルですから。不埒な行為というのが性的ないたずらという意味でしたら、絶対にあり得ないと断言できますね」

「悪意ではない、ちょっとしたからかいが、少女をひどく怒らせたというようなことは」

「放火はともかくとして、女の子に殺せますかね、大の男二人を。毒物や睡眠剤を最初から用意していったとも思えない。手に入れることさえ、子供には困難でしょう」

「いや、やくざや暴力団と関係のある環境なら、不可能とはいえない」

「少女を容疑者としておられるんですか」

「可能性をいっておるだけです。片平さんの友人だという吉光という青年については、何かご存じですか」

「いや、今度のことで、はじめて名をきいたくらいです。片平くんは、私生活はほとんど語らんひとで。まして、ボーイフレンドのことなど、わからんです。その青年が、目下のところ一番容疑が濃いわけですか」

「何ともいえませんが、炎上中の家を見ながら通報もせず、けしからん行為にふけっておったというのは、性的異常者ではないかと思わざるを得ませんな。放火魔にはよくあるタイプです」

6

迪子と桑野は小関デスクとともに帰京したが、吉光順次は重要参考人としてひきつづきとめおかれた。

消失したモデルの少女は、拍子抜けするくらいあっさり姿をあらわした。もともと消失などしていなかったのである。

少女の母親から、社に電話が入った。

鈴谷と辛嶋の焼死をニュースで知ったというのである。どちらもひとり住まいだから、留守宅に電話してもだれも出はしない。辛嶋のところは、留守番電話が応えるばかりだった。告別式などはどうなっているのか、辛嶋がしじゅう出入りしている社の出版部に問いあわせればわかると思って、と、母親はうろたえていた。

電話は、小関の席にまわされた。

「お嬢さんは？」と、小関がせきこむと、

「うちにおりますが。今日は学校に行っておりますけれど」母親はこともなげに言う。

「鈴谷くんたちと撮影に行かれたのでは」

「いいえ、今回は都合で中止するから来なくていいと、連絡をいただいたんです」

おれにモデルを見せたくなかったんじゃないかな。小関から話をきいたとき、桑野はつぶやいた。

「どうして」

「手のうちを他人にみせるのは、鈴谷としては避けたかった。しかし、辛嶋がオーケーしてしまったただろう。絶対来るなというのは、角がたつ」

「桑さんには、社という強いバックがあるものね。桑さんをこじらすと、辛さんにしてもあとの仕事がやりにくくなるし、鈴さんの仕事も、うちで前宣伝するとか、あるからね」

「いやみにきこえるな。おれはそんなつもりはないけれど、鈴谷はそこまで考えたかもな」

それとも……と、桑野は、あまり自信のなさそうな口調でつけ加えた。

「同性心中という線もな」

「鈴さんと辛《から》さんの？」迪子は笑ったが、ヒステリックな悲鳴のような声になった。「気持悪い」

「セクシュアルな意味で言ってるんじゃないぜ」

「辛さん、あんなに意気ごんでいたのに、何で死ぬの」

「意気ごみは、鈴谷にしたって、辛さん以上だったろうさ。それだけに、何かデッドロックにのりあげて、ここ一発と思った仕事が、どうにもものにならないとわかったら……」

「何かそんな事情があったの」

「いや、そういうことも考えられるというだけだ。何も具体的な事実をおれがつかんだわけじゃないさ」

「それなら遺書か何か残すでしょう」

「失敗したとは知られたくなかった。最後の見栄だ」

そうね……。

鈴谷も辛嶋も、鬱屈したものを抱きこんでいる。ことに鈴谷は、とかげの尾のように、プライヴァシー侵害の全責任を負わされて社の仕事を切られている。小関デスクがかげながら鈴谷を援助しているのも、その辺を慮《おもんぱか》ったからだろう。実力は認められていた。

経済的にも鈴谷は逼迫《ひっぱく》していたはずだ。この仕事に賭《か》けた意気ごみは、並々ならぬものだったにちがいない。はりつめすぎた気持が、何かのきっかけで切れたら、一気に崖を墜落するようなきわどさもあったかもしれない。

しかし、それなら火を放つ必要もあるまい。毒物をあおればすむことだ。桑野とわたしを目撃者に、華麗な最期を演出したということか。鈴谷はそんな芝居気のある男ではなかった。辛嶋にしても。

「モデルのロリちゃんに会ってみたいな」

「いっしょに行こうか」桑野はうなずいた。

「デスク、これから外出していいですか」

「もう、社会部の連中がとび出しているだろう。あっちにまかせておけ」

写真の方が魅力があるなと、校長室のソファに軀をしずめた少女を、迪子は観察した。社では、少女の健在を松本署には知らせたが、他社にわざわざ知らせるようなことはしない。社の社会部記者と出版写真部員たちが少女をとりまいて質問したり写真を撮ったりしているなかに、桑野と迪子も混《まざ》りこんだ。

少女は口数少なく、あまり表情を動かさず、質問に答えていた。フラッシュが閃《ひらめ》くたびに、ちょっと眩《まぶし》そうにくっきりした眉をひそめた。フラッシュの光のかげんで、目尻の切れあがった大きな目が、光った。

撮りようで、さまざまな魅力をひき出せそうな素材だった。逸品だな、と迪子も認めた。

帰りがけに桑野は、少女の髪を撫で、「疲れただろう」と慰めた。気がゆるんだのか、少女の瞼のふちにゆっくりと涙が盛りあがった。

7

勾留《こうりゅう》されたままの順次の消息が気になったが、有給休暇のとれない迪子は身動きがとれない。子供の学校を休ませるわけにもいかない。現地での調査の模様は、ときどき松本支局から連絡が入っていた。

まず死亡時刻だが、高温中に放置されて腐敗がひどく、断定がきわめて困難な状態である。胃の内容物に蕎麦《そば》らしいものがあった。しかし、それを何時摂《と》ったのか不明なので、死亡時刻がわりだせないでいる。出火よりかなり以前、十時間から三十時間ぐらい前に死亡していたというていどには推測される。

しかし、矛盾することに、血液中に濃度〇・三〜〇・四パーセントのアルコールとともに、大量の一酸化炭素ヘモグロビンが検出された。全ヘモグロビンに対して七五パーセントの高濃度であった。

ふつう、これは、生前火災にあったことの証明になる。気管粘膜は清浄で、火災発生以前に死亡したことを示している。

毒物、睡眠剤等はついに検出されなかった。

各種の検査によって一つ一つ慎重にとりのぞい

ていった結果、泥酔状態になるだけの濃度のアルコールと、中毒死するに足る一酸化炭素へモグロビンだけが残ったのである。

一酸化炭素へモグロビンの含有率が四〇～六〇パーセントに達すれば死亡することは、過去の統計から明らかになっている。

捜査本部は、ようやく、死因を一酸化炭素による窒息死と発表した。

一方において、出火の原因が検討されつつあった。

吉光順次はきわめてきびしい追求を受けたらしい。

死因が一酸化炭素中毒と断定されたことが、彼に幸いした。

単に放火しただけでは、一酸化炭素は生じない。

発生源は、プロパンガス以外に考えられない。

台所に焚き口のある風呂のガスバーナーが問題になった。

風呂釜の底が、バーナーの上に焼け落ちていたことは現場検証でみとめられている。

浴槽に水をはり、バーナーに火をつけたところ、何らかの原因で不完全燃焼をおこし、一酸化炭素が発生した。

風呂が沸《わ》くあいだ、鈴谷と辛嶋は酒を飲んでいた。

泥酔していたため、軀の異常に気づいたときはすでに身動きができず、窒息死した。

消す者がいないままにバーナーは燃えつづけ、浴槽の湯はたぎりたち、蒸発し、やがて空《から》になる。

それでもなお、バーナーは火を噴きつづける。からだきとなった釜の底は焼けとろけ、バーナーの上に落ちる。焚き口の周囲はコンクリートで塗りかためてあるが、壁にまで高熱は這《は》いあがる。裏側の木ずりの部分が発火する。そうなれば、火の廻りは早い。小屋はたちまち巨大な炎の塊《かたまり》となる。

およそ、そのように推測された。

小関デスクに、松本署におかれた捜査本部からガスバーナーに関して問いあわせがきた。

「八月中、家族が山荘を使用しましたが、バーナーから一酸化炭素が発生するというようなことはありませんでした」と、デスクは答えている。

プロパンガスのボンベをとりつけた工事店主も署によばれた。

「家庭用のボンベで、そんな大量の一酸化炭素が発生する事故は、まず考えられません」と、店主はむきになって答弁した。

二十五日間の、勾留期間ぎりぎりの最後の日に吉光順次が不起訴と決まったのは、一酸化炭素の発生源が不明なまま、事件は事故として処理されることになったからである。

ウィークデイではあったが、迪子は無理をして一日休みをとり、松本まで順次を迎えにいった。子供は放課後実家に行かせることにした。

「警察に貸しを作ってやった」と、順次は思ったより元気で、威勢がよかった。

「あいつら、はじめっから犯人扱いで、ひどかった。本当に火つけしてやらなくちゃ、わりにあわねえや」

「順ちゃん、バイクで帰るんでしょ」

「乗っけてくよ」

「ごめんだわ。東京までツーリングなんて」

「どうして」

「疲れるよ」

「ゆっくりとばすから、大丈夫だって」

「わたし、列車で帰るから」

「どこかに一泊しようよ」

「だめ」

「どうして」

「留置所なんか入れられて、めげてると思ったから来てあげたのよ。だいたい、火事を見ながら連絡もしないのが悪いんだから」

「それにしたって、扱いがひどすぎる」

「だから、来てあげたの。もう、いいでしょ。あとは一人で帰りなさい」

「遊んでいこうよ」

「わたし、子持ちなんだからね」

「知ってるよ。だけど……」

「しつっこいの、わたし嫌いよ」

「おれだって、嫌いだよ」

「嫌いなこと、してるじゃない」

「一泊してくれたら、いいこと教えるんだがな」

「順ちゃん、わたし、そういうのも嫌いよ。しつっこいのより、もっと嫌い。取り引きみたいなこと」

だって……と、順次は口ごもり、それじゃ、せめて休憩しようよ、と言った。そうして、留置されているあいだ、迪子の軀を思うことで耐えたという意味のことを、ぼそぼそと口にした。留置所の壁に、爪で迪子の軀を刻みつけてきた。

「いやね。あとから入った人が、見たりさわったりするじゃないの」

「出るとき、ひっかいて消してきた」

「ばかね。子供みたい」と笑いながら、辛《つら》かったであろう時間の埋めあわせに、二時間の休憩タイムをいっしょに過そうと思いなおした。

「わたし、十八時十五分のに乗るからね。延長はだめよ」

夏の陽灼《ひや》けが少しさめて、それでも芯《しん》まで灼けこげている顔が、無邪気に笑った。

8

「桑さん、〝ラプラスの悪魔〟って知ってる?」

河原の風は冷たかった。

鈴谷が死んだ。辛嶋が死んだ。世のなかには穴もあかない。まるで、二人とも生きていたことがなかったみたいだ。

ことに、事故死ともなれば、新聞の紙面から事件が消えると同時に忘れ去られる。

順次が釈放されて二週間あまりたった土曜

日、迪子は桑野を誘って多摩川の川べりに来た。喫茶店やスナックの、閉ざされた場所では話したくなかった。話す言葉を、はしから風に吹きさらわせてしまいたかった。

いそがしい、と桑野は言ったのだが、

ロリちゃんとデートの約束？　と迪子がつつくと、

そうだよ、と居直ったように言い、でもまあ、半日ぐらいつきあいましょ、と承知した。

甘やかさをこめた誘いでないことは、直感したようだった。

「唯物論者《ゆいぶつろん》の想定した悪魔よ。ラプラスという人が考えたから、〃ラプラスの悪魔〃って呼ばれている」

「唯物論と悪魔とは、ずいぶん矛盾したとりあわせだな。食いあわせが悪い。腹をこわす」

「桑さんが、食いあわせの悪いものを食べておなかをこわすとするでしょう。ラプラスの悪魔には、それが全部、前もってわかっているの」

「おい、おれは、比喩《ひゆ》として」

「わかってる。わたしも、比喩として言ってる」

「わかってるよ」

「唯物論者ラプラスの考えた悪魔だからね、人間を唯物的に、分解するの。原子とか電子とか素粒子の単位にまで。そのすべての原子、素粒子の状態の物理的性質を把握《はあく》できたら、機械的な因果律《いんがりつ》をあてはめることによって、一年先、十年先、一生の、その人間の未来がわかってしまうの。ね、その、把握しているやつが、ラプラスの悪魔」

「早い話が、コンピューターじゃないか」

「桑さんが、鈴さんと辛さんにとって、ラプラスの悪魔だった、ってこと」

「おれが？」

「あのね、プロパンのボンベって、ガス圧を調整する調整器がついているの」

「へえ、そうかい」

「ガス圧をあげると、不完全燃焼が起きるの」

「山荘のバーナーのことか。でも、そのくらい、警察でしらべただろう」

「家庭用のボンベでは、最高にガス圧をあげても、一酸化炭素が発生するほどにはならないの」

「そうかい」

「家庭用は八十ミリぐらいに調整してあって、いくら調整器のばねを伸ばして圧をあげても、四、五百ミリ以上にはならないの」

「くわしいんだな」

「一酸化炭素が発生するには、七百八十ミリ以上の圧が必要なの」

「松本のデカさんに教えてやれよ」

「松本のデカさんにね、わたし、調整器はどうなっていたか、問いあわせた。なかったんですって。爆発したときに、どこかにとんでしまったんだろうって」

「それで?」

「デカさんに訊いたのは、それだけ。でも、デカさんたちも、考えるかもしれないわね。調整器。家庭用のは、たしかに、一酸化炭素を発生させるには圧が足りない。だけど、準工業用のにつけかえておいたら……って。準工業用は六百五十ミリぐらいに調整されているけれど、調整器のばねをちょっと伸ばせば、簡単に、七百八十以上にできるの。鈴さんたちが行く何日も前に、だれもいないときに、調整器をつけかえておくこと、できるわね。桑さん出張ということで、あのころ出社していなかったものね。あとは、ひとりで殺人装置が動き出すの。とても、簡単なことね。鈴さんと辛さんが、むこうに着けば酒を飲むだろう、風呂にも入るだろう。風呂を沸かしながら酒を飲むだろう。二人の習性を、ラプラスの悪魔は十分に知っているのよね」

「おれだけじゃないだろ」桑野は笑った。

「デスクだって」

「調整器、放っとくの心配よね。調べられたら、家庭用のじゃないってわかっちゃうもの。桑さん、あのとき、わたしの目の前でころんで手に火傷したけれど、その前に火傷はしていたのよね。わたしと順ちゃんが電話をかけにいってるあいだに。灼けただれた調整器をどこかにかくすとき。わざわざ、わたしの眼の前で火傷してみせたのよね」順次は、準工業用の調整器を使えば一酸化炭素を大量に発生させられることを、迪子にだけ告げた。へたにデカに話したら、おれが疑われるもの。おれの専門は水道工事だけれど、ガスやプロパンのことだって、ふつうの人よりはちっと詳しいんだ。

「自分が優越感を持っていた相手に追い越されるのって、たまらないのよね。あのモデルで写真集出したらそうとうな話題になるわね。それとももう一つ、鈴谷幸男が辛嶋清人にみとめられたってこともね。辛さんはメジャーの仕事はしていないけれど、彼にみとめられた人は、その後、大きくのびているもの。天才、に対するたしかな嗅覚《きゅうかく》を辛さんが持っているってことは、わかる人にはわかっていたもの。彼に無視された人は、くやしいわよね」

桑野は何も言いかえさなかった。

「直接暴力をふるったり、自分の手で、自分の目の前で殺すなんて、とてもできないだろうけれど、だれもいないところで調整器をつけかえる、ただそれだけなら……」

「うまいぐあいに、いくとはかぎらないだろう。酔いつぶれる前に、空気がおかしいのに気づいて窓を開けるかもしれない」

「失敗したって、べつにかまわないのよ。バーナーの調子がおかしいんだろう、ぐらいですむんじゃない。桑さんがうたがわれることはないわ。ロリちゃんを巻きぞえにすることはできなくて、鈴さんの声をまねて電話して、撮影中止といったのね。それは桑さんの気の弱さ？　それともあとで自分がロリちゃんを使ってスプートニクをという計算の高さ？」

「ちょっと待った。マジにそんなこと言ってるのか。迪子の言いたいことはそれで全部か。重大な欠陥があるな。ロリが新宿駅にあらわれなかったら、鈴谷たちはロリの家に電話してたしかめる。偽電話がばれるじゃないか。おれがそんな馬鹿なことをすると思う？」

「桑さんは俐口《りこう》よね。わたし、鈴さんの家にいってね、留守番電話のテープを聴いてみたの。女の人の声で、『都合でおくれます。あとの列車で娘を連れて行きますから、先におでかけください』と入っていたわ。金曜日のお昼ごろ、桑さんは辛さんを呼び出して会ってるでしょ。用事なんかないのに、留守番電話に、その言葉をだれか女の人に吹き込ませておくために。ロリちゃんのお母さんは、そんな電話をしたおぼえないって言っていたわ」

「迪子がおれの、その何とかの悪魔ってわけか」

桑野がふいに顔を寄せてきたので、迪子は悲鳴をあげかけた。桑野は唇をあわせただけだった。迪子は顔をそむけて逃がれた。

「おれ、行くよ」桑野は立ちあがった。

「わたし、桑さんを名指しで密告はしないわよ。ただ、テープは警察にわたしてきた」

草の上に迪子は軀をのばした。

「ロリちゃんの写真集、出すの？」

「迪子のヌード集の方がよさそうだな」

桑野は歩み去った。

迪子は目を閉じた。瞼の裏で炎がゆらいだ。黒い二つの死体を包みこんだ炎を、順次の腕なら忘れさせてくれるだろうか。順次には、もう会わないと言いわたしてある。

# ガラスの柩

不意の襲撃だった。

耳元を熱い風が掠《かす》めた。

のぞいていた井戸の枠の内側に、それは、ぶつかってはね、奥深い水面に小さい飛沫《ひまつ》をあげて落ちこんだ。波紋がひろがり、じきに消えた。昏《くら》い水面は、モノクロームの映画のように色彩のない空と雲、花ざかりの夾竹桃《きょうちくとう》の枝をふたたびうつした。

軀《からだ》をのりだしたので、逆光のため目鼻もさだかでない由子《ゆうこ》の顔が、水の上の雲にかさなった。

井戸にのみこまれたのが何だったのか、見さだめようもない。

空気が白く耀《かがや》く真夏の中庭である。打ち水に濡れた植え込みが油のような光をはねかえしている。

由子はふりかえった。

母屋の縁側のガラス戸も茶の間の簾《すだれ》障子も開け放されている。継母の加代が、膝に猫をのせ、背から扇風機の風を浴びながらアイロンがけしているのが見えた。卓袱台《ちゃぶだい》の上にアイロン台を置き、父のワイシャツか姉のブラウスか、白い布の上をアイロンがゆききする。余念なく手を動かしているようにみえる。一心になっているときの癖で、くちびるに力をいれて少しとがらせ、室内が暗いので細かい表情まではわからないけれど、眉をけわしくし、黒眼を寄せぎみにしているのだろう。そういうとき、左の眉から目尻《めじり》にかけての傷痕が、黒眼の動きにつれてひっぱられているような錯覚を、由子は持つことがある。

加代は、父と姉には従順なかわり、人目のないところでは、由子にはときどき小意地の悪い態度をとる。わたしにだけ気をゆるし、甘えているのだ、と由子は思う。物を投げつけるような、そんな荒いことを他人にするひとではない。一度だけ、由子は加代に頰を打たれたおぼえはあるが。

由子は目をあげた。二階の窓も開いている。雨ざらしで黒ずんだ木の手摺《てすり》に肘をかけて、邦子が見下ろしていた。

「お姉さま、いま、何か投げた？」

「手がすべったのよ」

邦子は平然と言う。手がすべったのなら、垂直に窓の下に落ち、サボテンの鉢を並べたフレームのガラスが割れるはずだ。

亡母ゆずりの睫《まつげ》毛の長いくっきりした目が嗤《わら》っているように由子は感じた。邦子の目は、彼女の顔のいくつかの欠点をすべておおいかくしていることも、鼻梁《びりょう》がやや太いことも、顎がはっていることも、黒々と大きな目のおかげで気にならなくなる。骨太《ほねぶと》なくせに、華奢《きゃしゃ》な美女という印象を人に与える。

「何を投げたの」

「おかしな人。手がすべって落としたと言っているのに」

邦子の左の目尻にも、加代と同じような傷痕がある。それが白く浮き出したのは、冷笑している表情の内側で、感情が激している証拠だ。ふだんは目立たないのだが、怒ったり昂奮《こうふん》したりして顔に血がさすと、傷の部分は皮膚が厚くなっているのか、一様に薄紅くはならず、とり残されて、ひとすじ白くてらりとする。昂奮するとまばたきがはげしくなるのだが、そういうとき、傷のある瞼《まぶた》は、ひきつれたような動きをする。

窓が閉まると、クーラーの唸《うな》りが耳についた。邦子の部屋と父の書斎にだけ、クーラーがとりつけてある。

由子は昼間冷房のきいた会社にいるのだから、部屋にクーラーなど必要あるまい、邦子は一日じゅう家で母さんの手伝いをしているのだから、と父は言った。何が手伝いなものか、いくら洗濯機を使うといっても、肌につけるものを洗って干してとりこんで畳むのまで何もかも加代まかせだ、姉さんが家にいるのは、家事を手伝うためじゃない、働くのを何か賤《いや》しいことみたいにみなしているからだ、と口答えは心のなかだけである。父に逆らう習慣を由子は持たなかった。

「由子ちゃん、どうしたの」

加代が部屋のなかから声をかけた。

「何でもないのよ」

「西瓜《すいか》、はやくもってきてちょうだい」

加代にうながされ、由子は、井戸につり下げられたロープをひきあげた。

冷蔵庫より、井戸の冷水で冷やした方が、味ははるかにまさる。都会の暮らしで、掘り抜き井戸など近ごろでは贅沢《ぜいたく》なことだ。

耳殻《じかく》がひりひり痛む。たしかめようと右手をはなすと、片手だけでは西瓜の重みをささえきれず、ロープが掌のなかをすべった。

耳にふれた指を見た。血がついていた。

殺されるかもしれないわ。

そんなことを、父や加代にはもちろん、恒雄《つねお》にも言えはしない、と思う。

事務用機器の製造と販売を行う小さい会社の、由子は経理部、恒雄は開発部に勤務している。恋愛の、もっとも陶酔的な時期はすでに通りすぎてしまった。

会社が退《ひ》け、まだ明るい早稲田通りをひとりで高田馬場駅にむかう。以前は、恒雄と待ちあわせて帰ることが多かった。

結納をとりかわすという形式ばった行事がすんでしまうと、何も一分一秒を惜しんで行動を共にすることもないと緊張感がうすれたふうで、いっしょにいることがかえって減った。

しかし、四日前の日曜、頬にうけたかすり傷のかさぶたがまだ残っているのを思うと、恒雄の腕に守られて歩きたいと気弱にもなる。

殺されるというのも大袈裟《おおげさ》だけれど、姉が投げつけたのは、鋏《はさみ》かナイフか、先端の尖《とが》った刃物の一種であったにちがいない。勢いこもった切先がぼんのくぼにでも刺さっていたら……と思うと、背筋を恐怖が這《は》いのぼる。

うしろから足音が近づき、由子は歩調をゆるめた。ふりむかなくても、恒雄とわかる。何とはなしにほっとした。

追いついた恒雄は、由子の右脇に肩を並べた。

恒雄は無口な方だし、由子も自分から喋《しゃべ》るよりは人の話をきいている方を好む。口は重いが、恒雄は、自分が車道側に立つさりげない心づかいは忘れない。守られている、という安心感は、由子にとって何より嬉《うれ》しかった。

ラッシュアワーのピーク時で、プラットホームは人が溢《あふ》れていた。白線のきわに立った由子は、恒雄の手を握った。恒雄はちょっと意外そうな表情をみせた。会社の同僚たちのからかいの種になるのがいやで、由子は、彼らの目のあるところでは、腰に腕をまわしたり手をつなぎあったりは、めったにしなかったのだ。

恒雄はすぐ、力をこめて握りかえしてきた。背後から押してくる群衆の力が、由子は怖《こわ》かったのである。これまで、そんな恐怖を持ったことはなかった。怯《おび》えるようになったのは、耳に傷を受けて以来である。人の群れのなかに姉がひそんでいて、電車が入ってきたとたんに突きとばすなど、妄想もはなはだしいと承知している。恒雄にそんなことを言ったら、こちらの精神状態を疑われてしまう。

死ねばいいと思うほど憎むことと、実際に手をくだすことは、まったく別だ。

井戸の傍《そば》に立った由子に刃物のようなものを投げたのも、当てるつもりはなかったのだ。手裏剣の名手ででもなければ、当たらないのが当然で、たまたま、耳を掠《かす》ってしまったのだ。

何か制御できない力が、あの瞬間、邦子の手をつき動かしたにすぎないのだ、と、由子は思いこもうとする。

しかし、邦子が継母の加代にむかってナイフを放ったあのときは、どうだったのだろう。


二年前の夏だった。加代と由子と邦子と、三人珍しく茶の間に顔をそろえ、到来物《とうらいもの》の桃を食べていた。

扇風機の唸りと蟬《せみ》の鳴き声が、暑い空気を単調にかきまわしていた。

熟《う》れきった桃の皮は、かるくナイフの腹をあてただけで、ひとりでに身から剝《は》がれる。一本の赤い柄《え》のナイフが、三人の手のあいだをゆききした。

あやまればいいってもんじゃないのよ。

邦子が、加代にむかって切りつけるように言った。その前に、加代が、ごめんなさい、と言ったのだが、何をあやまったのか、由子は今ではもう忘れてしまっている。言葉尻をとらえて怒り出すと、自分の口にした雑言《ぞうごん》で更《さら》に内心の怒りがかきたてられ、とめどなく居丈高《いたけだか》になるのは邦子の常だから、きっかけは、とるに足りない些細《ささい》なことだったのだろう。

ちっとも悪いと思ってもいないくせに、口先だけ、ごめんなさい、あなたって、いつもそうだ。だから、わたし腹がたつのよ。

邦子の目尻の傷が白く浮きあがる。

それじゃ、どうしたらいいの。

おとなしく、加代は言った。

どうしたらいいか、わたしに訊《き》いたってしかたないでしょ。

手から垂《た》れる桃の汁を、加代はすばやく舌で舐《な》めとった。

おやめなさいよ、品の悪い。そういうふうだから、お父さまが恥ずかしい思いをなさるんだわ。

ごめんなさいね。つい。

わたしにあやまったって、しかたないじゃないの。

でも……。

邦子が苛々《いらいら》と腹をたてるのも無理がないところはあると、由子もひそかに思う。

ごめんなさいと言いながら、加代が本心恐縮しているふうには、由子にもみえない。弾性の強い強靭《きょうじん》なゴムのように、いったんはひっこみながら、少しも傷ついていないふうだ。

邦子が四つ、由子が二つの冬に母が死んだ。脊椎《せきつい》カリエスで自宅療養が長かった。住み込みで付き添い婦をしていた加代を、母と呼ばされるようになった。それから二十三年経《た》つのだから、由子は生母にかかわる記憶は他人からきかされた話を自分でおぼえているようにすりかえているだけで、何一つ実際には知らない。

手拭いをとっていらっしゃいよ。

邦子に言われ、
そうね。

と、加代は、重い軀を水からひきあげるように立った。

台所に行く、腰のはったうしろ姿に、邦子はいきなり赤い柄のナイフを投げつけたのだ。癇《かん》の立った気分をもてあました動作のようだった。

ナイフは敷居ぎわに落ち、小さい音をたてた。加代は足をとめ、立ったままナイフを見下ろした。腰を曲げてナイフを拾うと、戻ってきた。もとの場所に坐ると、べつに気負った様子もなく邦子を見た。邦子は小鼻に力を入れて、加代を見返した。

わかっているの。こうすれば、邦子さん気がすむのよね。

加代はナイフの刃を左の眉尻にあて、桃のひとひらをそぎとるように、目尻にむかってすっとそぎ下ろした。

うすくすくいとったような白いくぼみに血の粒が浮き、血溜《ちだま》りとなり、頬をつたいはじめた。

邦子は蛇《へび》が小鳥をのみこむところを見るような目をむけたまま、身じろぎもできないふうだったが、やがて、表情が動いた。傲慢《ごうまん》な嘲笑と、由子の目にはうつった。

それで、帳消しになったというつもりなの。負いめはありませんよということなの。とんでもないわ。あなたは、今さら、顔に傷がつこうが、たとえ片目を失おうが、人生変わるってわけじゃないんでしょう。

邦子は言った。

言い捨てて、
ああ、見るのもいやだわ、そんな顔。

二階にあがっていった。

由子は救急箱をとってきて、ガーゼに消毒薬を浸《ひた》し、加代に手渡した。傷口にあてたガーゼは、すぐに絞《しぼ》れるほど血を吸った。

「おかあさま、どうして、ご自分の子供をおつくりにならなかったの。そうすれば、このうちに、おかあさまの味方が確実にいることになったのに」

加代が由子の頬を平手打ちしたのは、そのときだった。

「ゆるしてもらえなかったわよ。わたし、できないように手術させられたわよ」

加代は言い、表情が一変した。いつもは鈍重《どんじゅう》なほどおとなしい目に、口惜しさが滾《たぎ》りたった。

握りあった掌のなかに、汗がたまった。それを拭くつもりだろう、恒雄が手をぬきかけた。由子は、いそいで力をこめた。甘えていると恒雄は思ったようだった。目もとがやわらかく笑った。電車が轟音とともにホームに入ってきた。だれも、由子を突きはしなかった。

加代が不注意から邦子の顔に傷をつけるということがなかったら、三人の関係はどういうふうだったろうか、と由子は思う。

加代が後妻に入ってまもないころ起きた事件だという。坐ってナイフを使っていた加代が、ナイフを手にしたまま、ふとふりかえった。その切先《きっさき》の高さに、四歳の邦子の顔があった。

わざとやったのよ、と邦子は言う。わたしがなくなったお母さまとそっくりだから。

まさか、そんな人じゃないわ。いつまでも責めるの、気の毒よ。

わたしがいじめているみたいな言いかたはしないで。被害者は、わたしなのよ。

何でも、その疵《きず》のせいにするのね。疵があっても、お姉さまは充分きれいよ。ずいぶんプロポーズだってされているのに、お姉さまが承知しないだけじゃないの。

それなのに、わたしが恒雄と結婚するのを、あなたは許さないのか、と、これは口には出さない。

邦子は縁談はいくつもあったのだが、邦子の出す条件は厳しかった。一流の国立大学出身、一流の勤務先、いっしょに歩いて恥ずかしくない容姿、その上に、邦子は家つきの長女だから養子にくること。条件を全部みたす相手があらわれ、邦子はかなり夢中になったのだが、三箇月ほどつきあって、相手の方でことわってきた。

恒雄が、父に正式に申し込むために由子の家を訪れた日、邦子はことさら化粧が濃かった。疵痕《きずあと》をかくすため、人前に出るときはファウンデーションを塗りかさねる。

邦子の希望条件に、恒雄はことごとくあてはまらない。名の無い私立大学を出、勤務先は小企業、背が低く小肥りで、養子にくる気などまるでない。

恒雄が辞した後、邦子はひどく機嫌がよかった。由子の相手が、邦子からみればとるに足りないから安心したのだろうと由子は思い、そんなふうにかんぐる自分をちょっとうとましくも思った。

数日後、由子は風邪をひき会社を一日休んだ。邦子は外出し、帰宅すると、恒雄くんがあなたにお大事にってさ、と言いながら、ケーキの包みをひらいた。それから莨《たばこ》をくわえマッチをすった。マッチの箱を、なにげない手つきで由子の方に放った。ケーキの函《はこ》の包装紙も、黒地に銀でしるされた喫茶店の名も、由子がよく知っている高田馬場の駅前の店のものだった。

翌日出社して恒雄と顔をあわせたとき、由子はケーキをありがとうと言った。恒雄の表情には翳《かげ》りはなかった。

四、五日、邦子は上機嫌だったが、ついで、前よりいっそう苛々《いらいら》と由子と加代にあたるようになり、恒雄をけなす毒舌が鋭さを増した。邦子と恒雄のあいだに何があったか、想像がついた。
耳の掠り傷は痕も残さず癒《なお》ったが、由子はときどき痛みを感じる。気のせいだと承知している。井戸のわきの夾竹桃の花も盛りをすぎて、梢《こずえ》は花より葉の方が多くなった。

由子は井戸をのぞく。いつごろから井戸に惹《ひ》かれるようになったのか。惹かれていなかった時期を思い出せない。おそらく、物心つく前、言葉で意志をあらわすことも知らない赤ん坊を、大人が抱きかかえて、深い昏《くら》い水に顔をうつさせた最初のときから、水の擒《とりこ》になったのかもしれない。

惹かれる気持には怯《おび》えもひそんでいる。緊張をゆるめると、水に招き寄せられ、吸いこまれるような、めまいに似た錯覚がある。

あの底に、頬を掠めた刃物が――姉の悪意が――沈んでいるのだ。

姉の悪意は、部屋の敷物の下にもひそんでいた、と、由子は思いかえす。

由子の部屋は、台所のわきの長四畳で、板敷きなので安物の絨緞《じゅうたん》を敷いている。

昨日、会社から帰宅し、部屋に足を踏み入れたとたん、電気の衝撃が、足の裏から軀を走った。悲鳴をあげて、とびのいた。

絨緞の敷居ぎわの部分が、コップの水でもこぼしたように濡れていた。

絨緞は床より一まわり小さいので、両脇と机をおいた窓ぎわは床板があらわれている。

机の上のスタンドのプラグは、入口のそばのコンセントにさしこんである。スタンドからのびたコードの一部が、絨緞の下にかくれていた。

絨緞の濡れた部分に触れないように注意しながら、プラグを引き抜いた。しらべると、コードの被覆《ひふく》が破れ、中の針金が露出していた。

このくらいでは、死にはしないと、由子は自分をなだめた。

悲鳴をききつけて、加代が走ってきた。

「ごめんなさい。絨緞、濡れていたでしょ。わたしが水をこぼしてしまったの」

「おかあさまが？」

「庭のバラがきれいだったから、一枝、あなたの部屋にも飾ってあげようと思って、花瓶にさして持ってきたの。戸を開けて、入ろうとしたとたんに、フジを踏んづけて転びかけちゃって」

猫のフジは、しじゅう加代の足もとにまつわっている。フジをかわいがるのは、加代ひとりなのだ。

「そのあと、お姉さま、わたしの部屋に入ったかしら」

「さあ、知らないわ」

戸に鍵をつけたいと思いながら、何かあてつけがましいようで、そのまま過してきた。

あと二週間で、この家を出るのだ。二週間、何とか波風を立てずに過せばすむことだ。

姉を責めたところで、しらをきられればそれまでだ。絨鍛が濡れているのを見て、とっさに感電の細工をする。そんな恐ろしい人間だと、わたしのことを思っているの！　邦子は血相をかえて迫り、はては、父に泣き叫びながら訴え、大変な騒ぎになるのは目にみえている。父に叱られるのは、水をこぼした不注意な加代と、コードの傷に気がつかず放っておき、それが偶然絨鍛の下敷きになっていたのに、姉にとんでもない疑いをかけたわたし、なのだ。とりわけわたしの所業は、父にとってどうにも許しがたいことにちがいない。父は、姉の、亡母に似た愛らしい顔しか知らない。

姉妹という関係は、ひどく仲が好いか、互いにまったく無関心か、憎みあい嫌いあうか、三つのどれか一つが極端になるほかはない。適度な距離を保つのはむずかしい。わたしと姉は、憎悪という道に歩みいり、歩みつづけている。姉に邪慳《じやけん》にあたられる継母をわたしがかばうから、いっそう、姉とのあいだは険悪にならざるを得ない。継母の楯《たて》になるのにくたびれた。あと二週間で、恒雄の楯のかげに入る。わたしがいなくなったら、継母と姉のあいだはどうなるのだろう。むしろ、具合がよくなるのではないかという気もする。

ぼんやり考えながら井戸枠にもたれている背に、何かが当たった。刃物ではないとみえ、鋭い痛みはなかったが、思わずふりむいた。

二階の窓は閉まっていた。狡猾《こうかつ》に、細いすきまから投げつけたのか。

「お姉さま！」

荒い声をあげた。

「何をなさるのよ」

窓が開き、邦子がのぞいた。

「何よ、はしたない。大きな声を出して」

「危いじゃないの。おやめになってよ」

「刺繡《ししゅう》の何が危いの。あなたの結婚祝いにしようと思って、テーブルセンターに刺繡しているのを、おやめにならなくちゃいけないの。なぜよ」

「いま、何か投げたでしょう」

「人聞きの悪い。あなたときたら、何でそう……」

投げてほしいの？　そら、投げるわよ。

邦子は軀をのりだし、クリーム色の布を投げつけた。木の手摺がゆがんだ。邦子の軀が窓をはなれ、宙を舞い落ちる布に誘いだされるように、邦子の軀が窓をはなれ、由子の目には、まるで、ふわりと宙に泳ぎ出したようにうつった。

そんな悠長な動きではなかったのだ。実際は、声をあげる間もない一瞬に、邦子の軀は、頭を下に墜落し、フレームのガラスを砕《くだ》いて、その中に落ちこんだ。

由子は、茫然と見ていた。あり得ないことが、目の前で起きていた。

天井が砕けたガラスのフレームの中に、邦子の軀は窮屈そうに嵌《はま》りこんだ。

透明な大小の破片が邦子の髪や顔にきらめき、裂けた頸《けい》動脈は、栓のこわれた水道のように、さかんに血を噴き上げた。フレームの壁はみるみる赤く塗《ぬ》りこめられ、嵌りこんだ姿をおぼろにした。

邦子のいなくなった家は、洞窟《どうくつ》のようにしずかだ。

慌《あわただ》しく初七日がすぎた。これからの一週間は、由子の結婚式につづくのだが、父は、吉事《きちじ》は忘れてしまっているようだ。

墜死は、自然な病死ではないから、事故の直後、警察官の検視が行なわれた。

窓の手摺もしらべられた。古い家の木製の手摺は、支柱の釘穴がゆるんでいた。

姉の死で欠勤しなくてはならなくなったのを機に、由子は退職している。結婚後、恒雄と同じ会社につとめるのは、気がすすまなかった。小さい会社だから、所属する部はちがっても、たがいの行動は筒抜けになる。アルバイトでもいいから、別の職場を探すつもりである。まったく関わりのない時間を持つ方がいい。

由子の結婚式が一週間の後であることを、父ばかりではなく、加代も気にとめていないようにみえる。由子は、ひとりで持物の整理に時を過す。

父と加代と由子と、三人で夕食をとっているとき、

「恒雄くんと、ここに同居したらどうだ」

父が言った。

由子は、生まれてはじめて、父の顔をしげしげと見た。いつも、父の前では目を伏せたりそらしたりしてきたという気がする。父と姉の視線が、親しげに絡《から》みあっているのを、無意識に、見まいとしていたのだろうか。

「邦子さんの部屋を、お二人で使えばよろしいわね」加代が口をはさんだ。

「いや、邦子の部屋は、しばらく手をつけないでおこう」

「ああ、もちろん、そうですわよね。わたしって、気がきかない。でも、そうしたら、お二人の部屋、どこにしましょうね。下の座敷では落ちつかないでしょ。由子さんの長四畳では狭すぎますし。どうしましょう」

「あんたは、少し黙っていなさい」

加代の軀が少し大きくなったような錯覚を、由子は感じた。

父の右隣は、食事のとき、いつも邦子が坐っていた場所である。邦子が使っていた座蒲団に、フジが丸くなっている。それに気づいた父は、すばやくフジの首をつかみ、吊しあげた。フジは生理中とみえ、座蒲団に紅《あか》いしみがついていた。父は、フジを加代の顔にむけて叩きつけた。

「わたしって、ほんとに気がきかないんですね

え。夕方になって急に冷えこんだのに、お素麺つ

くってしまって」

フジの爪がつけた赤いすじから血がにじみ出し

たが、加代は手でさわりもせず、

「何かあたたかいものを作るんでしたね。邦子さ

んがいてくれると、すぐに、そういうことは注意

してくれるんですけど。お素麺も、夏の盛りなら

毎日でもおいしいけれど、こう涼しくなってはね

え。薬味の紫蘇もきらしてしまったし。恒雄さん

は、食べものは何がお好きなのかしら。魚がお好

きだと、助かるんですけど。お父さまがお肉は召

しあがらないでしょ。いえ、二通りつくるのは、

馴れているからかまわないんです。もちろん、今

までだって、お肉のものとお魚と、いつも二通り

つくっていたんですから。お肉も、牛肉だけでし

たから。お父さんはお魚きらい

でしたので。邦子さんはお魚きらい

意味のないことをとめどなく喋る加代を、由子

は、少しうすきみ悪く見た。

「おかあさま、顔をお拭きにならないと。血が

……」

「いえ、疵がついたってね、わたしは、今さら、

どうってことないんです。顔に疵がないひとは、

心にも何の傷もなくて」

「加代!」

父は、一言、鋭い声を出した。

加代は、びくっと軀をすくめ、

「すみませんでした。お素麺なんか作っちゃって」

「だれも、素麺がどうのこうの、言ってはおらん」

「お父さま、やさしいから、わたしが失敗しても

咎めないでくださる」

加代は笑いだし、目のふちに涙がもりあがっ

た。溢れ流れる前に、かわいた。

「わたしが、邦子さんの顔に疵をつくったのに、

叱らないで、このうちに置いてくださった。由子

さんは、いいことね、陶器のようにすべすべ」

「加代」父の声は、今度は低かった。

「お素麺じゃ、やはり、お口にあわなかったんですね。暑いあいだは、四人で五把ゆでて、きれいになくなったのに、今夜はちっとも減らない。捨ててしまいましょうか」

「加代！」

加代が、酒に酔いでもしたような妙な饒舌《じょうぜつ》ぶりをみせたのは、そのときだけだった。次の日から、極端に無口になった。


父の書斎のドアを、由子はノックした。

「由子です」

「お入り」

お入り、と、父に言われたのは、何年ぶりだろう。——何年ではきかない。十数年。

由子です、というと、父は、何の用だ、と応《こた》えるのが常だった。意識して、由子の入室を拒んでいたわけではない。父は、自分でも気づいていなかったのだ、邦子には〝お入り〟と言い、由子には、〝何の用だ〟と応じていたことを。そう、由子は思う。

幼いころ、父の部屋に黙って入り、机の上をいじって、インク壺をひっくりかえした。書きかけの原稿用紙をだいなしにした。それは、父が学会に発表する論文の下書きだった。父は、由子に書斎に入ることを厳禁した。

それ以来、ドアを開けても閾《しきい》をまたがない習性が身についた。

由子は、閾を踏み越えた。

「お父さま」

「いよいよ、明日だな」と、父は言った。

「うかがいたいことがあるんですけれど」

「何だね」

「お姉さまの顔に疵をつけたのは、わたしだったんじゃないでしょうか」

父の眼が、異様に大きくなった、と由子は感じた。

「わたしの心に傷を残さないよう、お姉さまがわたしを憎まないよう、おかあさまに言いふくめ、おかあさまの落ち度ということになさったのですね」

「加代が、そう言ったのか。嘘だ」

手摺の釘を抜きとり、あとの穴に少し小さい釘をさしておけば、もたれかかった軀の重みを、手摺はささえきれない。

姉の部屋の窓は、あのとき閉まっていた。わたしの背に何か投げたのは、加代だ。わたしは姉がまたやったと思い、声をかけた。姉は、窓からのぞき、手摺に軀をもたせ……墜《お》ちた。

ゆうべ、わたしは聴《き》いたんです。まるで幻聴のようでした。台所で、おかあさまが、フジに話しかけていた。

こんどは、あの子の番よ。

由子は、それを父に告げかねた。

「嘘だ。邦子の疵は、加代がしたことだ。それでいいではないか。忘れなさい」

こんどは、あの子の番よ。

明日は、恒雄の腕に逃げこめる。無傷で……。

父のデスクの上に、ナイフがあった。

意志の制御を離れ、由子の手は、ナイフにのびた。匙《さじ》ですくいとったような白いくぼみに血の粒を浮かべた加代が、由子の眼裏《まなうら》で笑った。

# 火の宴　他6篇

## PART 3

その一瞬、すべてが静止した。あの人は、奥さんを見すえた。

奥さんは鉄の手摺《てすり》にもたれて立ち、おれの腰にまわした手を離そうとしなかった。

工場は中二階と半地下に別れていて、手摺のむこうは吹き抜けになっている。手摺からのり出すと、ごみ捨ての深い穴が、半地下の床に黒々と見える。穴の底を埋めているのは、中二階の吹場から投げ落とされる坩堝《るつぼ》の残骸《ざんがい》だった。

窯《かま》の火は落としたあとだったけれど、作業場にはまだ熱気がこもっていた。腕や脛《すね》の毛穴がひりひりとちりついた。

昼間、窯に火がたかれ、坩堝の中の真赤に灼《や》けとろけた硝子ダネをおれたちが鉄パイプの吹竿の先に巻きとり、宙吹きし、一方では騒々しい音をたてて型押機がコップや灰皿を打ち出しているときは、気温は四十度にも五十度にも上がる。躰中の汗がしぼり出される。小さい羽虫など、作業場の空気に触れただけで、ちりっと灼け落ちてしまうだろう。

その余熱は、夜になっても去りきらない。

あの人は奥さんをみつめつづけ、空気は密度を増し、まるでガラスの粉塵《ふんじん》を吸いこみでもしたように、おれは呼吸が苦しくなる。

それでも奥さんはおれの躰を離さない。挑むように見返している。


つい一週間ほど前、玻津子《はつこ》は、花瓶を叩き割った。

工房で彼女が仕事をしているときに、夫の兼雄《かねお》が入ってきたのだ。兼雄は壁にもたれ、玻津子を眺めた。

四坪ほどの工房の中には、玻津子のほかに、三人の職人がいた。

利光《りこう》クリスタルは、従業員六百人、年間生産額八億円、硝子器製造業としては一、二を争う大手だし、工芸ガラス器では殊に名が高いが、要するに小規模な同族会社である。兼雄の祖父の利光庸三《ようぞう》が創始者だが、すでに引退して会長におさまり、父が社長の椅子についている。兼雄は三十にならぬ若さで副社長の地位にあった。

この工房で行なわれているのは、形成を終えたガラス器の表面に、回転する金属製の小さい円盤で、下図に従って文様を刻みこんでゆく作業であった。グラビールという工法である。

自由自在に複雑精緻《せいち》なレリーフを刻めるが、高度な技術を要し、非常に手間がかかるので、高価な工芸品にしか用いない。大量生産の廉価品は、はるかに安直なサンド・ブラストで処理する。この廉価品の大量生産で、利光クリスタルの経営は成り立っていた。

玻津子の手には、乳白色と碧色が数秒に溶けあった玻璃《はり》の花瓶があった。油で練った研磨粉をつけては、慎重に、刻みを入れていく。削りとられた部分に、曙《あけぼの》の薔薇《ばら》色が輝き出る。

個展にそなえての製作であった。利光玻津子が、はじめて世に問う作品展である。すでに数個の花瓶や絵皿などが仕上げられ、これは、カメオ・グラスの傑作を作ると意気込んでいるものであった。

ガラス素地《きじ》の上に異なった色ガラスを何層にもかけて成形する。それに浮彫《レリーフ》をほどこすのである。彫りの浅深によって色合《いろあい》が変化し、カメオに似た効果をあらわす。

「いつまでも突っ立って見ていないでください！」

たまりかねたように、突然、玻津子は甲高い声を上げた。

研磨機の羽虫のような唸りが止まった。ほかの職人も、はっとして一瞬機械を止めたので、ふいにひっそりした工房の中に、甲走った声だけが長く尾をひいた。

兼雄は壁にもたれ腕組みしたまま、うっそりと、額に癇癖《かんぺき》の筋をたてた妻の顔を眺めている。

職人たちは一瞬手を止めたが、すぐまた仕事を続けた。副社長とその妻の、いわば夫婦喧嘩である。職人たちは見て見ぬふりをするほかはない。

「出て行ってください」

「吉田も杉井も、野口の徳さんも」と、兼雄は黙々と研磨機にむかっている職人たちを指し、「誰が見ていようと気にかけないじゃないか」あいかわらずもの憂《う》いような声で言った。

三人とも、中年から初老の年季の入った職人である。いまはグラビール専門だが、徒弟時代に宙吹きをやっていた名残りで、火胼胝《ひだこ》や火傷の痕が手から腕にかけてひきつれを残している。

「だって、その人たちのは、会社のお仕着せ仕事じゃありませんか。あたしのは違います」

——何が違うんですかい、奥さん、と、おれは思わず、言ってやったのよ。

あとで、徳さんはおれにそう言った。

——あたしのは、芸術品です。

徳さんは、玻津子さんの口調をまね、

——へっ、何が芸術品でえ。たかが二年や三年、俺たちに手えとって教えられてよ。それで、芸術品だとよ。

——奥さんに、そう言ってやったのかい。

おれは言った。

徳さんは、むっとした顔で首を振った。

「見ていないでください。気が散ります。助言でもしてくださるのならまだしも、あなたは、あたしの個展には何の興味もないんじゃありませんか。いやがらせをするのがそんなに面白いんですか。出て行ってください。出て行って」

「きみは、きれいだよ」

兼雄が無表情に言った。玻津子の眸《ひとみ》が、一瞬、白く返った。両手にかかえた製作途中の花瓶を頭上高く差し上げると、床に叩きつけた。凄まじい音をたて、破片がとび散った。

玻津子は異様に涸《かわ》いた眸の焦点を兼雄にあわせた。勝ち誇っているようにさえみえた。まるで手応えのない、動かない表情で、兼雄はその眸を見返した。

きりきりと引き絞った弓弦がはじけ切れるように、玻津子の方が先にくずれた。両手を握りしめ唇をひきつらせると、かっ、かっ、と踵《かかと》を床に打ち当てる足どりで部屋を出て行った。

職人たちは、何も言わなかった。ただ、かすかな吐息だけが研磨機の唸りにひそみこんだ。

「もろいものだな」兼雄はつぶやき、足もとに散乱した色ガラスの破片を見下ろした。

「ガラスってな、もろいもんだね、徳さん。そうじゃないかい」

おれは、その光景を自分の眼で見たわけではなかった。あとになって、徳さんから聞いたのである。

——兎だったかな、犬だったかな。産んだばかりの仔を人間がいじりまわすと、食っちまうってのがあるよ。おれは、そいつを思い出したよ、奥さんがせっかくの製作品をぶち割ったとき。

徳さんは、そう言った。

奥さんは、違うことをおれに言った。

——舐《な》めるのよ、あの人は。目で、舐めまわすのよ。ああ、いやだ。汚れてしまう。あの人に凝《じ》っとみつめられると、まるで、泥みたいに汚ならしくなってしまうのよ。

たぎりたつ憤怒《ふんぬ》に荒れ狂いそうになり、辛うじて押さえこみ、歯ぎしりしながら躰を震わせている奥さんに、きみは、きれいだよ、とあの人は言ったという。

そう、玻《は》っちゃんは、きっと、きれいだったに違いない。

おれは、ときどき、八つ年上の奥さんを、つい、玻っちゃん、と呼んでしまう。

村では、みんなそう呼んでいた。

親方のところの玻っちゃん。

奥さんは、利光硝子の副社長夫人になる前は、M＊＊村に一軒しかないガラス素地屋《きじや》の娘だった。

M＊＊村は、世間で、ガラス村とも呼ばれている。ガラス玉製造業ばかりが集まって一村を形成しているのだ。安っぽいアクセサリーなどにするガラス玉は、ガラス棒から作る。このガラス棒を一手に製造してガラス玉加工職人に卸すのが素地屋だ。おれのうちも、ガラス村のガラス玉造りだった。

勝気な玻っちゃんが怒ったとき、どんなにきれいになるか、おれはよく知っている。

このときも、玻璃の花瓶を叩き割ってグラビール工房から吹場に入ってきた奥さんは、怒りに毛を逆立てた肉食獣のようにきれいだった。黒眸のかった眸が残酷なくらい強く輝き、小鼻がうっすらと紅みを帯び、腹の底から怒っていた。

そのとき、吹場では『坩送《つぼおく》り』の最中だった。坩堝《るつぼ》の寿命は、わずか二十日から四十日ほどで尽きる。紅く燃えさかる窯から、これも真紅に耀きほとんど半透明にみえる坩堝をとり出し、別に予熱しておいた新しい坩堝を窯に入れるのだ。

石だたみの床に、一基の円筒型の窯が据えられ、それぞれ十本の坩堝が中に嵌めこまれて壁面に丸い口を開け、その中でガラスのタネが煮えとろけている。吹場一帯が落日に耀き染まるようだ。

豪快な焔の饗宴《きょうえん》である。熱気が鼻孔をふさぎ皮膚を灼き、汗がたぎり落ちる。

おれが相棒と二人で真赤な坩堝を手押車にのせて運ぶ脇を、奥さんはすり抜けた。

「どうしたんですか」おれは、思わず声をかけた。ふだん、人前でおれが馴れ馴れしく話しかけるのを玻津子さんは嫌うのだが、

「舐めるのよ、あの人は、目で」おれの顔も見ずに言い捨てて、吹場を通り抜けて去った。

「危い！」相棒がどなった。

「気をつけろい」

おれがどなられたのではなかった。

「あ、副社長、すんません」

手押車をぶつけそうになり、どなりつけた相手が誰だったかに気づいて、あわてて相棒は頭をさげた。

おれと相棒は、手押車をかたむけて、ごみ捨て穴に、灼けただれた坩堝を投げ落とした。土の坩堝は割れ砕けた。

あの人が坩送りの最中に来あわせたことを、おれは喜んだ。あの人は、坩送りを見るのが好きなのだ。というより、寿命の尽きた真紅の坩堝がごみ捨て穴に放りこまれ、砕け散る瞬間を見るのが好きなのだ。

あの人は、何もおれに言いはしないが、おれは推量できた。紅い坩堝の破片が少しずつ冷えて黒くなってゆくまで、あの人はじっと見下ろしていることがあった。壮麗な日没を目の前に、哀しみさえ混った感動にうたれて立ちつくしている少年めいた表情を、おれは見たような気がした。

まったく、じれったくなるよな、と徳さんはおれに言う。

兼坊ときたら、奥さんの前で手も足も出ねえんだからな。

利光クリスタルがまだ小さな町のガラス工場だったころから働いてきている徳さんは、人前では副社長と呼んでも、かげでは、兼坊という呼び名が時折ひょいと口に出た。

昔から、兼坊は、陽気なたちじゃあなかったな。神経質でな。何をするにも自信がないんだ。それってのが、あんまり何でも完全でなくてはいけないと、思いこみ過ぎちまうからだろうな。他人の不幸でも失敗でも、何でもかんでも、自分が悪いのだ、と思いこんじまうんだ。

そんなふうだから、なかなか男らしくきっぱりした行動に出られない。

それが、これまでに二度だけ、思いきり意気込んだことがある。二度が二度ともうまくいかなかった。

一度は、大学に行っているころだから、ざっと六、七年前だ。

利光クリスタルの名を格調高いものにしているのは、華麗なガラス工芸品であった。グラビール、エッチング、ダイヤモンド・ポイント、カメオ・カットなど、技法の粋をこらし精緻《せいち》な彫りをほどこした花器や飾皿、鉢などは、世間で高い評価を受けている。

しかし、それらを仕上げる職人の名は、決して表に出ることはない。また、その特殊な技術を持った職人が、そのために特別待遇を受けることもないのだった。大学出の営業や宣伝関係の社員の方が、給料ははるかに上だった。

兼雄は、祖父や父に、彼らの待遇を技能にふさわしいものにすべきだと力説し、従業員にも、組合を作って正当な要求をしろと言った。煽動《せんどう》する結果となった。

一個仕上げるのに半月もかかる高級品は採算がとれない。作るだけ赤字になる。イメージ作りのために続けているが、健全な経営の上からいえば、むしろ美術工芸部門を切り捨てたいくらいなのだと、営業マンの父は言い、祖父からも、会社をつぶすつもりかと厳しく非難された。

彼は、自分の中に燃えたった火種を大切にしたいと思った。いつになく頑強に、父をはじめとする経営陣にくいさがる一方、組合結成に力を入れた。

その結果、徳さんをはじめ、何人かの職人や従業員が馘首《かくしゅ》された。人員整理の口実を会社に与えたようなものだった。

古くから庸三のもとで働いてきた徳さんは、いわば他の者へのみせしめのため、なれあいで馘首されたのだった。騒ぎがおさまると、詫びをいれてもとの仕事に戻った。他の者は馘首されたままであった。一応組合の形はできたが、会社の意向を職人に伝達するための機関にすぎない御用組合だった。

兼雄自身は、何の傷もつかなかった。彼は利光の一族であった。家を出るのがいさぎよい行為だと思いながら、彼は、ついにそのいさぎよさを持てなかった。何の傷も負わず利光の一族として居残った自分は、世の中に対し発言する権利はいっさい無いと、彼は思いさだめてしまったようであった。以前にもまして、自分の殻の中に沈滞《ちんたい》した。

その彼が、もう一度、心に火種が燃えついたように感じたのは、利光クリスタルが新聞社と共催でグラス・アート展をひらき、作品を公募したときであった。

島尾玻津子という名で出品された花瓶に、兼雄は惹きつけられた。心を奪われたといってもいい。形態はごく単純で平凡だが、紅の発色がいかにもみごとであった。

入賞か否かで論議が白熱した。選考委員は、工芸家二人、美術評論家、それに兼雄も、オブザーバーのような形で加わっていた。ガラスの主原料は、珪砂《けいさ》だが、鉄、銅、マンガン、コバルト、ニッケル、硫黄、混入する材料によって、透明なガラスは、深海の碧、濃紺、青紫、橙、黄と美しく発色する。

色の出し方は工匠の秘法だった。ことにむずかしいのは、『紅』だった。

ガラスの紅は、金によって作られる。金を王水に溶かした溶液で珪砂を湿らせ熔解してタネを作る。このままでは透明だが、再加熱すると、宝石と見まがう深い妖しい紅に変わるのだ。

この花瓶はあまりに単純すぎて曲がないと他の作品を推す審査員に、素朴だからいいのだと、珍しくそのとき強硬に兼雄は主張した。

玻津子の紅は彼を魅了し、久々に、深い感動に彼を駆りたてた。審査員の工芸家を前に、「ぼくは美術工芸品というものは、どうも納得できないのです」とまで極論を吐いた。「実用品の形をとりながら芸術の衣裳をつけている。ガラスがもっとも美しいのは、何の加飾もない単純なコップですよ。絵を刻んだり形をねじくったり、そういうことがしたければ、純粋に絵画なり彫刻なりで表現すればいい。だが、この紅は、ガラスでなければ出せない。そうして、ガラスとして最高の紅だ」

「詭弁《きべん》だよ、それは。きみは自分の主張を通したいばかりに、美術工芸品全体を不当に眺めている。日本ではガラスは安物の扱いしかされていなかった。それを芸術品にまで高めてきた工人たちの……」

その職人たちがどのような扱いを受けていることか、と兼雄は思ったが、それはもう、彼には口に出せなかった。

庸三が二人の論争を巧みにとりなし、工芸家が最初から玻津子の作品を認めていたような雰囲気にもっていき、一席、二席には推《お》せないが、奨励賞ということでけりがついた。庸三も玻津子の紅を買ったのであろう。

受賞のためM＊＊から上京してきた玻津子には

じめて会ったとき、兼雄はまだ昂揚《こうよう》した気分にあった。妖しく美しい紅と素朴なフォームのイメージが、玻津子に重なった。

兼雄は、玻津子を、いかにも田舎の娘らしい素朴で素直な女と錯覚したのだ。

しかも、彼の誤算はもう一つあった。彼は、結婚すれば、妻は夫の一部、と、無邪気な考え方をしていたのだった。

兼雄の求婚を、玻津子は、一瞬とまどったが、すぐ、とびつくように受けた。

兼雄の家族や親類の反対は強かった。ガラス工芸王利光の長男と、一介のガラス素地屋の娘とでは身分が違いすぎるという声に、

「何様じゃあるまいし。うちだって、ついこの間までは町工場だったじゃないですか」と兼雄は言い返した。

この時も、庸三が彼の味方につき、華燭《かしょく》の典があげられた。

しかし、まもなく、二人の間がうまくいってないことは、誰の目にもわかるようになった。

結婚を承知してから、玻津子さんは、おれを利光硝子でやとってくれと条件みたいに申し出、おれは玻っちゃんといっしょに上京した。

玻っちゃんは、グラビールやカメオの技法を夢中で学びはじめた。

素地屋の作業というのは、簡単なのだ。宙吹きも型押しもいらない。

坩堝で熔かしたタネを二本の棒の先につける。煉瓦敷きの床に幅二十センチほどのコンクリートの溝がある。鉄棒が一本突っ立っている。飴《あめ》のようになったタネを鉄棒にひっかけ、溝に沿って歩きながらコンクリートの上に長く引き伸ばして行く。二十メートルも歩くころは、ガラスダネは冷えて固まり、二本の長いガラス棒ができる。これを四十センチぐらいに切り揃え束ねて、ガラス玉

屋に卸すのである。

もちろん、コツがあって素人にできることではないけれど、複雑な技術はいらない。

それでも、やわらかくて自由自在に形づくれるガラスダネを扱うのだから、職人は、仕事を離れて裏芸として宙吹きしたり鉄箸で形をつけたりして、花瓶や細工物を作ることがある。商品にはならない。

おれのうちは、前にもいったようにガラス玉造りで、おれは子供のころから玻っちゃんの家に出入りし、親方にかわいがられていた。

利光クリスタルの副社長夫人になった玻津子さんに、徳さんはじめ職人たちは、好い感じを持っていなかった。

一人前になるには十年もかかるというグラビールなどの工芸を、玻津子さんは、まるでむしりとるように強引に、徳さんたちから学びとった。

玻津子さんは、職人にやさしい心づかいをみせるということはなかった。

人情味のこれっぽっちもない人だ、と職人たちはかげ口をきいた。

御苦労さんと声をかけるとか、たまには酒や甘いものを用意してねぎらうとか。

そんなことに気を配るゆとりはなかったのかもしれない。へとへとになるまでグラビールのろくろを廻したり、宙吹きしたタネを金箸で形づけたりしているのだから。

『副社長の奥さん』なら、使用人に慈愛深い顔をみせたりするのだろうが、玻津子さんは、そんな立場は考えていなかった。創ることしか頭になかったのだ。

しかし、職人のように無名の存在に甘んじることは、玻津子さんは拒否するのだ。

職人たちでは、どんなに腕のいい者でもめったに許されることのない、自分の名前をいれて作品を発表する、という点では、副社長の奥さん、という立場を徹底的に利用している。徳さんたちは、七光りだ、汚ない、とかげで悪く言う。「あんな腕で個展など、おこがましい」「今の若い者は、名前ばかり売り出したがる」

おれは、玻津子さんの気持はちょっと違うと思うのだが、どこがどう違う、とつっこまれると、うまく言えない。しいて言えば、創ることの純粋なよろこびより、勝負の場に身をおくぎりぎりの緊迫感の方を、より激しく欲しているということだろうか。

徳さんが玻津子さんを嫌うのは、奥さんのせいで、兼雄さんがだめな人間になった、と思っているからだ。

——前は、ひっこみ思案といっても、あんな変人じゃなかった。このごろの副社長はどうだ。まるで気が狂ったような眼つきで、奥さんの仕事ぶりをみつめているばかりだ。ただ、視ることしかしないいんだぜ。視て、奥さんを怒らせることしか。奥さんがあんまりきついんで、気の弱い兼坊は、ノイローゼになっちまったんじゃないだろうか。

カメオ・グラスを割りくだいてから、奥さんは、すぐまた、次の作品にとりかかった。

おれを呼んで、調合室に二人で入り戸を閉めた。

今度は、乳白色と紅だけを重ねあわせて、岩塊のようなオブジェを形成し、メデューサの首を彫りこむのだという。

おれが上衣を脱いで珪砂の量をはかろうとすると、玻っちゃんは、うしろからおおいかぶさるようにしておれの首筋に唇をつけた。玻っちゃんの乳房のはずんだ感覚が背にあった。

「副社長に悪いよ」おれはつぶやいた。

「あの人のことなんか、どうでもいいの」

「でも、玻っちゃん——奥さん——副社長は、奥さんに惚れてるよ。愛しているよ、すごく」

「あの人は、屑《くず》よ」

「ひどいことを言うんだな」おれは、玻っちゃんの手を振り放そうとした。玻っちゃんは、おれのことだって愛しているわけじゃない。ただ、肉の火照りを鎮めようとしているだけだ。M＊＊村の調合小屋でいつもそうしていたように。おれは、それだってかまわない。でも、玻っちゃんが兼雄さんのことを罵倒するのはいやだった。

「副社長は、やさしい人だよ。やさしすぎて、何もできなくなっちまうんだ。何かあると、みんな自分のせいだと思って。そりゃあ、そんなの、少しおかしいさ。妄想みたいなものさ。でも、何でも他人のせいにして、自分一人正義漢づらするような奴より……」

「あんた、あの人のこと、いい人だと思っているの？」

「ああ、いい人だ」

「とんでもない。あの人はね、だらしのない甘ちゃんの坊《ぼ》ん坊んよ。結婚したら、あの人は、平気な顔で、あたしの『紅』を教えろと言ったのよ。あの人は、自分で工芸品を作るつもりでね。あたしがそれに協力すると期待していたの。卑怯じゃない。ずるいじゃない。他人の秘法を奪って、自分の名前を出したいなんて。妻だから、当然、かげにまわって、夫を立てるだろうと思っていたのね。冗談じゃないわ。あたしは、自分の作品を世に出す足がかりに、利光兼雄と結婚したのよ。もちろん、あの人のことを嫌いじゃなかったわよ。でも、図々しく、あたしの『紅』の作り方を教えろっていう。とたんに、あたしは軽蔑したわ。あたしは、思いきり罵ってやったわ。他人の秘法で自分の名前を挙げるつもり？　って。そんな甘い考えが通用すると思うの。卑怯な人、って」

玻っちゃんの見幕の凄まじさが、おれには想像できた。

玻っちゃんは、自分の手前勝手には、全然気がついていないのだ。

ふつうの人間なら、それじゃ、おまえはずるくないのか、自分を売り出すために、利光の名を利用するために、結婚したんじゃないか、と反駁《はんばく》するところだ。

でも、兼雄さんは、「卑怯だ」と罵られたとき、はっとしたのだろう。

ちっとも、悪気はなかった。ただ、妻だから、心やすく教えてくれるものと信じこんでいただけだ。

それを衝《つ》かれて、ああ、本当だ、自分はとんでもない卑怯なことを考えていたのだ、と自分を責めることばかり思いつめてしまったのにちがいない。あの人は、そういう人だ。たしかに、そんな考え方は正常じゃない。冷静な判断力に欠けている。でも、あの人は、自分に投げつけられた肉に刺さった矢を、ぬきとって相手に投げ返すかわりに、いっそう深く自分の手で突き刺すことしかできない人なのだ。前の組合事件で、自分を卑怯だったと責めつづけてきた人だ。玻津子の言葉は、玻津子が思う以上に、深い傷を負わせたにちがいない。

「それで、あの人、できなくなっちゃったのよ。呆れるわ。あのくらいのことでノイローゼになって、男の役に立たなくなるなんて。それで、仕返しに、あたしに厭がらせばかりするんだからね。精神を集中してグラビールをやっているときに、じろじろみつめられるの、どんなに腹が立つかわかる？　あたしがいやがるのを承知で、あの人はみつめるんだから」

ちがうんだよ、玻っちゃん。おれは、哀しい気持ちになった。あの人は視ることしかできないから……。

玻っちゃん、あんたは気がついていないだろうけれど、激怒したときの玻っちゃんは、怖いくらいきれいなんだよ。

それから、ゆっくりと、怒りが腹の中にたまってきた。

　おれはこれまで、玻っちゃんの自分勝手も我儘《わがまま》も、ほとんど気にならなかった。狙いをつけた的にしゃにむに進んでゆく激しさは、小気味よいくらいに思っていた。

　でも、玻っちゃん、あんたは兼雄さんを卑怯だ、ずるいと罵ったけれど、それなら、同じ言葉をおれがあんたに投げつけたっていいわけだぜ。

　あの紅は、おれが作り出した色だろう。おれは、自分が工芸家になろうのなんのって野心はこれっぽかりもないから、あんたに教えてやった。でも、あんたは、同じ色を出すことがどうしてもできないんだ。珪砂と金と王水の割合がわかっても、それだけじゃだめなんだ。ほんのちょっとしたコツ。それは、口で説明できることじゃない。おれの軀が、おれの手が、知っていることなんだ。

　おれの『紅』で、あんたは花瓶を作り、入賞し、世に出るきっかけをつかんだ。おれは、心から喜んだんだよ。おれは、あんたのために『紅』を作る職人で充分なんだ。

　世間には、デザインするだけで、あとの製作はいっさい職人まかせ、それでも作品はデザインした工芸家の名前だけ冠して世に出る例も多いんだってね。おれは、東京に来てはじめてそんなことを知った。

　おれは、玻津子に連れられて上京した。誰も、玻津子の紅をおれが調合し作っていることは知らない。調合室にいっしょに入っても、おれが奥さんの命令どおりに下働きしているだけだと思っている。

　おれは、奥さんの激しさも、そうして奥さんの躰も、好きだ。

　でも、勁《つよ》い人間からみたら、ばかばかしいとしか思えないだろう兼雄さんのノイローゼになるほかはない弱いやさしさも、それ以上に好きなのだと気がついた。

火を落としてあっても、吹場は余熱がこもっていた。坩堝の中にいるようだ。

乳白色と紅を重ねあわせたオブジェが、思いどおりの色にできあがったので、玻津子は、きらきら耀いてみえた。

吹場には、二人きりだった。前もって、玻津子に誘われていた。

玻津子は、鉄の手摺を背に、立ったまま、おれを迎えた。裾まで前が開いた服を両手で翼のようにひらいたのだ。裸身が乳白色と紅を重ねあわせてあらわれた。手摺から見下ろす深い穴の底には、玻津子が割り捨ててきた昨日、一昨日、去年のような、坩堝の黒い砂片が積み重なっていた。

包みこまれながら、おれは、あの人の足音が近づくのを心のどこかで待っていた。

おれは、兼雄さんに、おれの『紅』を使ってほしかった。あの人の創りたいものを創ってほしいと思った。

しかし、今あの人は、まるで、身も心も萎《な》えきっているのだ。

玻津子を、踏み越えなくてはだめなのだ。目のくらむような怒りが、あの人に力を与えないだろうか。

与えるにちがいない。

おれは、兼雄さんにそれとなく知らせた。玻津子との逢引きを。

玻津子に抱きしめられながら、

——おれの企《たくら》みは、かえって、あの人を打ちのめしてしまうだろうか……。

不安が湧いた。

あの人は、玻津子を叩きのめし、男の力を取り戻したら、おれは、おれの『紅』をあの人にあげよう。

おれは、賭けた。

玻津子が甘美におれを熔かしはじめた。

——この女を、失いたくない。

ふいに、そんな思いが兆《きざ》した。

おれは、玻津子に対する怒りを、もう一度かきたてようとした。

おれを利用したのだ、この女は。兼雄さんをも利用したのだ。それでいて、他人を罵り恥かしめ……。

おれは、背に強い痛みを感じた。

実際に何の力も加えられたわけではないのに、熱い鉄の鏃《やじり》で背を刺し貫かれた気がした。

ふりむかなくても、おれにはわかった。

兼雄さんがみつめる視線を、玻津子は、はじき返すように見返した。

息がつまるような気がした。

獣が身がまえにらみあう緊迫した時が、おれを圧迫した。

おれは躰をもぎ放し、思わず膝まずきそうになった。

そこで、おれの意識はとぎれた。極度の緊張感がおれを打ち砕いた。

そのあと、何が起こったのか、おれは知らない。ゆっくりと意識がたちかえったとき、穴の底の瓦礫《がれき》のような坩堝の残骸の上に、二人が倒れ伏していた。よく見ると、あの人は奥さんを組み敷き、血が網目のように彩った白い脚があの人の腰に絡みつき、熔けあって輝きながら律動しているのだった。

# 花婚式

1

一睡《いっすい》もしないうちに、夜が白みはじめた。能見《のみ》玄也《げんや》は、窓のカーテンを開けた。朝靄《あさもや》があたりをとざし、灰白色の壁と赤土の地面だけの殺風景な団地を、何か非現実的な色あいに変えていた。白く濁った大気のむこうで、コンクリートの箱のような建物は、歪《ゆが》みながら揺らいで、たえず形を変え、大地はゆるやかにうねる水の面を思わせた。

能見は室内をふり返った。六畳、四畳半とダイニング・キチン。境の襖《ふすま》を開け放った室内は、一目で見渡せる。夢幻のように色彩の曖昧な戸外とくらべて、部屋の中は、テーブルや書棚、台所のスチール・パイプの棚に尻を上向けて並んだ鍋、そうして、四畳半の部屋をいっぱいに占領したダブル・ベッド、あらゆるものが、くっきりと、現実感をきわだたせていた。

ベッドのシーツは、彼一人の躰の痕《あと》を残してよじれていた。昨夜、横にはなったものの睡《ねむ》りは訪れず、輾転《てんてん》としながら長い夜を過《すご》したその痕跡が、目に見えぬ重い塊りとなってまだ蟠《わだかま》っているようだった。

彼は、夢想にふけるたちではなかった。それどころか、きわめて健全な常識の枠から足を踏みはずすことのない男だったが、妻の不在という現実を、すなおに受けとめるのはむずかしく思えた。

千穂《ちほ》は、ついに、帰ってこなかった。帰宅しないままに、夜が明けた。

壁の掛時計を見た。円い皿型の飾時計の針は、五時二十八分を示していた。

長い夜につづく、長い朝。けたたましく鳴きかわす野鳥の声がガラス窓にひびき、こんなスモッグに汚れた街中にも、野鳥がいるのかと彼は、ずきずきと芯《しん》の痛む頭で、ぼんやり思った。七時より前に目ざめることは、ふだんは、なかった。

彼は、電話の受話器に手をかけ、ためらった。他人を電話のベルで叩き起こすには、時刻が早すぎる。そう、彼の常識がとめた。

だが、千穂の不在という事実が、すでに、常識の埒《らち》を越えている。

それに、寺の人間は、朝が早いだろう。

かつて、僧籍に入るための修行〈加行《けぎょう》〉に参加したときは、毎朝五時起きだった、と彼は思い出した。現在の彼は、広告代理店の経理課長である。父が僧職にあり、あとをつぐことになっていたのだが、どうしても肌にあわないと、方向を変えた。

彼が今、電話をかけようとしている相手、千穂の兄は、彼の父と同じ宗派の住職である。十五年前、いっしょに加行に参加した仲でもあった。

つい数日前、千穂の父は他界した。千穂の身寄りは、兄の久我有光《くがありみつ》一人となった。初七日が一昨日だった。そうして、昨日、千穂と能見は、結婚七年めの記念日を迎えたのである。

五十年めを金、二十五年めを銀になぞらえる西欧の風習にしたがえば、七年めは、花婚式と呼ばれる。一年めは紙、二年めが藁《わら》、と、何か頼りなく、更に糖菓、皮革、木とつづいて、ようやく七年めの花の祝《いわい》は、なまめいて華やかな、それでいて、どこか淋しい翳《かげ》りもただよう。

ことあるごとに商品と結びつけようという商魂のたくましさが、八年めの電気器具婚式などというのまで生み出しているのはこっけいで十五年めの銅婚式を水晶婚とあらためたのは、宝石商の強引なコマーシャリズムだろう。

能見は、花婚式の名に甘やかに浮きたつようなロマンチストではなかったが、千穂と共に過した七年の歳月を、花の名で寿《ことほ》ぐのも悪くないと、ふだんは足をむけたこともない高級レストランに妻を伴ったのであった。

受話器をとり上げ、ダイアルを廻した。父親の通夜、葬儀、初七日と行事つづきで、独り身の有光は、疲れて熟睡しているかもしれない。いや、檀家の誰彼が、泊まりこみで世話をしていることだろうか。

三十代も半ばを過ぎ、かつての秀麗な美男僧は美男なままに貫禄を添え、檀家の未亡人だのゆかず後家だのが、糖蜜に集う蟻《あり》のように手とり足とり世話をやきたがる風情である。

千穂は、これまで寺を嫌って生家に寄りつかなかった。

しかし、他にとりたてて親しい友人もいないとなれば、まず、実家に問いあわせてみるほかはない。発信音がとぎれ、電話口に出た声は、有光であった。

「千穂が、そっちに行っていないだろうか」

のっけから訊《き》いた。

「千穂が？」

「昨夜から、帰ってこない」

「喧嘩でもしたのか」

喧嘩どころか、昨夜は、ことのほかむつまじく、ディナーを共にしたのだった。

前菜にメロンの生ハム添え、魚料理は鰈《バルビュ》のベルモット酒煮、アントレは鴨のオレンジ煮胡桃《くるみ》入りサラダ、デザートに苺のスフレと、ふだんは2DKの公団アパートでささやかな挽肉《ひきにく》料理などを食しているのが、思いきって豪華な晩餐《ばんさん》だった。

千穂は常日頃少食で、このときも、ほとんど三分の一ぐらいずつしか手をつけなかったが、おいしいわ、と、目を細めていた。数日前に他界した父親のことは、どちらも話題にのぼらせなかった。予約するときに係の者にわけを話して、テーブルを花で飾らせた。

あまりにも華やいだ飾りつけが、脆弱《ぜいじゃく》な千穂の神経を、痛めつけたのだろうか。

このごろは、並の人妻らしく、適当にふてぶてしいさまもみえ、能見としては安堵して心身ともに健康になった妻に対する、ひそかな祝の心も託した宴であったのだ。

水が怖い、鏡が怖い、と、結婚した当初、千穂はよく言った。実際、他人が――結婚してからは主として能見が――いっしょにいるときでなくては、千穂は鏡をのぞこうとしなかったし、池や川、水面に姿がうつる場所をつとめて避けていた。水が怖いというのは、水鏡を意味していた。水道の蛇口からほとばしる水は、彼女をおびえさせることはないのだった。

花が怖い、樹が怖い、と言うこともあった。まるで、周囲の事象のことごとくが、悪意をもって彼女をおびやかしているというふうでそれはたしかに、尋常な精神のありようではなかった。

ずっと後になって、鏡に対する恐怖も薄らぎ、千穂は、夫に語ったのだった。

「池の面にうつる影をみつめているときに、私の影が、魚に食いちぎられていったの。赤い大きな鯉《こい》や黒白まだらの鯉が寄ってきて、水の中の私をつつきちらかすの。私の肉は少しずつ魚に食いちぎられて、白い骨があらわれてきたわ。鯉たちは、私の影に群がり寄って、それが離れると、えぐられた肉のくぼみから白く骨がのぞいたわ。と、また、寄ってくる。ぬめぬめした魚の固い口が、私をつつく。私はとうとう、骨だけになって、その髑髏《されこうべ》にぽっかりあいた二つの黒い眼窩《がんか》が、空をみつめているの。空の高みを、必死になって、みつめているの」

千穂が池の面に白骨の幻影を視たあとに起こったことを、能見は、知っていると思った。だが、彼は黙っていた。

能見が千穂と結婚したのは、七年前で、ふとしたきっかけで知りあったのだった。それ以前から、彼は千穂を見知っていたのだが、千穂には明かしてなかった。

「おい」送話口から、久我有光の声が、「千穂が帰ってこないというのは、どういうことなんだ。詳しく話してみろ」

「昨日は、俺と千穂の結婚記念日だった」

「結婚記念日ね」有光の声が、苦笑しているようにきこえた。

「俺たちは、××で夕食をとった。レストランを出て、俺はタクシーを探した。千穂は俺のうしろにいると思っていた。空タクシーを呼びとめて、千穂を先に乗せようとふりむいた。――いなかった」

「何だって？」

「いなかったんだ。俺が車道に踏み出してタクシーを探している間に、消えた」

「ばかな。近くのビルのトイレにでもいったんじゃないのか」

「俺に声をかけずにかってに行くわけがないだろう。しかたがないから、タクシーはキャンセルして、その場で待った。へたに動きまわったら行き違いになると思ったからな」

三時間待った、と、能見は言った。動かないでいようと思ったが、千穂も同じように考えてどこかに立ちつくしているのではと、近くのビルの中や他の通りものぞいてみた。のぞいては、もとの場所に大いそぎで戻った。

結婚した当初の、脆《もろ》い、薄手のグラスのような印象がよみがえった。

一番最初に千穂をみかけたのは、十五年前本山の道場に、千穂が有光の加行見舞に来たときだ。

そのときは、ガラスのような脆い印象は受けなかった。おそらく、グリーンの地の総絞りの着物に朱と黒と金の帯をしめた姿が、濃厚に花弁を重ねた牡丹のように絢爛《けんらん》としていたからだろう。十七歳の少女の清楚さを、熱帯の蝶のような極彩色の着物が殺していた。

「誘拐か」

「ばかな。千穂を誘拐して何になる。千穂は自分から消えた。俺に愛想をつかして消えたんだ。そっちには行っていないのか」

行きはぐれたと錯覚した千穂は、一人で車を拾って帰ったのかもしれないと思い、公衆電話をかけてみた。呼出音が鳴るばかりであった。子供が迷子になったのとはわけがちがう。交番に届けるのもためらわれ、三時間待ったあげくに、通りかかった空車を拾ってアパートに帰った。

「千穂の身のまわりのものは、きちんと整理されていた。有光さんも知っていると思う。千穂は、あまり整理の上手な方じゃない。身のまわりのことは、むしろ、だらしないといっていいくらいだ」

「いや、昔は、几帳面だったんだ。祖母のしつけが厳しかったからな。箸の上げ下ろしにも注意された。七つのときから茶の湯作法をしこまれた。投げやりになったのは、あの事件のあとからだ」

「ああ……そのことについても、有光さんに訊きたい。千穂は、どうして……」

「待ってくれ。千穂が身辺を整理して消えたから、自発的な失踪だというのか。書置《かきおき》のようなものでもあったのか」

「いや。しかし、俺にはわかった。七年——花婚式だものな。花婚式を迎えるまで、いっしょに過した。千穂が自分から出て行ったのだということぐらいはわかる。食事は、俺との最後の晩餐のつもりだったのだ」

「能見……まさかとは思うが、一箇所、心あたりがある。行ってみよう」

能見は一瞬息をのみ「本山の……池か」と訊いた。

2

江戸初期の豪壮な、建築美を示す山門の前で、タクシーをとばしてきた能見玄也と自家用車でかけつけた久我有光はおちあった。

やや花の盛りを過ぎた紅梅の古木が巨大な傘のように枝をひろげ、二万坪に及ぶ広大な境内に人の気配はなかった。

二人は寄り添うように肩を並べると、石の階をのぼり、建ち並ぶ堂塔の間を抜け、本堂の裏の池に足をむけた。

途中、一つの堂塔の前を過ぎる。扉が閉ざされ、内部をうかがうことはできないが、十五年前のある一日が、堂塔の扉と心の扉を同時にひらいて、うつつに立ちあらわれる。

それは、加行僧の面会所にあてられた場所であった。

性欲を遮断された男たちの、なまぐさい熱気のこもるその場所に、その日、千穂は、祖母たちに託《たく》された見舞物の包みを両手に捧げるように持って、入ってきたのだった。

四つの広間の間仕切をとり払った面会室は四、五百畳はあった。

修行中の加行僧はおよそ百人ほど、見舞の者にかこまれて、ところどころに小さい群れをつくっていた。

大学で必要な単位数の仏教講座を修得した青年僧が多いが、中には、人生の半ばで出家を志した者や、大学には行かれず養成講座とで加行参加の資格を得た貧しい寺の子弟も混《まざ》る。その出身によって、グループは色あいが異っていた。富裕な寺の子弟は、数多い見舞客にとりまかれ、談笑の声も賑々《にぎにぎ》しく、訪れる者のほとんどない貧しい寺の出の者は、隅の方にしりぞき、どこか恨めしげなひがんだ目をむける。

グリーンの地の総絞り、朱と黒と金のせめぎあうような、けざやかな帯、帯揚は萌黄、純白の足袋に袘《ふき》の朱をうつし、千穂がすり足で入ってきたとき、ざわざわと、視線がぞよめいた。

異様な気配が広間を占めた。僧形の男たちの躰内に圧縮された精液のにおいが、毛穴から滲《にじ》み出、広間にただよい出すようであった。

百人の男の目が、千穂の、指の先から、袖のかげにかくされた白い腕、細いがしっかりと立ったうなじ、厚い帯にしめつけられ乳首に痛みを感じているであろう胸乳、更には、なめらかな腹の中央に形よくくぼんだ臍《ほぞ》から、きりっとくいこんだ股の付根、色濃くか淡々《あわあわ》とか、見るものの想像にまかされた和草《にこぐさ》の茂み、まだ固くとざされた花芯と、くまなく舐めまわし、舐めつくし、執拗《しつよう》に追いすがった。

しかし、それは、さりげなく行なわれるのだった。


彼らは、まともに千穂に目をむけたりはしない。す早い一瞥《いちべつ》。伏せた目が、一瞬放つ閃光《せんこう》。

久我有光は、妹の来訪を予期していなかった。家に不幸があったことを、前日、知らされたばかりであった。家の者は、加行中の有光の心が乱れるのをはばかってか、何も告げてこなかったが、おせっかいな檀家の者が、電話をかけてきたのである。彼はそれを行頭を通じて知らされたのである。

不祥事は、二つ重なっていた。

彼の父が住職をつとめている妙華寺は、さして大きなものではない。弟子僧もおらず、祖母と父、母、千穂の家族のほかに、祖母の代からいる寺男が雑用をつとめているだけであった。祖母は寺の家つき娘で、同じ宗派の寺の三男を入婿《いりむこ》にしたが、その夫は二十五の若さで他界し、その後、後家をとおしている。

清次という寺男は少し知能が低く、このころはもう老衰して身動きも不自由なのを、ほかに引きとり手もないので、小屋をあてがわれ、飼殺し同様に扱われていた。若いころはかなりいい体格をしていたと思われる。肉が落ち痩せおとろえた晩年でも、骨格はなお、昔年の猛々しさを残しているようだった。

有光が、子供のころは、この男はまだ元気で、裾をからげ長い膝をむき出しにして、とび跳ねるようなかっこうで庭掃除などしていた。知能が低いかわり、一つのことに熱中し根気がよかった。風呂の薪《まき》を割るのもこの男の仕事で、眼を据え、唇をとがらせ、ほおっ、ほおっ、と梟《ふくろう》のような声を鉈の一撃ごとにあげるのが印象に残っていた。後年は、風呂もガスにかわったから、清次の奇妙な薪割りを見ることもなくなった。

この清次が、失火で焼死したというのである。清次は、家族が住む庫裡《くり》から少し離れた掘立小屋に一人で寝起きしていた。夜半に清次の小屋から火が出た。幸い、庫裡や本堂に燃えうつることはなく、粗末な小屋一つ焼いただけで鎮火したが、躰の不自由な清次は焼死した。

悪いことは重なるもので、その翌日、母が石段を踏みはずし、こちらは命に別状はなかったものの、腰をひどく打ち、寝こんでしまった。

祖母の加爾《かね》は坐骨神経痛が出て外出できないし、住職である父も、寺をあけるわけにはいかない。

そんなわけで、明日の加行見舞は、私が一人で参じますという、檀家総代の越野《こしの》という男からの電話であった。

## 3

なつかしさよりも、何か気恥ずかしいような思いもあって、能見は、青春のごく短い一時期を閉じこめられて過した堂塔の前を足早に行きすぎた。酔いが醒《さ》めて後、酔中の自分をふりかえらされたときの、嫌悪感に似ていた。

久我有光に会うときも、彼は、その羞恥が身内にうごめくのを感じ、これまで、無意識のうちに彼を避けてきたような気がする。

社会人ともなれば、節度という衣が裸体の醜さをおおいかくす。だが、堂塔にあったその時期は、ほとんど過度なまでに、自己を赤裸々にみせあい、感情をむき出しにした。有光は、そんな中で、ことさら露悪的にもならず、いくぶん皮肉な薄笑いをみせていたと、能見は思う。能見自身は、僧侶を一つの職業と割りきることができず、壁に躰を打ちあてるようにして自分を問いつめ、結局、中途半端なままに投げ出した。そのときの思いつめた真剣さが、今思い返すと、何か気恥ずかしいのだが、有光はそのころも、世襲の職につくだけのことなのに、何を大仰なと、七転八倒する能見のような者たちを冷笑しているところがあった。

だが、今、有光と並び立つと、自分の背広姿が、これはこれで一つの仮装めいたものに思えてきたりする。

本堂の裏にまわると、池がひろがっていた。池のふちの陽のあたらぬ石畳は苔がむし、鯉の群れが、人の気配に、ぬめぬめとした背をみせて泳ぎ寄ってきた。

「違ったな」有光がふりむいて言った。「違っていてよかった」

「ああ」能見は吐息をついた。

十五年前、兄の加行見舞に訪れた千穂は、数刻後に、この池から裸体でひき上げられたのだった。能見は、加行道場ではじめて有光と知りあったので、千穂を見かけたのも、この加行見舞のときがはじめてである。

百人ほどの加行僧は十人ずつの班にわけられ、成績のよい者が班長に任じられる。能見が属した班の班長が久我有光であった。

したがって、能見は、この日、面会場に入ってきた千穂を遠目に眺めただけで、言葉一つかわしていない。千穂の方では、彼の名も顔も知らないままであった。

寺僧の一人が、池の端に脱ぎ捨てられた緑色の着物と、朱金の帯を発見し、騒ぎたてた。

水底からひき上げられた裸身は泥にまみれていた。池の底は、ずぶずぶと沈みこむ泥土であった。帯は蛇体のようにくねって、岸から池中にのびていた。

人工呼吸をほどこされ、救急車で運び去られる少女を、能見は、物見高い野次馬に混って見送った。

そのときは、それだけの接触であった。

誰か心ない者に凌辱《りょうじょく》され、錯乱して入水《じゅすい》をはかったのではないか。誰しもが、まず推測したのだが、それであった。

少女の躰は無垢のままだったという医師の証言も、噂を打ち消す力はなかった。

有光は何も語らず、他の者も、有光が語らない以上、強いて問いただすこともできず、加行はつづけられた。

早暁五時半の晨鐘《じんじょう》（起床）、更に、日中、日没、初夜、中夜、後夜と、一日二十四時間を六つに区切っての勤行《ごんぎょう》と、その間に行なわれる講義。

目のあたりに見た少女の裸身が、若い加行僧たちの心をかき乱した力は大きかった。

能見も、しばしば、目の前に燃え上がる白い大輪の葩《はな》を視た。講話の最中に手淫を行なって放逐された者がいた。

能見は、一度、女の躰を知った経験があった。高校のとき、同級の女生徒が彼に許したのである。彼はその少女のやさしさを、喜悦をもって汲みとった。

実際には、少女は好奇心を恋情と思いちがえていたのかもしれない。行為のあと、索然とした顔で彼から離れていった。

彼が久我有光からほとんど傍若無人ともいえる一方的なくちづけを受けたのは、加行に参加して二日めのことだった。

勤行と勤行のあいだのわずかに許された気ままな時間を、彼は一人で、人気《ひとけ》のない裏庭を歩いていた。

何か不安定な気持のままで、押し流されるように加行に加わってしまった。

彼は陰鬱《いんうつ》な生家の寺を思った。だだっ広い庫裡は、襖で仕切られた部屋また部屋が幾重にも連なり、襖を開くと、畳を敷きつめただけのがらんとした部屋があり、次の襖を開くと、これも同じような部屋があり、まるで、互《たがい》にうつしあう合わせ鏡の中に迷いこんだようなおかしな気分になるのだった。四方を部屋に囲まれ、全く外光の射しこまない行灯《あんどん》部屋もあった。その部屋の襖がぴったり閉じられて、中に父と母のこもっている気配がするとき、彼は、両親が二人だけの隠微な営みをしているものと、賢《さか》しらに想像したのだが、あるとき、そっと透き見してみると、父と母は、目の色をかえて金勘定に専心しているのだった。性行為よりもはるかに鬼気を感じさせる光景であった。

苛酷な加行をつとめあげ、行きつくところがあのざまかと、きまじめな性格なだけに、彼は索漠とする。

その索漠とした気持を持ちあぐねて歩いているとき、久我有光と池のはたですれちがった。

彼は、二歳年長の有光に、初対面のときから圧迫感をおぼえていた。秀麗という形容がぴったりあてはまる容貌であった。

すれちがいざま、有光は片腕をのばして彼を抱きこみ、唇を重ねた。柔《やわ》い舌端が口蓋《こうがい》に力強い螺《ら》旋《せん》を描き、彼の舌の根を吸い上げ、あっと思ったときは、有光は、もう背をみせて遠ざかっていた。

その後も、ときどき、彼を襲った。疾風が掠めさるような、瞬間の、一方的な凌辱だった。彼が抗《あらが》う暇も、あるいは官能の波に身をゆだね、心ゆくまで有光の愛撫に応える余裕も与えられず、彼は茫然と一人置き去られて次第に昂《たか》まってくるものをもてあまして立ちつくすのだった。

まるで、通りすがりに、仔犬を足蹴にかけて行き過ぎるような、と、能見は口惜しがりそれでいて、面とむかうと、何も言えなくなる。いやだと言えば、有光は、あっさりやめるかもしれない。腹をたてながら、有光の襲撃を心待ちにしていることを、内心認めないわけにはいかなかった。

千穂の入水事件のあと、有光は、身をつつしむようになった。そうなると彼は、物足りなくてならないのだった。

能見は、泛《うか》び上がる千穂の裸身に、いつしか、その兄の唇の感触と、かつて躰をかわした少女のやわらかい花芯の感触を重ねあわせ畳に爪をたてたいような焦燥にかられた。勤行中であろうと、講義の最中であろうと、妄想は彼を捉えた。彼より先に、手淫を発見されて放逐された男がいたおかげで、そのみじめなさまを思い起こすことで、彼は、どうにかきりぬけた。

4

千穂が何かで衝撃を受け、心が乱れ、再び入水をはかったのではないか。二人の危惧は一致して、本山の池にかけつけたのだが、千穂の姿はない。

有光は、自分の車の助手席に義弟を乗せた。

「捜索願いを出すべきだろうか。それとも、家に電話をいれてみるか。ひょっとしたら、帰っているかも……」

「そう、うろたえるな」有光は、落着《おちつ》きを取り戻していた。

「方丈《ほうじょう》さんの死が、千穂には、それほどショックだったのかなあ。最近、千穂の身辺で変わったことといえば、方丈さんの死んだことぐらい……」

言いかけて、能見は言葉をのみこんだ。有光の冷静な眼が、彼を見た。黒い長い睫毛は、中年の僧には不似合だった。

「玄也、さっき電話で口をすべらせたな。千穂は、おまえさんに愛想をつかして消えたと言ったっけな。あれは、どういうことだ」

能見は、口ごもった。

「浮気がばれたか」あっさりと有光は言った。

「浮気ってほどのものじゃない。仕事の関係で知りあった女性が、うちに電話をかけてきた。あいにく、千穂が電話口に出た。その女がまた、いやにべたべたした喋り方をするやつでね。最近、旅行記を出版して、サイン本を俺に送ってきた。俺は簡単な礼状を書いた。そうしたら、二度も三度も電話をかけてくる。二度、俺が留守だった。すると、電話に出た千穂に、まあ、彼ったら、あたしから逃げようとしているのかしら、なんて、むこうにしてみれば、ほんの冗談口なんだろうが、千穂を誤解させるようなことを言いやがったんだそうだ。……いや、有光さんだから、正直に言う。俺は、その女とキスしたよ。酔っていたからな。だが、それだけだ。何も……」

「キスしようが、寝ようが、かまわんさ」

有光は言ったが、睫毛のかげの眸《ひとみ》が、少し翳った。

「玄也も、厄介なのを背負いこんだな」

「え？」

「いや、千穂のことだ。おまえさんが背負ったのは、千穂という神経のとぼそい女一人じゃない。俺の祖母《ばあ》さん、親父、おふくろ、ごちゃごちゃひっからまったやつを背負いこんだ千穂、そいつをまた、玄也が背負いこんだというわけだ」

「有光さんは、そのひっからまりの中には含まれていないのか。お祖母さん、親父さん、おふくろさん、と数えあげた中に、有光さんは入っていなかったな。昔、千穂が入水して自殺をはかった。着物を脱ぎ捨てたんだから、過失で落ちたのではないだろう。あれは、自殺未遂だったたな。あれは、あんたと俺の醜行《しゅうこう》を目撃したためじゃなかったのか」

「醜行？」有光はけげんそうな顔をし、「ああ、これか」と、唇の形をちょっと変え、苦笑した。

「あんたは、あの日も……」言いさして、また、能見は言葉をきった。すでに中年にさしかかり、凡庸な日々を送っている男が口にするには、あまりになまなましい言葉に思われた。奇妙に華やいだ感覚の記憶と、それを醜いものとする現在の常識の間で、彼はとまどっていた。

「たしかに、それも、一つの原因ではあっただろうな。というより、千穂を池に突きとばした一つの力になったかも……。いや、なったんだ。俺はあのあとで、そうと知ったよ」

「どこへ行くんだ。俺を団地に送ってくれるんじゃないのか。道が違う」

「俺のところに行こう」

「いや、家に帰らんと……。ひょっと千穂が戻っているかもしれないし、連絡があるかも……」

「もう一つ、俺に心あたりがある。寺に来い」

能見は、シートの背にもたれた。昨夜の不眠と心労の疲れが、車の震動に誘い出された。

「自動車事故にあったということはないだろうな。千穂は、俺の名刺をいつもハンドバッグに入れているから、事故にあっても、身許不明ということはないはずだ」何度も心の中で自問自答し、自分を納得させたことを、能見は、また、声に出した。「事故にあったのなら、昨夜のうちに俺のところに連絡がくるはずだ。……だが、轢《ひ》いたやつが、轢き逃げするために、千穂の身許をわからないようにして、おっぽらかしたとしたら……」

「千穂という女は、あっちの糸とこっちの糸を結びからげて、自分をがんじがらめにしてしまうたちなんだ。あれでは、生きていくのが辛い」有光が、アクセルを踏みこみながら言った。

「……自殺……？」

酔ったはずみの気まぐれな接吻《せっぷん》ぐらいで自殺さ

れるのでは、こっちがやりきれない。

強靭な性格でないことは、千穂を拾い上げたときからわかっていた。

そう、まさに拾い上げたのだった。その日、彼は会社の慰安旅行の帰りであった。他の者は終着の東京駅まで行くのを、彼一人、新横浜で新幹線を下りた。ここで横浜線に乗り継いだ方が、彼の住むアパートには近かった。

そうして、新横浜の改札口で千穂を拾ったのである。千穂は駅員に連行されようとしていた。通行人が振り返り、中にはわざわざ立ち止まって見物する者もいる。彼は、行き過ぎようとして、足がとまった。八年前に一度見かけただけの少女のおもざしを、よくも忘れないでいたものだ。

千穂はおも変わりしていた。頬がこけ、肌が荒れ、ひどくざらついた声で、いやです、と腕をとって引張っていこうとする駅員に抗《あらが》っていた。切符を持たぬまま改札口を通り抜けようとしたという事情がわかり、彼は、まず、電車賃をたてかえてやり、それから「久我有光さんの妹さんではありませんか」とたしかめた。もし人違いであっても、千穂のおもざしをしのばせる女を打ち捨てて行きがたい気がした。

千穂は曖昧にうなずいた。千穂の方では、能見を全く記憶にとどめていない。百人の、千穂にとっては未知の加行僧の一人に過ぎず、遠目に彼女をみつめていただけだったのだ。千穂が失踪してから、有光との抱擁《ほうよう》を目撃されたのではと気づいたが、それにしても、千穂は、兄の相手の顔までは確認しなかったのだろう。今にいたるまで、彼女は、夫がかつて兄と共に加行道場にいたことを知らないのだ。したがって、彼女の入水を夫に目撃されたことも気づいていない。

本山で二箇月の加行を終えて以来、能見は久我有光には逢っていなかった。音信をかわしたこともない。彼は還俗し、生家である寺とも絶縁状態のまま、サラリーマンとしての生活を送っていたのである。

千穂の乗車賃をたてかえてやってから、能見は、千穂は当然家族のいる寺に帰る途中と思い、

「それじゃ、気をつけていらっしゃい」と言った。そう言いたくなるような、どこか病み上がりのような様子を千穂はみせていた。

「財布を落としでもしたのですか。いくらかたてかえてあげましょうか」と、思いついてたずね、そのとき彼は、千穂の様子がどこか尋常でないことに気づいた。千穂は能見に礼も言わず、放心したような目で、小指の爪を噛みちぎっていた。

送っていってやろうかと思ったが、彼は住まいを知らなかった。目を放すのが心もとなく、彼は千穂を自分のアパートにひとまず伴った。妙華寺という、久我有光の寺の名は知っていたから、電話帳でしらべて電話をかけた。

「妙華寺さんですか」と彼が問いかけたとき、千穂が身震いして、彼の持った受話器に手をかけ、切らせた。

彼は、千穂が眠ってからあらためて電話をかけ、有光に連絡をとったのである。

「病院から迎えを行かせる」と、有光は言った。

「病院だって？」

「ここ何年か、出たり入ったりしている。ノイローゼのようなものらしい。玄也には、迷惑をかけたな。そっちへ行く道順を教えてくれ」

能見は、電話を切った。強制的に、手とり足とりして千穂が連れ去られることを思うと、いかにも無惨だった。アパートの名も住所も告げてないから、こちらから連絡しないかぎり、久我には千穂の居場所はわからないだろうと思った。

千穂は、彼のもとにとどまった。次第に落着きをとり戻すようで、能見は、千穂が必要としていたのは、医薬品や施療ではなく、安定した心のよりどころではなかったのかと思い、彼女が自分に

頼りきっていることに満足した。やがて正式に入籍し、そのときあらためて、有光に連絡した。式はあげなかった。千穂の母は死亡し、残っているのは兄の有光のほかは祖母と父の二人だということだが、千穂の強い希望で、有光以外の者には、住所も消息もあかさないことになった。彼女は有光に逢うことも拒否した。能見だけは、千穂には告げずに有光に逢い、千穂の状態を話した。有光は、あまり表情を動かさずに、彼の話をきくだけだった。

「俺には何もしてやれんからな」と有光は言った。「ただ、玄也も加行道場にいたことは、決して明かすなよ。入水騒ぎを見られたと知ったら、また、とび出すかもしれんぞ。錯乱のあげくとはいえ、女としては恥ずかしい姿をさらしたのだからな」有光は、それだけは強く言った。

その後、抽選にあたって公団アパートにうつり、二人の生活は、サラリーマンの規格にはまった、穏やかで平凡なものとなった。

5

妙華寺の境内に、有光は車を乗り入れた。風が強まっていた。土埃《つちぼこり》が捲《ま》き上がり、杉の梢《こずえ》が鳴った。

「今年の春一番かな」ゆったりと言う有光に「電話を貸してくれ」能見は気ぜわしく「うちにかけてみる。帰っているかもしれん」

「電話は庫裡だ」

有光は先に立って石の階を登った。

「このあたりに、清次《せいじ》の小屋があった」と、有光は雑草の生い繁った一劃《いっかく》をさした。ひこばえが根元をおおう雑木の幹に、あけびの蔓《つる》がからまって立ち枯れていた。

「清次？」

「寺男だ」

「ああ、失火で焼死したとかいう……。千穂が加行見舞に来る少し前のことだときいたおぼえがあるな」

「失火ではなかった。親父が放火した」

「何？」能見は思わず足をとめた。

「俺の祖母《ばあ》さんはな、十八で婿を迎え二十で親父を生んだが、二十五のとき祖父《じい》さんと死別した。七年め——おまえのいう花婚式の年だな。それ以来、清次を交情の相手にしてきた」

淡々と話しながら、有光は歩みをすすめる。踏みしだかれた枯葉がかすかな音をたてた。

「玄也も寺育ちだから、察しがつくだろう。寺の中ぐらい、隠微で陰険なところはない。外にはきれいな顔をむけ、その分、圧縮された情欲や欲望が、内側でとぐろを巻いている。

俺と千穂のおふくろも、十八のとき嫁にきた。祖母さんは四十二。若い姑だ。おふくろは痛めつけられたらしい。夜、親父と同衾《どうきん》していると、壁の柱のすき間に目玉が見える。祖母さんが、蠟燭の灯で、じっと二人の媾合《こうごう》をのぞいているわけだ。妊娠したとたんに、姑から夫との同衾を禁じられた。おふくろはまた、無知で、妊娠中は同衾はしないものだという姑の言葉を真《ま》に受けて、忠実に守ったんだな。千穂はおふくろとよく似ている。神経の細いところが。

俺は図太くならざるを得なかったよ。祖母さんは、人目をしのんでは清次と乳くりあう。親父は清次を憎みに憎んで、全く、殺しかねなかったぜ。おふくろは祖母さんににらまれて蛇にみこまれたようにちぢこまり、親父はそういう女房にあきたりなくて、外に女を作る。そんな中で、俺と千穂は育ったというわけだ」

電話はこの奥だ。ちょっと待ってくれ、一本、俺が先にかけるところがある、と、有光は庫裡の奥に姿を消した。

能見は、縁先に腰を下ろした。不規則なひょうたん型をした池のへりに、馬酔木《あせび》が小さい固い蕾の房をつけていた。

有光が戻ってきて、電話はそこだ、と奥をさした。能見は靴を脱いで上がった。陰気な庫裡が、彼に生家を思い出させた。千穂は彼に寺での生活についても家族についてもほとんど語らなかったが、鋭敏で脆い感受性を持って生まれついた千穂には、たえがたい重さだったことだろうと、湿っぽい畳のにおいを感じながら、彼は思った。

ダイアルを廻したが、やはり、誰も出なかった。

縁先に戻ってくると、有光は茶を淹《い》れていた。悠長に茶を喫するような気分ではなかったが、すすめられるままに一口飲んで、ひどくのどがかわいていたのに気づいた。

「有光さん、さっき、聞き捨てならないことを言ったな」

茶は、熱すぎずぬるすぎず、適度な苦みをもって舌を濡らし、のどをうるおした。

「放火のことか」

「ああ。それで清次という人が焼死したのなら……殺人じゃないか」

自分の声が、妙にうわずっているのを能見は感じた。つい数日前死亡した方丈は、大往生だったという。

夕刻、入浴し、酒を飲みながらTVを観ている最中に、気分が悪いと突伏した。それきり意識を失い、死亡した。脳卒中であった。病苦も生から死に移行する恐怖も知らず、本人はおそらくまだ、酔夢の中にいるつもりかもしれない。

「檀家の連中からは、親父は尊敬されていた。うわべしかみせないからな。嫌いな人間は徹底して嫌い、憎みぬく、そんな親父の顔は、内輪のものしか知らない。薪《まき》ざっぽうを持って清次と血みどろのわたりあいをやったこともあるそうだ。若いころな。

祖母さんは親父を猫かわいがりにしていたが、清次を追い出すことだけは承知しなかった。俺の祖母さんというのは、実にきれいな餅肌をしていたよ。

それで……放火の話だったな。あのころ清次は老衰して、もう身動きが不自由になっていた。すると祖母さんも、現金なもので、見むきもしない。親父は、自分が清次の種なのではないかと、悩んだこともあったようだ。そんな思いがあるだけに、いっそう憎悪が強まっていた。母親の愛情を奪いあうライヴァルでもあったわけだ。

清次が身動きできなくなると、親父は、おふくろが食事を小屋にはこぶのを禁止した。自分で運んでやるようになった。おふくろは、あるとき、親父が食物をはこびこんだところを目にした。痩せ衰えた清次が、下の始末もしてもらえず、悪臭を放って横たわっている。少し離れたところで、親父は、椀の中の食物を野良犬に与えていた。清次の口に入れるべき飯を、清次の目の前で、犬に食わせていた。犬が食い残したわずかばかりの飯粒が、ようやく清次に与えられる。そういうことがくり返されていたのだとおふくろは悟り、ふるえ上がった。

清次は、餓死寸前のところで、辛うじて生きのびていた。ひ弱なやつなら、とっくにくたばっている。だが、そのうち、親父は気づいたんだ。このまま清次が死んでみろ、医者は、飢えによる衰弱死であると診断する。まずいじゃないか」

「それで、親父さんは……まさか……」

「だって、そんなことを……」と、能見は、思わず声が高くなった。

「どうして有光さんはそれを知ったんだ。方丈さんの口からきいたのか」

「千穂が入水しただろう。あのとき、脱ぎ捨てた着物の下に、遺書があった」

「遺書だって！　それじゃ、千穂は、最初から自殺するつもりで……」

「いや、遺書は、おふくろが書いたものだった。あの前日——清次が焼死した翌日、おふくろは石段を踏みはずして腰を打ち、寝こんでしまったので加行見舞には来られないと俺は檀家から電話を受けた。

檀家の者には、親父が、そう話したのだ。

おふくろは、火事が親父の放火であることを知っていた。目撃したのだ。おふくろは、これてしまったよ。洗いざらい、遺書に書いた。祖母さんが昔清次を相手にしていたことも、自分が祖母さんにどんな仕打ちを受けたかということも、そうして、親父が清次を憎みぬいて、餓死に追いつめ、焼死させたことも。おふくろは、庭に出て、首をくくろうとした。ところが、どじな話にな、枝が折れて腰を打ち、動けなくなってしまった。

遺書を発見したのが千穂だった。あんなものをみつけなければ、何も知らずにすんだのにな。

千穂は、持ちこたえた。加行見舞にかこつけて、とにかく、俺に相談しようと思ったんだな。相談されても、どうしようもないが、俺に助けてほしかったのだろう。

千穂は、和服を着るのを嫌っていた。がんじがらめに縛り上げる因習の象徴のような気がするんだろう。あの日のけばけばしい服装は、祖母がむりやり着せこんだのにちがいない」

池の端で、厚ぼったく彼女を押しつつむ着物をはがして捨ててゆく千穂を、能見は思い浮かべた。兄だけは浄《きよ》らかなものと、すがりつく思いでたずねてきた。能見は、一瞬、唇が灼けるような気がした。

私の影を、魚が食いちぎってゆくのよ。白い骨があらわれて……髑髏にぽっかりあいた二つの黒い眼窩が、空の高みを見上げているの……。

入水の直前、実際に池の面に見た幻影か、心の中をそんな言葉であらわしたのかわからなかった。

「ほどほどというのは、むずかしい。俺のように、思いきり何でも肯定してしまうか、千穂のように、おそろしく潔癖に、我《われ》から傷ついてゆくか」

ふつう、人は、浮世で傷ついて寺に救いを求めてくる。千穂には、寺が地獄だった、と有光はつづけた。

寺が地獄だから、俗世の俺に救いを求めた、と、能見は心の中で、有光の言葉につづけた。

「放火からちょうど十五年。玄也と千穂の花婚式の年は、親父の殺人が時効になる年でもあったわけだ」

「せっかく殺人が時効になっても、脳卒中であの世行きとは、因果応報といいたくなるな」

「いや、千穂は、そうはとらなかった。あんな安楽な死に方が許されるのかと、通夜に来たとき、真剣な目で俺を見たものな。そうして、一方では、おまえさんの浮気だろう」いや、と有光は抗議しようとする能見を手で押えるかっこうをし、「浮気と呼べるようなことじゃない、わかっている。だが、千穂にはな。女からの電話という話をきいて、俺は、やっと察しがついたよ。千穂は、身の置き所がなくなっちまったんだ。人は、追いつめられたとき、神だの仏だのに逃げこむが、千穂は最初から、その退路を断たれている。寺から逃げ出した俗世、おまえの翼の下も安住の地ではないとなって、千穂はおそらく、あそこにまた戻って行ったのだろう」

千穂の母は、病死したことになっているが、実は、あれ以来ずっと、病院に隔離《かくり》されている。千穂も一時、そこを出たり入ったりしていて、逃げ出しておまえさんに拾われた。

「もし千穂が行ったら、すぐ電話で知らせてくれと、さっき病院に頼んでおいた」そう、有光は言った。

能見は、立って、池の面をのぞいた。薄黒い水に彼の顔がうつり、鯉がぬめぬめとした背をみせて突っ切った。胸のあたりに陽光が白く射していた。鯉がはね、陽光はくだけてきらめいた。

ベルの音をきいたような気がして、彼はふり返った。空耳だったとみえ、有光は、ゆっくりした手つきで茶を喫していた。

# 湖畔

## 1

枝垂《しだ》れたユーカリの葉が黒々とおおいかぶさり、ガリラヤ湖の湖面は、薄闇の中にわずかに鈍いきらめきをみせていた。対岸は闇に溶けこんでいる。湖岸のベンチに腰を下ろすと、湿った夜気が肌に滲《にじ》みいった。

凄まじいほど数多い星が、漆黒の空に巨大な星座を描き、ふり返ると、先刻チェック・インしたホテルの灯が、そこだけいやに人間のにおいを感じさせた。

冷たい夜気は、オレンジの花の香《かおり》を帯びていた。暗さに目が馴れると、ベルモン山の稜線が、装飾ガラスのように遠景に刻みこまれているのがみえた。

ガイド役の由良壮一郎《ゆらそういちろう》は、一人で車を駆って出かけてしまった。

夜の時間まで拘束されることはないと思ったのかもしれない。ただ、一人の気ままなドライヴをたのしもうとしているだけなのかもしれない。

だが、私の心に沈みこんだ疑惑の滓《おり》は、時の経過とともに、よどみを増してゆく。

私は、湖心に由良が舟を漕ぎ出してゆく櫂《かい》の音を聞いたような気がした。

もちろん、空耳だった。いや、何もきこえはしないのは、はじめからわかっている。

たとえ、由良が舟を乗り出したところで、そうして、彼が湖中に身をひるがえしたところでその水音がここまで届くわけはないし、第一、彼がそんなことをするはずがないではないか。

いや、私は彼が戻ってこないことを心の隅で予測している。その予感があまりに強いので、ほとんど、私がそれを期待しているような錯覚さえ持つ。だが、それ以上に激しく、私は、由良が戻ってくるのを待ちこがれている。

黙って一人で出かけてしまった由良は、私が湖畔のこのベンチに佇んでいることなど知るわけもなく、彼がここにあらわれるという証《あか》しはないのに、私は何故か、確かな約束をかわしでもしたようにに、彼を心待ちにしていた。

車がとまり、ドアが開き、小柄だが、首筋から肩に筋肉が盛り上がり、そのために少し猫背にみえる由良が、闇の奥から重い足どりで近づいてくる。きっとくる。そんな気がした。


「海外旅行？　かまいませんよ」と、乳腺の悪性腫瘍摘出《しゅようてきしゅつ》の手術と、その後の定期検診を担当している主治医は言った。「執行猶予期間満了、放免、といったところですね。三年間再発しなかったのだから、もう、転移の心配はないでしょう」

心配はありません、と断定せず、ないでしょう、と、不確かな部分を残していた。

病院で知りあった笠井《かさい》という女医が、旅の計画をきくと、「そこなら、私の弟がいるから、紹介してあげます。ずっとガイドさせたらいいわ」と、すすめた。女医の白衣の下の胸は、二匹の小さい動物をしのばせてでもいるように、妙になまなましく盛り上がっていた。この女医は、遠く離れ住んでいる弟に、粘着性の関心を持ちつづけているのにちがいない、と私は思った。弟が、というとき、女医は声がうわずり、鼻孔が赤らんだ。

そして私は、およそ一箇月後、強烈な日ざしが照りつけるテル・アヴィヴのロッド国際空港で、女医の弟の笠井喬《たかし》に迎えられた。

長身の笠井は、長い両腕を振りまわして合図し、屈託ない笑顔をみせた。八年前、横浜の高校を卒業するとすぐにこの国にわたったという笠井は、まだ学生のような印象を与えた。その爽やかさは、女医が私をメッセンジャーにして日本からひきずってこさせた粘液質の鎖を、あっさり断ち切っていた。

空港のロビーは、黒衣のユダヤ教徒、米人らしい観光客、色の浅黒いアラブ系の男や女、西欧の血をひく白皙《はくせき》のユダヤ人と、とりどりの人種でにぎわっていた。

広場に駐《と》めてある車に笠井は私を導き、ドアを開けた。後部座席に、若い知的な表情の女性が、すらりとした脚を形よく組んでいた。

「女房のジェニーです。フランス系のユダヤ人。ヘブライ大学で政治学を専攻中です。ぼくは怠《なま》け者で、月謝を滞納しているうちに大学は中退になっちゃったんですが」

笠井は紹介し、私の荷物をトランクに放りこむと、私を助手席に坐らせ発進した。

私と笠井の日本語の会話に、ジェニーは気持よい微笑を泛かべている。私とジェニーは英語で話しあったが、笠井とジェニーが話しあうときは、私には耳馴れない言葉を使った。

「何語ですか？」と訊《き》くと、笠井は、ヘブライ語だと言った。「この国の国語は、古いヘブライ語を復活させたものなんですよ。ユダヤ人は、二千年ものあいだ、世界各国に散らばっていましたからね。それが集まってきて、イスラエルという国を作った。生まれ育った国が違うので、言葉は、ばらばらでした。東欧のイーディッシュが一番多いが、そのほかにも、ロシア語あり、英語あり、フランス語あり。それで、国語をヘブライ語に統ーしたのです。収容所でヘブライ語を勉強しマスターしたという人も多いですよ。ぼくは、こっちにきてから半年、キブツで働きながらヘブライ語を学びました」

笠井は淡々と語ったが、死語をよみがえらせ、日常の言葉として国民全部にゆきわたらせるということが、どれほど困難なことかと、私は、国作りに賭けたイスラエルの人々の願望の激烈さを垣間見た気がした。

「どことどこを見たいんですか」きびきびした口調で笠井は訊き、そのテンポにあわせられなくて、私は少し口ごもった。

「どうして、イスラエルに興味を持ったんですか。政治問題ですか。それとも宗教？　キリスト教関係の遺跡が多いから、日本からも、牧師さんやクリスチャンの団体が、ときたま巡礼に来ますよ。あなたも、そういう団体を利用すれば、安上がりなのに」

オリーヴ畑が両側に連なる国道をとばしながら、「国際問題に関してなら、ぼくは詳しいですよ」とも、彼は言った。ナイフでバターをすぱすぱ切り落としてゆくような、ためらいのない、明快な喋り方を彼はした。

「大学での専攻が中東政治史でしたからね。学生時代は、左翼活動もやりました。ここで左翼というのは、親アラブ派を意味します。といっても、テロに走る極左ではなく、イスラエルとアラブの間に友好関係を作ろうという立場です」

「いまは、どういう仕事をしていらっしゃるの？」

「こうやって、お客さんをガイドするのも、仕事の一つですよ。観光会社につとめているんです。ガイドのライセンスをとってアルバイトをしているうちに、本職になってしまって。でも、国が小さいから——六日《むいか》戦争以後の占領地域を含めても北海道ぐらいの大きさしかなくて、その半分は不毛の砂漠地帯という国ですからね——会社といっても、そう大きい組織はないです。ぼくのつとめているところも、ごくちっぽけなやつでね」

「あまり、サラリーマンのようにみえないのね」

「日本の会社のように、上下関係がやかましくないですからね。日本だと、だいたい、上役を職名で呼ぶでしょう。〝部長〟とか〝課長〟とか。個人の名より職制が優先するんですね。こっちでは、ボスだって名前を呼び捨てだし、就業時間以外のときに上下関係を持ちこまないですよ。もう、ぼくら、とても日本の管理社会には入っていけないですね」

空港から一時間ほどで首都エルサレムに着き、私はそこに二泊して、その間、笠井は市内と近郊をガイドしてまわってくれたのだが、三日めからの長距離ドライヴのガイド役は、彼の友人の由良にひきつがれたのだった。

計画では、エルサレムを発《た》って地中海沿いのハイウェイを北上し、アッコから東進してガリラヤ湖畔に一泊、次いで死海にむかって南下し、ネゲブの砂漠に至り、ベエル・シェヴァで一泊し、エルサレムに戻ってくることになっている。このコースは、いっさい、笠井が立案してくれた。

私はどこか投げやりに、他人の手でお膳だてされたルートに躰をゆだねようとしていた。旅そのものが、消えかかる熾火《おきび》をむりにかきたてる手段としてとられたものであったのだ。放っておけば、何日でも、私は冬眠する獣のように無為のまま自室に閉じこもり、それが少しも苦痛でない自分に、いささか怯えていたのだった。感情が鈍磨《どんま》し、行動意欲が全く失なわれてゆくのではないかと思われた。

その原因を、安見誠吾《やすみせいご》と別れたためだと思いたくはなかった。私大助教授の安見には家族があった。私は英書の翻訳で自立した生計をたてているので、安見に家族を捨ててほしいと望んだことはなかった。一人の男に結婚という絆《きずな》でがんじがらめに縛られるくらいわずらわしいことはない。

私の部屋にたずねてくるとき、安見は極度に用心深く、おかげで私は心の隅で彼を嗤《わら》う余裕を持つことができた。

右の乳房に異常を発見したのは、安見であった。寸のつまった太い指で、丸みに沿って撫《な》でていた安見が、「こんなぐりぐり、前からあったかい？」と訊いた。

たいしたことに思わず、それでも念のために病院に行ったところ、悪性のものだと宣告され、即刻手術を受けさせられた。

右の乳房の内部組織を全部摘出してしまわなくてはならなかった。腋の下から斜めに無惨な傷が走り、「アマゾンの女は、強弓を射るために、わざわざ片乳をえぐりとったそうよ」私は虚勢をはって冗談口をたたいたが、安見はその傷に触れると欲望が萎《な》えるようになった。

その上、手術の際、輸液管の一部が切断され癒《ゆ》着《ちゃく》したため、リンパ液が右の上膊《じょうはく》部にたまるようになった。右腕の肘から上が、やわらかいゼリーをいっぱいに詰めてふくれあがったゴム袋のようで、袋は肘のところで縫いしぼられ、その先に細い腕がつづいていた。

私は、自分の胸の傷痕を、それほど醜いとは思わなかった。しかし、どれほどのナルシシズムをもってしても、ぶよぶよとふくらんだ右腕は、こっけい以外の何ものでもなかった。

安見は、胸の傷にこだわった。片乳のない胸を見ると、彼は、まがいものを押しつけられているといった侮辱《ぶじょく》を感じるらしかった。たてまえは、はっきりわきまえている男だから、むろん、そんな感情をあらわにしめしはしないのだが、萎えた彼の躰が露骨に白状していた。

「あかんな。何でだろうな。このところ、ちょっと忙しすぎたから……」

安見はわざと、自分のせいのような顔をする。その気のつかい方があまりにみえすいていた。私が彼の言葉にのって同調すれば、たちまち機嫌が悪くなるのは、目にみえていた。彼が責めなくても、私の方で卑下《ひげ》してみせなければいけないのだった。

私が、「こんな傷のついた躰なのに、愛してくださって嬉しいわ」と感謝し、彼が、「そんなことを気にするやつがあるか。ばかだな」と寛大なところをみせる。そういう状態を彼は望んでいるのだった。

私は、たえず、再発の不安におびえていた。他のことに気をとられているときでも、無意識に、指先で胸のあたりをまさぐっている。しかし、この不安は、安見にわけもってもらえるものではなかった。安見は、妻と母親と娘と、女たちが三つ巴《どもえ》になって不和をかもし出している家庭がうっとうしく、私のところに、いっときの気晴らしを求めにくるのだった。母親も妻も、躰の不調を訴えてばかりいると、安見は私にこぼし、言いたいだけ悪口を言うと、せいせいして家族のところに帰ってゆくというふうだった。気楽にくつろげるから私の部屋に来るので、家族を捨てて私の重荷を共に背負いこむためではなかった。

私もまた、仕事の関係で知りあった安見と、ほかに心を惹かれる相手もないまま、気楽なつきあいを惰性的につづけているだけだった。安見のような男に、膝を屈して哀れみを乞う気には金輪際なれなかった。

もう、おしまいにしましょう、と私の方から言い出し、安見は、私が卑下していると解釈して、大いに満足そうだった。何か歯の浮くようなことを一言二言言い、それから誘いがとだえた。

安見と別れたからといって、少しも傷ついたつもりはなかった。

しかし、三年間再発しなければ大丈夫、もし再発すれば命とりだが——と、医師に言われ、深夜、ふいに指先に固まりが触れる夢を見、悲鳴をあげてめざめ、めざめてもなお、指先に不吉な感触が残り、寝衣を脱ぎ捨てて躰じゅうをさぐりまわす、そんな夜がつづき、三年の期間がほとんど過ぎ、もう大丈夫と思われるころ、私は、ひどい無気力な状態に陥《お》ちこんでしまったのだった。三日でも四日でも、部屋のドアに鍵をかけてひきこもり、顔も洗わず、食物も、わずかな残りもので辛うじてすませ、空腹感はあっても、外出する気になれない。そうして、そのように、じっとうずくまっていられる自分が不安でならないのだった。眠れない長い夜と、夜のつづきのような長い昼がくり返される。私は独りで、この無為の窖《あなぐら》からもがき出なくてはならなかった。

2

「ぼくが、ずっとガイドするつもりだったんですが」

エルサレムのオールド・シティを見物した二日めの夜、小さいレストランで夕食をとりながら、笠井は切り出した。

カーテンで仕切った小部屋から、若い娘たちの笑い声がきこえた。と、カーテンがひき開けられ、アラブ風の民族衣裳を着た少女が三人、身をよじらせて笑いながら、店の外に走り出ていった。

「アメリカ人ですよ。観光記念に、アラブ風俗で写真をとるつもりなんでしょう。ここで衣裳を貸すんですよ。それで、明日からのドライヴなんですが……。実は、ぼく、テル・アヴィヴに日本料理の店を出すんです」

若々しい気負いをみせて笠井は言い、私はテーブルにしみついた脂汚れをナフキンで拭きながら、笠井の明るい目の輝きを見た。

「ガイドをやっていても、先ゆきどうってことはありませんからね。この国の経済状態は、めちゃめちゃなんですよ。厖大《ぼうだい》な軍事予算を抱えこんで、国の財政は大赤字、農業開発はすすめているけれど、それにしても、たいしたことはない、めぼしい産業はない、財政を何で賄《まかな》っているかというと、アメリカにいる金持のユダヤ人からの寄付と、ドイツの賠償金です。その賠償金も、ここ数年で打ち切られる。それに対して、政府ときたら、何の手も打っていない」

それじゃ、まるで、沈みかけている船ではないの、と私は思ったが、笠井は、そうやって国政の弱点を衝きながら、この国に根を下ろして事業をはじめることに、別に不安は感じていない様子だった。

「ロックフェラーみたいな、こっちの想像を絶する大金持がバックにいるから、政府も経済独立に本腰をいれないんですかね。何しろ、ロックフェラーときたら、六日戦争の軍事費用を、ほとんど賄ったというんだから」

「それで、お店を出すというのは？」

「ああ、もう、売りに出たやつを買って、準備はすすめているんです。そうしたら、職人の都合で、急に明日から内装にかかるというので、ぼくが監督《かんとく》しなくてはならなくなって。そんなわけで、泊まりがけの長距離ドライヴにつきあえないんです。友人を紹介します。ぼくと同じように、日本から来ている留学生で、ぼくと違って、まじめに大学に通って考古学を専攻しているやつです。もう、話はつけてありますから」

それ、いらないいんですか、と、笠井は私が残したシシリクの串を自分の皿にうつし、白い丈夫な歯でしごくようにして平らげた。

「あ、それから、ぼくが店を出すってこと、由良には黙っていてほしいんです」笠井がそう言ったのは、翌日の朝、由良のアパートにむかう車の中でだった。

「なぜ？　内緒なの？」

「え、まあ……。実は、日本から来ている留学生は、ぼくと由良のほかにも何人かいるんですが、その連中で、共同で土産物《みやげ》の店を出そうという計画があったんです。二十五、六ともなると、皆、そろそろ将来のことを考えはじめるんですね。七、八年前、高校出たてのころは、日本にいたっておもしろいことはないし、きまりきったサラリーマン・コースに組みこまれ、組織の歯車にされてしまうのはいやだし、自由とか冒険とか、漠然としたそんなものを求めてとび出してくる。事実、こっちでの学生生活は実にのびのびしていて、寝袋かついで砂漠を歩きまわったりするのは、この上なく楽しいんですが、やはり根の生えた生活ということを考えなくてはならなくなるでしょう。最終的には日本に帰って就職したいという者が多いんですが、日本の学歴社会では、ぼくらみたいなキャリアは認められないんですよ。日本の大学を卒業した上で、こっちの大学に学士入学して研究を深めるというのなら、また別なんでしょうけれど。

由良にしても、こっちに一生住みつくつもりはなくて、一度日本に帰ったんですが、思わしい仕事がみつからないんです。それで、また、舞い戻ってきた」

車は小高いオリーヴの丘への道をとり、白茶けた石灰岩の露出する谷をへだてて、エルサレムの旧都が見わたせた。色彩をすべて洗い流されたような灰白色の石の街に、〃岩のドーム〃の黄金色の屋根だけが朝の陽《ひ》に照り映え、回教徒の寺院から、スピーカーでコーランを　誦《じゅ》す声が流れる。

「収入を安定させるために、店を出すかという話になったんですが、高校出たてで、すぐこっちに渡ってくるっていうようなのは……何ていうのかなあ、そう、放浪性のあるロマンチストが多いんですよ。計画ばかりひろがって、実際の段どりは、なかなかはかどらない。そのうち、一人ぬけ、二人ぬけして、最後に由良が一人であと始末を背負いこむ羽目になってしまったんです」

「それで、あなたは？」

「ぼくも、最初は仲間に入っていたんですが、あいつらとの共同事業はうまくいきっこないと、さっさと見きりをつけました。そうして、一人でやることにしたんです。まあ、こんなわけですから、もうしばらく、由良にはぼくの店のことは話さないでおきたいんです」

翳《かげ》のない口調で笠井は喋った。彼は十分に大人なのだなと私は思った。損得をはっきり見きわめて、情念とか、夢とか、そういう甘美だけれど危険なものに絡みとられて傷つくことなく、着実に生活の針路《しんろ》をたててゆく。

私は、まだ少年の殻の中に閉じこめられてあがいているような由良という未知の若い男に心を惹かれた。私自身が、何か透明なガラスの球の中に閉じこめられ、秩序だった社会の仕組みの中にすんなりと嵌《はま》りこめない、そういう孤絶感を、時に強く、時には漠然と、感じつづけているために、危げなく大人への脱皮を完了しきろうとしている笠井より、由良の方に似かよった気質をみて共感をおぼえたのかもしれない。

その思いを強くしたのは、由良が同棲している娘について、笠井が語ったときだった。

狭い裏街に車は入りこんでいた。真鍮《しんちゅう》細工や銅細工をすだれのように吊り下げた店だの、羊の生首を店頭に置いた肉屋だのが軒を連ね、豆やパンや果物を商う露天商が道ばたに笊《ざる》を並べるあたりを通りぬけると、石の箱を積み重ねたようなアパート群のある一画に出る。建物と建物の間には綱がはりめぐらされ、洗濯物がいっぱいにひるがえっていた。

ジーンズにシャツの、髪の黒い娘が車の傍《そば》を通り過ぎたとき、笠井は窓を叩いて合図した。娘はふり返り、けげんそうな顔をした。

「まちがえた」と、笠井は苦笑した。「ダリアかと思った」とつぶやき、「由良が同棲している女の子と見まちがえたんです」と説明した。

「ダリアが外をうろうろしているわけはないんだよな」一人言のように言って、「由良はついてなくてね、彼の彼女は、網膜剥離とかいうやつで、失明しかかっているんですよ。それで、彼も、まいっちゃってね」

はじめは両方で熱々だったんですが、と言いながら、笠井はクラクションを鳴らした。荷をかついだ驢馬《ろば》が道をふさいでいた。

「やたらと気の強い娘なので、由良の方が逃げ腰になって。わかれるとかわかれないとか、だいぶ揉《も》めていた。ダリアは強度の近視で、そういうのは網膜剥離を起こしやすいんだそうですね。由良は、気のいい男なんですが、手が早いんですよ。いや、女をひっかけることじゃなくて、かっとなると、あと先忘れて、ぶんなぐっちまうんです。キブツの労働で鍛えているから馬鹿力があってね。ダリアの網膜剥離も、どうやら、あいつがぶんなぐったのが遠因になっているんじゃないか……と、ダリアは主張するんですけどね。

原因が何にせよ、失明しかかっているとなると、かえって、わかれにくいんでしょう。

ダリアの方では、捨てられるのではないかと不安でしがみつく。正式に結婚しろと強硬に迫る。ところが、この国の娘と結婚するのは、問題大きいんですよ。まず、ユダヤ教に改宗して、ユダヤ人にならなくてはならない。宗教と政治が密着している国ですから。

ユダヤ人というのは、二千年にわたる流亡《ディスポアラ》の間に混血をくり返して、今では、人種的には種々雑多です。純粋なセム系というのは少ないですよ。彼らをユダヤ人という一つの共同体に結集させているのが、ユダヤ教です。

しかも、結婚してイスラエル国籍になると、兵役の義務が生じる。この国は、男も女も国民皆兵です。イスラエルの娘を愛するのと、イスラエルの軍事体制に奉仕するのが抱きあわせというわけです」

「それじゃ、笠井さん、あなた、ジェニーさんとは」

「抜け道があるんです。外国で結婚した場合には、イスラエルの国法の拘束を受けない。だから、ぼくとジェニーはアテネに行って結婚して、また戻ってきたんです。ぼくはイスラエル人のジェニーの正式な夫だけれど、この国では外国人です。

由良は、そういう方法もとれないんですよね。ダリアは目下、飛行機どころか自動車にも乗れない。いずれ手術するんですが、それまで剝離がすすまないように、安静にしていなくてはならないんです。ダリアを突き放すこともできず、かといって、イスラエルのために銃をとることも」

笠井の口調は淡々としていた。おそらく、笠井は、自分の家族だけはどのようにしても守りぬく力強い家長になるのだろうし、自分で思いさだめたことは実行するためには、ためらいなく、切り捨てるものは切り捨てていけるのだろう。気弱でお人好しで、罠にかかった鼠《ねずみ》のようにおろおろしている友人を、どこか冷たい目で見て笑っている気配だった。

薄汚れた灰白色の石の建物の前で、笠井は車を停めた。子供たちが屯《たむろ》していた。こめかみからもみあげの毛を一房ずつ両側に長く垂らし、丸い小さい帽子をかぶっている。熱心なユダヤ教徒の証しなのだと、笠井は説明した。このあたりは、狂信的なユダヤ教徒の居住区で、二千年昔に定められた律法を、今なお、かたくなに守っている。安息日にこの辺を車で通ると、石を投げられる。いっさいの労働を禁じられている安息日に車を運転するなど、とんでもない話だというわけです。屈託のない、軽い揶揄《やゆ》を含んだ口調だった。

「由良はもちろんユダヤ教徒ではないけれど、ダリアが熱心だし、この辺は家賃が安いから」

入口の脇にとまっているツー・ドアの小型車をさして、これが由良の車だ、こっちに乗りかえてくださいと言いながら、クラクションを鳴らすと、三階の窓が開き、若い男の顔がのぞき、うなずいて、すぐにひっこんだ。

一瞬の印象だが、私は、その男の顔が黒い太い線でふちどられているような気がした。髪が黒々と濃く、眉も濃く険しいために、そんな印象を受けたのだろう。

ほどなくあらわれた由良は、笠井の話から想像したよりは、はるかに逞《たくま》しく、暗鬱《あんうつ》な顔つきをしていた。笠井が描いてみせた、やや軽はずみなお人好しという像からは遠かった。

だが、私が惹きつけられたのは、まさに、その、彼が抱えこんでいる暗鬱さだった。

飼い馴らすことのできない激しい情念が躰の中に一匹のけもののように棲みつき、それとのたたかいに、笠井のような合理的な人間には想像もつかないエネルギーをついやしている。そんな感じを私は持った。

それというのも、同じようなけものに、私もまた、棲みつかれてしまっているからだった。もっとも、私の場合は、そのけものは、私を嚙みちぎり、外部への無関心という状態に私を押しこめようとしているのだった。

異国情緒にあふれたエルサレムの旧都を、昇天教会、嘆きの壁、岩のドーム、シアロムの池と、笠井にガイドされて歩きながら、私はあいかわらず、ガラス球の内側にいて、その外の闇にぼんやりと泛かぶ風物を見るともなく眺めているような、心もとない気分だったのだ。

なぜ、イスラエルを訪れたのかという問いに、目をつぶって地図をピンで突いたところが、たまたまこの国だったというような答えを私がしたら、笠井なら、冗談としかとらないだろう。

無為の中に沈潜《ちんせん》していこうとする自分を洞窟か

らいぶり出すように、むりに旅にかり出した。背水の陣といえば大げさにきこえもしようが、私はこの旅のために、蓄えを全部ついやした。帰国後、どんなにいやでも、仕事をせずにはいられない状態に自分を追いこむためだった。

「どうしたんだ。また、やったのか」笠井は、おかしそうに、由良の高頬を指さした。その部分が変色して、少し腫れていた。

「ジェラシー」と、由良はぶっきらぼうに答えた。

「日本からの女性と泊まりがけの旅行というのは、やはり、少しやばかったかな」笠井は笑いながら、「おまえ、そんなに信用ないのか」そっちに移すから、トランク開けてくれ、と、私の荷物を後部座席からひきずり下ろした。

「トランクは鍵がぶっこわれて開かない。バック・シートでいいだろう」

由良は、私のスーツケースを車の中に放りこんだ。

体毛の濃い由良の躰に、私は、不似合いなくちなしの香りをかぎとった。ディオリッシモのオー・ド・トアレ。男性がたしなむ香りではない。ダリアという同棲している娘の移り香だろうか。それにしては、濃かった。

## 3

星座の位置が少し動いていた。闇が濃さを増し、あたりは完全に夜の領域下にあった。

私がかすかに疑惑を持ったのは……と、私は湖水をわたってくる風を頬に感じながら、思い返していた。

地中海沿いの道を、由良の運転で北上しているときだった。

由良は暗い顔はしているが、私に対して不親切ではなかった。要所要所で車を駐め、いくらか職業的な馴れた口調で説明をした。彼もアルバイトのためにガイドの講習を受け、ライセンスを取得しているのだった。

「このハイウェイは、定規でひいたように、一直線にのびているでしょう。いざというとき、戦闘機の滑走路として使用するためなんですよ」

国家公認のガイドの説明からは逸脱したことを口にした。街々のたたずまいはしごく穏やかで、映画や小説に扱われるスパイの暗躍《あんやく》や情報活動を思わせるものは、表面には少しもあらわれていないけれど、由良の言葉は、ちらりと、この国の鋭い切断面をのぞかせた。

「あなたは、どうして、イスラエルに来る気になったの？」と訊くと、由良は、母親が非常に熱心なクリスチャンなので、子供のころから興味と親近感を持っていたのだと言った。「笠井と違って、ぼくは政治は全然興味ないです。彼は、一時かなり激しくやっていたけれど、もう実際の活動からはきれいに、〝足を洗った〟って感じだな」

歴史の経糸《たていと》と政治の緯糸《よこいと》が複雑に織りなす網目に、十七、八の少年が不用意に足を踏み入れて、今では抜きさしならなくなっていると、私は由良の鼻梁《びりょう》のとがった横顔を見ながら思った。

「あなたも、クリスチャン？」

「おふくろが属していたのは、狂信的といっていいくらいの、一種独得な、熱烈な宗派でした」と、由良は少し嚙みあわない返事をした。「ところが、ぼくの親父というのはこちこちの国粋主義者でね、二人はとうとう別れてしまいました。親父の女狂いが、おふくろを教会にはしらせる原動力になったんですがね。それでぼくは、確固たる信念というやつは、どうも人間を不幸にするだけの……。ぼくが信じられるのは、自然の美しさに対する純粋な感動。それだけですね。その意味では、この国は、すばらしいところでした」

すばらしいところでした、と、彼が過去形を使ったことに、ふと私はこだわった。

「ことに、砂漠がすばらしい。美しいなんてものじゃない。恐ろしいですよ。一木一草もない、岩山の連なりです。大地の死骸《しがい》のようです。それが、雨期をすぎると、野性のアネモネが、一面に花ひらくんですよ。ほんのいっときね。そうして、長い激しい夏。雨は一滴も降らない。砂漠は、荒地に還る。イエスが四十日さまよったという、ユダの荒野です」

「イエスは不能者だったという説があるわね」

「ローマの兵士の私生児だという説もね。あなたは、そういうふうに、聖なるものをひきずり下ろして泥をなすりつけるのをたのしむ趣味の人ですか」

「不能者で私生児という、傷だらけのイエスなら、私、あとについて行くかもしれないわね」

機銃を持った兵士が二人、道路のはたで手を上げ、ヒッチハイクを求めたのは、そのときだった。それまでも、しばしば、ヒッチハイカーがとび出して同乗を頼んだが、由良は無視してきた。しかし、兵士の要求はことわるわけにはいかないとみえ、車をとめた。

ツー・ドアなので、私はいったん車を下り、座席の背を倒した。

兵士たちは、機銃のほかに、通信機か何からしい鋼鉄製のかなり大きな箱を携えていた。

彼らはヘブライ語で由良に何か要求し、由良は首を振って答えている。

彼らの身ぶりと、ロウという言葉の混る由良の言葉から、兵士たちが荷物をトランクに入れて場所をあけてくれというのに、トランクの鍵がこわれて開かないからだめだとことわっているのだと推察できた。ロウというのは、ヘブライ語でNOの意味だ。

しかたなく、兵士たちは私の荷物を助手席にうつし、大きな鉄の箱を機銃をかかえて、窮屈そうに長い脚を折り曲げて腰かけた。

私は助手席に戻り、スーツ・ケースやバッグを膝の上に積み上げた。

「足もとに一つ置けますよ」

由良は、バッグを下ろそうとかがみこんだ。彼のポケットから、紙入れらしいものが落ちた。二つ折りの紙入れは開いた形で落ち、真中についたビニールの写真ケースが表をむいた。私は拾い上げた。黒い髪を長く垂らした若い娘が、みごとな裸身をさらしていた。その、はりつめた弓のような生命感は、次の瞬間、断ち切られる以外に、もう、もちこたえることができないのではないかと思わせるほどだった。

緩慢《かんまん》に、死の沼に半身を浸し、いわば死と生が曖昧に混りあった中を、ゆうゆうと、いつが果てともしれず漂っている私の目には、この娘の、輝かしい生命の光と、その背後にくっきりと濃い死の影が、鮮烈に映るのだった。

そうして、ほんの冗談のように、私はふと思った。——本当に、鍵はこわれているのかしら……。そう思ったとき、私たちが内部にいるこの車の外観が、泛かんだ。由良のアパートの前に駐車してあったときに、はっきり見た姿だ。その後尾、閉ざされたトランクの蓋。わずかにはみ出した布きれ……。あのときは、まったく気にもとめず見すごした。

ハイファで、兵隊たちは下りた。私はさりげなく、車の後ろにまわり、トランクを見た。思いちがいではなく、やはり、ほんのわずか、布きれがはみ出していた。車体を拭くためのぼろ布らしかった。

4

湖岸に沿った道のむこうに、かすかに灯が見えた。みるみる輝きを増し、エンジンの響きも強くなる。由良の車か、と私は腰を浮かした。車はベンチの後ろを走り抜けて行った。トラックだった。

私は腰を落とした。

由良の勁《つよ》い筋肉質の躰を、いま、肌近く欲しかった。

——昼すぎ、ピリポ・カイザリアの遺跡を見物して歩いたとき、炎天下の強行軍で私は足もとが頼りなくなり、由良の腕が私を抱えこんでささえた。そのとき私は、これまでに安見からも誰からも受けたことのない、激しい感覚を知った。それはおそらく、燃え上がる一瞬の死だった。安見とすごした長くひきのばされた時間が、どれほど生ぬるいものだったことか。

再び、車の灯がみえたとき、私は道に走り出て、手を振った。私の強い願望が、その車を、トラックであれ、ジープであれ、由良の車に化身させずにはおかないというように。

車は、私の目の前まできて、きしんだ音をたてて止まった。

ドアが開き、由良が顔をのぞかせた。その手をとり、私は強くひいた。由良は、車から下りた。私は由良を車のうしろに導いた。

「トランクの蓋を開けて」

私は命じた。

薄闇が由良の表情をかくしていた。

「鍵がこわれているなんて、嘘ね」

蓋からはみ出していたぼろ布が消えていた。

躰の奥から衝き上げてくる感情は歓喜に似ていた。

由良は私の顔をみつめ、ズボンのポケットに手を突っこむと、キーホルダーをとり出した。馬蹄《ばてい》形のキーホルダーの先で、鍵がかすかな音をたてた。

トランクの蓋がはね上がった。

中は、空だった。私が予期したとおり。

空洞をみたしているのは、強烈なディオリッシモの香りだった。饐《す》えた梔子《くちなし》の葩《はな》がぎっしりとつめこまれてでもいたように。その底に、濃い腐臭がよどんでいた。

どれほど大量にふり撒《ま》かれたオー・ド・トアレも、丸一日、陽光に灼きただらされた鉄の函の中で確実に進行する腐敗のにおいを消し去ることはできなかった。

トランクの中に、私は、蒼黒い湖面を視た。小さい舟と、湖中に堕ちてゆく仄白《ほのじろ》い包みを視た。包みから溢れこぼれた黒い長い髪が藻のようにくねり、渦を巻きながら長くのび、舟べりにまつわろうとし、ひきこまれてゆく。

何という豪奢《ごうしゃ》なドライヴを、私たちはしてきたことかと思った。

私は由良の腕の中に躰をあずけた。

ピリポ・カイザリアの導水橋の下で由良にささえられたとき、私は、右腕の醜い腫《は》れとパッドで形をととのえた胸の傷を気づかれないように気をつかった。

しかし、今は、平気だった。私は、たがいの腹を裂いて腸管をひきずり出し、しっかりと結びあわせるほどの激しさで、彼と結ばれることを願った。

由良の重い手が肩に置かれ、私は、ふいにぞっとした。心の一部が、突然、醒《さ》めたのだ。私は、この若い男のことを、何一つ知らないではないか。笠井の言葉と私の願望を素材に作り上げた男の像が、確かに、いま私を抱いているこの男なのだろうか。

私は、ふと兆《きざ》したその思いを踏みつぶした。のどに、かすかな蝶の羽搏《はばた》きのような感触をおぼえ、それがわずかに強まり、私は、——明日は砂漠に……と、彼にささやいた。

# サッフォの髪は火と燃えて

## 1

深夜であった。沿海を航行中のフェリー・ボートの乗員がそれを目撃し、通報したのである。

岬《みさき》の突端に、ふいに炎が上がった。火の塊《かたま》りは、闇を突っ切るような動きをみせたかと思うと、宙にはね上がり、弧を描いて海中に没した。

捜索は早暁までかかった。引き揚げられたのは、内部が焼けただれ、窓ガラスが割れ、原型をとどめないまでに歪んだ乗用車と、二体の骸《むくろ》であった。

炎上してほどなく水中に沈んだため、骸はそれほどひどく焼け焦げてはいなかったが、エンジンの爆発と墜落のショックで、服がずたずたに裂け、濡れた若布《わかめ》のように躰に貼りついていた。

二人とも、推定二十五歳から三十歳ぐらいの女性であった。

「今朝おつたえしました乗用車爆発事件の遺体の身許が判明しました」

アナウンサーの平板な声を聞き流しながら、吉川青史《よしかわせいし》は、パイプに火をつけたが、次の瞬間、ぎくっとして、TVの画面に目をむけた。

「上鶴佐知子《こうづるさちこ》さん、三十一歳。麻生文子《あそうあやこ》さん、二十六歳」

画面にも、アナウンサーが告げたのと同じ名前がうつし出されていた。

「上鶴さんは、先ごろ、歌集〈獣帯《じゅうたい》〉によって＊＊賞を受賞した、新進の女流歌人であり、麻生さんは、その担当編集者でした」

画面は、事故現場である岬の突端の風景にかわった。海は凪《な》ぎ、惨劇を思わせるものはなかった。

「出火の原因はまだわかっておりません。目撃者の話では、車は燃え上がってからなお、一、二分は疾走したということです。出火してから墜落するまでのあいだに、脱出することはできなかったのかという点に、不審が持たれています」

吉川青史は、室内の空気が急に稀薄《きはく》になったような気がした。手足が妙に重く胸苦しい。窓を開けに立ち上がろうとしてよろめき、脳貧血を起こしかけていると気づいた。

目を閉じ、しばらく呼吸をととのえている間に、「次のニュースにうつります。昨夜、都内渋谷区で……」と、感情のこもらないアナウンサーの声が耳のはたを流れすぎた。

## 2

歌集の装画をお願いできないだろうかという丁重な書状を銅版《どうはん》画家の吉川青史が受けとったのは、前年の、年の瀬もおしつまったころであった。ハトロン紙の封筒の裏面、F＊＊書房と出版社名を印刷したわきに、麻生文子、と闊達《かったつ》なペン書きの字が記されていた。

のびのびとした肢体《したい》の、大柄な女を思わせる文字であった。

F＊＊書房は、女性向けの雑誌や料理、育児の本などを出しているところで、歌集とはあまり縁がなさそうに思える。書面を読んで納得《なっとく》がいった。

新たに、女流新人の歌集、句集のみをそれぞれ対象にした賞が、その社の主催で制定された。短歌の部門で、上鶴佐知子が自費出版した歌集〈獣帯〉が受賞したので、あらためて、同社で出版、市販することになった、というのであった。

一度お目にかかりたいと思うので、後日、電話で御都合をうかがう、という文面のとおり、数日後、麻生文子から電話がかかってきた。

「ぼくは、本の装画というのは手がけたことがないんですがね」

吉川は、正直なところを言った。彼は、銅版画家として、それほど著名なわけではない。何度か個展をひらき、幻想的作風と繊細《せんさい》な手法が一部の専門家の間で認められはじめてはいるものの、まだ、確固とした地歩《ちほ》を築くには至っていない。小学校の図工の教師の職について、収入を得ている。

「それと、ぼくの版画は、メゾチントという方法を使うので、時間がかかるんですよ」

「お手もとにある、これまでの作品の中から選ばせていただければよろしいのです」

選択権が一方的にむこうの手にあるような言い方に、彼はいくらか不快感をおぼえた。

彼は、強引に他人の間に押し入っていくのを好まない性格で、控えめな印象を与えるが、自分がそうであるだけに、他人に押しつけがましく踏みこんでこられるのも嫌っていた。自己宣伝と売りこみがもっとも苦手で、損な性質だとは思っている。それが少し度を過ぎて、他人から好意的な手をさしのべられても、その手を握りかえすかわりに、反射的に殻《から》の中にひきこもってしまうようなところがあった。

「一応、その自費出版されたという本か、あるいは今度出される分のゲラでも読ませてもらえませんか。ぼくのものと、あまりイメージがかけ離れていても困るでしょう」

「早速、お送りいたします。実は、先生に装画をお願いしたいというのは、上鶴佐知子さんの御希望なのです。先生の個展をごらんになったことがあり、たいそう感銘を受けられたということで」

日時を約束して、電話は切れた。ゲラ刷りが速達で送られてきた。

上鶴佐知子が麻生文子に伴なわれて、吉川の住まいを訪れたのは、その数日後であった。

こういう歌を詠む女と逢うのは、さぞ、芯が疲れることだろう。ゲラに目をとおしながら、吉川は思ったのだった。

鋭敏な感性の触手が微細なものにも過激な反応を起こし、残酷と耽美と悖徳《はいとく》の気配にみちたバロック風な、仮構の世界を作り上げる。

彼が銅板を削り、掻《か》き、磨き、強引に構築しようとする世界と、共通のものであった。

感覚の流露《りゅうろ》に安易に身を委《まか》せていてはかなわぬ、男性的といってもいいほどの構築力が必要なのである。

彼は、上鶴佐知子の歌を十分に堪能《たんのう》したが、逢いたいという気持は起こらなかった。近親憎悪めいた拒絶反応であった。


同質の世界にいれば、必然的に、言葉のはしばしにも優劣を比べあうことになろう。グラインダーと金属の接触が散らす鋭利な火花を、逢わぬ先から見る思いがした。

彼は、対人的な葛藤《かっとう》を好まなかった。

正面きって逢うよりは、物かげから、上鶴佐知子という女をのぞき見してみたい。そういう好奇心は起きたのだ。

体臭というものをまるで感じさせない、いわば凡庸《ぼんよう》な印象を与える女を、「こちらが上鶴佐知子さんです」と麻生文子から紹介され、彼は、一瞬、肩すかしをくらったような気がした。

あれだけ技巧のかった歌を詠む女なら、素顔をさらすにしても、神秘めかした黒ずくめ、あるいは奇をてらったモードといった、何らかの自己演出が行なわれるものという先入感があったのである。

団地の２ＤＫが彼の住まいである。アトリエにあてた六畳間の一隅に置かれた籐椅子のセットは、肘掛けの籐がほつれている。腰を下ろした佐知子は、セーターの袖をささくれにひっかけ、顔を赤らめた。

同行の麻生文子の方が、はるかに個性的な風貌《ふうぼう》をしていた。色が浅黒く、眼、鼻、口と、顔の道具立てがくっきりしている。唇が厚く大きい。それでいて、品の無い感じは与えなかった。

初対面で、どんな会話を上鶴佐知子とかわしたのか、彼はほとんど憶えていない。それほど、佐知子の印象は淡かった。麻生文子はきびきびと話をすすめ、彼がみせた十数枚の作品の中から、適当なものを数点選び出した。

佐知子は、文子の手もとに目をやってはいるが、一歩影の中に身を退いたふうにして、積極的に選ぼうとはしないのだった。

吉川の銅版画を佐知子が装画に希望したというのは嘘とはいわないまでも、誇張《こちょう》があるのではないかと吉川はおもったほどだった。文子の方が、希《のぞ》んだのではないか。そうして、佐知子は、文子の意見に賛同しただけではないのか。それを、佐知子本人が希望したことにした方が説得力があるからと……吉川はそんな邪推《じゃすい》をしたが、よく見ると、文子は、佐知子のほんのわずかな表情の変化や身ぶりから、意志の表示を敏感によみとっているようでもあった。

選び出した数枚のうちから更に二枚を抜きとり、「これとこれをお借りします。こちらを表紙に、こちらは扉に使わせていただこうと思います」文子は言い、いつ、佐知子の同意を得たのか、吉川には見ぬくことができなかった。

彼が、ふいに、階段を踏みはずしたような感じに襲われたのは、用談が終わり、帰ろうとする二人を見送って、玄関に出たときである。

せせこましい三和土《たたき》に、黒い中ヒールと、これも黒のロング・ブーツが並んでいた。編み上げのロング・ブーツは、上部がくたっと折れて、何か轢殺《れきさつ》された爬虫類を思わせた。

彼は、当然のことのように、ブーツは麻生文子が履くものときめこんでいた。バスケット・ボールの選手のような、のびやかで肉のしまった文子の脚にこそ、ロング・ブーツはふさわしくみえた。

だが、彼の予想に反し、文子は、中ヒールをつっかけるように慌しく履くと、土間にかがみこんだ。腰にぴったりついた裾幅《すそはば》のせまいスカートが、容赦なくめくれ上がった。

上鶴佐知子の脚がブーツにのびる。文子はその足首を抱くようにしてブーツの中におさめ、脛《すね》を黒い革で巻きこむと、長い紐《ひも》を二本いっしょに持ち、しごきながら、ぐいぐい締め上げていった。

そのとき、文子は、吉川の眼を失念してるようだった。——みせつけているようにもみえた。

佐知子は、壁に片手を添えて、おっとりと立っている。片脚を終えると、文子は、もう一方の脚にとりかかった。厚い唇を少し突き出すようにして、他のことはまるで念頭にないといったふうに、その作業に没頭した。

彼の視線はいやおうなしに佐知子の脚にむけさせられ、それから、腰に、胸に、と、彼は眼をあげた。

二人が軽く会釈して出て行ったあと、彼はしばらく、二人が去ったあとの空間をぼうっとみつめていた。その部分の空気が、ぼってりと重くなまあたたかい水気を含んでいるような感じだった。

突然、上鶴佐知子が艶冶《えんや》きわまりないものとして彼の目にうつったあの変貌は、いったい、どういう力の作用によるものだったのか。

紗幕《しゃまく》でかくされた舞台に照明があてられた瞬間に似ていた。

あるいは、白布を巻きつけた木乃伊《ミイラ》の、その塗り固めた白布が二つに割れ、干涸《ひから》びた骸のかわりに、なまなましい血肉を持った生きものが躍《おど》り出た驚きといおうか。

俺が見たのは、優雅な野獣だったのだろうか。ただ、女がひざまづいて、もう一人の女にブーツを履かせた、それだけの場面だった。

彼は、自分の奇妙な想像力を嗤《わら》った。

文子が自分を忠実な従者の位置に貶《おとし》めたことによって、相対的に、佐知子に女王の輝きが添えられた。それだけのことだ。

そう思いながら、彼は、土間に這《は》いつくばった犬のような目で佐知子を見上げている自分を感じた。

3

上鶴佐知子と麻生文子の事件は、翌日の午後のTV、主婦向けワイド番組で、さらに大きくとり上げられた。

司会者と対座しているのは、〈獣帯〉を上梓《じょうし》したF＊＊書房の出版部員、尾島健造《おじまけんぞう》であった。麻生文子より二年先輩で、吉川も、文子に紹介され、一、二度会ったことがある。

司会者は、慇懃《いんぎん》だが、どこか皮肉な底意地の悪さののぞく口調で、尾島から煽情《せんじょう》的な話題をひき出そうとしていた。

「火焔《かえん》にふちどられ、海にむかって崖を転落するアルファロメオ。車の中の二人の女性。実に、上鶴さんの詠む歌にふさわしい、絢爛《けんらん》とした死の構図ですね」

「そう、まさに、そのとおりですな」尾島がいくらか尊大にかまえているのは、司会者のペースにまきこまれまいと用心しているのだろう。

尾島の手にした〈獣帯〉の表紙が画面にクローズ・アップされた。

「上鶴さんの歌は、一口に、バロック風といわれるんですが」と、尾島の声が画面の外から、「彼女の目から見ると、〈日常〉こそ、仮構である、その表皮をはぎとった裸形の日常は、必然的に、戦慄的なものにならざるを得ない」

「すると、上鶴さんのきらびやかだが夢魔のような世界は、絵空事ではなく、彼女の真実だと……」

話が堅苦しく議論めいてきたことに気づいた司会者は、とってつけたような笑顔で話題を変えた。

「上鶴さんと麻生さんは、どちらに行かれるところだったんですか。ずいぶん、遅い時間でしたね」

「さあ。プライヴェイトなことまでは。二人でドライヴでもするつもりだったんじゃないですか。〈獣帯〉の仕事は終わりましたが、上鶴さんは、うちの＊＊賞の第一回受賞者ということで、これからもおつきあい願おうと、麻生くんには、常にコンタクトをとっておくように言っときましたから」

「車は、麻生さんのですか。それとも、上鶴さんの？」

「麻生くんのだそうですよ」

「アルファロメオとは、ずいぶん豪勢ですね。おたくの社は、景気がいいんですな」言葉の毒気を打ち消すように、司会者は軽薄に笑う。

「いや、いや」

「カー・マニアだったんですね、麻生さんは。女性にしては、珍しいですね」

「別に、特にマニアでもありませんでしたよ」融通のきかない男なので、尾島はきまじめに答えている。「彼女がカローラを乗りまわしているのは知っていましたが、アルファロメオに買いかえたのは知らなかったな。車に貯金をつぎこむような経済的な余裕はなさそうだったんですが」

麻生文子は独身だが家を離れ、一人で生計をたてている。実家は秋田で、両親はなく、兄夫婦が跡をついでいる、折合いが悪くてほとんど帰郷したことはないというようなことを、吉川も、文子の口からきいたことがあった。

「上鶴さんの歌には、女性同士の官能の世界を思わせるものがいくつかありますね。隠喩《メタフォア》が多くあからさまには書かれていなくても。その点、どうなんでしょう」

「その点といいますと？」

「車が突然燃え上がるというのは、事故としては、ちょっと考えられませんね。それで、上鶴さんの歌の傾向から、同性心中ではないかという説もあるようですが」

尾島は口ごもった。同性心中というイメージが、視聴者にどうひびくか、ひいては、本の売れ行きにどう影響するか、迷ったのだろう。警察の結論はまだ出ていない。

「さあ……」と尾島は黙りこんでしまった。無責任な調子のいい言葉で雰囲気を盛り上げていくのは苦手なたちだ。

沈黙がつづいて座がしらけるのは、ＴＶの司会者がもっともきらうところだ。

「どうも、ありがとうございました」と、適当に切り上げ、次の登場人物を紹介した。

「夫人問題評論家の、栂野《とがの》秀子《ひでこ》先生です。先生、このたびは、どうも」

吉川は、驚きの眼で、画面を占めた女丈夫をみつめた。

堂々たる体軀の初老の女性は、上鶴佐知子の亡夫の母、つまり、佐知子には姑《しゅうとめ》にあたる。「お身内の方の御不幸に、心からお悔み申し上げます」司会者は、ことさらに沈痛な表情で頭をさげる。

「私どもとしましても、たいへん心苦しく存じますのですが、上鶴佐知子さんという歌壇の新鋭、これからいっそう華麗に花開こうという方が、不可解な奇禍《きか》に逢われ、なくなられた、そのことに、私どもは満腔《まんこう》の弔意を表しますとともに、上鶴さんの歌の世界と、その死に、いろいろな角度から光をあててみたいと、こう思うわけです。それにより、彼女の〝詩と真実〟が、いっそう明らかに……」

栂野秀子は、不機嫌な表情をむき出しにしていた。眼鏡の金属製のフレームが、肉の厚い頰にくいこんでいる。

「視聴者の皆さんも、あるいは御存じかと思いますが、栂野先生は、上鶴佐知子さんのお姑さんにあたられます。先生の御長男のお嫁さんでいらっしゃいましたね」

「一人息子でした。七年前になくなりましたが」

〈上鶴佐知子さんの御主人はね〉麻生文子の声が吉川の耳によみがえる。〈ほかの女のひとと心中したのよ〉

佐知子の夫、栂野秀信《ひでのぶ》は、銀行員であった。東大を出て一流銀行に入ったのだから、エリートの最右翼といえる。入社後、軽いノイローゼ状態になり、一箇月休職した。銀行の出世コースは、ほとんど一定している。一歩踏みはずすと、レースに復帰するのは不可能に近い。佐知子とは見合で結婚した。両親との同居の生活だった。

下積みに甘んじるには自負心が強すぎた。見栄をはる性格でもあった。ノイローゼが再発した、と周囲はみたが、医師の診断では分裂症の初期の症状であった。同僚や上司が自分を嫉《そね》み、蹴落とそうと企んでいるという考えにとり憑《つ》かれ、深夜、突如、上司の家に電話してどなりつけたり、酒席で、さほど酔っているともみえないのに、ふいに号泣したり、常識はずれなふるまいが多くなったのである。

通院して投薬を受けているうちに、一時症状はおさまったが、目にみえて無気力になった。治療を受けている病院の看護婦と親しくなった。周囲の気づかぬところで、二人は交情を深めたらしい。四十に手のとどく未亡人の看護婦に、厭世《えんせい》的にならざるを得ないどんな事情があったのか不明だが、二人は躰を扱帯《しごき》で結びあわせて、鉄橋に身を横たえた。二人の躰を寸断して列車が通過した。

ふつうならそっとしておきたい、そのあたりの事情を、母親の秀子が、手記にしるして婦人誌に送ったのである。もちろん、その当時は秀子は評論家などと肩書きのつかない、平凡な主婦だった。その手記が反響をよんだ。交通事故や公害の被害者のように、他人を責めることのできる問題ではなかった。秀子夫人は、率直に自分の家庭教育の非を認め、しかも、大げさに自分を責めたてて泣きごとを言ったりはしなかった。感傷に溺れすぎず、適確に自己批判していた。

その後、二、三の問題に発言を求められ、骨格のしっかりした論理の展開と、分析力、機智のある表現で世に認められた。エッセイからTV出演と、自分でも積極的に発言の場をひろげ、いつか、婦人問題評論家の肩書がつくようになっていた。

〈佐知子さんは、二人の年上の女に、二重に御主人を奪いとられたのよ〉文子は言った。

〈看護婦に奪われ、更に、御主人の死を、お姑さんの私有物に、独占されてしまったのよ。栂野秀信の死は、秀子夫人の筆の力で、母と子の悲劇以外の何物でもなくなってしまったわ。もちろん、秀子夫人としても、最初は手記を書くことによって自分を売り出そうという計算が先にたったわけではない。自分の悲嗚を声をあげて、世に訴えずにはいられないというところからやったことでしょうけれどね。

もっとも、それ以前から、秀信氏の世話はいっさいお母さん。そのかわり、佐知子さんは、舅《しゅうと》の清視《きよみ》氏の世話をまかされていたそうだけれど〉

〈なぜ、栂野家を出ないんだ〉

〈秀一郎くんという子供がいるからでしょう。あの家を出たら、佐知子さん、一人で働いて子供を育てていかなくてはならない。楽だから、あの家にいるのよ〉

吉川は、洋酒のびんと氷をとってきた。水で割らずにあおった。強い液体がのどを灼いた。

「佐知子の歌は、みんな、つくりものです」

栂野秀子の声は、体格にふさわしいヴォリュームがある。

「生活の実感というものが、まったくございませんの。どうして、あんな毒々しい歌をつくるのかと、私も〈猷帯〉を読んで驚きましたわ。かなり酷な言い方ですが、大向う受けを狙ったということじゃございませんかしら。麻生さんはときどきうちにみえましたけれど、スキャンダラスな関係など、全然ございませんでしたよ。むしろ、麻生さんは、私と話をするのが楽しみで、おみえになりましたのよ。私は、ご存じのように、息子をなくしましたり、人生の辛酸《しんさん》をなめつくしております。それで麻生さんも、私を何かと頼りにしてくださいましてね」

「スキャンダラスなとおっしゃいましたが、情死は、まあ、一般的にいえば、スキャンダルかもしれませんが、上鶴さんの場合、いかにもあの方のイメージにふさわしい、いわば、華やぎを添えるといったことになりませんでしょうか。サッフォ――あの古代ギリシャの女流歌人、すみれ色の髪と美貌、情熱的な恋の歌で十番めのミューズと世にたたえられたサッフォが、美少年パオンと悲恋のはてに海に身を投じたことが、彼女によりいっそうの魅力と光彩を添えたように」

「あの晩は」と、栂野秀子は、司会者のきどった言葉に押しかぶせた。「麻生さんが、新しい車を買ったからと、佐知子をドライヴに誘ってくださいましたの。二人とも、元気でにこにこしておりましたわ。それが、あんなことになってしまいまして。私は、車の機構のことはよくわかりませんけれど、ガソリンが引火するような事故が、絶対に起こらないとはいえないと、警察の方もおっしゃっていました。佐知子と麻生さんは、よく気があっていたようでした。世間の方は、あのひとの歌からどんなふうに想像なさるかしれませんが、実際には、おっとりした、明るい気だての人でしたのよ。秀信があんなことでなくなりまして、私どももあのひとにはすまないと思い、再婚するなり、自由にしてちょうだい、お金のことも、困らないように、できるだけのことはしてあげるからと申しましたのに、佐知子の方が、私どもといっしょに暮らしたいと言ってとどまったくらいで。よほど、私どものうちが気楽でよろしかったんでしょうね。

そこへいくと、麻生さんは、女の身で外に出て男の方と肩を並べて仕事をしていらっしゃるくらいですから、それはきびきびと、しっかりしていらっしゃる。だから、かえって気があったんじゃございませんかしら。せっかく何か華やかなものを想像していただいているのに水をさすようで申しわけありませんけれど、陰湿な関係は全然ございませんでしたわ。

私はただ、佐知子が、想像力だけでああいう世界を作り上げた、その才能だけは、みなさんに認めてやっていただきたいと思いますわ」

ワイド番組は、こまぎれの番組の寄せ集めで構成される。

〈お舅さんに抱かれながら、あのひとは平然としているのよ。私は歯が立たないわ〉文子の声がよみがえる。その声を吉川が追っているあいだに、

「今日はスタジオに、白百合合唱団の方々をお招きしてあります。ママさんコーラスです。みなさん、よくいらっしゃいました」

画面は、上鶴佐知子とは無関係なものにきりかわっていた。

## 4

麻生文子が彼にそのことを語ったのは、何度めに逢ったときだったろうか。表紙の見本刷りをみせに、文子が一人で彼のアトリエを訪れたとき、彼は文子をはじめて抱いたのだが、佐知子の家庭の事情を文子が告げたのは、それよりずっと後になってからだったと思う。それも、一気に語ったのではなく、少しずつ、会話の間に混《まざ》る言葉から、

彼の心の中で、佐知子の不幸な色あいに染められた日常が形づくられていったのだった。

実話雑誌のタネにでもなりそうなその日常の生活が、彼女の歌に、少しもなまぐさい翳《かげ》を落としていないのを、吉川は、奇妙だとも思い、見事だと感嘆もしたのだった。

子供を刺し殺した血が溢れる湯桶に浮かぶ菖蒲《しょうぶ》の葉をうたい、雪原に睡《ねむ》る父子に相姦《そうかん》の気配を与えても、それはあくまで、観念の世界で、一つの美的な構図として捉えられているので、日常の次元での愛憎を伝えてはいなかった。彼女の生活を片鱗《へんりん》たりともうかがわせる歌は、一首もなかったのである。

麻生文子が見本刷をたずさえて訪れてきたとき、吉川は、生徒の作品の採点作業にうんざりしているところだった。自由画を描かせたのだが、どれもこれも、女生徒は少女漫画の模倣、男生徒はＵＦＯといったところだ。

「予想以上に、きれいに仕上がりました。先生の版画の、深みのある黒が、印刷でうまく出るかどうか心配だったんですけれど」

吉川は、生徒の親から贈られた洋酒のびんを出してきて、水割りを作ってすすめた。七時をまわっていた。

その日は、部屋に入ってきたときから、文子は、どこか吉川を誘いこむようなものをただよわせていた。

それらしいことは何も言わず、ことさらに媚態《びたい》をみせるわけでもなかったのに、吉川は、文子が彼に手をさしのべているのを感じた。

溺れかけているものが、救いを求めて腕をさし出すような、何か切実な色あいを帯びていた。

「扉の方は、刷り直すことにしましたの。少し、図柄を大きく入れすぎたようで」

事務的に喋っているが、腕をつかんで引き寄せたら、ふっとくずれこんでくるような脆《もろ》い感じがあった。

自分の勝手な妄想ではないかと、吉川は思った。

彼自身の、孤独感とか、何かみたされない苛立ち、そういうものを、女の上に反映させているだけではないか。

上鶴さんは、どうしておられますか。

吉川は、上鶴佐知子の名を唇にのぼらせるのを、はばかった。

目の前に、籐椅子に腰を下ろし、見本刷りに視線を落としている麻生文子の、肌の浅黒い、やや筋肉質の姿態に、ふわりと佐知子の姿が重なって感じられた。

それでいて、佐知子の顔をはっきりと思い泛べることができなかった。どこといって難のない、それだけに印象の稀薄な顔立ちは、こうとわかっていながら、眼、口、と思い描こうとすると、おぼめいて靄《もや》の中に溶けていってしまうのだった。

「見返しは、思いきって朱色にしようかと思いますの。ずいぶん強い色ですけれど、表紙が黒と白で、じみでございましょう。開いたとたんに、ぱっと華やぎたつような」

椅子に腰かけた躰を離れて、吉川に寄り添ってくるものがあった。目にみえぬそれが、吉川の唇に唇を触れ、耳朶《じだ》にやわらかい息吹きをそよがせた。

「朱は強すぎますね。黒と白というのは、決してじみじゃない。むしろ、強いですよ。そこに朱ときたら、もう、殺しあってしまいますね。淡紅色《ときいろ》がいいんじゃないかな」

彼は、ひたと肌に触れてくるものに思わず手をのべてかき抱くようにし、はっと気がつくと、彼の手は、文子の腕の方にのばされているのだった。

彼は、自制した。酔いを口実に、女をものにするという状態はいやだったし、女というものが、自分から誘いかけておきながら、あとあと、責任を相手に押しつけて、とことん縛り上げようとするのを経験上承知していた。彼と妻の結びつきがそうだった。妻は、同じ学校につとめる教師だった。女の方が積極的だった。何かずるずると抜き差しならないことになり、結婚したのだが、じきに彼は後悔した。

決して、悪妻ではなかった。夫婦で同じ職場というのは好ましくないと、妻は他校にうつされたが、共稼ぎでいそがしい中を、家事も滞りなく切りまわし、彼の身のまわりに気をつかい、万事ゆきとどいていた。

ただ、彼は、他人が四六時中自分の身辺につきまとっているということが、どうにも耐えられなかったのである。

王朝の風習のように、気のむいたときだけ男が女のもとに通うのであれば、と彼は思ったが、今の世には容《い》れられぬ、我儘《わがまま》な願いだとわかっていた。

妻は小柄で、二十日ねずみのように小まめに動きまわり、彼をひどく尊敬していた。

彼が版画の仕事にかかると、邪魔はすまいというように、もう、息をつめているのだった。

息子が生まれ、彼は、いっそう息苦しくなった。六畳、四畳半にダイニング・キッチンという団地の規格は、人間性を無視しているとさえ、彼には思えた。そのころは、四畳半をアトリエにあてていたが、襖一つへだてた隣室の、人の気配が、彼を苛立たせた。

子供を持って、妻は少し勁《つよ》くなった。彼の都合より、子供の要求が優先した。

居住空間がもっと広ければ、半ば以上解決できる問題なのだと思ったが、広い家を手に入れられるのは、いつの話かわからない。たがいにとげとげしくなり、口争いの数が増え、彼が手をあげたのがきっかけで、妻は実家に帰った。帰ってからも、しばしば電話をかけてきた。電話口で、妻は恨みごとをくり返し、これまで口にしたことのないような口汚ない言葉で彼を罵《ののし》った。罵ることが、やりきれない気持のはけ口になるようで、一時期は、三日にあけず電話がかかった。麻薬にのめりこむように、雑言の中に没我のときを持とうとしているようだった。

そのうち、電話がとだえた。離婚届に判を押してくれと、知人を介して言ってきて、そのときはすでに、他の男と結ばれていた。罵声の電話のもっともひんぱんだった時期が、その男に傾斜する心をくいとめようと彼女が足掻《あが》いている時だった。

今、誘えば、確実に文子はくずれてくる。愛されているという自惚《うぬぼ》れはなかった。躰が、男を求めているのだろう。どうしようもなく、騒ぎたっているのだろう。

しかし、そういう状態のときに、仕事の上とはいえ、あえて男の一人住まいを訪ねてきたのだから、少くとも、嫌ってはいないはずだった。

自制しているつもりだったのに、いつ、どういうきっかけで抱いたのか、あとで思い返すと、その部分の記憶が欠落していた。彼は、そのことに自己嫌悪めいた不快感を持った。自分の意志の弱さ、だらしなさをみせつけられたような気もしたが、不愉快さとないまぜに、陶酔の余波も残っていた。

文子の肌は手触りが荒く、何か潮風にさらされた漁夫の娘といった趣があった。その粗《あら》さをたのしむ一方で、彼の手は、たしかに、絖《ぬめり》のような白い肌をも感じていた。

彼は、佐知子の名を呼んで、手の中にある剛い髪を愛撫したかすかなおぼえがある。

――文子をひざまずかせ、ブーツを履かせている佐知子を見た瞬間から、おれは、ひどい陥穽《かんせい》の中におちこんでしまったのだ。

だが、佐知子の生活について、文子が彼に語ったのは、そのときではなかった。

5

歌集が市販され、仕事の上での交渉が終わった後も、何度か、吉川は文子と会った。たいがいは、文子が吉川のところに訪ねてくるのだが、二人で落ちあってドライブに出ることもあった。

そんなつきあいをしていながら、吉川は、文子にのぼせあがっているといった実感はなかった。文子を抱くとき、彼の意識の底には、常に、もう一人の女がいた。

アパートにいらっしゃいと、日時を指定して誘ったのは、文子の方からだった。

金曜日の夕方、彼は、ブランデーのびんを一本購《あがな》って、文子の誘いに応じた。

原宿の駅に近い、アパートというよりは、マンションといった造りの五階建ての建物で、文子の部屋は、三階の陽当たりの悪い北側だった。番号を記した鉄の扉が、無表情に並んでいる。ブザーを鳴らしたが返事がなかった。ノブをまわすと、抵抗なく、ドアは開いた。ビジネス・ホテルのような、一室だけの造りで、手前に炊事のセット、食卓、窓に面した方にディスクとソファ・ベッドが置いてあり、ソファ・ベッドには、佐知子が仰向いて横たわっていた。文子は入口に背を向けるかたちでベッドに腰を下ろし、上半身をねじって、佐知子の胸に顔を埋めていた。毛布が佐知子の躰の半ばをおおっていたが、胸から上は、白い大輪の花のような肌をみせ、文子の黒い髪がひろがっていた。

吉川は立ちすくみ、頭に血がのぼった。

このまま、立ち去るか。入りこんで、文子をひきはがし、なぐりつけるか。彼は瞬間、混乱した。

文子は、これを見せるために、彼をよんだのだ。

そう、彼は気づいた。

復讐か。彼は、そう思った。彼が文子を抱きながら、いつも、他の女を抱きしめていることに対する、文子の復讐なのか。

文子は、水の中から躰をひき上げるように、ゆっくり起き上がり、ふりむいた。

「睡っているのよ」この上なくやさしい声で文子は言った。

「睡っているのよ。でも、熟睡してはいないわ。たぶん、半分醒めていると思うわ。ほら、薄く目を開いている。でも、何も見ていない。この人は、何も見ない。聞かない。感じない、と、決心してしまっているんだから」

いらっしゃいよ、と文子は手招いた。淡い色のペティコートだけを着けているので、めくれた葩《はなびら》が躰のまわりに散っているようにみえた。

そのあと、文子は、やさしく彼を誘った。

いまなら、まだ、拒絶できる、と彼は思った。ところが、少しも、怒りも屈辱感も湧いてこないのだった。それどころか、これまでに味わったことのない歓びが、彼を打ちのめしていた。

彼が文子を詰《なじ》ったのは、何日もあとになって、文子とドライブに出たときだ。

そのとき、彼は、文子に憤懣《ふんまん》を叩きつけ、もう二度と会わないと宣言するつもりだった。それなのに、顔を合わせると、彼の語調は弱くなった。

「きみは、あのひとを、まるで玩具のようにもてあそんでいる。きみがそんな怖い女だとは思わなかった」

「嘘。怖いなんて思っていないくせに。怖い人というのは、佐知子さんのことよ。あのひとは、承知で薬をのむのよ」

佐知子のゆるやかなまなざしを意識しながら文子を抱いたあのとき、自分はまるで奴隷《どれい》のように満足していた、と、彼は思いかえした。佐知子はたしかに、半ば睡っていた。その傍で、安物の絨毯を敷いた床の上で、高貴な人に捧げる奉納の所作事じみて、文子と躰をかわした。浅黒い粗い肌のしっかりした手応えがあった。

どうして、あんなことを、と詰りながら、ガラス球のように感動のない佐知子に、何とか爪をたてて、血を流させ、文子の彼女に対する切実な恋着に、怒りであれ憎しみであれ、応えさせたいとあがいている文子の気持が、次第に浸透してくるような気がした。

「不倫も悖徳《はいとく》も」と、彼は言った。「仮構の世界に想像力の参加で描写するからこそ美しいんじゃないか。きみはまるで、上鶴さんが言葉を道具にし、ぼくが描画という手段で作ろうとする世界を、現実に作り上げようとしているみたいだ」

「お舅さんに抱かれながら、あのひとは平然としているのよ。私は歯が立たないわ」と、文子はそのとき、言ったのだった。

「お舅さんと？　栂野清視《きよみ》氏とか？　本当か？　秀子女史は……」

「黙認しているわ。がまんしているわ。本当は殺してやりたいくらいなんでしょうけれど。スキャンダルは、鉄の蓋で力ずくでおおいかくして。佐知子さんを追い出して、そのあとを清視氏が追って出たりしたら、とりつくろいようがないからね。秀子女史は、歯ぎしりしているわよ。清視氏のことなど、少しも愛してはいないんでしょうけれど、秀子女史は、嫉妬や自尊心や独占欲は人一倍烈《はげ》しいんだから」

「それを外にあらわさず耐えている女史の神経というのは、かなり強靭《きょうじん》なものだね。ひそかに酒に溺れているなんてことはないの？　女流社会評論家が、実はアル中だったり」

「ところが、秀子女史は、体質的にアルコールがだめなの」

「酒豪のような顔をしているがな」

「みかけだおし。ビール一杯で心臓が苦しくなるんですって。そのかわり、煙草。猛烈なヘビー・スモーカー。チェーン・スモーカーっていうのかしら。次から次へ、つづけざま。講演やTV出演で煙草をのめないときは辛いらしいわ」

「そういえば、週刊誌の〝私の自慢〟というグラビアで、彼女のライターのコレクションを見たおぼえがあるな」

「ああ、女史のライターのコレクションは、ちょっとしたものよ。骨董的なのから、かるくさわっただけで着火するという最新式のまで」

「さわっただけで？」

「蝶の羽が触れただけで着火するというＣＦをテレビでやっているわよ」

「上鶴さんは」と、吉川は、それかけた話題を戻した。「秀子女史以上に辛いだろうな。彼女は、酒？」

「佐知子さんは平気なの。嫉妬だの独占欲だのって感情はまるで持ってないみたいに。これでは、勝負はきまったようなものね。御主人が情死した事件だってね、そうして、それをお姑さんがひとりで騒ぎたて手記にしたことだって、佐知子さんは、本当は、平気だったのよ」

「もし、そうだとしたら」吉川は、眉をしかめた。

「正常な生活感情がいっさい欠如しているっていうのは、一種の病気だぜ」

「ああ、病気ね」気のない調子で、文子は言った。「どこか一部分が病気だというのなら……あのひとが病気におかされているというのなら、癒《いや》しようもあるでしょうけれど、あのひとは、病気そのものなのだから、どうしようもないってわけね。百合は花である、というのと同じような言い方で、あのひとは〝病気〟である、と表現するわけね」

「わかっているんだな。でも、その〝病気〟とつきあって、一番危険なのは、きみだぜ。きみは、まったく正常で健康な人だから、免疫がない。魂の底までおかされて、〝病人〟になってしまうんだ。ぼくは元来、半分病気だから、かえって丈夫なんだ」

「つまらない言葉のもてあそびはやめましょうよ」

本当につまらなそうに、文子は言ったのだった。

## 6

二度と、あの悖徳《はいとく》の世界には足を踏み入れまいと、彼は思っていた。

彼の職場は雑駁《ざっぱく》な空気にみちていた。終業式を控え、教師たちは、成績表の記入に精力をつかう時期に入っていた。

「カスばかりだからな、うちのクラスは。はりあいがない」

「金子先生、父兄の前でそれをおっしゃっちゃだめよ。岡田利夫のお母さんから、私、言われましたよ。金子先生は、クラスの八割はカスだっておっしゃったって」

「自分の子はカスじゃない二割の方に入るってことを強調していたでしょう。岡田のお母さんなら、大丈夫だよ」

「でも、カスの父兄の耳に入ったら、騒ぎになりますよ」

「岡田は国立を受けると言っているんだが、5が足りないな。誰のをけずるか。頭痛いよ」

「吉川先生は気楽でいいですね。クラスを持たないんだから。5だの3だのってやつに悩まされないですむ」

「吉川さん、森田の図工は、せめて4にしておいてやってくださいよ。区立に行くのからけずってね。国立は内申を一応重視しますからね。私立なら、みんな、オール5でごまかすんだが。むこうだって、内申のいんちきは承知だから、ろくに見やしない。当日の試験だけの一発勝負だ」

吉川は、辛抱強く微笑している。穏やかな微笑と寡黙《かもく》が彼の武器だった。

春休みに入ると、彼は時間をもてあました。春休みと夏休みは、秋の個展にそなえて、制作に没頭すべき時だったが、彼は、阿片《あへん》のきれた患者のような焦燥《しょうそう》をおぼえていた。

文子とは何度か逢ったのだが、彼女の部屋に来いとは誘われなかった。

彼を十分にじらした上で、文子は、電話をかけてきた。

「今度は、どんな趣向？」

皮肉な口調で彼は訊いた。

「そうね。三人でいっしょにお風呂にでも入りましょうか」文子も嘲るように言ったが、どうしようもない淋しさを、彼は、文子の声の底にききとった気がした。

やはり、鍵はかかっていなかった。声をかけたが返事がないので、かってに中に入った。

土間には、佐知子の靴が、きちんと揃えて脱いであった。

ソファ・ベッドに無造作に置かれたクッションは中央がくぼみ、長い髪の毛が二筋、縫いつけられたように落ちていた。

飾りけのない部屋である。必要最低限の家具しか置いてない。花とか、額に入った絵とか、こまごました郷土人形とか、そういうものは、いっさい、なかった。文子は、まるで、そういうもののかもし出す情緒が部屋に侵入するのを、頑なに拒否しているようだった。

デスクの上には、書物や辞書の類が定規をあてたようにきちっと置かれ、スタンドも、製図に用いるような機能一点ばりのもので、椅子の脇の籠から突き出した二本の編み棒が何か場違いに思えるほどだった。編み棒には編みかけのモヘアの糸がからまっていた。淡い紫と白を二本いっしょに編んでいる。パステル・カラーは色の浅黒い文子には似つかわしくない。佐知子のために編んでいるのだろうか。想像のつかない図だが、無骨な躰つきの女が思いのほか指先が器用なのは、ままあることだと思った。

彼は、文子の名を呼んだ。応える声はなかったが、浴室に通じるドアのむこうに、人の気配を彼は感じた。

部屋の中に、脱いだ服はなかった。ホテルのように、バス、トイレ、洗面台が一箇所に集まった形式なので、服や肌着は、中に置いているのだろう。

水音がした。

室内が殺風景なので、ドアでさえぎられた浴室の中のなまめいた様子が、いっそう強く浮きたった。

彼は、浴室のドアをノックした。返事のかわりに、息づかいと、水を流す音がきこえた。実際には、厚い木の扉をとおして呼吸の音まできこえるわけはないのだが、彼の耳は、それを聞いた。

来いと誘ったのは、文子だった。

彼はノブをまわしたが、入口のドアは開いていたかわり、浴室のドアは内側からかけ金をかけてあった。

彼は、このときも頭が熱くなったが、腹はたたなかった。

文子の必死のあがきを感じた。

佐知子は、あいかわらず従順に、文子のなすがままになっているのだろう。しかし、決して、文子の激しさに同等の激しさで応えるわけではないので、文子は、自分の内から噴き上げる渦のはけ口がなく、きりきり舞いしている。

俺は証人の役を押しつけられているのだ、と、吉川は思った。

文子は、誰かのまなざしが必要なのだ。

文章だろうと絵画だろうと、それを受けとめる第三者の目がなくては、存在しないも同然だ。観客が必要なのは、芝居だけとはかぎらない。

いや、そこまで言わなくても、文子は、あやふやな二人の関係を、俺の目にみせびらかすことによって、何とか、存在感のあるものにしたがっているのだろう。

それでいて、佐知子の裸身をくまなく俺の目にさらしたくはないのだ。

かくしながら、見ろと言うのだ。

彼は、文子に指定された観客席に身を置いた。文子の烈《はげ》しい恋着を知ったときから、彼は、一歩身をひいていた。彼の肉の欲は、文子によってみたされていたので、がつがつせずに、この奇妙な関係をたのしむ余裕があったのかもしれない。もともと、執着の薄い性質でもあった。その点が、佐知子と共通しているのだろうと思う。

自分の外のあらゆることに情動を持たない佐知子のありようが、彼にはいくぶん納得がいくのだが、文子にとっては、どうしようもなく苛立たしくてならないのだろう。

それでも、歌集を自費出版したりしたのだから、佐知子にも、なまぐさい自己顕示の欲望や意志が、かなり強くあるのだろうが……。

彼は、湯が佐知子の躰の上を流れ落ちる音をきき、二人の息づかいや意味のとれない低いささやきをきき、躰の芯が熱く燃えてくるのにまかせていた。

屈辱的な状態にはちがいなかった。屈辱だ、と、彼はことさらに認め、自分を嗤《わら》い、それによって、居心地がよくなった。

湯のにおいをかすかに嗅いだ。ドアはきっちり閉まっているのだから、それも錯覚かもしれない。躰のにおいと、甘くまじりあっていた。

おそらく、この後で、俺は文子の躰を抱くことになるのだろう。そのときに文子の上に感じる佐知子の躰の手応えを、今から感じることができた。その予想があるから、彼は、この、おそろしく虚ろな時間に身を置いて目を閉じていた。

シャボンの泡をかきわけて胸から腹へ湯が流れる。淡紅色の乳首や、やや紫がかった乳暈、浅瀬にゆらぐ水藻のような恥毛のゆらぎ。白い足の指の間を丹念にこする浅黒い指、それらを彼は思い浮かべようとしたが、意識にのぼるのは、躰の感覚だけだった。

けたたましい電話のベルに、空気が砕けた。

ベルは断続して鳴りつづける。

「電話だよ」彼は、間のぬけたことを言った。

ベルの音は、きこえているにちがいないのだ。

せきたてるように鳴りつづけるベルの音に彼が受話器をとると、「佐知子はそちらにおじゃましていますね」叱りつけるような女の声が耳を打った。「すぐ帰るように言ってください。秀一郎が熱を出しました」

ドアの外から、声を大きくして、栂野秀子の言葉を彼はつたえた。ドアが内側に開き、彼はつんのめった。バスタオルで躰を巻いた佐知子が電話に走り寄って受話器を耳にあてた。「もしもし、お姑《かあ》さん」

絨毯の上に濡れた足跡が残った。

「文子さん、車を借りるわ。鍵をちょうだい」

ゆったりした躰が、機敏に動いて、浴室に入り、服を着て出てきた。

「鍵よ。鍵ですってば」

見幕に圧倒されたように、文子は鍵を渡した。

渡しながら、「電車の方が早いんじゃない？」何とか意地の悪い立場をとり戻そうとするように言う。

佐知子は消えた。

「睡り姫を目ざめさせるのは、〝子供〟の一言か」

彼は、膝を打って笑った。

「ペテンだわ。まるで、ひどいペテンだわ」文子も調子のはずれた声で笑い、彼の胸を拳で打った。「あのひと、ここに来ることをうちの人に知らせているのね。何ていう裏切り。歌の世界では、あのひとは、子供をもつことは、女にとって、原罪に対する罰、（原罪なんて言葉あるかしら）そんなふうなものだと、言っているのよ。でも、実生活では、まるで馬鹿な甘ちゃんの母親。許せないわ」

まばゆいライトが消えたとき、きらびやかな刺《し》繡《しゅう》をほどこした衣装は、安もののレーヨンの正体をあらわし、宝石はガラス玉にかわる。宮殿の壁は木の枠に紙をはった大道具。荒れた板目をむき出しにした舞台。文子のみじめな裸体。

## 7

告別式の日は、朝から雨もよいだった。吉川は、傘は持たずに家を出た。降りがひどくなったらタクシーを拾えばいい。

新進の歌人上鶴佐智子ではなく、栂野家の嫁、栂野佐知子としての、葬儀であった。

佐知子は、短歌の結社には属しておらず、師と呼べる人も持たなかったので、弔問客に歌人らしい姿はほとんどなかった。

三流どころの食品会社の専務取締役である栂野清視と、婦人問題評論家の肩書を持つ栂野秀子の、それぞれの関係者が訪れてくるが、焼香に列を作るほどではなかった。

佐知子と同年輩の女性客が少ないのは、交際をつづけている友人が少かったのだろうか。

数人並んだ受付係の中に、尾島の丸っこい顔があった。吉川は、尾島の前の芳名帖に記名し、用意してきた香典の包みを渡すと、庭先にまわった。

庭に面した洋風の居間のガラス戸を取り払い、奥正面に祭壇がしつらえてある。

左側に坐った一団の、祭壇近くに席をしめた初老の男女が、佐知子の実家の両親だろうと、吉川は見当をつけた。

栂野清視と秀子は、右側に並んでいた。共に吉川にとっては初対面だが、秀子の顔はつい先日TVで見たばかりである。

かっぷくのよい秀子は、そのヴォリュームのある躰で、まず、他を圧倒するといった趣きがある。面積のひろい肉の厚い顔の両頰がたるみ、唇の端が意志の強さをあらわすように、ぐいと下がっている。

秀子と清視の間に、九つか十ぐらいの男の子が、膝をくずして躰を秀子にもたせかけている。

佐知子の一人息子、清視と秀子にとっては孫にあたる秀一郎だろう。

清視は、特に小柄なわけではないが、妻と並ぶと、見劣りがする。男のくせに撫で肩だった。

この男が、佐知子の躰を自分のものにしていたのかと、吉川は思わず強い目になった。

焼香を終えて外に出ると、小雨が降り出した。出棺を見送るつもりか、近所の主婦らしい黒衣の女が数人立っていたが、

「降り出しましたわね」

「まだ、出棺まで時間がかかるわね。出直してきましょうか」

などと話しあい、散っていった。

吉川は、車庫に入って雨をさけた。

もう新たな弔問客も来ないと見当をつけたのか、尾島が受付のテントを出ると、小走りに、車庫の屋根の下にやって来た。ほんの短い距離だが、肩に雨のしみができた。

「どうも」と意味のないあいさつをして、尾島は、ハンカチを出して髪をぬぐった。

「このあいだ、ＴＶ拝見しましたよ」吉川が言うと、尾島は、「いやあ」と声を上げ、少し声が大きすぎたと気づいて、髪をぬぐう手がいそがしくなった。

「どうも、マスコミは、同性心中というふうに話をもっていきたいらしいですな」吉川はこんどは極端に声をひそめた。

「まあ、その方が話題になっていいかもしれないんですが、あまりイメージ・ダウンになっても困りますしね。スキャンダルというやつは、時がたてば、一種の美化された伝説、神話になる場合もあるが、当座は、やはり叩かれますからね。うちの雑誌の読者層は、保守的な主婦が多いから、拒絶反応を起こされても困るんですわ」

「警察の調べは、どうなっているんですか」

「まだ、結論は出ておらんようですね。ただ、麻

生くんの兄さんが調べてわかったんですが、麻生くんの銀行通帳から、ごっそり大金が引き出してあって、たった二桁しか残っていなかったそうですよ。男がいて巻き上げられたんじゃないのかなどと、だいぶ兄さん騒いだんですがね。結局、あの豪勢な新車を購《あがな》うために使ったと判明しました。まったく、思いきった買い物をしたものだ。いわば、全財産を投入したんですからね。それが、ああいうことで……。豪華な死出の旅でしたなあ」

「それじゃ、車を購うと決めたときは、すでに決心をしていたのでしょうね」

心に思ったことが、声になっていた。

文子は、佐知子がふとした折りに、彼女を夢魔の世界に置き去りにして、凡庸な母親に立ちかえることが、どうしてもがまんできなかったのではないかと、彼は想像する。文子は、佐知子に出会うまでは、どちらかといえば堅実な常識的な女性だった。それが、佐知子の異様な波長に感応したばかりに。いったん迷いこんだからには、文子は、あくまで、その世界を強固に持続させようとする。

坂道を海にむかって疾走しながら、石油をつめたびんの栓をぬき、ぶちまけ、火を放つ文子を、吉川は描こうとした。

そのとき、あわただしい足どりで秀子が玄関先に姿をみせた。吉川の描きかけた幻影は消えた。

「出棺かな」尾島がつぶやく。

秀子はたもとからダンヒルのパックを出し、一本ぬきとってくわえると、マッチで火をつけ、深々と吸った。眼を閉じ、いかにもうまそうに。

秀子女史は、ヘビー・スモーカーなのよ。麻生文子の言葉を思い出す。祭壇の前で、弔問客のいるところで吸うわけにもいかず、がまんしきれなくてぬけ出してきたのだろう。

「失礼、煙草お持ちじゃないですか」尾島がつられたようにポケットをさぐり、吉川に声をかけた。「ちょっと切らしてしまって」

「ショート・ホープですが、かまいませんか」

「え、何でも」

吉川はパックを出し、尾島に一本ぬかせると、自分も口にくわえた。すかさず、尾島がライターをつけた。ライターの腹をかるく撫でるだけで、カチリともいわず、火がついた。

「このごろ、TVで宣伝していましょう。蝶の羽が触れただけで火がつくという新製品。なかなか便利ですよ」と、尾島は、二、三度つけたり消したりしてみせた。

「同性心中というイメージは、一般の読者にとって、どうですかねえ。今まで短歌などに興味を持たなかった層が、好奇心からでも本を手にとってくれるようになれば、こりゃあ、しめたものなんですがね。ただ、あまり低俗な興味ばかりであれこれ言われるのも、どうもね。うちとしては、このさい、上鶴さんの第二歌集も出すつもりでいますのでね。遺稿集として」

「遺稿があったんですか」

「ええ。なかなか、いいですよ。かなり激しいですがね。話題になっているときですから、追いかけてすぐ。これも、麻生くんの遺品を整理しているときに、みつかったんです。コピーでしたがね。肉筆の歌稿は、上鶴さんの手もとに返したとみえます。麻生くんは、編集会議のとき、もちだすつもりだったんでしょうね。となると、麻生くんは心中するつもりなどなかった。事故か、あるいは、まさかとは思うが上鶴さんの方からの無理心中……。どうも、私には、のみこめんですねえ。上鶴さんという人は、おっとりした人のようにみえたんですがねえ」

雨が強さを増した。アスファルトの道路を叩き、霧のようなしぶきをあげる。

「遺稿には、どんな歌が?」

「正確にはおぼえておらんのですよ。〈獣帯〉にのせたものより、何か、なまなましい感じのもののが多かったですね。夫が、嫁の足の爪を切ってやっているのを、老妻が眺めている、とか、もう少し露骨なのもありましたね。まあ、上鶴さんは、〈獣帯〉でも、子殺しとか近親相姦とかを、美的構図としてうたいあげる人ですから。それでも、彼女の家族構成などを知っている人が読むと、ちょっと、ぎょっとするかもしれませんね。変にかんぐって。怖い世界をさりげなくうたっている。〈獣帯〉のけばけばしさを押さえているだけに、かえって迫力がでてきたようですね」

「周囲の人間を、歌の……」

呟きながら、吉川は、尾島の手からライターをとった。蓋を開けて横腹の四角い部分にかるく触れると、炎が上がった。

「実に簡単に火がつくんですね」

放心した声で吉川は言う。

「そうなんですよ。着火の正確さも抜群ですね」

軽く触れさえすれば、火がつくのだ。吉川の脳裏に、文子がいつも携帯している大型の革のバッグが浮かぶ。

その中に、ガソリンを半ばみたした容器。逆さに吊るされ、不安定に揺れているライター。蓋は開いたままだ。揺れたはずみに接触すれば……。

栂野家の前の道は、少しの間平坦だが、やがて急な下り坂となり、海になだれ落ちる崖の上の丁字路に出る。そこを、文子の車は、右折も左折もせず、炎を噴き上げて海に転落したのだ。

文子自身が、そんな面倒な細工をするはずはない。車に乗っている者が放火するのは、簡単だ。

文子のバッグに、簡便な時限発火装置をしのびこませる、手。

腕、顔、と、吉川は、脳裏にある姿をたどる。

栂野秀子のたるんだ頰、両端の下がった唇。

佐知子と秀子の暗黙の闘いを、吉川は感じた。

秀子が、佐知子の歌稿、清視との関係を素材としたそれを目にしたとしたら。

秀子は、歌の肥やしにされて引きさがっているような人間ではなかった。

つい今しがた、秀子が分厚い唇にくわえたダンヒルに、マッチで火をつけていた姿が、何か不自然なものとして浮かんでくる。ライターのコレクションをしているという秀子が……。

彼女のコレクションの中には、この新型もあったはずだ。そう、文子は言っていた。尾島のライターの胴を、吉川はまた、そっと撫でる。ゆらめく小さな炎。

栂野秀子は、この先も、喫煙にライターを使うことはないのではないか。不快な記憶を誘発するそれを。

玄関のあたりがざわめき、人々が外に出てきた。出棺のときであった。

柩《ひつぎ》がかつぎ出され、清視が、秀子が、そして秀一郎がつづいた。

――だが、秀子は、コピーが尾島の手もとにあることをまだ知らない、と、吉川は思う。告発するに足る証拠は何もない。彼の想像、あるいは、直感、にすぎなかった。

秀子は、傘をさし、喪服の褄《つま》をとり、足袋が汚れるのを気にしながら歩いてくる。

清視は少し背をかがめ、これも、泣いた気配はなかった。

秀一郎は柩の側面に手をかけ、こすりつけるようにしていた。

柩に寄り添って歩く麻生文子の姿を、吉川は視た。兄に抱かれて郷里に帰る文子の骨壺には、上鶴佐知子が寄り添っているだろうか。

柩は霊柩車におさめられ、遺族は何台かの車に分乗した。

黒塗りのセドリックに秀子が乗りこみ、シートに背をもたせかけた。

ゆったりと安堵した表情に、薄い微笑のようなものを、吉川は見た。

知子《ともこ》は枕に顔を伏せた。彼の指が首筋をさぐり、一瞬の閃光《せんこう》のような刺激、そうして、指先のリズミカルな動きが、細い鍼《はり》を通じて伝わる。

鍼の治療を与える彼とのあいだに、精神分析医と患者のラポールめいた感情が生じている――と、知子は感じる。

精神分析の過程に於《お》いて、ほとんど恋愛感情に似た緊密な心の交流があらわれる。これがラポールで、似てはいるけれど、恋愛感情そのものではない。精神科の医師はそれを十分心得ていて、患者の激しい感情にまきこまれることはない。

わたしたちの場合――と、知子は思う。ラポールめいたものと意識して、一点の冷静さを保っているのは、わたしの方だ。初診の際、彼の正体を見抜いてしまったのも、わたしだった……。

知子は、下訳専門の飜訳《ほんやく》工房で仕事をしている。およそ割の悪い仕事で、数をこなさなくてはならない。そのせいか、肩から腕がときどき痛むようになった。

総合病院の内科で診察を受けたところ、原因不明だが、たぶん鍼が効くだろうと、同じ病院内の東洋内科というのにまわされた。

鍼灸《しんきゅう》専門の科である。診察室には、線香のにおいがしみついていた。

最初、主任医師が診察し、若い治療師にあとをひきつがせた。三十前後のその青年に紹介されたとき、二十四年、時が逆行した。七歳の彼が、その貌の上に浮かびあがったのだ。

しかし、彼は、十二歳の少女の貌を、いまだに知子に見出さないでいる。

カルテに記された木村《きむら》知子という名も、彼の記憶に爪をたてることなく滑り落ちる。

ごくありふれた名だ。それに、七歳の彼はあのころ、知子の名も、まして苗字も、知らないままに過していたのかもしれない。

わたしのことを、あのころ何と呼んでいたのだろう、と思い返すが、名を呼ばれた憶《おぼ》えがない。お姉ちゃん、とでも呼んでいたのだろうか。

知子が服を脱ぎ、スリップ一枚になってベッドに仰臥《ぎょうが》すると、彼は、いくらかぎこちなくなる。そう、知子には感じられる。

彼の患者は、男女とも皮膚が縮緬《ちりめん》のようになった老人が大部分で、三十代の女を相手にすることは少ないためだろう。鍼医の経験も浅いので、患者の軀《からだ》を〈物〉としてみることにも馴《な》れていないらしい。ふつうの医者なら、この年で女の裸にたじろぐような初心《うぶ》なのはいない、と、知子は思う。

彼は、つい最近までは、薬品会社のプロパーをしていたという。

「不愉快な仕事でしてね。まるで男芸者でした。薬の注文をとるためには、なりふりかまわず、医者の機嫌をとり結ばなくてはならない。どうせ苦労するなら、人に喜んでもらえる仕事の方がいいから」

〝どうせ苦労するなら人に喜んでもらえる仕事〟と、口に出すのはどうにも野暮なせりふを、べつにそれも悪びれもせず、気負《きお》いもせず、淡白に語った。

その朴訥《ぼくとつ》ともいえる印象が、知子には不思議でならない。もっとひねこびていて当然なのだ。

二十四年という年月は、幼時の記憶を消すのに十分な長さなのだろうか。精神外傷《トラウマ》は、彼をゆがめる力を持たなかったのだろうか。

いや、あのことがなくても、幼いころの彼は、陰鬱《いんうつ》な子供だった。

——わたしは、幼い彼に一種の支配力を持っていた……と、知子は思う。

しかし、都会の三十一歳の青年にしては、いささか淳朴《じゅんぼく》すぎる印象の彼に、知子は、自分の記憶の方がたよりなくなってくる。

首筋に、細い皺が深々と打ちこまれる。


その家は、川のふちに建っていた。

川といっても、蓋《ふた》のない下水道のようなもので、家並みに沿ったどぶの汚水は、その川に注ぎ入るように作られてあった。土手の横腹にコンクリートの下水溝が断面をみせ、泡立ち白濁した水が、ときどき大量に流れこんだ。どぶ泥のにおいが、しじゅう漂い、湿気の多い曇った日は、ことさら強くたちのぼった。


川べりに沿った十軒ほどの家は、どれも一つ腹から生まれたようによく似た外観を持っていた。

地元の業者が戦前に建てた建売りで、新築当時は、赤いスレート瓦《がわら》や玄関脇にはりだした小さい洋間のモルタル塗りの外壁などが、いくらかしゃれた感じを与えたのかもしれないが、知子が知ったころは、もう、安っぽさばかりが目立つ薄汚ない家になっていた。モルタルの壁は鼠《ねずみ》色に変色し、亀裂に雨のしみが滲《にじ》み、ところどころ欠け落ちて下地がのぞいていた。

どれも同じようななかで、一軒だけ知子の目を惹《ひ》く家があり、そこは、玄関の横に白塗りの看板を出していた。

その家が知子の関心をひくのは、『英語教授』と記した看板のせいではなく、そのころ小学校六年だった知子の担任教師の住まいだったからである。

担任は半白髪の老女で、英語の自宅教授をしているのはその夫ということだった。

生徒の目には老女とみえたが、実際は、担任女教師はそのころ四十を二つ三つ過ぎたぐらいだった。

知子の母親なども、その女教師を五十過ぎと思っていたようで、新聞に彼女の名と年齢が書かれたとき、思ったより若いと驚いていた。

髪をひっつめにし、灰色のスーツ、型のくずれたスカートがだらしなく長く、少し猫背で声の嗄《しゃが》れたその女教師は、授業中に笑顔をみせたことがなかった。

女教師の家は、知子の家から歩いて五分とかからない。こんな近くに担任が住んでいるというのは、生徒にとって迷惑なことだった。

もっとも、女教師の方でも、学校のにおいを家の中までひきずりこみたくないのか、遊びに来いと生徒を誘うことはなかった。

その教師の夫のところへ英語を習いに行けと、知子が母親に言いわたされたのは、冬休みに入る前だった。

母親は、いつでも他人より三歩ぐらい先にいなくては気のすまないたちで、中学一年で習うことを今のうちにやっておけば、授業中困らないと言い、同居している祖母も叔母も、みな賛成した。

母親と祖母と叔母が相談して買いととのえた菓子を持って、はじめて教師の家を訪れた。川べりを歩くあいだ、三人の大人の視線を背に感じていた。

それまで外側しか知らなかった洋間の内側に招じ入れられた。

女教師は、家のなかでも灰色のスカートを着、セーターは古毛糸をつなぎあわせて編んだように、赤や橙《だいだい》やグレイがまざりあっていた。夫の生徒として訪れた知子に、教室ではみせない愛想笑いをした。

洋間は狭く、応接セットと机と本棚が置かれ、床の絨毯《じゅうたん》のみえる余地がないほどだった。

窓の上の壁に、若い男の顔を書いた紙が貼ってあった。コンテの力強い素描《そびょう》で、その絵の真下の椅子に腰かけた若い男と、まぎれもなく同一人物だと知子は認めた。絵の方が、実物より更に若かった。

絵のなかの男は、ややうつむき、顔の半面はコンテで濃い翳《かげ》をつけられ、翳のなかから上目使いの眼がのぞき、額に深いたて皺《じわ》が入っていた。実物の方は、あっけらかんと、くったくのない顔をしていた。

半白髪の女教師の夫だというから、非常な老人を予想していた知子に、この意外性は好ましいものだった。

その男は、骨格が太く肉づきの薄い軀つきで、油のつけない髪をくしゃくしゃにし、黒ぶちの眼鏡をかけ、紺色の和服の胸もとから駱駝《らくだ》色のシャツがのぞいていた。頰がこけているので、顎と口が目立った。

女教師の授業は重苦しく、知子はしじゅう、廊下に立たされたり、教壇の横に立たされたりした。

その夫にも、知子は立たされたが、それは、Stand upという言葉の意味を知子に理解させるためだった。

立ったり坐ったり、ドアを開けたり閉めたり、そのたびに、動作に相当する英語をとなえさせられた。耳に快い笑い声といっしょに、立て、坐れ、と命令が下りた。

イエス、ミスター・ヤマノウチ。ノウ、ミスター・ヤマノウチ。まだるっこしいね。ケンと呼びなさい。女教師の夫の名は、山内謙治《けんじ》といったのである。

私はあなたの手を握ります。

あなたは私の手を握ります。

シェイク・ハンズの練習をしているところに、女教師が紅茶とビスケットを持って入ってきて、愛想笑いをした。ティー・カップを並べ、開けっ放しにしたドアの方をふりむいて、女教師は、あっちに行っていなさい、と、どなった。

走り去る足音がした。

足音の主に対面したのは、四回めか五回めの授業のあとだった。

北側の洋間は寒くて、テーブルのわきに置いた小さい火鉢《ひばち》にケンと知子はかじりつき、「今日は非常に寒い」という英語をくり返していた。

ケンは、炭火にかざして暖めた右手を、知子のセーターの下にいれ、左手で彼女のシャツをたくし上げ、じかに背中にふれた。

「暖い」と英語で言ったので、暖い、と知子も口うつしに言った。

ドアの外に女教師の足音がした。

それと同時に、ケンは手をひっこめた。爪がささくれていたらしく、知子の背に小さい掻《か》き傷を残した。

足音と掻き傷の関連性について知子が考える暇もなく、女教師が紅茶を持って入ってきた。

女教師が出て行ったあとで、知子はまた、「今日は非常に寒い」と言った。ケンは、そうだ、今日は非常に寒い、と言うだけで、親切な行為には出なかった。知子は、みじめな恥ずかしさをおぼえ、明日からレッスンに来られないと思った。

しばらくして、ざあっと激しい水音がきこえた。風呂に水をいれているのか、絶えまなくつづいた。

レッスンを終え玄関に出ると、女教師が濡れた手を前掛けで拭きながらあらわれて、顔だけ笑い顔に作り、またいらっしゃい、と嗄れた声で言った。

外に出てドアを閉めた。家の横手から走ってきた何かが、ぶちあたった。台所口からとび出してきたらしい。

小さい男の子で、髪がぐっしょり濡れていた。いきなり、知子の左手にかみついた。


彼の指が、次に鍼をうつべき場所をさぐって、首筋を撫でる。知子は、うつ伏した額の下に両手を重ねている。その手の甲に、嚙《か》み痕《あと》はまったく残っていない。

女教師の息子の小さい歯型は二、三日で消えてしまった。ケンの爪がつけたひっかき傷は、その日のうちに消えた。

だが、どちらも、心のどこかに消えない条痕《じょうこん》を残したのはたしかなのだ。更に大きな傷口への、ためらい傷のように残っている。

彼の指が鍼を打つ場所を求めて首筋から背とまさぐるにつれ、知子は息苦しくなる。

顔の位置をかえると、彼は気づいたように、いそいでやわらかい枕をもう一つ持ってきた。

「これを胸の下にあてると楽ですよ」

やさしい口調が、知子を苛立《いらだ》たせる。

ラポールなのだと、自分に言いきかす。

軀の奥深いところから湧いてくる慄《ふる》えが外にあらわれぬよう、押さえこむ。

ときどき発作のように起こる慄えが何なのか、知子は承知している。

それを自覚するようになったのは、ひところつきあっていた相手が、結婚話がきまったといって去って行ったからだと思う。

別れたからといって、それほど打撃を受けたつもりはなかった。

いつでもほどけるゆるい結びつきが気にいっていたはずだ。しかし、相手の方が先にほどくことを、知子はまるで予想していなかった。相手の方が執着が強くて、知子は時にそれが、払いのけても払いのけてもまつわってくる水藻のようにうっとうしく、いよいようっとうしさが募《つの》って耐えられなくなるときを、漠然と考えていたのだ。こっけいな自惚《うぬぼ》れだった。

まだ両親といっしょに住んでいる男で、妙に気配りのやさしいところがあり、それも、花をプレゼントするの食事に誘うのといったことではない、時に理由もなしに気が荒《すさ》み、手のつけようもなくなる知子を辛棒強く抱きとめているといったふうで、そのときは、水藻どころか荒縄の力強さで、文字どおり背後から抱きしめてくれた。

一言の言い争いもせず別れた。見た目ばかりのいさぎよさではない、真実、口惜しさもみれんがましさもないと、自分にたしかめた。

それが、アパートの自室でひとりで水割りを飲みながらＴＶを見ているときに、ふいに軀が慄《ふる》えはじめた。両腕で軀を抱きすくめ、嵐が過ぎるのを歯嚙みして待った。

今、彼の指の下で、知子はほとんど泣き叫びそうになる。鍼などいらない。ただ、上からおおいかぶさり、力のかぎり抱きすくめていてほしい。それだけでいい。男の力のなかに包みこまれ保護されていると、ほんのいっとき、その実感が持てれば、あとの絆《きずな》はいらない。このひとを愛しているわけではないのだ。

そう思うとき、――ああ、このひと、昔、わたしの手を嚙んだ……。

嚙みついた男の子の白茶けた唇は、ふちが蒼黒く、おそろしく冷たかった。知子の手は、歯の力の加わる部分は熱く灼《や》け、そのきわに、唇の冷たさがしみとおった。

叫ぶかわりに、知子は、嚙まれた手を男の子の口に強く押しつけるようにした。犬に嚙まれたときはそうしろと、何かの雑誌で読んだおぼえがあった。子供は離れ、上目づかいに知子を見ながら後じさりし、家の横手にかけこんだ。

帰宅してから、知子は、家の女たちに嚙み傷を気づかれぬよう注意した。皮膚は破れなかったが、多少内出血しているらしく、紫がかった地腫《じば》れが痛んだ。

その痛みのなかに、ひそやかな世界があった。三人の女たち、祖母と母と叔母は、根ほり葉ほり、授業の様子を問いただした。叔母にいたっては、習得したことを全部この場でくり返せと命じた。

どんな先生？　怖い？

「若い、お兄さんみたいな人だった」

叔母は、しつっこい眼になった。今度から、あたしがつきそっていこうかしら。さりげない声で、叔母は言った。そうすれば、習ったことを、あたしがおさらいしてやれるじゃないの。

それはいいね、と母が言い、祖母が、皮肉な眼で叔母を見た。

また、病気をお出しでないよ。

いいじゃありませんか、おかあさん、母は笑った。

手をどうしたのよ。叔母が、めざとくみつけた。

この叔母は、結婚と離婚を二度くりかえして、実家に戻ってきていた。いつも、胸もとを少しゆるめたかっこうをしていた。ブラウスなら前のボタンを三つぐらいはずし、衿をぬきかげんにするとか、セーターも、衿ぐりのゆるいのをちょっと一方にずらして、くずした着方をするというふうだった。

長い首が、やわらかくのびて、洗濯したばかりの服を着ても、何か垢《あか》じみていた。垢というよりは、軀のなかからにじみでる何かえたいのしれない汚れがまといついているというふうに知子には感じられた。

帰り道にいじめっ子がいて、嚙みつかれた、と知子は言った。

みせてごらん。いやだねえ。母は知子の手を調べ、いやだねえ、というとき、まるで知子がそういうけものじみた行為をしたかのような顔をした。噛んだ者への忌《い》まわしさが、噛まれた者に転嫁《てんか》され、知子は、あの男の子と共犯の意識をわけ持った。

あのとき、二人のあいだに通いあったものは、この三人の女たちには決して理解できまい。

「どこの子なのかしら。親に言ってやらなくては」腫れた手を、不愉快なものを見る目で、母が言う。

「どこの子かね、知ちゃん」祖母が、久しぶりで、多少とも刺激のあるできごとにぶつかったというふうに、わくわくしている。

「いくつぐらいの子?」「どうして噛みついたの」

「あんた、何かかまったの」

「まさか、山内先生の坊やじゃないわね」母が言う。

「山内先生って、もうお年なんでしょ」と叔母が言う。「その子供といったら、いじめっ子って年じゃないんじゃないの」

「今年小学校にあがったくらいの坊やが一人いるはずよ。でも、前の旦那さんの子供ですって」

「それじゃ、今の旦那さんは二度め?」叔母はさりげなく言う。

「あなたと違って、前の御主人とは死に別れよ」母は、ずけずけ言う。遠慮なく言うことが、叔母の二度の離婚にこだわりを持たない証拠というように、ことさら、母は離婚を話題にしたがる。

「やはり、知ちゃんにはあたしがついていってやらなくてはね」叔母が、きっぱりと言う。

「いいかげんに、火遊びはおやめよ」祖母は、まるでけしかけるような言いかたをする。

三人の女が、知子の生活を自分のものとしてももう一度生きたがっている。

付き添ってくるのなら、レッスンはやめる。そう言いきるには、知子は力が足りなすぎる。三人の、したたかに年を経た女のエネルギーの総量は、十二歳の知子をあっさり圧《お》しつぶす。

うつ伏せになっているので、彼が何をしているのか見ることはできないが、十数本刺しこまれた細い鍼の先端に、一つ一つ電極をとりつけている最中だということは、彼の説明で承知している。

週に二度ずつ通い、そのたびに、「どんなぐあいですか」と、彼は真摯《しんし》な口調で訊《き》く。そのときによって、いい加減な返事をすることにしている。「だいぶ楽になりました」とか、「少し痛みがひどくなって」とか。

実際のところ、最初からほとんど何の変化もない。耐えられないほどの苦痛ではないので、知子は、ひそかに腕の痛みを彼とのあいだの遊びの具にしている。重苦しい痛みがいくぶんひどいとき、「今日は調子がいいようですわ」と言ったり、痛みの薄らいでいるとき、「とても痛くて」と言ってみたりする。彼の真剣な反応を楽しんでいる。すると彼は、治療法を少し変えてみましょうといって、電気鍼をもち出したのである。

電気ですか、通電するのですか、と、知子はたじろいだ。

何も怖いことはありませんよ、と、彼は知子の怯《おび》えをおもしろがった。ピリッともしません。安心していてください。

電気。感電。このひとは、平気でそんな言葉を口にできるのか。平気で、人の軀に通電できるのか。

彼の母親――知子の担任女教師は、感電死した。

女教師は、知子たちに蛙を材料に理科実験をさせた。もちろん、感電死したのは、その実験のときではない。

八人を一つのグループとし、一匹ずつの蛙をあてがわれた。

蛙を配る女教師は、蛙といっしょに、不気味な醜悪な空気を配った。

女教師の瞼《まぶた》の皮膚が薄く、出目であることを、知子はこのときあらためて認めた。

女教師の幼い息子は、出目ではなかった。おそらく、その父親――女教師の死別した先夫の特徴を受けついでいたのだろう。

幼い息子は、しばしば女教師に折檻《せっかん》されていた。その多くは、冬のさなか、風呂場で裸にむいて水を浴びせるというやり方であった。

知子の叔母は、知子のレッスンに必ずついてきた。

ケンは知子に英語で質問し、知子が答えられないでいると、叔母に問いかけた。叔母はくすくす笑いながら答え、するとケンもくすくす笑いながら、二人で英語を投げかけ、受けとめ、投げ返していた。

二人の表情の変化は、知子の興味をひいた。ケンの表情が媚《こ》びるようにゆるむと、叔母が冷ややかな幕を顔の前にひいた。ケンが退《の》くとき、叔母はやわらかくくずれた微笑で追った。

叔母の表情の変化の方が、きわだっていた。蔑《さげず》むような目つき。寛大な笑顔。ちらりとみせる甘え。ケンの気弱《きよわ》な笑い。

ゆきかう謎のような言葉。

さようなら、ケン。玄関を出ると、髪からまだ雫《しずく》をしたたらせ、蒼黒い唇で立っている男の子。

そのうち、知子は、呪文のような言葉を投げかけあっているケンと叔母を置いて、先に外に出ているようになった。

男の子が、建物の横の勝手口から出てくる。爪の根元も紫色になっている。

英語を教えてあげるね。知子は男の子に言う。

男の子は、きょとんと知子を見る。

お坐り。立ちなさい。お坐り。歩きなさい。止まりなさい。走りなさい。

小さい犬の仔の調教。お坐り。立ちなさい。走りなさい。

女教師があらわれる。

おや、もうレッスンは終ったの？

はい。

叔母さまは？

レッスン中です。

おや、叔母さまも英語の勉強？

はい。

それでは、月謝を払っていただくようにしなくてはね。

この女教師は、蛙の頭を鋏《はさみ》で断ち切ることを、知子たちに理科の時間に命じた。

鍼が十数本突き刺さっていても、痛覚はほとんどない。彼の指は、鍼の一つ一つの頭に電極をとりつけているのだが、その動きも肌には伝わってこない。

放り出されているような寒さ。

はりめぐらしたカーテンのむこう側で、声がする。痛いよ、先生、手を握っていてよ、痛いったら。

握っていてやるよ。ほら。

芝居がかった声。聞こえているのを承知で。

痛い、痛い。先生、今度、焼酎《しょうちゅう》持ってきてあげるわよ。うちの亭主は、焼酎を牛乳で割って飲むのよ。嘘《うそ》みたいでしょ。痛いなあ。まだ打つの？　先生、手を放しちゃいやよ。

「強すぎたら言ってください」彼が言う。

「ちょっと待ってください」知子はさえぎる。

「怖いことはありませんよ。電気を通したからといって」

「ええ、でも……」

痛いよォと、カーテンのむこうの声が甘える。

何も聞こえないように、彼はふるまっている。

カーテンのむこうのベッドで治療にあたっているのは、ここの主任医師だ。

手を握りあったままで鍼が打てるものか。痛いよォ、先生。手を放しちゃいやだよ。

女教師の死は、最初、心不全とされた。朝、死んでいた。蒲団《ふとん》のなかで。

原因がわからなかった。原因がわからなくても、心臓が停止したのは事実だから、心不全。

ところが、更に入念に調べた結果――誰がしらべたのか、知子は知らない、たぶん警察関係の医者だろう――小さい火傷《やけど》が発見されたのだ。心臓の上あたり。

そうして、絆創膏《ばんそうこう》かセロテープでもはがしたような痕。足の裏の小さな焼痕。足のあたる部分のシーツが湿っていた。

警察の調査。何と大がかりな調査。

ごみ箱から、先端の被覆のはがれた電気コードが発見された。もう一方の端にはプラグがついたやつ。

「自殺でしょう」と、ケンは言いはったのだそうだ。

馬鹿げている。自殺した人間が、コードをはずしてごみ箱に捨てられるものか。誰だってそう思う。警察官も、そう思った。

自殺でなければ他殺であり、ケン以外に、そんなことのできる者は、いなかった。誰も、七歳の男の子にそんな電気の知識があるとは思わなかった。

「スイッチをいれますからね。だんだん強くしていきますから、適当なところで声をかけてください」

よくも、平気な声で言えるものだ。――私のほかにも――と、知子は思う。何人もの患者に、彼はこうやって電気を通してきたわけだ。よくも平気で。

女教師は、頭を切断した蛙の切り口に、電線をさして、通電した。手足がひくひく痙攣《けいれん》した。頭のない蛙の痙攣する手足。知子は便所にいって吐いた。

皮膚の内側を、細い細い指が軽く叩《たた》くような感触。これが電気鍼？

「もう少し強くしますよ。どうですか」

ひた、ひた、ひた、と軽いノック。皮膚の内側で。肉の中で。あなたの指ではない。何の感情もない金属の鍼の愛撫。

知子の叔母は、命拾いした。女教師が理科の実験中に、ふと喋《しゃべ》った感電死の方法。知子は、叔母にためしてみるつもりだったのだ。その前に、男の子に喋った。若い夫に嫉妬《しっと》をぶちまけるのを自制する母親によって、嫉妬のかわりに冬のさなか氷のような水をぶちまけられる幼い息子に、ふと喋った。知子は。

ケンは、警察に否定して、否定して、そうして姿がみえなくなった。刑務所に入れられたって、と、祖母と母親と叔母が話しあっていた。祖母は歯の欠けた歯ぐきをのぞかせ、母親はおっとりと、笑い、叔母は少し蒼いきつい顔で話しあった。

幼い男の子もいなくなり、そうして、二十四年——再び逢った。

「強すぎませんか」彼が訊《たず》ねる。

「いいえ、いいえ」知子は言う。顔を枕に押しつけているので、呻《うめ》くような声になる。

「平気なんですか。ずいぶん強いですよ」

皮膚の下で、肉の奥で、太い指が打ち叩く。激しく。もっと激しく。

「強すぎませんか」

いいえ、いいえ、いいえ。

私が教えた。あなたに教えた。

「強すぎませんか」

いいえ、いいえ、もっと激しく……。

# ハイウェイ

車は、成田空港にむかう高速道路を走っていた。肉の厚い手を軽くハンドルに添えた夫の運転には、安定感があった。

しかし、麻子《あさこ》は、安らかな気分とはほど遠かった。

助手席の麻子の位置から見ると、バック・ミラーには、リア・ウィンドウ越しの景色しかうつらない。うしろの席に腰をおろした康雄《やすお》の顔を鏡のなかに見るためには、夫に見咎《とが》められそうな不自然な姿勢をとらなくてはならなかった。

それで、麻子は、今走りぬけてきた道が鏡のなかに白く長くのびるのをみつめている。

過ぎた時が、澪《みお》のように車のあとに流れてゆく。

車の前にも、道は白く長くのびている。過去も未来も、しらじらと空白である。

軀《からだ》も心もたよりなく宙に浮き、細い糸で吊るされているような不安と苛立《いらだ》たしさを、麻子はもてあます。

ダッシュ・ボードの時計に目をやると、

「十分、まにあう」

夫が、ゆったりした声で言った。目は前方にむけたままで、鈍重なほど落ちついた表情は少しも動かないのに、妻のかすかな気配に目ざとく気づいている。

だが、妻の動作の意味までは見ぬけないらしい。まにあわなければいい、とさえ麻子が思っているとは、察していないだろう。

搭乗の刻限にまにあないことを麻子は思うが、それでも、事態が大きく変わるわけではない。

康雄は、次の便か、そのまた次の便か、いずれは発《た》ってゆく。

「落ちついていなさい」

夫に言われ、

「あら」

麻子は、はしゃいだ声をあげ、それをきっかけに、軀をねじって後ろの席に顔をむけた。康雄と目があった。

「ねえ、私、落ちついていない?」

「さっきから、しじゅう軀を動かしている」

夫が言う。

若いころは色白だった夫の頰は、今は、奇妙なピンク色で、額、鼻頭、頰が、それぞれ肉瘤《にくりゅう》のように盛りあがっている。

「大丈夫だよ、義姉《ねえ》さん。道はすいているし、これなら、早く着きすぎるくらいだ」

康雄までが、そんなことを言う。

「康ちゃんはお肉が好きだから、ニューヨークでも困らないわね」つまらないことを口にしている、と麻子は苛立つ。康雄に言いたいのは、こんなことではない。

「まずいんだってね。でかいばかりで」康雄が言う。「でも、むこうへ行ったら重労働だから、質より量でせまらなくちゃ。何でも食いますよ」

「そんなに、こき使われるの」

「支店長かなんかで行くんなら別かもしれないけどさ、おれたちヒラは、倉庫番ですよ。梱包《こんぽう》したり運搬したり、そんな仕事ばかりらしいよ。去年帰ってきた、おれより一年先輩のひとが言っていた。むこうはホモが盛んでしょう。いっしょに倉庫で働いている黒ちゃんにせまられて弱ったってさ」

「空港で、何か食おう。和食がいいか」

夫が言う。柔和な目をバック・ミラーにむけている。夫の位置からは、鏡のなかに弟の顔が見えるのだろう。

麻子は、髪が一本一本逆立ってゆくような気がする。軀のなかに溜まる激しいものを力づくで押さえこんでいるためだ。鳥肌がたっている。自分の顔を見なくては、と麻子は思う。ひどい顔をしているにちがいない。

これまで、飼い馴らし、飼い鎮めてきた心のなかの地獄が火を噴きあげ、肌はその炎で青ざめ、夜叉の形相があらわになっている。隠さねばならない。

叫びがのどの壁を叩き、騒ぎたっている。歯を嚙みしめ、拳を握り、軀の痛みをこらえるように前かがみになっていなくては、のどから炎がほとばしる。

「私の友達で、ニューヨークまで恋人を追っていったひとがいるわ」

叫ぶかわりに、言葉が口をついた。声を出してしまうと、少し楽になった。

「吉崎《よしざき》さんというひとよ。吉崎和子《かずこ》さん」

酒に酔ったときのように、自制心が薄れている。自分でも思いがけない言葉が、なめらかに流れ出る。

「吉崎さんて、結婚しているのよ。ところが、彼女が本当に愛しているのは、別の人なの。結婚してしまってから、わかったのよ」

「よくある話だな」

夫がのんびり言う。その、ゆったりした口調が、麻子をいっそう煽《あお》りたてる。

「よくある話って、でも、吉崎さんにとっては、よくある話じゃすまないのよ。あなたには、よくある話でも、吉崎さんにとっては、そうじゃないのよ」

どうしようもなく、つっかかってゆく。

「のどがかわいたな。ビールの冷たいやつが飲みたい」

康雄が言う。——まるで、私の口を封じるように。

「吉崎さんてね、恋愛をするようなタイプの人じゃなかったのよ」

「計算高いタイプなんだな」

夫が言い、麻子は、そのとき、走っている車のなかでなかったら、夫を突き倒したかもしれない兇暴《きょうぼう》な力を軀のなかに閉じこめるのに苦労した。

「それで、その吉崎さんがどうしたんだ」

黙りこんだ麻子をあやすように夫が言う。

この三人のなかで、誰よりも傷ついているのは夫なのだなあと、麻子は思う。

傷だらけ、血まみれなのに、夫は、皮膚の厚い強靭な象のように、何も気づかない。耐えていることにさえ気づいていない――あるいは、そうと認めようとしない。自分が認めなければ、何も起こっていないのと同じだというように。

「おれ、むこうでね、写真をとってくるよ」

ひりついた空気をやわらげようというのか、康雄が、話題をねじ曲げる。

「とれたら、送ってくれ。おまえの暮らしぶりを知りたいよ」

「康ちゃんが言うのは、個展をひらけるような写真のことよ。特別な写真よ」

「ああ、そういえば」テンポの嚙みあわないのろい口調で夫は、「いつか、おまえ、カメラ雑誌にのったことがあったじゃないか」

「受賞したのよ。康ちゃんは、一位に入選したのよ」

「カメラマンに転向する気か。食えないぞ。一流デパートの社員の方が安全牌《ぱい》だ」

「一流自動車メーカーの社員もね」麻子は夫にむけて矢を放った。しかし、矢は夫の皮膚を傷つけることなく、折れた。

「その奥さんもね」

康雄が言った。それは薄刃の剃刀《かみそり》であった。適確に麻子を切り裂いた。

どれだけの悪意、どれだけの軽蔑をこめて、彼はその言葉を口にしたのか。

「吉崎和子さんは」悲鳴のような声をあげた。

「吉崎さんというのは、音大のときの友だちか」

夫が、あまり興味はないように訊く。

「そうよ。同じ声楽科だった」

「吉崎さんがどうした」

「ああ、黙っていてよ」

「ひどく機嫌が悪いな」

麻子は呼吸をととのえた。取り乱すまいと全身に力をこめる。熔岩《ようがん》は軀の中で突破口を求めている。歯を嚙みしめ口を閉ざしていれば、軀に亀裂が走り、康雄、あなたが恋しいと、叫びは全身の裂けめから噴き上がりそうな気がする。

「声楽というやつは、せっかく専攻しても、つぶしがきかないから」

夫が言いかけるのを、

「麻ちゃん、おれがニューヨークにいる間に、兄貴といっしょに一度遊びにおいでよ」

康雄が、かぶせた。夫の言葉が麻子を更に激昂《げっこう》させそうだと察したらしい。

「行かない。行かない。行かないわよ」

こんな言い方をしてはいけない。夫に不審を抱かせてしまう。

「そうだ、休暇をとってアメリカ観光も悪くないな」

行かない、行かない、と悲鳴をあげた麻子の声が耳に入らなかったのか、夫は楽しそうに言う。

——それとも、私は、悲鳴などあげなかったのか。行かない、行けない、と、心のなかで叫んだだけなのか。

「おまえのところに泊めてもらえれば、ホテル代が浮くから安上がりだな」

車は、さえぎるもののないハイウェイを、なめらかに走る。

「吉崎和子さんは、ひとりでニューヨークまで追いかけていったのよ、恋人を」

「結婚していると言ったな」

片手をハンドルにのせたまま、夫はポケットをさぐって煙草の箱を出す。麻子の方にさし出す。一本ぬいて口にくわえさせろという意思表示である。言葉で言われなくても、意志が通じてしまう。その馴れを、麻子は、頑丈な鉄鎖を見るように、見る。

康雄の目に、その馴れを見せつけたくない。

麻子がためらっていると、夫は、う、とも、あ、ともつかない声でうながした。

箱を握りつぶし、床に投げ捨て、踏みにじりたい衝動を辛うじて押さえ、煙草をぬいた。ついでのことに火をつけ、夫の口もとに差し出すと、夫は首をのばしてくわえた。

康雄の目の前で、ひどく淫靡《いんび》な行為をしている、と、麻子はその行為を強いた夫を憎み、従った自分を嫌悪する。

「ぼくにも一本」

うしろから康雄が声をかけた。

「おれ、切らしちゃった」

「税関を通ってから、なかで免税のやつを買いこんで行け」

と言いながら、夫は箱ごと、うしろ手に弟に手渡す。

あ、と、麻子は声をあげかける。彼女のバッグのなかには、封を切った煙草の箱がある。康雄の手にそれを持たせる機会を失なってしまった。

「旦那の方は、どうしていたんだ」

夫が突然、話を前にひきもどす。

「え?」

「その、吉なんとかさんの旦那さ」

「知らないわ」

夫が口をはさむたびに、何かがこわれてゆく。そう、麻子は感じる。

「吉岡さんか。その、吉岡なんとか子さんは、ずいぶんへそくりを作っていたんだな」

「吉崎さんじゃなかったか。吉崎……和子さん」

康雄が訂正する。つまらない玩具か何かのように、〝吉崎和子〟の名が、二人の男のあいだで手軽く放り投げられている。

「団体ならともかく、個人で海外旅行したら、片道の航空運賃だけでも莫大だ」

夫が言う。

「そうとう、へそくっていたな」

麻子は、窓を開け放した。顔を少し外に出した。

「酔ったの？」

康雄が気づかうような声で訊いた。

「吉崎和子さんは、ひとりで、ニューヨークまで恋人を追っていったのよ」

声が、風に吹きちぎられてゆく。夫の耳には半分もとどくまい。康雄にもきこえないかもしれない。

密室のひとり言と同じ効果を、風にさらわれる言葉は持つ。声に出さずにはいられない。

「心細かったって言っていたわ。日本の外に出るのは、はじめてだったのですもの。空港に、彼が迎えに出ていてくれたの。抱きついてしまったんですって。それから車で彼のアパートに行くまで、抱きついた手を離さなかったって言ってたわ。その夜、彼に抱きしめられて、彼を抱きしめて、泣いたんですって。もう、こんなにも泣けるものかと自分でも驚くくらい。泣いて泣いて、一晩中、彼の腕のなかで、ただ、泣いていたそうよ。二人は、これ以上一つにはなれないというくらい、まるで一体の石の像のように、抱きあって、そうして、彼女があまり激しく泣くものだから、とうとうその夜は、そのまま明かしてしまったのよ。泣くことしかできなかったのよ。それほど倖せだったのよ。もう、これでいいわ、これでいいわ。その時、彼女は、女として生ききってしまったのよ」

麻子は窓を閉め、前にむきなおった。泣きつくしたあとのような顔をしているだろうと思った。鏡を見るわけにはいかない。バック・ミラーには、走りぬけてきた道路しかうつっていない。バッグのなかに小さい鏡はあるが、とり出してのぞくことはできなかった。夫の目をひきたくなかったのである。

「そのひとの、旦那はどうしていたんだ」

夫が言った。

「吉崎和子さんはね」

麻子は言った。

二つの声が重なった。

夫は、煙草を灰皿に捨て、

「高速道路は、すいていると楽でいいが、眠くなるのが困る」と、なまあくびした。

それから、

「指輪をどうした」

と、ふいにとがめる目をむけた。

麻子は左手の薬指を見た。

「痛いから、はずしたの」

「失くすなよ。ちゃんとしまってあるか」

「疲れたわ」

と、麻子は頭をシートの背にもたせかけた。

窓を閉めた狭い車の中に、三人の吐く息がまじりあっている、と、そのことを強く感じる。

どうして、こんなにも制禦《せいぎょ》のままならない激しいものが、人間のなかにはそなわっているのか。

それをとり出して、猫か仔犬でもあやしなだめるようになだめてしまうことができたら、どれほど救われることだろう。


「吉崎さんは、指輪をどうしたのだったかしら」

疲れきった声で、麻子はつぶやいた。

「そのひとは、まだニューヨークにいるのか」

夫が訊いた。

「死んだわ」

麻子は、突然何かが炸裂《さくれつ》したような声をあげた。

「死んだ？」

「死ぬよりほか、ないじゃありませんか。もう、これ以上の倖せはないというところまで、いってしまったのよ。あと、生きていてどうするの。自殺したわ。ひとりで」

麻子は肩に康雄の手が触れるのを感じた。

「麻子はどうして」

と、長い沈黙のあとで、夫が、今までにない暗い声で言った。

「どうして、そのことを知っているんだ。そのひとから、遺書めいた手紙でもとどいたのか。今まで、ひとことも、そんな話はぼくにしなかったじゃないか」

「死んだんですか」

康雄が低い声で言った。肩をつかんだ康雄の指に力がこもった、と、麻子は感じた。

麻子は手をのばし、バック・ミラーの位置をなおした。康雄の顔をとらえる前に、鏡は、後続車をうつし出した。

後続の赤いカローラは、みるみる車間距離をちぢめた。

今、私にできることは——と、麻子は身震いした。康雄を抱きしめ、抱きしめ、そうして、ハンドルを右にぐいとまわし、あの車の前に、この鉄の容器を投げ出すことだ。三人を閉じこめたままの鉄の函《はこ》を。

一瞬のためらいが、機を逸した。

赤いカローラが、右に並んだ。

その車はクラクションを鳴らし、注意をうながした。

夫が窓を開けると、むこうも窓を開け、「トランクの蓋が開いている」と教え、走り去った。

夫は、車を道路の左に寄せ、停めた。

「ちょっと、降りて見てきてくれ」と康雄に命じた。

康雄はすなおに降りて、車のうしろにまわった。

麻子は、バック・ミラーの中に、夫の真正面の顔を見た。恐怖の悲鳴をあげそうになった。

「吉崎なんて女は、いないんだな」

夫は、念を押した。

左手のギヤのチェンジ・レバーにかけ、バックに入れると、康雄にむかって発進した。

叫び声をあげて、麻子は、睡《ねむ》りからひき戻された。

車は、ハイウェイを東京にむけて走っている。

後部座席は、からである。

バック・ミラーをどのように動かそうと、康雄の顔はうつらない。

康雄の乗った機は、すでに空港をとび立った。

康雄は、去った。

吉崎和子。ああ、夢のなかで、何という女を、私は作り出してしまったのだろう。

康雄に抱きしめられ、この上ない倖せを知って、自殺した女。

私も、死ぬだろう。それを知ることができたら。しかし、それは、決してみたされることのない願望であった。

私が、何もかもふりすててニューヨークに後を追ったら、彼は、とまどい、嬉しいけれど困るという表情をみせ、案内してあげるけれど、兄貴のところへ帰ってよ——ああ、そんな言葉は聞きたくない。

肉の厚い手をハンドルにのせた夫が、なまあくびをした。

「高速道路は、すいていると楽でいいが、眠くなるのが困る」

それから、

「おや、きみ、指輪はどうした」

と、とがめる目をむけた。

麻子は左手の薬指を見た。康雄への恋の激しさを自覚したそのときから、結婚指輪ははずしている。このひとは、今まで気がつかなかった。

過ぎた時が、澪《みお》のように車のあとに流れている。車の前にも道は白く長くのび、過去も未来も、しらじらと空白である。

麻子は、髪が一本一本逆立ってゆくような気がする。かくしぬいてきた夜叉の形相が、あらわになっている。

麻子は手をのばし、バック・ミラーの位置をなおし、自分の顔を見た。

やさしい微笑が浮かんでいる。

「あなた」

麻子は言った。

「トランクの蓋が開いているようよ。車を停めて、ちょっと降りて見てくださらない？」

# 仲間

土曜の夜になると、ぼくは、オートバイを駆《か》って、四ッ辻に行かずにはいられない。仲間が集まっている。

十人、十五人、多いときには三十人以上。BMW、ホンダ、ノートン。深夜の街にエンジンの咆哮《ほうこう》がみちる。

一団となって、ぼくらは疾走する。十台、十五台、三十台のオートバイが、巨大な、黒い、一頭の獣のように。

『仲間』といっても、土曜の夜の街道レースで逢うだけだ。名前も知らない。顔だって、ヘルメットにかくれて、はっきりしない。話をかわしたこともない。

仲間のうちの誰かが、昼間、ぼくが働いている喫茶店にコーヒーを飲みにきたって、ぼくは気がつかないで、いらっしゃい、と、そっけなく言うだけだろうし、むこうも、ぼくに目もくれないかもしれない。

それでいいんだ、と、ぼくは思っている。ただ一つ、淋《さみ》しいのは、街道レースの最後には、ぼくがいつも、一人仲間はずれになってしまうことだ。あいつらは、巧みにしめしあわせて、ぼくを置き去りにする。でかい図体の長距離トラックや、女を横に乗せた外車なんかを、追いぬき、前にまわりこみ、からかいながら走りまわるときは、黒塗りのBMWも、ガソリン・タンクを星条旗《せいじょうき》のように塗りわけたホンダも、スクラム組んだように気をあわせているのに、やがて気がついてみると、ぼくは、置き去りにされ、朝やけの空の下を、たった一台で、とばしている。

スピードが遅すぎるんだろうか。テクニックがまずすぎて、完全な仲間と認めてもらえないのだろうかそういえば、これまで、誰一人、ぼくに声をかけてくれたことさえない。ぼくは、まるで、むりやり仲間にわりこんだミソッカスのようだ。

いや、一度だけ、彼らは声をかけてくれた。そのとき、ぼくは、半分気絶していて、声はきこえるけれど、返事はできなかった。雨の夜だった。前方からふいにあらわれた乗用車をよけそこなって、スリップし、頭をしたたか、アスファルトの路面に打ちつけたのだ。仲間は、ぼくのまわりに集まり、暖い声をかけてくれた。だが、病院までついてきてはくれなかった。白い薬くさい病院でぼくが気がついたとき、そばには、サチ子だけがいた。

サチ子は、ぼくと同じ田舎から上京してきた友だちだ。恋人っていえるかな。

「危いから、オートバイはやめて」

それ以来、サチ子は、しつっこく、ぼくに言う。

「やめられますかって。一度、いっしょに来てみろよ。うしろに乗っけてやるから。仲間たちと突っ走るの、こたえられねえぜ」

ぼくはがんばり、それで、土曜の夜、サチ子はぼくの単車で四ツ辻に来た。

仲間が集まっていた。エンジンがうなりをあげていた。

ＢＭＷ、ホンダ、ノートン……。

「誰もまだ来ていないいじゃないの」

リア・シートにまたがって、ぼくの腰に手をまわしたサチ子は、言った。

「あたしたち、早く来すぎたのかしら」

「ばか。レース、はじまるぞ。しっかりつかまってろよ。とばすからな」

「なんだ、イッちゃんのレースって、一人で走るの」

何言ってんだ、ばか。ぼくは、スタートした。

スピードをあげた。仲間たちと、巨大な一頭の獣となって疾駆した。

カーヴ。ふいに、対向車があらわれた。真正面からのしかかった。ぼくは、単車ごと、宙にはね上がり、叩きつけられた。サチ子も……。


土曜の夜、ぼくは、また四ツ辻に行った。サチ子をのせて。

「大勢来ているのね！」サチ子は目を輝かせて叫んだ。「やあ、来たな」「はじめるぜ」「何台ぶっこぬくか、数えてろよ」口々に、仲間が言う。

ぼくらは、スタートする。ぼくは、とばす。彼らも、とばす。とばしつづける。夜明けは来ない。永遠の薄闇の中を、ぼくらは走りつづける。

ＢＭＷを駆る黒い革のつなぎが、ぼくを追いぬきざま、青白い顔で笑いかける。

もう、置き去りにされることはない。ぼくは、完全に、彼らの仲間に入れたのだ。

## 後　記

「え、あなたが？」

落胆を無理に隠した顔で、初対面の編集の方が、おっしゃいました。

『ライダーは闇に消えた』が出版された後、会いたいと言ってくださった方です。黒革のジャンパーかなんか羽織った颯爽とした女性ライダーを予想しておられたところに、自転車も漕げないようなのがあらわれたのですから、無理もありません(実際、自転車も乗れません)。

バイクに関する知識を与えてくれたのは、亡弟です。ナナハンを乗り回すオトキチでした。フライングという危険な曲乗りも、やっていました。『ライダー……』を書くために、私もバイクの本を買って勉強しました。副産物として「トマト・ゲーム」という短編も生まれました。

雰囲気を知るために、弟が競技場に連れて行ってくれました。レンタカーで行ったのですが、普通車は出払っており、トラックを借りました。トラックの助手席は、普通車より位置が高く、いい気分でした。競技はやっていないときで、がらんとした観覧席に腰掛け、バイクが疾走する様子を想像しました。

江戸川乱歩賞に応募したのは、その少し前です。最終候補に残ったものの、落選。その後、何かのパーティでお目にかかった選考委員のお一人南條範夫先生が、「捲土《けんど》重来《ちょうらい》」と励ましてくださいました。それほど大それた気持ちはなかったのですが、もう一度応募しようと書いたのが、この『ライダー……』です。応募する前に、小説現代新人賞を受賞し、デビューすることになりました。すぐに受賞第一作をといわれ、完成していた本作を編集の方に見ていただき、刊行の運びになりました。

皆川博子

## 編者解説

日下三蔵

皆川博子は一九七二年にデビューして以来、児童小説、推理小説、幻想小説、歴史小説などの各分野を自在に往還して、質の高い作品を書き続けてきた。八五年にミステリ中篇『壁・旅芝居殺人事件』で第三十八回日本推理作家協会賞、八六年に時代長篇『恋紅』で第九十五回直木賞、九〇年に幻想小説集『薔薇忌』で第三回柴田錬三郎賞、九八年にミステリ長篇『死の泉』で第三十二回吉川英治文学賞と、受賞歴を挙げるだけでも、その作品が高く評価されてきたことが分る。

二〇一二年には『開かせていただき光栄です』で第十二回本格ミステリ大賞を、一三年にはこれまでの業績によって第十六回日本ミステリー文学大賞を、それぞれ受賞している。複数本の雑誌連載に加えて書下し作品を刊行するなど新作の発表ペースも衰えず、作家として円熟期を迎えているといって間違いない。

だが、異端文学に傾倒し、一貫してシュールレアリスムの世界を目指していたという皆川博子の作品は、リアリズム全盛だった七〇年代、八〇年代において広汎な読者を獲得したとは言えず、大部数を必要とする文庫化にはあまり恵まれなかった。

第一作品集『トマト・ゲーム』（74年）の文庫化は七年後、第二短篇集『水底の祭り』（76年）の文庫化は十年後、第四短篇集『薔薇の血を流して』（77年）の文庫化は九年後。長篇でも『花の旅　夜の旅』（79年）が『奪われた死の物語』と改題されて七年後に文庫化されたのが早い方で、『光の廃墟』（78年）の文庫化は二十年後、『彼方の微笑』（80年）の文庫化に至っては、なんと二十三年後である。

それでも一度でも文庫になった作品は、まだいい。数万部が市場に出回ったのだから、絶版になったとしても、古書店で見つけることは、そう難しくないからだ。問題は単行本で刊行されたきり文庫に収められなかった作品で、ことに七〇年代の著作には、古書店でもまったく見かけない稀覯本《きこうぼん》となっているものも少なくない。

この出版芸術社版〈皆川博子コレクション〉は、そうした文庫未収録作品七冊分に、アンソロジーや再編集本に収録されたきり文庫化の機会を逸してきた作品、さらに一度も本になっていない未刊行作品を増補して、全五巻にまとめたものである。つまりこのシリーズに収録されている作品は、これまでに一度も文庫になったことのないものばかりということだ。九〇年代以降に皆川作品と出会って旧作を探し求めていたというファンはもちろん、年季の入った愛読者の方々にも満足していただけるコレクションになっていると思う。皆川博子の豊穣な小説世界を、たっぷりと楽しんでいただきたい。

第一巻の本書には、七五年三月に講談社から書下しで刊行されたミステリ長篇『ライダーは闇に消えた』を収めた。初刊本以来、実に三十八年ぶりの再刊ということになる。

児童書として刊行された時代長篇『海と十字架』（72年10月／偕成社／本コレクション第五巻に収録予定）、短篇集『トマト・ゲーム』（74年3月／講談社）に続く三冊目の著書であり、はじめてのミステリ長篇だが、後の作風からは想像できないほどきちんと本格推理小説の文法に則った青春ミステリであることに驚かされる。それもそのはずで、今回、新たに書いていただいた「後記」によると、江戸川乱歩賞に応募するつもりで書き溜めていた作品だという。

皆川博子はデビュー作『海と十字架』を刊行した七二年の第十八回江戸川乱歩賞に、やはり若者を主人公にした青春ミステリ『ジャン・シーズの冒険』を投じて最終候補に残っている。その時の選考委員だった南條範夫に小説現代新人賞への応募を勧められ、七三年、「アルカディアの夏」で第二十回の同賞を受賞。この年から「小説現代」「オール讀物」「小説宝石」などの中間小説誌に次々と濃密なサスペンスものを書き始め、『ライダーは闇に消えた』も書下し作品として刊行されることになった。

江戸川乱歩賞の選評で『ジャン・シーズの冒険』に触れた部分をご紹介しておこう。

島田一男

五篇中では〝ジャン・シーズの冒険〟が一番面白く読めた。ただ残念ながらトリックが余りにも犯人に都合よく出来ており、もしやり損なったらどうなるかと云う点まで考慮が払われていなかった。また、五人も殺害するとしては動機が弱い。トリックと動機、これは推理小説には不可欠の要素である。

多岐川恭
「ジャン・シーズの冒険」は、新鮮さでは一番だと思った。特に会話がいい。ただし、会話については、数人で話している場合、だれがどの言葉を発したのか、読み返さないとわからない時があった。くどいようでも、ハッキリさせたほうが、読者に親切だ。
この作品は、機械的トリックに難が多いため、私としては採れないと思った。私自身はこの種のトリックが好きなのだが、やはりむずかしい。将来性のある人だと思う。

角田喜久雄
主役の若者のグループを簡潔なタッチでいきいきと表現したのはなかなかの才筆だし、特に会話の巧さは抜群であった。引きこまれるような興味を覚えて読んだという点でも図抜けていたが、残念なことに推理小説的な部分での欠点が大きすぎた。殺人のトリックも無理過ぎるし、五人も人を殺した犯人が、その正体の露顕する直前まで書きこまれていた人物像と余りにも違いすぎるのも納得出来ない。皆川氏には本格ものよりスリラー、サスペンスもの等の方が向くのではないかという気もするが、いずれにしても極めて将来性豊かな人として大きな期待を寄せたい。

中島河太郎
皆川博子氏の「ジャン・シーズの冒険」は、機械的トリックや犯人告発の方法が、いかにも場当たりであった。犯人の描写も不充分だが、その代わり若い世代の感覚をよくとらえて、印象は溌剌《はつらつ》としている。

南條範夫

ジャン・シーズの冒険――才気横溢《おういつ》した文章だし、殊に会話のやりとりに新鮮味がある。小説としての面白さは第一だが、殺人トリックの点でもう少し研究して貰いたい。私としては、前者（引用者注：和久峻三『仮面法廷』）と並べて当選させたいと思ったが、他の委員諸君の同意を得られなかったのは残念である。捲土重来を待望する。

松本清張

「ジャン・シーズの冒険」は、文章が現代的で面白いということで推す人が多かったが、推理小説としてみると、トリックに無理があり、犯人が意外な人物であることは認めるが、読者に対する説得力が弱い。

この回の最終候補には受賞者の和久峻三以外にも、井口泰子、中町信、山村美紗と既にプロデビューしている人が揃っていて、激戦だったことがうかがえるが、その中でもかなり高く評価されていたことが分る。『ジャン・シーズの冒険』以外の候補作、井口泰子『怒りの道』、中町信『「心の旅路」連続殺人事件』（『空白の近景』改題）、山村美紗『黒の環状線』（『死の立体交差』改題）は、いずれも単行本化されている。『ジャン・シーズの冒険』は、後にメイントリックを別の作品（『知床岬殺人事件』）で使用してしまったし、原稿も残っていないとのことなので、残念ながらそのままの形で刊行されることはないだろう。
若者の世界を活き活きと描く感覚、会話に代表される文章力、犯人の意外性、小説としての面白さ、将来性などをほとんどの委員に認められながら、機械的トリックの使い方の不備を指摘されて受賞を逸しただけに、『ライダーは闇に消えた』では指摘された長所を残しつつ、トリックの不自然さを解消することに注意が払われているのが分る。
なお、この作品や短篇「トマト・ゲーム」で著者にオートバイの知識をレクチャーしたという弟は、ＳＦ同人誌の草分け「宇宙塵」のメンバーでもあった作家の塩谷隆志である。青梅浩名義での企業小説、推理小説の著書もあるが、筆者の世代にはソノラマ文庫の〈エスパー・オートバイ〉シリーズなどのＳＦ作品の印象が強い。オートバイ専門誌にエッセイを連載していたほどのバイク通として知られており、その知識が皆川作品にも活かされているのだ。

第二部の六篇は、再編集本に初めて収められた作品である。各篇の初出は以下のとおり。

地獄の猟犬　「別冊小説宝石」74年12月号
私のいとしい鷹　「小説宝石」77年10月号
夜の深い淵　「オール讀物」80年2月号
孤独より生まれ　「オール讀物」80年11月号

ラプラスの悪魔　「別冊小説現代」83年9月号
ガラスの柩　「婦人公論」84年11月増刊号

「地獄の猟犬」から「ラプラスの悪魔」までの五篇は、三人の評論家がジャンル別に作品選定を務めた白泉社の愛蔵版〈皆川博子作品精華〉のうち、千街晶之が編集したミステリー編『迷宮』（01年10月）に初収録。このうち「地獄の猟犬」だけは中島河太郎編のアンソロジー『ハードボイルド傑作選1』（76年12月／ベストブック社ビッグバードノベルス）に採られたことがある。

第三十八回日本推理作家協会賞の短編および連作短編集部門の候補となった「ガラスの柩」は、日本推理作家協会編のアンソロジー『推理小説代表作選集〈1985＝推理小説年鑑〉』（85年5月／講談社）とその文庫版『死者たちは眠らない〈ミステリー傑作選20〉』（90年4月／講談社文庫）に採られた後、リブリオ出版の大活字本『皆川博子集』（98年4月）に初収録。なお、第三十八回の協会賞には、長編部門にも『壁――旅芝居殺人事件』がノミネートされており、皆川博子はそちらで受賞を果たしている。

第三部の七篇は、これまで著者の単行本に収められたことのない作品である。各篇の初出は以下のとおり。

火の宴　「小説現代」76年11月号

花婚式　「カッパまがじん」77年5月号
湖畔　「週刊小説」77年5月27日号
サッフォの髪は火と燃えて　「小説現代」77年8月号
蛙　「小説新潮」79年9月号
ハイウェイ　「週刊サンケイ」80年5月15日号
仲間　「小説現代別冊Ｇｅｎ」77年8月号

第三十三回日本推理作家協会賞の短編および連作短編集部門の候補となった「蛙」は、日本推理作家協会編のアンソロジー『犯罪計画書〈現代ベストミステリー1〉』（80年9月／光文社カッパノベルス）とその文庫版『葬送カーニバル〈日本ベストミステリー選集10〉』（90年12月／光文社文庫）に採られている。

［著者紹介］
## 皆川博子
（みながわ・ひろこ）

1930年、京城生まれ。東京女子大学外国語科中退。72年、児童向け長篇『海と十字架』でデビュー。73年6月「アルカディアの夏」により第20回小説現代新人賞を受賞後は、ミステリー、幻想、時代小説など幅広いジャンルで活躍中。『壁――旅芝居殺人事件』で第38回日本推理作家協会協会賞（85年）、「恋紅」で第95回直木賞（86年）、「薔薇忌」で第3回柴田錬三郎賞（90年）、「死の泉」で第32回吉川英治文学賞（98年）、「開かせていただき光栄です」で第12回本格ミステリ大賞（2012年）、第16回日本ミステリー文学大賞を受賞（2013年）。異色の恐怖犯罪小説を集めた傑作集「悦楽園」（出版芸術社）や70年代の単行本未収録作を収録した「ペガサスの挽歌」（烏有書林）などの作品集も刊行されている。

［編者紹介］
## 日下三蔵
（くさか・さんぞう）

1968年、神奈川県生まれ。出版芸術社勤務を経て、SF・ミステリ評論家、フリー編集者として活動。架空の全集を作るというコンセプトのブックガイド『日本SF全集・総解説』（早川書房）の姉妹企画として、アンソロジー『日本SF全集』（出版芸術社）を編纂する。編著『天城一の密室犯罪学教程』（日本評論社）は第5回本格ミステリ大賞（評論・研究部門）を受賞。その他の著書に『ミステリ交差点』（本の雑誌社）、編著に《中村雅楽探偵全集》（創元推理文庫）など多数。

Minagawa Hiroko COLLECTION

# 皆川博子コレクション
## 1 ライダーは闇に消えた

2013年3月15日　初版発行

著　者　皆川博子

編　者　日下三蔵

発行者　原田　裕

発行所　株式会社 出版芸術社
〒112-0013 東京都文京区音羽1-17-14 YKビル
電　話　03-3947-6077
F A X　03-3947-6078
振　替　00170-4-546917
http://www.spng.jp

印刷所　近代美術株式会社
製本所　株式会社若林製本工場

落丁本·乱丁本は、送料小社負担にてお取替えいたします。

ISBN 978-4-88293-440-0 C0093

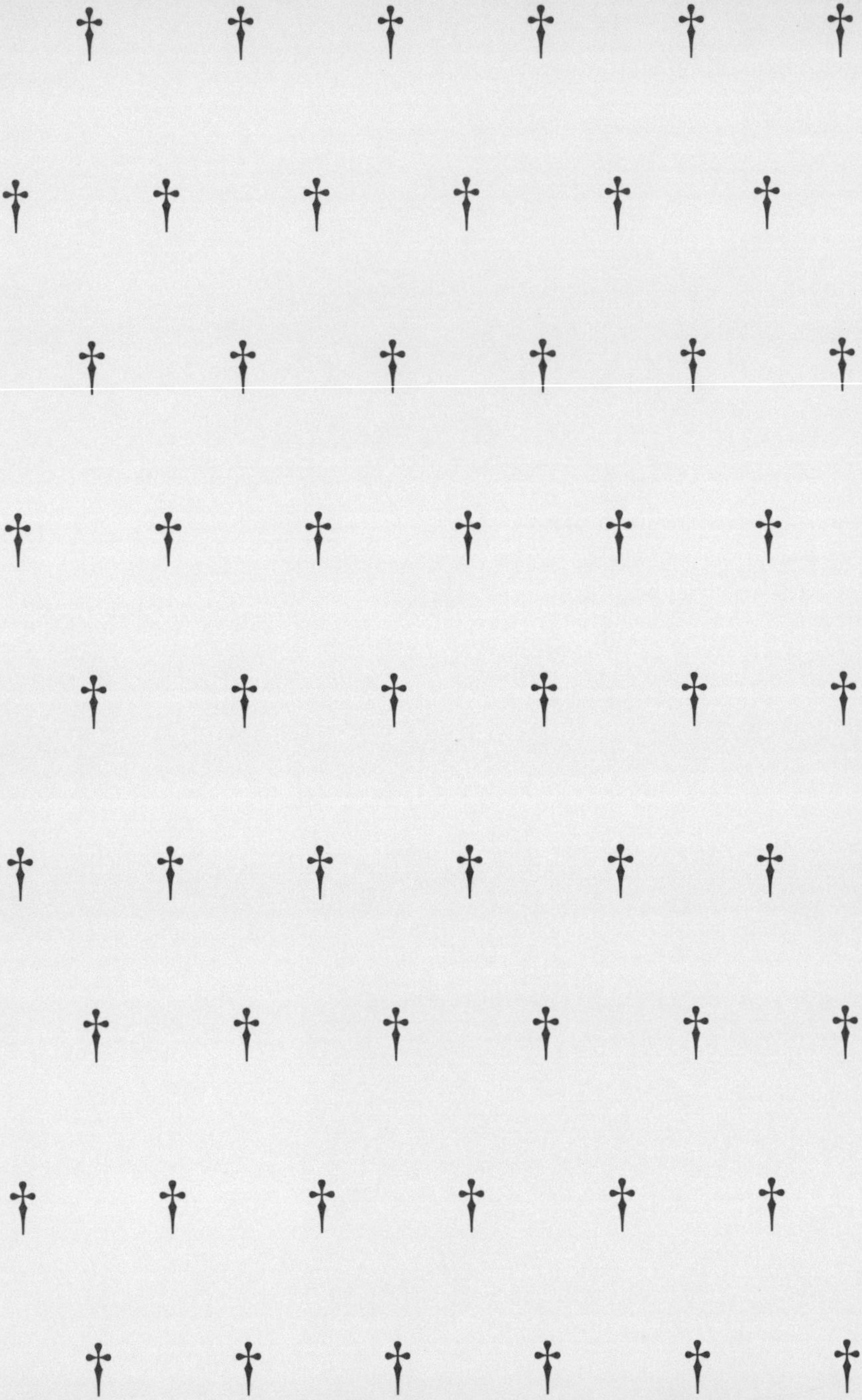